KB083485

멋진 신세계

서문문고 004
특별판

멋진 신세계

올더스 헉슬리 지음
권세호 옮김

인간은 마침내 달나라에까지 자기의 존재성을 발휘하고야 말았다. 이미 인간은 누구도 과학을 부정하진 못하리라.

이 책의 서두에서 헉슬리는 베르자예프의 글의 한 구절을 인용하고 있다. 그러나 베르자예프와 같은 신비주의자가 아무리 떠들어대도 과학은 제 갈 길을 걸어가고 있다. 뿐만 아니라, 비약적으로 발전하고 있다.

오늘날 우리들이 필요로 하는 것은 이와 같이 무작정 뻗어 나가는 과학의 힘을 어떻게 하면 인간의 평화와 행복을 위하여 이용할 수 있느냐 하는 점이다. 그러나 그것은 결코 쉬운 일이 아니다.

주지하는 바와 같이, 과학의 그 초인적인 능력은 까딱 잘못하면 인류를 완전히 전멸시킬 수 있는 극한점에까지 이미 도달하고 말았다. 그러나 인간은 좀처럼 과학의 공포를 정확하게 파악하려고 하질 않는다.

과학이 그 무서운 맹위를 발동할 땐 이미 늦다. 이러한 시점에서 생각해 볼 때 인간은 얼마나 근시안적인 에고이스트이며, 추잡한 욕심꾸러기인가를 다시금 느끼게 된다.

우리는 지금 과학의 공포를 올바르게 깨달아야 한다.

과학은 완전히 인간의 소유물이다. 우리가 올바르게 과학을 인식할 때, 과학은 우리에게 무한대의 평화와 행복을 누리게 해줄 충분한 능력과 용의가 있다. 그러므로 진정한 인간의 양심이 과학을 관리할 때 비로소 과학은 무한대의 행복을 나누어 줄 것이다. 그러나 그것은 결코 쉬운 일이 아니다.

과학적인 능력이 문제가 아니라, 과학의 관리를 올바른 인간의 지성과 양심 하에 둔다는 문제가 결코 쉬운 일이 아니기 때문이다.

올바른 과학은 우리를 기아와 질병과 천재의 고통에서 벗어날 수 있게 해줄 것이다. 아니, 꿈과 같은 낙원을 꾸며 줄 수도 있을 것이다. 그러나 그것도 결코 쉬운 일이 아니다.

과학의 능력을 불신한다는 것이 아니라, 우리 자신의 암흑과 무지가 문제된다는 것이다.

낙원은 가능하다. 그러나 우리들 자신이 진정한 양심에서 우러나오는 과학적 비판을 게을리 하지 않고, 과학 관리의 올바른 태도란 어떤 것인가를 대담하게 실천할 줄 알아야만 된다.

매스컴은 과학의 공포 속에다 우리들을 몰아넣고 있다. 우선 이것부터 분별할 줄 알아야겠다. 상식적인 이야기이지만 결코 그 상식을 습득하기가 쉽지 않다.

수소폭탄과 원자폭탄은 과학자의 모욕일 뿐만 아니라 20세기의 수치이다. 그러나 인류를 순식간에 전멸시킬 수 있는 수소폭탄이 엄연히 저장되어 있다는 것은 속일 수 없는 현실이다.

인간은 과연 지지리도 못난 동물일까? 그 판단은 우리 자신이 해야 한다. 책임은 우리들 자신에게 있다. 그뿐 아니라, 기어코 오파린은 무기물 속에서 유기물을 얻고야 말았다.

헉슬리가 이 책에서 다루고 있는 태생아胎生兒적인 세계가 시험관 탄생의 세계로 옮겨질 것이라는 몽상도 결코 몽상으로 끝날 수 없게 되었다.

인간의 과학적인 방법에 의하여 인간을 만들어 내는 생물학적 시대! 헉슬리는 벌써부터 여기에 대한 문제를 제기하고 있다.

그것은 결코 그가 단편 작품에서 다루듯이 단순히 비꼬아 보는 세계라고 할 순 없다. 진지한 문제이다.

셰익스피어의《미란다》는 이 인간의 세계를 '멋진 신세계新世界'라고 했다. 과연 인간의 세계는 '멋진 신세계'가 될 것인지?

과학에 대한 아름다운 몽상보다도 추잡한 인간의 혼란과 무질서를 먼저 따져 본 다음에 과학을 이야기하자는 것이 헉슬리의 태도이다.

헉슬리가 미워하는 것은 결코 과학의 진보가 아니다. 낙관적인 진보주의 자들이다. 인간의 진보를 무시하는 것이 아니다. 그들은 공연하게 말로만 재재거리는 참새 떼와 같은 무리들이다.

과학의 핵심을 잡는 인간이 옳아야 한다는 것이 헉슬리의 지론이다. 그렇기 때문에 헉슬리는 인간을 천시하는 무리들을 항상 저주한다. '멋진 신세계'는 결코 엉터리 진보주의자의 손으로 이룩할 순 없다. 진정으로 인간의 진보에 대하여 고심하는 진보주의자만이 이룩할 수 있다.

도스토옙스키가 말했듯이 '악'은 항상 복잡하고 다단하다. '선'이란 것은 언제나 단순하며 명확하다. 그러나 메피스토의 짙은 유혹 속에 빠져서 선을 지향하는 파우스트는 항상 방해를 당한다.

헉슬리는 인간의 지성과 양심의 관리를 꺼려 하고 제멋대로 가려는 과학이라는 마력에 대하여 그 파노라마를 그려 줌으로써 충고해 본다.

이미 그것은 인간적인 개념을 벗어날 가능성을 지니고 있다. 이것을 헉슬리는 저주하기보다도 오히려 조소하고 있다. 그래도 '멋진 신세계'냐고…….

그렇다고 트랙터로 땅을 파는 것을 괭이로 파는 것보다 더 위험천만한 일이라고 고집하는 낡은 보수주의자들을 지지하는 것은 물론 아니다.

세계는 누가 뭐라고 하든 변한다. 다만, 그 변모가 그냥 고스란히 진보라는 개념으로 바꾸어질 수는 없다.

때문에 이 책에서 헉슬리는 낡은 고집불통과 쉽사리 진보를 주장하는 역사의 군더더기들의 양극단을 대치시켜 놓았다. 이것은 결코 보드비리언의 악의 있는 장난이 아니다.

그렇다고 비극도 아니다. 모든 엉터리들에 대한 진정한 반성을 촉구하는 비판이다.

헉슬리와 그의 작품에 대해서는 이미 많은 분들이 소개했기 때문에 새삼스럽게 중복하는 것을 피한다. 이 책의 텍스트로는 Penguin Book, Aldous

Huxley《Brave New World》를 사용했다.

　본문에는 헉슬리의 서문이 붙어 있으나 별로 대수롭지 않기 때문에 역자의 임의로 생략해 버렸다. 내용이 특수했던 만큼 특수한 단어가 속출하여 역자는 적잖이 골머리를 앓았다.

　그러나 그때마다 그 방면의 전문가들에게 의견을 묻고 그것을 참고로 하여, 결국은 역자 자신의 임의대로 단어를 만들어 보았다. 무모한 역어가 되지는 않았나 하고 사뭇 걱정되는 바이다. 좋은 의견을 들려주시면 감사하겠다.

　그리고 이 책에 수없이 인용되는 셰익스피어의 인용구는 Bartlett《Concordance to Shakespeare》의 도움을 받았다.

　끝으로 한 마디 하고 싶은 말은, 역자는 이 작품에 있어서 겨우 내용만 전한 셈이지 헉슬리의 독특한 맛을 완전히 옮겼다고는 결코 생각지 않는다. 따라서 많은 비판과 편달이 있기를 바란다.

— 권세호

/ 목차 /

유토피아는 지금까지 인간이 생각했던 것보다 훨씬 더 실현 가능한 것처럼 느껴진다. 따라서 우리들은 이제야 현실 문제로서, 다른 의미에 있어서 기우杞憂가 되는 문제, 즉 어떻게 하면 결정적인 유토피아의 실현을 회피할 수 있을까? 하는 문제에 부닥치게 되었다. ……유토피아는 실현 가능하다. 인간의 삶은 그곳으로 향하여 달려가고 있다.

따라서 정녕, 새로운 세기가, 즉 지식인과 지식 계급이 유토피아를 회피하며 비非유토피아적인, 조금이라도 '완전'하지 않은, 조금이라도 자유로운 사회로 되돌아가려고 갖가지 수단을 몽상하게 된 세기가 시작되고 있는 것이다.

— 니콜라이 베르자예프

제 1 장

  겨우 34층밖에 안 되는 회색빛 납작한 건물. 정면 입구 위에는 '중앙 런던 인공부화 겸 습성훈련 센터'라는 글씨와 팻말이 걸려 있다. 그 속에는 세계 국가의 표어, '공동, 균등, 안전'이라는 세 단어가 쓰여 있다.

  1층의 넓은 방은 북쪽으로 향하고 있었다.

  창밖은 한여름이었으며 방 안은 열대 지방과 같이 무더웠다. 그럼에도 불구하고, 창으로 스며드는 희미한 빛은 쌀쌀하고 어둠침침한 느낌을 주었으며, 방 속엔 마치 천을 덮어씌워 놓은 대학 실험실용 시체라도 있음직하다.

  서슬이 퍼런, 소름을 끼치게 하는 시체가. 그러나 실제로 눈에 띈 것은 실험실용 글라스와 니켈과 차가워 보이는 자기 그릇들뿐이었다. 쌀쌀한 것과 쌀쌀한 것들이 서로 맞부딪치고 있었다.

  종업원들은 모두 하얀색 복장이었으며 손에는 창백한 시체 빛깔과 같은 고무장갑을 끼고 있었다.

빛은 꽁꽁 얼어붙어서 죽은 듯, 말하자면 일종의 망령과 같았다. 활발하게 활기를 띠고 있는 것은 오로지 누런빛 현미경의 렌즈에 반사되는 광선뿐이었다.

광선은 책상 위에서 버터처럼 한 가닥씩 뻗어서 반짝거리게 닦은 경통과 나란히 잇닿아 있었다.

"여기가 수정실受精室입니다."

문을 밀면서 국장이 말했다.

습성훈련 센터 국장이 들어갔을 때, 숨소리도 들리지 않을 정도의 고요 속에서 사람들은 기계 위에다 몸을 굽히고서 주의를 집중하고 있었다.

무의식중에 흘러나오는 독백과 휘파람 소리가 가늘게 새어나오는 속에서 바야흐로 300개의 수정매개물受精媒介物이 주입되고 있는 중이었다.

국장 뒤에는 나이 어리고 아직도 볼이 새빨간 학생들 한 무리가 몹시 긴장된 모습으로 조심스럽게 뒤를 따르고 있었다.

학생들은 제각기 손에 노트를 1권씩 들고서 이 훌륭한 어른이 입을 열 때마다 빠짐없이 기록했다.

국장의 입에서 쏟아져 나오는 말을 바로 그 자리에서. 이것이야말로 좀처럼 얻기 어려운 특권이었다. 국장은 신입생을 위하여 몸소 구내 전체를 견학시키는 일에 대해서는 항상 정성을 다했다.

"약간 일반적인 개념을 알려 주기로 하겠습니다."

라고, 그는 항상 그러듯이 학생들에게 설명을 했다.

그럴 수밖에 없는 것이, 그들이 자기가 맡은 임무를 재치 있게 완수하려면 물론 일반적인 개념도 필요하겠지만, 선량하고 행복한 사회의 일원이 되려면 일반적인 개념 따위는 되도록 많이 갖지 않는 것이 오히려 더 좋기 때문이었다.

모두가 아는 바와 같이 특수한 것은 도덕과 행복을 위하여 더욱더 도움이 될 수 있는 반면에, 일반적이라는 것은 지적^{知的}인 악^惡이 되고야 말기 때문이다.

사회의 지주가 되는 것은 결코 철학자가 아니라, 오히려 뇌문^{雷文} 세공을 하는 기술자나 인지세 징수인이다.

"내일부터."

하고 그는 말을 꺼내기 시작했다.

약간 어색하면서도 쾌활한 웃음을 짓고서,

"여러분들은 중요한 일에 종사하게 될 것입니다. 그럼 일반적인 것은 알 여유가 없을 것입니다. 그러나 그렇긴 해도……."

그러나 그렇긴 해도 그것은 특권이었다. 그 자리에서 학생들은 존귀한 분의 말을 미친 듯이 노트에 적었다.

홀쭉하고 키가 큰 국장은 몸을 꼿꼿하게 세우고서 방 안으로 들어갔다. 그의 턱은 크고 길쭉했다. 이가 튀어나와서 말을 하지 않을 때에만 두터운 붉은 입술이 겨우 그 이를 덮어 줄 지경이었다.

나이가 들었는지, 아직도 젊은지? 30세? 50세? 55세? 나이를 알기가 곤란했다. 그러한 의문은 일어나지도 않았다. 이렇게 안정된 시대인 포드 기원 632년에는, 그런 것을 묻고 싶어 하는 사람이 없었다.

"우선 처음부터 시작합시다."

라고 국장이 말했다. 열심인 학생들은 그 말까지 노트에 썼다.

'처음부터 시작한다.'

"이것이 부화기입니다."

하고 그는 손으로 가리켰다.

그러고는 격리된 문을 열고서, 번호를 붙여서 가득하게 쌓아 올려놓은 시험관의 선반을 보여 주었다.

"이것은 이번 주일의 난자입니다. 온도는 혈액 온도와 같습니다. 그러나 남성의 배우자는."

그는 여기서 또 다른 문을 열었다.

"37도가 아니라 35도를 보존해야 합니다. 만약 혈액 온도까지 올리면 생식력을 상실해 버립니다."

숫양에 열을 가하면 거세당해 버린다는 이유.

부화기 위에 몸을 기울인 채로, 그는 학생들에게 근대적인 수정 과정을 간단히 설명했다.

그동안 펜은 분주하게 그들의 노트를 채우고 있었다.

말할 것도 없이 그는 제일 먼저 이 과정에 대한 외과적인 도입에 대하여 서술했다. — 즉 이것은, "사회의 선善을 위하여 자발적으로 받게 되는 수술이며, 6개월분의 봉급에 해당할 정도의 보너스가 따르는 것입니다."

다음에 그는 이와 같이 도려낸 난소를 보존하여 발육시키는 기술을 설명하고, 가장 적당한 온도와 염분도, 점도에 관하여 설명하고, 분할되어서 성숙한 난자를 보존하는 액체에 관하여 이야기를 진전시켰다. 그다음에 그는 실험용 탁자로 그들을 안내하여, 이 액체를 시험관으로부터 뽑아서, 현미경 슬라이드 위에 한 방울씩 채취하는 방법, 이 채취액 속에 포함된 알의 변태성 유무를 검사하는 방법, 알을 계산하여 구멍이 있는 저장기로 옮기는 방법 등을 설명해 주었다.

그러고 나서 (이번에는 그 처리 방법을 실제로 견학시켰다.) 이 저

장기를 정자가 제멋대로 헤엄치고 있는 육즙[肉汁]—1㎤에 최소한 10
만 개의 정자가 있다고 그는 주장했다 — 속에 적시는 방법, 그리
고 10분 후에 이 육즙용기를 액체에서 꺼내어 알맹이를 검사하는
방법, 수정이 안 된 알이 있을 경우에는 다시 적셔서, 필요에 따라
시는 3번 적시는 방법과 수정된 알을 부화기로 다시 옮기는 방법,
그리고 거기서 알파와 베타는 병에 집어넣을 때까지 그대로 놔두
지만, 감마와 델타와 엡실론은 다시 꺼내어, 36시간이 경과되면 포
카놉스키 처리를 실시한다는 것 등을 설명했다.

"포카놉스키 처리라는 것은."

하고 국장은 되풀이했다. 학생들은 노트에 적어 놓은 그 글자 밑
에 밑줄을 그었다.

한 개의 난자, 하나의 태아[胎兒], 한 사람의 성인[成人]—이것이 정상
적인 방법이다.

그러나 포카놉스키 처리에 의하면 난자는 싹이 트며, 이상발육
을 하여 분열한다.

1개의 알이 8개에서 96개에 이르기까지 배아[胚芽]하여 각기 배아
는 완전한 태아가 되고, 드디어 완전한 성인이 된다.

이전에는 겨우 1명이 생겼지만 이제는 76명이 생겨나게 된다.
진보가 아니고 무엇인가.

국장은 결론을 내렸다.

"본질적으로 포카놉스키 처리는 생장의 억제로부터 성립되는
것입니다. 정상적인 발육을 막으면, 지극히 역설적이기는 하지만
난자는 싹이 틈으로써 여기에 반응합니다."

'싹이 틈으로써 여기에 반응한다.' 펜을 놀리기가 바빴다.

그는 손가락으로 가리켰다. 받침대 위에 놓여 있는 시험관들이

아주 완만하게 움직이는 벨트 위에 얹혀서 큰 금속성의 통 속으로 들어갔다.

먼저 들어갔던 한 받침대가 그 통 속에서 나왔다. 기계 소리가 희미하게 울렸다. 시험관이 한 번 통과하는 데 8분 걸린다고 그는 설명했다.

난자가 강한 광선을 감당할 수 있는 최대한의 시간은 8분이었다. 그중에는 사멸해 버리는 난자도 있었다.

제대로 살아남은 난자들 중에서 감수성이 아주 약한 것은 2개로 분열하며, 대부분은 4개로, 때로는 싹이 트는 것도 있었다.

이러한 것을 전부 부화기로 다시 옮기면, 분열된 배아가 발육하기 시작한다.

그런 다음, 이틀 후에 급격하게 냉각시켜서 발육을 저지시킨다. 2개, 4개, 8개 등으로 배아가 분열한다. 분열하게 되면 다시, 거의 사멸할 지경에 이르기까지 알코올에 적신다.

그러면 또다시 분열한다. 더 이상 억제하는 것은 일반적으로 치명적이기 때문에 조용하게 발육하도록 그냥 놔둔다.

이때쯤 되면 처음 1개의 난자는 8 내지는 96개의 태아가 되어 있으므로 자연의 정말 놀라운 개량이라고 제군들도 긍정하지 않을 수 없을 것입니다.

동일형의 쌍둥이, 그것도 낡은 모체태생적母體胎生的 시대에 난자가 우연히 분열하여 성립되는 궁색한 쌍둥이나 세쌍둥이와는 달라서 한꺼번에 몇십 개라도 될 수 있는 것이다.

"몇십 개라도."

라고, 국장은 되풀이하면서 선물이라도 분배하는 것처럼 양팔을 흔들었다.

그러나 바보 같은 학생 하나가 불쑥 그에게 그게 무슨 이익이 되느냐고 질문을 던져 버리고 말았다.

"자넨 자넨!"

하고 국장이 재빠르게 뒤를 돌아보면서,

"모르겠는가? 모르겠어?"

그는 손을 높이 들었다.

그의 표정은 진지했다.

"포카높스키 처리는 사회 안정의 중요한 수단 중 하나라는 걸 알아야 합니다!"

사회 안정의 중요한 수단.

표준형인 남자와 여자, 동일형의 무리. 작은 공장들은 모조리 단 1개의 포카높스키식 난자가 생산한 인간에 의해 운영되고 있었다.

"96명의 동일형의 쌍둥이들이, 96개의 동일형의 기계를 돌리고 있다는 것을 인식하십시오!"

열에 겨워서 목소리가 거의 떨릴 지경이었다.

"제군들은 바야흐로 역사가 시작된 이래 최초로 실현된 놀라운 사실 앞에 처해 있는 것입니다."

그는 세계적인 표어를 인용했다. "공동, 균등, 안정." 위대한 말이다.

"만약 우리들이 무한정으로 포카높스키화化를 할 수 있다면 모든 문제가 해결될 것입니다."

표준형인 감마에 의하여, 변화가 없는 델타에 의하여, 동일형의 엡실론에 의하여 해결되는 것이다.

수백만의 동일형의 쌍둥이에 의하여, 드디어는 대량생산의 원리가 생물학에도 적용되는 것이다.

"그러나 유감스럽게도 우리들은 아직 무한정으로 포카놉스키화를 못하고 있는 실정입니다."

국장은 머리를 저었다.

96이 한도이며, 72가 평균인 모양이었다.

동일한 난자와 동일한 남성의 배우자로부터 될 수 있으면 많은 동일형의 쌍둥이를 생산하는 것, 이것이 그들에게 가능한 최상의 일이었다. (유감스럽게도 최상은 못 되었지만), 그러나 그것만이라도 지극히 어려운 일이다.

"왜냐하면, 자연계에서는 200개의 난자를 성숙시키려면 30년이 필요하기 때문입니다. 그러나 우리들의 사업은 바로 이 순간에 인구를 안정화시키는 데 있습니다. 1세기의 4분의 1일이나 소모해서 겨우 쌍둥이를 만들어 내봤자 그것이 도대체 무슨 소용이 있겠습니까?"

물론 소득이 전혀 없다. 그러나 포스냅 기술이 이 성숙 과정을 현저하게 촉진시켰다.

최소한 2년 동안에 150개의 난자를 확실하게 성숙시킬 수 있게 되었다. 이렇게 하여 수정시켜서 포카놉스키화하면, 즉 72배를 하면 2년 동안에 150명의 쌍둥이로부터, 평균 15,000명에 달하는 쌍둥이 형제자매를 생산할 수 있는 셈이 된다.

"특수한 경우에는 1개의 난자에서 15,000명의 성인이 생산되기도 합니다."

그때 마침, 그곳을 지나가던 금발 머리에 붉은 얼굴을 한 청년을 보자,

"포스터 군."

하고 국장이 불렀다. 그 청년은 앞으로 다가왔다.

"단 한 개의 난자가 생산한 최고 기록을 가르쳐 주지 않겠는가?"

"이 센터에서는 16,012입니다."

포스터는 거침없이 대답했다.

그는 말하는 것이 무척 빨랐다. 푸른 눈이 아주 생기가 있었으며, 숫자를 인용하는 것을 대단히 좋아하는 것 같았다.

"16,012. 189쌍둥이로부터 얻은 것입니다. 물론 그 이상의 성적을 올린 곳도 있습니다."

라고 재빠르게 말했다.

"열대 지방의 센터에서는, 이를테면 싱가포르에서는 16,500 이상일 때가 많습니다. 그리고 아프리카의 몸바사에서는 17,000의 기록을 갖고 있죠. 그러나 그건 공평한 게 못 됩니다. 그들에게는 이로운 점이 있으니까요. 흑인의 난소 분열력은 정말 굉장합니다. 백인만 취급하다가 흑인을 취급해 보면 깜짝 놀랄 정도입니다."

그는 미소를 띠면서 덧붙였다. (그의 두 눈에는 투쟁심이 불탔으며, 도전이라도 하려는 듯이 턱을 쳐들었다.)

"그렇지만 우리들도 지고만 있진 않습니다. 나는 지금 굉장히 놀라운 델타 마이너스 난소를 배양하고 있습니다. 겨우 이제 18개월째 되는 것입니다. 그러나 이것이 이미 12,700 이상을 생산하고 있습니다. 그러면서도 아주 원기 왕성합니다. 두고 보십시오. 머지않아 녀석들을 물리쳐 줄 테니까요."

"암! 그래야지!"

하고 국장은 목소리를 높이면서 포스터의 어깨를 두드렸다.

"자, 함께 와서, 학생들에게 자네의 그 해박한 지식을 피력해 주게."

포스터는 수줍게 미소를 띠었다.

"좋습니다."

그들은 방을 나섰다.

저장실에선 모든 것이 알맞게 조화된 소음이 들렸으며, 질서 있는 활동이 전개되고 있었다. 일정한 크기로 자른, 신선한 암퇘지의 얇은 복막 조각이 지하의 창고에서 작은 승강기에 실려 쑥 올라왔다.

'윙' 하고 올라와서 '덜커덕' 하고 승강기의 문이 열렸다.

그러자 병을 배치하는 직원이 팔을 뻗어 얇은 조각을 집어 병에 넣고 어루만져 주었다.

나란히 줄을 지어 선 병이 끝없는 벨트 위에 얹혀서 손이 닿지 않는 거리에 이르기가 바쁘게, '덜커덕' 하고 또 다른 복막 조각이 지하실에서 척척 올라온다.

벨트의 움직임에 맞추어 끊임없이 올라오면서 다음 병 속에 집어넣도록 마련되어 있다.

배치원 다음엔 병에 넣는 직원이 대기하고 있다.

알은 일일이 시험관에서 훨씬 더 큰 용기로 옮겨진다.

솜씨 있게 얇은 복막 조각을 밀어 넣고, 그 위에 재치 있게 상실기 태아를 떨어뜨리고 염분 용액을 주입한다…….

그러면 그 병은 통과되어서 분류표를 붙이는 직원 쪽으로 흘러간다.

유전, 수정 시일, 포카놉스키 그룹의 번호 등의 세밀한 내용이 시험관으로부터 병으로 옮겨진다.

이렇게 되면 이미 이름 없는 태아가 아니라, 이름이 붙고, 분류가 되어, 서서히 흘러가서 뚫어 놓은 벽 구멍을 통과하여 서서히

'사회적 예정실'로 들어간다.

"색인카드가 88㎠나 됩니다."라고 포스터가 기뻐하며 말했다.

"모든 관계 사항이 들어 있습니다."라고 국장이 덧붙여서 말했다.

"매일 오전 중에 보충됩니다."

"매일 오후에는 정돈되고."

"그것을 토대로 하여 계산을 합니다."

"어떠어떠한 성질을 지닌 사람이 얼마나 되는지를요."

라고 포스터가 말했다.

"어느 정도로 분포되어 있는지를."

"어떤 한 순간의 최적 배양률은 어느 정도인지도 계산해 냅니다."

"예측할 수 없는 손실이 있을 때에는 당장 보충됩니다."

"당장에!" 하고 포스터가 되풀이했다.

"지난번 일본 대지진이 있었던 뒤에 제가 소비한 특별시간이 얼마인지를 말씀드리면 깜짝 놀라실 것입니다!"

그는 통쾌하게 웃으면서 머리를 흔들었다.

"예정원들은 필요한 수치를 수정원들에게 알려 줍니다. 그러면 수정원들은 그 양에 맞게 태아를 제작합니다."

"그러면 병이 이쪽으로 건너와서, 다시 상세하게 그 기능이 예정됩니다."

"예정된 다음에 '태아 저장실'로 회부됩니다."

"지금 그곳에 가는 것입니다."

포스터는 문을 열고 지하실 계단을 앞서서 내려갔다.

실내는 역시 열대온도였다. 그들은 어두컴컴한 지하실로 내려갔다.

두 개의 문과 이중으로 굽은 통로로 되어 있어서 실내에 햇빛이 들어올 수 없게 되어 있었다.

"태아는 마치 사진 필름과 같아서."

두 번째 문을 밀면서 포스터가 익살스럽게 말하고는,

"붉은 광선만 괜찮습니다."

그의 뒤를 따라서 들어온 학생들에게는 그곳은 마치, 여름 저녁 놀을 향하여 눈을 감으면 진홍빛으로 되는 것처럼 어둠침침했다.

양쪽에는 무수한 병들이 여러 줄로 나란히 줄을 지어서 루비처럼 반짝거리고 있었다.

그리고 그 루비 사이를 보랏빛 눈동자와 결핵성 부스럼의 징후를 지닌 남녀들의 희미한 모습이 왔다 갔다 하고 있었다.

기계의 윙윙거리는 소리와 덜컥거리는 소리가 미묘하게 공기를 진동시키고 있었다.

"좀 설명해 주게나, 포스터 군."

설명에 지친 국장이 말했다.

포스터가 곧 의기양양하게 설명하기 시작했다.

길이 220m, 폭 200m, 높이 10m. 그는 위쪽을 가리켰다.

물 마시는 병아리 떼처럼 학생들은 일제히 높은 천장을 쳐다보았다.

3층으로 줄지어 놓은 선반 ― 1층, 2층, 3층으로 되어 있다.

각 층마다 강철로 거미집처럼 만들어서, 캄캄한 암흑 속에서 강철은 사방으로 뻗어 있다. 가까운 곳에서는, 3명의 붉은 유령과 같은 인간이 이동식 계단 위에서 분주하게 목이 가느다란 유리병을 내려놓고 있었다.

'사회적 예정실'로부터의 에스컬레이터.

병은 1개씩 1개씩 옮겨져서 15선반 중의 한 선반에 실을 수가 있었다. 그 선반은 모두 캄캄해서 보이지는 않지만, 시속 33cm 3분의 1의 속도로 움직이는 컨베이어가 설치되어 있었다. 하루 8m씩 267일 동안, 즉 전부 2,136m. 1층을 한 바퀴 돌고, 2층을 한 바퀴 돌고, 3층을 한 바퀴 돌아서 267일 날 아침에야, 출산실의 햇빛을 볼 수 있게 된다.

그렇게 해야만 비로소 독립된 존재가 된다.

"하지만 거기에 이르기까지는 무척 많은 수고를 해야 합니다. 그야말로 굉장히."

하고, 포스터 군은 말끝을 맺었다.

그의 웃음소리는 확신과 자부심으로 넘쳐흐르고 있었다.

"그런 기백이라야 하거든."

국장이 또 한 번 말했다.

"한 바퀴 돌아볼까. 학생들에게 모두 설명해 주게나, 포스터 군."

포스터는 충분하게 알아듣도록 설명하면서 안내했다.

복막의 베드 위에서 점점 커가고 있는 태아에 관해 설명해 주었다. 태아를 양육시키고 있는 풍부한 혈액보급제를 학생들에게 조금 맛을 보였다.

태아는 왜 태반제제와 갑상선 호르몬으로 자극할 필요가 있는지도 설명했다. 0에서부터 시작하여 2,040m까지 각 12m마다 그것을 자동적으로 주입시키는 분출구의 장치를 보여 주었다. 마지막 96m의 코스에서 점점 저 많은 양의 뇌하수체를 공급해 준다는 것도 설명해 주었다. 112m 코스에서 모든 병에 장치되는 인공적인 배아 영양 순환을 설명했다.

혈액보급제의 저장고와, 액체가 태반 위를 넘어서 종합 폐肺를 통과하여 소모품 여과막까지 유통시키기 위한 원심력 펌프를 보여 주었다.

태아는 쉽게 빈혈증에 걸리기 쉬운 경향이 있어서 예방이 곤란하다는 것과, 그리고 그러한 경우에 태아에게 공급해 줘야 하는 엄청난 돼지의 위胃의 정액과 갓 태어난 말의 간장에 관하여 설명했다.

모든 태아를 운동에 숙련시키기 위하여 8m마다 마지막 2m에 설치해 놓은, 간단한 기계 장치를 설명했다.

이른바 '이동 배양'이라는 정신적 충격의 중대성을 알려 주고, 병 속의 태아를 적당히 훈련시킴으로써 이 위험한 충격을 줄이는 방법에 관하여 설명했다.

그러고 나서 200m 부근에서 실시되는 성별 검사에 대하여 설명했다.

딱지의 종류 — 남성에게는 T, 여성에게는 O, 그리고 불임녀로 결정된 것에는 백지에 검은 ? 를 기록하는 것이라고 설명했다.

"하기는, 물론." 하고 포스터가 말했다.

"대개의 경우에 있어서 임신 능력이란 거추장스러운 장애물에 불과합니다. 1,200개 중에 1개의 생산적인 난자만 있으면 우리들의 목적을 충족시키기에 충분합니다. 그러나 우리들은 충분한 선택을 원하고 있습니다.

게다가, 만일의 경우에 대비해서 안전을 기할 필요가 있습니다. 그렇기 때문에 우리들은 여성 태아 중에서 대략 30%에게는 정상적인 발육을 베풀어 줍니다.

그 외의 태아에게는 그다음 코스를 통하여 24m마다 남성 호르몬을 소량 주입시켜 줍니다. 그 결과 그들은 불임 여자로서 배양되는 것입니다. 구조적으로 보아도 전혀 정상적이죠. 다만."

하고 그는 인정하지 않을 수가 없었다.

"약간 콧수염이 나는 경향이 있습니다. 하지만 다른 모든 것은 정상이고, 임신만 되지 않습니다. 이 사실은."

하고 포스터는 말을 이었다.

"우리들이 노예처럼 단순히 자연을 모방하는 것에서 벗어나, 이제야 영광스러운 인간적 발명이라는 훨씬 더 흥미진진한 세계로 발을 들여놓게 되었다는 증거입니다."

그는 의기양양하게 양손을 비볐다.

단순히 태아를 부화시키는 것만으로는, 그들은 만족하지 않았기 때문이다. 그런 것쯤은 암소라도 할 수 있는 게 아닌가.

"우리들은 또한 미리 예정하며, 습성훈련도 합니다. 우리들은 유아를 배양시켜서, 사회화된 성인으로 만들 것이며, 또는 알파나 엡실론으로 만들어 미래의 하수도 공사부도 만들 것이며, 혹은 미래의……."

그는 여기서, '미래의 세계 총재도 만들 것이며'라고 말하려고 했던 것을 변경하여,

"미래의 인공부화 국장 각하도 만들 것입니다."

라고 했다.

국장은 이 찬사를 미소를 띠면서 받아들였다.

그들은 선반 제11호의 320m의 지점을 걸어가고 있었다.

한 젊은 베타 마이너스 기계공이 나사·못·드라이버와 스패너를 가지고서, 그곳을 통과하는 병에 넣는 혈액보급제의 펌프를 분주하게 틀고 있었다.

그가 정지 나사를 돌리자 전기 모터의 윙윙 울리는 소리가 높아졌다. 한 번 돌리고 또 한 번 돌리고……

마지막으로 한 번 비틀고 난 다음에 회전계를 잠깐 들여다보고, 그제야 손을 멈추었다. 그는 두 발짝 물러서서 이번에는 다음 병을 향하여 같은 작업을 시작했다.

"매분마다 회전수를 줄이고 있는 중입니다."

포스터가 설명했다.

"혈액보급제가 천천히 들어가서 폐를 통과하는 시간이 오래 걸리게 됩니다. 따라서 이것은 태아에게 산소를 더욱더 적게 주는 셈이 되죠. 태아를 표준 이하로 만들기 위해선, 산소 결핍이 제일입니다."

그는 다시 손을 맞대고 비볐다.

"하지만 왜 태아를 표준 이하로 만들 필요가 있습니까?"

머리가 나쁘지도 않은 학생이 질문했다.

"바보 같은 소릴!"

하고 국장이 한참 만에 침묵을 깨뜨리고 대답하면서,

"엡실론의 태아는 엡실론의 유전과 마찬가지로 엡실론의 환경을 가져야만 한다는 것이 자네의 머리엔 떠오르지도 않는가?"

그것은 확실히, 그가 생각하지 못한 일이었다. 학생은 혼란속에 빠지고 말았다.

"계급이 낮을수록 산소도 적어집니다."

하고 포스터가 말했다.

그렇게 하면 제일 먼저 침범당하는 기관은 두뇌였다. 그리고 다음엔 골격. 정상량의 산소를 70% 밖에 주지 않으면 난쟁이가 된다. 70% 이하라면, 눈이 없는 괴물이 된다.

"그런 것은 소용이 없습니다."

라고 포스터가 말을 맺었다.

그러나 (그의 목소리는 점점 자신만만하여 열이 올랐다.) 만약 성숙의 기간을 단축시키는 기술이 발명된다면 얼마나 커다란 승리이며, 사회에 대해서는 얼마나 커다란 공헌을 할 수 있을 것인가!

"말을 한번 생각해 보십시오."

그들은 말에 관하여 생각했다. 6살에 성숙한다. 코끼리는 10세에. 그러나 인간은 13세가 되어도 성적으로 성숙하지 않을 뿐 아니라, 20세가 되어야 겨우 신체가 완성된다.

따라서 말할 것도 없이, 이러한 완만한 발육에 의하여 인간의 지성은 훌륭하게 발달되었던 것이다.

"그러나 엡실론에게는."

하고 포스터가 말하면서,

"인간적인 지성은 필요하지 않습니다."

필요하지 않기 때문에 받아들이지도 않았다. 그러나 엡실론의 정신은 10세가 되면 성숙하지만 신체는 18세에 이르기까지는 부려먹을 수가 없다. 그동안의 기간은 완전히 쓸데없는 낭비일 뿐이다. 그러므로 만약 신체적 발육이 암소처럼 빨리 성숙할 수 있다면, 우리들 공동사회를 위해서 얼마나 막대한 이득을 가져오겠는가.

"막대한!" 하고 학생들이 입속말로 중얼거렸다. 포스터의 열의는 전염성이 있었다.

그는 약간 기술적인 것을 이야기하기 시작했다. 인간의 발육을 지연시키는 비정상적인 내분비의 존재에 관하여 설명하고, 그것은 배종胚種의 돌연변이에 원인이 있는 것이라고 말했다.

이 배종적 돌연변이의 여러 가지 비밀을 해결할 수 있을 것인가? 엡실론의 태아에 어떤 적절한 기교를 사용하면 개나 암소의 일반적인 성숙기간처럼 단축될 수가 있을까? 이것이 문제였다. 그러나 그것도 머지않아 해결될 것이라고 했다.

몸바사에서는 필킨턴이, 4세가 되면 성적으로 성숙하고 6세가 되면 어른이 되는 인간을 만든 적이 있었다.

과학적으로 볼 때는 성공이다. 그러나 사회적으로는 아무 이익이 없었다.

6세의 어른인 남녀는 엡실론의 일도 할 수 없을 만큼 저능아였다. 더군다나 그 제작법이, 전부 성공하든가 그렇지 않으면 전부 실패하는 식이었다.

수정하는 데 완전히 실패든가, 또는 실패하지 않을 경우에는 모두 변화되어 버리든가 하는 것이었다. 그들은 20세의 성인과 6세의 성인 사이에 어떠한 타협점을 발견하려고 지금도 연구를 계속하고 있다.

그러나 아직까지 아무도 성공을 거두지 못하고 있다. 포스터는 한숨을 쉬면서 머리를 설레설레 저었다.

그들은 선반 제9호의 170m 근처에 이르렀다. 거기서부터 선반 제9호는 완전히 덮어씌워져서, 병은 터널식으로 안으로 흘러들어 갔다. 터널은 2, 3m의 간격을 두고, 그 사이마다 터져 있었다.

"열처리를 하는 것입니다."

라고 포스터가 말했다.

더운 터널과 차가운 터널이 엇바뀌어 있었다. 차가움에 대해서는 강한 X광선의 형태로 불쾌감을 자아내게 했다. 그래서 배양될 때에 이르면 태아는 차가움을 무서워하게 된다.

그것은 열대로 수출되기도 하고, 광산이나 인조견사 제조공장, 강철작업 같은 곳에 보내도록 예정되어 있는 태아였다.

태아는 저절로 육체의 판단을 그냥 받아들일 수 있도록 정신이 만들어지는 것이었다.

"우리는 그들이 더위를 좋아하도록 습성훈련을 시키는 것입니다."라고 포스터가 결론을 내렸다. "위층에서는 우리의 동료들이 그들에게 더위를 사랑하도록 다시 가르치죠."

"그렇게 하여 그것이."

국장은 선언을 하듯이 덧붙이면서,

"행복과 덕의 비결이 됩니다. 자기가 해야 할 일을 즐겁게 할 수 있으니까요. 습성훈련의 목적은 여기에 있습니다. 다시 말하면 그들 각자가 피할 수 없는 사회적 운명을 사랑하도록 만들어 주는 것입니다."

터널과 터널의 간격 사이에서 한 여자가 통과하는 병 속의 아교 같은 물질을 길쭉한 주사기로 솜씨 있게 찌르며 살펴보고 있었다. 학생들과 안내자는 잠시 동안 그것을 물끄러미 바라보고 있었다.

"레니나."

여인이 주사기를 치켜들고 고개를 들었을 때, 포스터가 말했다.

여자는 깜짝 놀라며 뒤돌아보았다. 얼굴은 결핵 빛이며 눈을 새빨갛지만, 뛰어나게 아름다웠다.

"헨리!"

그녀의 미소가 붉게 피었다. 산호와 같은 이.

"예쁘군, 예뻐."

하고 국장이 나지막하게 말하곤 그녀를 두서너 번 가볍게 두드렸다. 그러자 그녀는 겸손한 미소를 띠었다.

"뭘 하는 거지?"

하고 포스터가 직업적인 말투로 물었다.

"항상 하는 발진티푸스와 수면병이죠."

"열대지방의 노동자에게는 150m부터 예방 병균을 접종하기로 되어 있습니다."

라고 포스터가 학생들에게 설명했다.

"태아는 아직 이 시기에는 아가미가 있습니다. 우리들은 이 고기들에게 미래의 인간의 질병에 대하여 면역을 시켜 주고 있는 것입니다."

그러고는 레니나 쪽을 돌아보면서,

"5시 10분 전에 옥상에서 기다리고 있을게."

하고 그는 말했다.

"알겠지, 여느 때처럼."

"아, 예뻐."

라고 국장은 다시 한번 말하고는, 또 한 번 가볍게 등을 두드리면서 학생 뒤를 따라서 걷기 시작했다.

선반 제10호의 줄에는, 미래의 화학 공업자들이 납과 가성소다, 타르와 염소 등을 이겨낼 수 있도록 훈련되고 있었다.

선반 제3호의 1,100m 지점에 있어서는, 태아 로켓 비행기의 제1대인 250대가 통과하고 있었다. 특수한 기계장치에 의하여 용기가 일정한 회전을 하도록 되어 있었다.

"태아의 평형감각을 증진시키기 위해서입니다."

라고 포스터가 설명하면서,

"허공에서 로켓의 밖으로 나와 수선을 한다는 것은 여간 어려운 일이 아니니까요. 먼저 혈액보급제의 공급을 줄이는 것입니다. 그

러면 태아는 이 근처에서 거의 죽을 지경에 도달합니다. 그리고 그
들이 거꾸로 매달렸을 때 혈액공급을 2배로 늘려 줍니다. 그러면
태아는 거꾸로 되었을 때가 행복하다고 생각하게 되죠. 실제로 그
들은 거꾸로 있을 때만이 정말로 기뻐하게 됩니다."

"그리고 이번엔."

하고 포스터의 이야기는 계속되었고,

"알파 플러스급 지식인의, 대단히 흥미 있는 습성훈련을 보여 드
리겠습니다. 선반 제5호에 있습니다. 2층입니다."

그는 1층 쪽으로 내려가려고 하는 두 사람의 학생을 불렀다.

"900m 부근입니다."

라고 그는 설명하면서,

"태아의 꼬리가 빠지고 난 뒤가 아니면, 유효한 지적 습성훈련이
안 됩니다. 그럼 따라오십시오."

그러나 국장이 시계를 꺼내어 보았다.

"3시 10분 전이다."

라고 그는 말했다.

"지적 태아를 구경할 시간은 없을 것 같은데. 아이들의 오후 수
면시간이 끝나기 전에 육아실로 가야 해."

포스터는 실망했다.

"그렇다면 배양실이라도 조금 구경하죠."

그가 부탁했다.

"그렇게 하지."

국장은 너그럽게 웃음을 띠었다.

"그럼 좀 보고 가세."

제 2 장

포스터는 배양실에 남게 되었다. 국장과 학생들은 가장 가까운 곳에 있는 승강기를 타고 6층으로 올라갔다.

'육아실. 신파블로프 방식 습성훈련실'이라는 간판이 걸려 있었다.

국장이 문을 열었다. 널따랗고 텅 빈 방이었다. 남쪽으로 향한 벽은 전체가 한 개의 창으로 이루어져 있었으므로, 매우 밝았다.

하얀 인조마麻의 제복을 똑같이 입고, 머리에는 흰 모자를 꼭 눌러 쓴 여섯 명의 보모들이, 마루 위에다가 장미 화분을 쭉 일렬로 놓고 있었다.

장미가 비좁게 핀 커다란 화분이었다. 비단처럼 부드럽게 성숙할 대로 성숙하고, 자그마한 아기들의 뺨처럼 붉은 꽃잎. 그러나 이 아기들은 햇빛에 빛나는 분홍빛과 아리안 혈통의 아기들뿐만이 아니었다.

중국과 멕시코의 아기도 있었다. 천상의 나팔을 너무 심하게 불어서 졸도할 지경인 것과 주검처럼, 혹은 흰 대리석처럼 창백한 것도 있었다.

국장이 나타나자, 보모들은 긴장하여 꼿꼿해졌다.

"책을 준비하시오."

그는 퉁명스럽게 말했다.

보모들은 묵묵히 지시에 따랐다.

화분과 화분 사이에 깨끗하게 책이 진열되었다. 짐승과 물고기와 새들의 즐겁고 다정스러운 모습이 화려한 색깔로 인쇄된 육아용 책이었다.

"그럼, 어린아이들을 데리고 오시오."

보모들은 서둘러 방을 나갔다. 2, 3분 후에 그들은 제각기 식기 운반용 수레 같은 것을 밀고 들어왔다. 거기엔 모두 철사로 만든 선반이 4개씩 있어서, 생후 8개월째 되는 유아들이 실려 있었다.

아이들은 모두 완전히 닮았으며(포카놉스키 클럽이다, 틀림없이), 똑같이(계급이 델타였으므로) 카키색 옷을 입고 있었다.

"마루 위에 내려놓으시오."

젖먹이들을 마루 위에 내려놓았다.

"아이들에게 꽃과 책이 눈에 띄도록 바로 놓으시오."

그쪽으로 바로 놓자 어린아이들은 당장 조용해졌으며, 부드러운 색채와 흰 책장 속에 걸려 있는 즐겁고 화려한 그림 쪽을 향해 기어가기 시작했다.

그들이 가까이 가자, 구름 사이에서 태양이 자태를 나타냈다. 장미는 내부로부터 솟아올라 분출하는 정열처럼 불타기 시작했다. 빛나는 책장 위에는 새롭고 미묘한 의미가 가득 차 있는 것처럼 보였다.

기어가는 어린아이들 무리 속에서 흥분에 겨운 나지막한 고함 소리와 기쁨에 넘치는 웃음소리가 일어났다.

국장은 손을 비볐다. "마침 잘됐어!"라고 그는 말했다. "마치 이렇게 꾸민 것 같군."

기는 것이 빠른 아이들은 벌써 도달점에 도달하고 있었다. 의심스러운 듯이 작달막한 손들을 내밀어 건들여 보더니 그것을 잡았다. 꽃잎을 문질렀다. 반짝거리는 책장들을 꾸겼다.

모두가 정신없이 즐거움 속에 잠길 때까지 국장은 기다리고 있었다. 국장은 "조심해서 잘 보시오."라고 말했다. 그는 손을 들면서 신호를 했다.

방 저쪽 구석의 스위치 판이 있는 곳에 서 있던 보모장이 소형 지렛대를 눌렀다.

격렬한 폭음이 일어나며 날카롭게, 더욱더 날카롭게 사이렌이 울리기 시작했다. 경보용 벨소리가 미친 듯이 울렸다.

어린아이들은 깜짝 놀라며, 소리를 내어 울었고 얼굴은 공포로 일그러졌다.

"이번에는." 하고 국장이 고함을 쳤다. (소음이 귀를 멀게 할 지경이었으므로) "약한 전기 자극을 가합니다."

그는 다시 한번 손을 흔들었다. 보모장이 제2의 지렛대를 눌렀다. 어린아이들의 아우성은 갑작스레 변했다.

일종의 절망적인, 거의 미쳐 버릴 듯한 소리로 변하여 경련하는 듯한 울음소리가 되었다.

작은 몸뚱이들이 바르르 떨며 굳어졌다. 손발은 눈에 보이지 않는 전선에 이끌린 것처럼 급격하게 움직이고 있었다.

"마룻바닥 위에 전기가 통하도록 되어 있습니다." 국장은 마치 울부짖는 듯이 설명했다. "하지만 이쯤 하면 충분하겠죠." 그는 보모장에게 신호를 했다.

폭음이 멎으며 벨소리가 멎고, 사이렌 소리가 서서히 사라졌다. 경련을 일으키며 굳어졌던 아이들의 몸이 풀어졌다.

동시에 미치광이와 같던 어린아이들의 울음소리는 다시 공포에 의한 정상적인 울음소리로 되돌아왔다.

"꽃과 책을 다시 한번 보여 주시오."

보모들은 그렇게 했다. 그러나 장미꽃이 가까이 오고, 새끼고양이와 병아리들과 맴맴 하는 검둥이 염소를 그린 그림이 눈에 띄자, 어린아이들은 무서워서 그만 뒷걸음질을 쳤고 울음소리가 더욱 심해졌다.

"보십시오." 하고 국장은 자랑삼아 말했다. "보십시오."

책과 소음, 꽃과 전기 자극 — 이미 유아의 두뇌 내부에는 이러한 것이 타협적으로 연결되었다.

따라서 이와 동일한 또는 유사한 교훈을 앞으로 200회만 반복해 주면 연결은 완전히 떨어질 수 없는 관계가 되어 버리는 것이다.

인간이 결부시켜 놓은 것을 자연조차도 떼어 놓을 수가 없다.

"유아들은 이제 책과 꽃에 대하여 심리학자들이 말하는 '본능적'인 증오를 느끼며 성장하게 됩니다. 반사작용은 확고하게 훈련되었습니다. 한평생을 두고, 그들은 책과 꽃에 대해서는 안전합니다."

국장은 보모들에게,

"아이들을 데리고 가시오."라고 말했다.

여전히 울부짖고 있는 카키색의 유아들을 수레에 싣고 데려가 버렸다. 시금털털한 우유 냄새와 가장 반겨할 정적을 남겨 둔 채로.

한 학생이 손을 번쩍 들었다. 하층계급의 인간이 독서를 하며 '공동체'의 시간을 낭비한다든가, 해로운 책을 읽음으로써 그들의 반사작용을 악화시키지 않도록 하는 것은 이해할 수 있지만…… 그러나 꽃만은 이해할 수가 없다고 말했다.

델타 계급의 인간에게 왜 꽃을 싫어하게 하기 위한 심리학적인 수고를 해야 하는 것일까.

국장은 끈기 있게 설명했다.

어린아이들에게 장미를 보고 울게 하는 것은, 심오한 경제정책에 따른 것이다.

그렇게 오래된 이야기는 아니지만 (약 1세기 전에) 당시엔 감마 계급, 델타 계급, 그리고 엡실론 계급에게까지도 꽃을 사랑할 수 있도록 가르쳤다 ─ 단, 특수한 야생화에 한해서. 그 이유는, 그들에게 멀리 나가는 것을 좋아하게 하고, 기회가 있을 때마다 시골에 가고 싶게 하여, 그 결과 그들에게 교외 여행을 강제로 시켜서 운송수단을 소비하도록 하기 위해서였다.

"결과는 그렇게 되지 않았습니까?" 하고 학생이 물었다.

"결과는 굉장했습니다."라고 국장이 대답했다. "그러나 그저 그 뿐이었죠."

앵초꽃과 전원 풍경은 중대한 결점, 즉 목적성이 없다고 그는 지적했다.

자연애가 공장의 번영을 가져오지는 않았기 때문에 하층계급에게는 자연에 대한 애정을 포기시키도록 결정했던 것이다.

자연애는 제거시켰지만, 소비적인 시골여행을 하려는 성향만은 그대로 유지하게 했다. 왜냐하면 시골을 증오하더라도, 그들을 시골로 가게 하는 것은 필요했기 때문이다.

문제는 앵초과 전원풍경에 대한 애정보다도 소비적인 교외여행이라는 경제적으로 더 건전한 이유를 발견하는 것이었다. 물론 그것은 발견되었다.

"우리들은 대중이 전원을 싫어하도록 습성훈련을 시키는 것입니다."라고 국장이 결론을 내렸다.

"그와 동시에, 전원의 스포츠만은 좋아하도록 습성훈련을 시킵니다. 그리고 전원의 스포츠에는 반드시 복잡한 장치를 사용하도록 주의하고 있습니다. 운송수단 소비와 함께, 수공예품도 소비하도록 말입니다. 그래서 저런 전기 자극이 필요한 것입니다."

"알겠습니다."라고 학생들은 말하고 나서, 감탄한 나머지 말문이 막혀 버렸다.

잠시 동안 모두 조용했다.

잠시 후에 국장이 다시 목청을 가다듬어서 말했다.

"한때, 포드님이 이 세상에 살아 계실 때 일입니다. 루벤 라비노비치라는 소년이 있었습니다. 루벤은 폴란드 말을 사용하는 부모에게서 태어났습니다."

여기서 국장은 말을 중단하고,

"제군들은 폴란드 말이 무엇인지 압니까?"

라고 물었다.

"사어^{死語}입니다."

"프랑스 말이나 독일 말과 마찬가지로."

하고 한 학생이 자기가 배워서 익혀 두었던 것을 덧붙여서 말했다.

"그러면 '부모'란 말은?"

하고 국장이 물었다.

순간 뒤숭숭한 침묵. 학생 중 두서너 명의 얼굴이 붉어졌다.

그들은 아직도 상스러운 것과 순수과학 사이에 의미심중하고도 지극히 명확한 구별을 하는 것에 익숙하지 못했다.

그러나 그중 한 학생이 용감하게 손을 들었다.

"인간은 지금까지……." 그는 주저했다. 볼이 붉어졌다. "지금까지, 태생아적이었습니다."

"맞습니다." 국장이 고개를 끄덕거렸다.

"그래서 어린아이가 배양되면……."

"'낳으면'이야."라고 누가 정정했다.

"그렇게 되면, 그들은 부모가 됩니다. 어린아이가 아니라, 다른 쪽 사람이 말입니다."

가련하게도 소년은 완전히 흥분하고 말았다.

"단적으로 말한다면 부모란 아버지와 어머니를 말합니다."

하고 국장이 요점을 간추려서 말했다.

학문이라곤 하지만 정말 상스러운 것이었다.

그러잖아도 은근히 시선을 피하며 침묵에 잠겨 있는 학생들 사이에 그 고약스러운 것이 철썩 하고 내리 닫혔다.

"어머니라는 것은."

하고 그는 목소리를 가다듬어서 되풀이했다. 그는 의자에 기대어 앉으면서 말했다.

"이런 것들은." 그의 말투가 엄숙해졌다.

"불쾌하기 짝이 없는 사실입니다. 더 말할 것도 없이. 그러나 역사적 사실은 대부분 그렇습니다."

그는 다시 작은 루벤에게로 돌아갔다. 작은 루벤의 방에서 어느 날 밤, 그의 아버지와 어머니가 (끄덕끄덕!) 라디오를 그냥 틀어 둔 채로 두었다.

"그 상스러운 태생아 생식 시대에서는 아이는 언제나 부모가 길렀으며, 국립 습성훈련국이 필요 없었다는 것을 잊어서는 안 됩니다."

루벤이 잠들어 있었을 때, 런던 방송국의 프로가 들려왔다.

이튿날 아침에 그 끄덕끄덕거리던 부부가 (학생들 중에서 귀엽게 생긴 녀석 두서너 명이 서로 얼굴을 마주 보고 싱긋 웃었다.) 놀란 것은, 루벤이 눈을 뜨자마자, 어떤 특이하고 낡아빠진 문학자가 오랜 시간에 걸쳐서 지껄였던 강연을 한 마디 한 마디씩 반복했다는 것이었다.

그 작가는 (그의 작품이 현대에도 허용되고 있는 몇 사람 안 되는 작가 중 한 사람이지만) 조지 버나드 쇼라고 하며, 그때 마침 그는 순수한 전통에 의거하여 자기 자신의 천재에 관한 강연을 하고 있었다.

어린 루벤은 물론 그 강연은 전혀 이해할 수 없었으며, 부모는 어린아이가 갑작스레 미친 줄로만 알고 아이를 의사에게 데리고 갔다.

의사는 다행히도 영어를 알고 있었으므로, 그 강연이 지난밤에 쇼가 방송했던 것이라는 것을 확인하고, 사태의 중요한 의미를 깨닫게 되었다. 그래서 여기에 관한 보고서를 작성하여 의학신문에 보냈다.

"수면교육 또는 최면교육의 원리가 이렇게 하여 발견된 것입니다."라고 국장은 인상적인 한숨을 쉬었다.

원리는 발견되었다. 그러나 원리를 유효하게 사용하기까지는 오랜 세월이 걸렸다.

"루벤의 사건은, 우리 포드님의 T형 자동차가 시장에 나온 지 겨우 23년 후의 일입니다. (이 말을 하면서 국장은 배에다가 T자의 사인을 했다. 학생들도 경건하게 따랐다.) 그런데도 불구하고⋯⋯."

놀라운 속도로 학생들은 받아썼다.

"최면교육이 공식적으로 사용되기 시작한 것은 A.F.(포드 기원) 214년. 왜 그 이전에는 사용되지 않았던가? 이유는 두 가지입니다. (I)⋯⋯."

"초기의 실험은." 하고 국장은 계속 말했다. "방향을 잘못 잡았습니다. 최면교육이 지적 교육의 한 수단이 될 수 있다고 생각했던 것입니다⋯⋯."

오른쪽으로 돌아누워서 자고 있는 어린아이, 오른팔을 뻗쳐서 오른손을 침대의 가장자리에 축 떨어뜨리고 있다.

상자의 동그란 쇠살대 사이로부터 나지막한 소리가 속삭거리고 있다.

"나일 강은 아프리카에서 제일 긴 강입니다. 그리고 세계에서 두 번째로 긴 강입니다. 길이는 미시시피 미주리 강보다는 짧지만, 나일 강은 유역의 길이로는 세계 제일이며, 그것은 위도 35도에 걸쳐서⋯⋯."

이튿날 아침식사 때,

"토미."

하고 누가 말한다.

"아프리카에서 제일 긴 강을 알고 있니?"

토미는 머리를 흔든다.

"하지만 넌 이런 걸 알고 있지 않니, 나일 강은……."

"나일 ― 강은 ― 아프리카 ― 에서 제일 ― 긴 ― 강입니다 ―그리고 ― 세계 ― 에서 ― 두 번째로 긴 ― 강 ― 입니다……."

말이 술술 쏟아져 나온다.

"길이는 ― 미시시피 ― 미주리 강보다는 ― 짧지만……."

"그럼 자, 아프리카에서 제일 긴 강은 뭐지?"

두 눈이 멍하다. "몰라."

"하지만 나일 강은, 토미."

"나일강 ― 은 ― 아프리카에서 ― 제일 ― 긴 ― 강입니다 ― 그리고……."

"그럼 어떤 강이 제일 길지, 토미?"

토미는 그만 울기 시작한다.

"몰라."

하고 그는 고함을 지른다.

이 울음소리가 초기의 실험자들을 낙담시켰다고 국장은 털어놓았다. 실험은 포기했다.

잠자고 있는 어린아이에게 나일 강의 길이를 가르친다는 계획은 더 이상 실시되지 않았다. 올바른 이야기다. 과학이 무엇인지를 모르고는, 과학을 가르칠 수 없는 것이다.

"그러나 만약 그들이 도덕교육의 실험부터 시작했더라면."

하고 문 쪽을 향하여 앞장서서 걸으면서, 국장이 말했다.

학생들이 뒤를 따랐다. 승강기에 이르기까지 도중에 서서 미친 듯이 노트에 받아쓰면서,

"즉, 어떠한 사정이 있더라도 결코 합리적이 되어서는 안 되는

도덕교육부터."

"정숙하십시오. 정숙하십시오."

그들이 15층에 들어서자 확성기에서 나직하게 울렸다.

"정숙하십시오. 정숙하십시오."

복도 곳곳에 설치되어 있는 스피커에서 피로한 빛도 없이 계속 되풀이했다.

학생들은 물론 국장까지도 자동적으로 발뒤꿈치를 들었다.

그들은 알파 계급이었다. 그러나 알파 계급일지라도 습성훈련이 잘되어 있었다.

"정숙하십시오, 정숙하십시오."

15층의 모든 공간은 이 명령으로 인해 조용했다.

발끝으로 50야드까지 가자 문이 하나 있었다.

국장은 조심스럽게 그 문을 열었다. 문지방을 넘어서자 그곳은 장막을 쳐서 땅거미가 도는 숙사였다.

벽에는 한 줄로 세워 놓은 80개의 작은 침대. 규칙적인 가벼운 숨소리와 멀리서부터 희미하게 속삭이는 듯한 말소리가 연속적으로 들려왔다.

그들이 들어가자, 보모가 가까이 와서 국장 앞에 섰다.

"오늘 오후의 수업은 뭐요?"

하고 그가 물었다.

"처음 40분은 기초 성교육을 했습니다."

하고 그녀는 대답했다. "지금은 초보 계급의식을 교육시키고 있습니다."

국장은 줄지어 있는 침대를 따라서 천천히 걷기 시작했다. 장밋빛으로 발그레한 80명의 어린아이들이 잠을 자면서 새근새근 숨을 쉬고 있었다.

그들의 베개 밑에서 소곤거리는 소리가 들렸다. 국장은 발을 멈추고 한 침대에 귀를 기울여 주의하며 듣고 있었다.

"초보 계급의식이라고 했죠? 확성기를 좀 더 크게 들어 볼까요."

방구석에는 확성기가 설치되어 있었다.

국장이 가까이 가서 스위치를 눌렀다.

"······초록색 옷을 입고 있습니다."

부드럽지만 아주 똑똑한 소리가 문장의 중간부터 말하기 시작했다.

"그리고 델타 아이들은 카키색 옷을 입고 있습니다. 아이 싫어, 난 델타 아이들하고 노는 건 싫습니다. 엡실론은 더욱더 나쁩니다. 그들은 바보라서 읽지도 쓰지도 못합니다. 더구나 검정색을 입고 있습니다. 아주아주 싫어하는 색입니다. 나는 베타라는 게 정말 기뻐요."

잠시 휴식. 그리고 목소리가 다시 시작되었다.

"알파 아이들은 회색 옷을 입고 있습니다. 그들은 너무도 똑똑하기 때문에, 우리들보다도 훨씬 더 많은 일을 합니다. 난 많이 일하지 않아도 좋기 때문에 베타가 된 것이 정말 기뻐요. 그리고 우리들은 감마나 델타보다 훨씬 좋습니다. 감마는 바보입니다. 모두 초록색 옷을 입고 있습니다. 그리고 델타 아이들은 카키색 옷을 입고 있습니다. 아이 싫어, 난 델타 아이들하고 노는 건 싫습니다. 엡실론은 더욱더 나쁩니다. 그들은 바보라서······."

국장은 스위치를 껐고 소리가 그쳤다.

다만 80개의 베개 밑에서 유령처럼 속삭임이 계속되었다.

"잠이 깰 때까지 저것을 40, 50회 반복합니다. 그리고 목요일에 또 한 번, 토요일에 또 한 번, 매주 세 번, 120회씩 3개월간. 그것이 끝나면, 훨씬 어려운 수업에 들어갑니다."

장미와 전기 자극, 델타의 카키색과 아위^{阿魏} 향수를 한 번 뿜어 준 아이는 아직 말을 알기 전에 이것을 연결시킨다. 그러나 말없이 습성훈련을 한다는 것은 거칠고 조잡하며, 미묘한 개념을 구분할 수 없으며, 복잡한 행동의 수련에는 적합하지 못하다.

그렇게 하려면 말이 필요하다. 그러나 무의미한 말이어야 한다. 즉, 최면교육.

"이것이야말로 어떠한 시대에 있어서도, 가장 강력한 윤리화와 사회화적인 힘."

학생들은 그것을 노트에 옮겨 썼다. 존엄한 분의 말을 바로 받아서.

국장은 다시 스위치를 눌러 보았다.

"……너무도 똑똑하기 때문에."

라고 부드럽고도 관능적이며 피로를 모르는 소리가 말했다.

"우리들보다도 훨씬 더 많은 일을 합니다. 나는 많이 일하지 않아도 좋기 때문에……."

물론, 물방울이 단단한 대리석에 구멍을 뚫지만, 물방울이라기보다는 오히려 액체 밀랍의 방울이다.

떨어진 물건 위에 정착하여 표면을 덮고 한 덩어리가 되어 버려서, 마지막에는 전체가 진홍색으로 되어 버리는 방울이다.

"드디어 아이들의 정신 속에 이러한 암시가 새겨지며, 암시의 총체가 아이들의 이성이 된다. 더군다나 단순히 아이들의 정신뿐만 아니라, 성인도 마찬가지이다. 일생을 통하여 판단하고 요구하며 결정하는 정신은 모두 이러한 암시에 의해 이루어져 있다. 그러나 이러한 모든 암시는 우리들 자신의 암시이다!"

국장은 승리의 목소리를 높였다.

"국가에 바치는 암시다!"

그는 가까이에 있는 테이블을 두드렸다.

"그러므로……."

울음소리가 나자 뒤를 돌아다보았다.

"오, 포드여!"

하고 그는 나직이 말했다.

"소리가 너무 커서, 아이들을 깨워 버리고 말았군."

제 3 장

　바깥 정원은, 지금 한창 휴식 시간이었다. 화창한 6월의 햇빛을 받으면서 벌거벗은 6~7백 명의 어린 소년 소녀들이, 시끄럽게 소리를 지르면서 잔디 위를 달리기도 하고, 공을 던지기도 하며, 혹은 두서넛씩 짝을 지어서 꽃밭 속을 거닐기도 했다.

　장미꽃은 지금 한창이며, 숲속에서는 두 마리의 휘파람새가 종알거리고 있었다. 피나무 사이에서는 뻐꾸기가 울었다. 벌들과 헬리콥터 소리 때문에 날씨는 더욱더 나른하게 느껴졌다.

　국장과 학생들 일행은 잠시 발을 멈추고 서서, 원심식^{遠心式} 범불퍼피 게임을 구경하고 있었다.

　크롬 강철로 만든 탑 주위에 20명의 아이들이 둘러싸고 있었다.

　탑 꼭대기에 공을 던지면, 안으로 굴러들어가서 그다음에는 재빠르게 휘돌아서 원반 위에 떨어진다. 그러면 원통형의 판 위에 뚫린 무수한 구멍 중에 한 구멍을 통해 떨어진다. 그래서 그것을 기다렸다가 받게 되어 있다.

"신기하단 말야."

하고 걷기 시작하면서 국장은 재미있다는 듯이 말했다.

"신기하다는 것은 말입니다. 포드님 시대에도 게임이라고 하면 대부분 공 한 개와 두서너 개의 막대기, 그리고 약간의 네트 장치를 해주면 충분했단 말이오. 소비를 증가시키는 데는 아무런 공헌도 하지 못하는데, 복잡한 형식의 게임을 시킨다는 것은 바보 같은 짓입니다. 요즘에는 어떠한 총재라도 현재 허가해 주고 있는 것보다 더 복잡한 형식의 게임은 새삼스레 허가하지 않을 것입니다."

"귀엽잖아요, 저 작은 무리들이."

하며 그는 손으로 가리키면서 말했다.

숲속에 둘러싸여, 만(灣)과 같은 지형을 이루고 있는 풀이 무성한 숲 한구석에서 7살가량 되는 사내아이와 8살가량 되는 계집아이가, 마치 어떤 발견을 하기 위해 열심히 정신을 집중하고 있는 과학자처럼, 무척 열심히 초보적인 섹스 게임을 하고 있었다.

"귀여워, 귀여워!"

국장은 감상적이 되어서 자꾸 되풀이했다.

"귀엽습니다."

학생들도 정중하게 긍정했다. 그러나 그들이 띠는 미소 속에는 억지로 편들어 주는 듯한 모습이 엿보였다.

학생들은 이러한 유년기의 쾌락을 졸업한 지가 아직 얼마 되지 않았으므로, 일종의 경멸을 느끼지 않을 도리가 없었다.

귀엽다고? 하지만 이것은 바보짓을 하고 있는 한 쌍의 아이들이 아닌가. 그 밖에 또 무슨 별다른 것이 있단 말인가. 어린아이에 불과하지 않은가.

"내가 항상 생각하는 바이지만."

하고 국장은 여전히 감상적인 말투로 이야기를 계속하려고 했다. 바로 그때 왁자지껄하게 우는 아이들 울음소리가 방해했다.

부근에 있는 키가 작은 나무들 숲속에서 엉엉 소리를 내며 울고 있는 작은 사내아이의 손을 잡고서 보모가 나타났다.

뒤에는 걱정스러운 표정을 한 계집아이가 따라왔다.

"어떻게 된 거요?"

하고 국장이 물었다.

보모는 어깨를 으쓱했다.

"아무것도 아닙니다."

라고 그녀는 대답했다.

"이 사내아이는 항상 하는 에로틱 플레이를 싫어하는 모양입니다. 전에도 한두 번 이런 일이 있었는데 오늘 또 이러는군요. 갑작스럽게 울기 시작하면서……."

"정말."

하고 걱정이 되는 듯이 계집아이가 끼어들었다.

"전 애를 조금도 괴롭히지 않았어요. 정말이에요."

"암, 그렇고말고, 네가 잘못한 건 없어."

하고 보모는 보증한다는 듯이 말하고는 국장을 바라보면서 다시 말했다.

"그래서 저 아이를 심리학부의 조감독한테 데리고 갈까 합니다. 변태적인 점이 있는지도 모르니까요."

"좋소."

라고 국장이 말했다.

"데리고 가보시오. 넌 여기 있어라."

여전히 울부짖고 있는 아이를 데리고 보모가 가버린 뒤에, 그는 덧붙여서 말했다.

"네 이름은 뭐니?"

"포리 트르츠키예요."

"그래, 참 좋은 이름이구나." 하고 국장이 말했다.

"자, 그럼 빨리 뛰어가서 다른 사내아이하고 놀려무나."

어린아이는 숲속으로 뛰어가서 그림자를 감추어 버렸다.

"멋진 아이야!"

아이를 보내면서 국장은 말했다.

그러고는 학생들을 돌아다보았다.

"내가 지금 이야기하려는 것을 제군들은 믿을 수 없는 일이라고 생각할지도 모릅니다. 그럴 수밖에 없는 것이 역사에 익숙하지 못했던 사람들에게는, 과거 시대에 일어났던 모든 사실이 믿기 어려운 것이라고 생각되기 때문입니다."

그는 놀라운 진리를 털어놓기 시작했다.

"현재의 포드님 시대가 실현되기 이전까지는, 그리고 포드 기원 후에도 잠시 동안은, 아이들의 에로틱 플레이는 변태적인 것이라고 인정되었습니다. (왁자지껄한 웃음소리가 일어났다.) 더군다나 단순히 변태적일 뿐만 아니라, 실제로도 부도덕적인 것이라고 하여, (세상에!라고 하는 소리) 그것을 엄중하게 금지했던 것입니다."

학생들의 얼굴에는 경악과 불신의 표정이 떠올랐다. 어린아이들에게 재미있는 게임을 허락하지 않다니, 얼마나 불쌍한 일인가? 그들은 그것을 믿을 수가 없었다.

"청년기에조차도."

하고 국장은 계속해서,

"제군들과 같은 청년기에조차도 그랬습니다……."

"그럴 리가!"

"몰래하는 자위행위와 동성애를 제외하고는 절대로 어떤 일도 허용하지 않았습니다."

"어떤 일도?"

"대체로 20세에 이르기까지는 말입니다."

"20세에 이르기까지?"

학생들은 믿을 수 없다는 듯이 일제히 소리 높이 합창했다.

"20살." 하고 국장은 되풀이했다. "제군들은 도저히 믿을 수 없을 것이라고 내가 말한 대롭니다."

"그럼 어떻게 되었나요?" 하고 그들은 물었다. "그 결과는 어떻게 되었습니까?"

"결과는 굉장했습니다."

굵고 울리는 말소리가 별안간 대화 속에 뛰어들었다.

그들이 뒤를 돌아다보니 낯선 사람이 서 있었다. 중간 키에 검은 머리칼과 매부리코, 새빨간 입술과 불쑥 튀어나온 듯한 검은 눈동자를 지닌 사나이가,

"굉장했습니다."

라고 되풀이해서 말했다.

그때 국장은 뜰에다 이쪽저쪽 편리하게 설치해 놓은 강철과 고무로 만든 벤치 위에 막 앉으려고 하던 참이었다. 그는 낯선 남자를 보자마자 벌떡 일어나서 양손을 뻗치면서 이가 완전히 드러나도록 감격스러운 미소를 띠면서 달려갔다.

"총재 각하! 정말 뜻밖의 영광입니다! 제군들, 뭘 하고 있는 거요? 이분이 총재 각하입니다. 이분이 포드 각하, 무스타파 몬드 어

른이십니다."

중앙센터에 있는 4천 개의 방마다 4천 개의 전기시계가 일제히 4시를 쳤다. 확성기에서 또랑또랑한 소리가 들렸다.

"제1교대 작업 완료. 제2교대 작업 개시. 제1교대 작업 완료 ……."

탈의실로 올라가는 승강기 속에서 헨리 포스터와 예정부의 조감독이 심리학부의 버너드 마르크스에게 일부러 드러나도록 등을 돌리면서, 평판이 좋지 못한 이 사내를 회피했다.

태아실에서는 여전히 희미하게 울리는 기계 소리가 진홍색 공기를 진동시키고 있었다.

교대 작업 순번이 오고간다. 결핵성 얼굴이 또 다른 결핵성 얼굴로 바뀐다. 운반대(컨베이어)는 미래의 남성과 여성을 싣고 느릿느릿하게 움직이고 있다.

레니나 크라운이 활발하게 문 쪽으로 걸어갔다.

무스타파 몬드 각하! 절하는 학생들의 눈알이 머리에서 튀어나올 지경이었다.

무스타파 몬드 각하! 서유럽의 총재 각하! 세계에서 10명밖에 없는 총재 중의 한 사람! 10명 중의 한 사람……은 국장과 함께 벤치에 자리를 잡으셨다. 지금 여기 계시다. 그렇다, 각하는 우리들과 정말로 이야기하려고 하신다. 저 존엄한 입으로 직접 말씀하시려는 거다.

포드님 자신의 입으로 직접. 갈색의 어린아이 둘이, 가까운 숲속에서 나타나 놀란 듯한 큰 눈으로 잠깐 그들을 바라본 다음, 곧 다시 나뭇잎 아래에 숨어서 즐기기 시작했다.

"제군들은 전부 기억하고 있을 줄로 안다."

총재가 힘차고 굵은 소리로 말했다.

"'역사는 공백空白이다'라는 우리 포드님의 그 절묘한 말씀을. 역사는."

하고 그는 천천히 되풀이했다.

"공백이다."

그는 손을 내저었다. 마치 눈에 보이지 않는 작은 먼지를 털어내는 것처럼 보였다. 그리고 그 먼지야말로 하랍파였으며 칼디스의 우르였다. 테베였으며, 바빌론이었으며, 크노소스였으며, 미케네였다.

한 번씩 털어낼 때마다 오디세우스는, 욥은, 주피터는, 코타마는, 예수는 도대체 어디 있는가? 한 번 털어내면 아테네라든가, 로마라든가, 예루살렘이라든가, 중세 시대의 왕국 등으로 불리던 낡아빠진 얼룩은 모두 사라졌다. 한 번 털어내면 이탈리아가 있었던 장소는 빈터가 되었다.

한 번 쓸면 사원寺院도, 한 번 또 한 번, 리어왕도 파스칼의 사상도. 한 번 쓸면 정열도. 한 번, 진혼곡도 한 번, 심포니도 한 번……

"오늘 저녁에 촉감영화 구경 갈래, 헨리?"

하고 예정부 조감독이 물었다.

"이번 알람브라에서 상영하는 영화는 멋진 모양이야. 곰 가죽 융단 위에서 벌어지는 러브신이 무척 좋다더군. 곰털 하나하나까지 재현되어서 최상의 촉감적 효과라는 거야."

"제군들에게 역사를 가르치지 않는 건 이 때문이다."

라고 총재는 말을 이었다.

"그러나 이제 때가 왔다!"

국장은 걱정스럽게 그를 쳐다보았다. 총장 서재의 금고 속에는 금지된 옛날 책들이 보관되어 있다는 이상한 소문이 떠돌았다. 성서라든가 시집 같은 것—포드님만이 알고 계신다.

무스타파 몬드는 걱정하는 듯한 국장의 시선을 무시했다. 그의 붉은 입술 끝이 비웃는 듯이 일그러졌다.

"걱정 마, 국장."

하고 그는 약간 조롱하는 듯이 말했다.

"난 이들을 타락시키진 않을 테니까."

국장은 완전히 혼란에 빠졌다.

경멸당하고 있다고 느끼는 사람은 남을 경멸하는 것도 묘하다. 버너드 마르크스의 얼굴에 떠오른 미소는 아주 모멸적이었다. 정말로 곰털 하나하나가!

"가볼래."

라고 헨리 포스터가 말했다.

무스타파 몬드는 앞으로 몸을 숙이고 학생들을 향하여 손가락을 흔들었다.

"상상해 보라."

그는 말했다.

그의 목소리는 그들의 고막을 진동시켜 이상한 흥분을 느끼게 했다.

"태생적 어머니를 갖는건 도대체 어떤 것일까, 상상해 보라."

또 저런 상스러운 소리. 이번에는 아무도 웃는 사람이 없었다.

"가족과 함께 생활한다는 것이 무엇을 의미하는가를 생각해 보라."

학생들은 생각해 보았다. 그러나 명백하게 아무런 생각도 떠오르지 않았다.

"제군들은 가정이 무엇인지 알고 있나?"

학생들은 머리를 저었다.

레니나 크라운은 진홍색으로 된 방에서 단숨에 17층까지 올라갔다. 승강기에서 내리자 오른쪽으로 발걸음을 돌려서 긴 복도를 걸어갔다.

'여자 욕실'이라고 쓰여 있는 문을 열고, 팔과 가슴과 속옷들이 뒤섞여 있는 속으로 뛰어 들어갔다. 콸콸 쏟아지는 뜨거운 탕물이 수백 개의 탕 속으로 거품을 일으키며 쏟아져 나왔다.

80대의 진공진동식 마사지 기계가 울리면서 햇볕에 탄 80명의 여성의 늠름한 몸뚱이를 한꺼번에 문지르고 있었다.

모두 목청껏 높이 목소리를 뽑았다. 종합적 음악 기계가 슈퍼 코넷의 독창을 연주하고 있었다.

"안녕, 패니."

레니나는 바로 옆의 옷장을 사용하는 젊은 여성을 보고 말했다.

패니는 병甁 처리실에서 일하고 있었다. 성은 역시 크라운이었다. 그러나 20억 주민의 성이 1만 개가량밖에 안 되므로, 성이 같다는 것은 별로 놀랄 일이 못 되었다.

레니나는 지퍼를 잡아당겼다.

윗옷을 밑으로, 바지에 두 개 있는 것도 한꺼번에 밑으로, 그리고 속옷을 벗기 위하여 또 한 번 밑으로. 옷을 벗자 신발과 스타킹을 그냥 신은 채로 그녀는 목욕탕 쪽으로 걸어갔다.

가정, 가정 — 한 사나이와, 주기적으로 어린아이를 낳는 한 여성과, 울부짖는 어린아이들로 인해 떠나가는 듯이 질식할 지경인 비좁은 두서너 개의 방. 공기도 없고, 공간도 없는, 소독도 되지 않은 감옥, 암흑, 질병, 고약한 냄새.

(총재의 서술이 너무나 인상적이었기 때문에, 다른 학생들보다도 신경이 민감한 한 학생은 이야기만 듣고도 그만 창백하게 질려서 기절을 하려고 했다.)

레니나는 탕에서 나와 수건으로 닦고, 벽에다 장치해 놓은 길고 유연한 튜브를 잡고서 마치 자살이라도 하려는 것처럼, 꼭대기를 가슴 위에 얹고 방아쇠를 당겼다.

훈훈한 공기와 함께 최상급의 파우더가 풍겼다. 8가지의 향료와 콜론 향수가 세면기 위에 설치된 작은 마개에서 나왔다.

그녀는 왼쪽에서 3번째의 마개를 틀어서, 사이프러스를 발랐다. 그리고 단화와 스타킹을 들고 진공진동식 마사지 기계가 하나 비어 있지 않나 보러 갔다.

더군다나 가정이라는 것은 물질적으로 누추할 뿐만 아니라, 정신적으로도 지저분하기 짝이 없었다. 정신적인 입장으로 본다면, 그것은 토끼집과 마찬가지이다.

감정적으로는 칙칙하며, 통조림처럼 옹색한 생활의 마찰로 인해 열을 발생하게 된 한 덩어리의 똥 무더기이다.

가족 사이의 그 질식할 듯한 친밀감과 그 위험천만인 미치광이와 같은 음탕한 관계! 어머니는 아이(그녀의 아이)를 품에 끼고 있었다.

마치 암고양이가 새끼고양이를 귀여워하는 것처럼, 말할 수 있는 암고양이처럼, '아가야 아가야' 하고 몇 번이고 되풀이해서 말할 수 있는 암고양이처럼. "내 아기, 오오, 내 가슴에 매달려 작은 손으로 배고파하고, 형용할 수 없이 괴로운 기쁨이여! 드디어 우리 아기는 잠이 들었습니다. 입 가장자리엔 흰 우유의 거품을 그냥 붙인 채로 우리 아기는 잠이 들었습니다. 아기는 자고 있습니다……."

"그렇다."

무스타파 몬드는 고개를 끄덕이면서,

"여러분이 몸서리치는 것도 무리가 아니다."

"오늘 저녁엔 누구와 함께 외출할 거야?"

내부로부터 빛이 나는 진주처럼 핑크빛으로 타오르면서, 마사지를 하고 돌아온 레니나가 물었다.

"아무도 없어."

레니나는 깜짝 놀라며 눈썹을 치켜 올렸다.

"난 요즘 기분이 좀 좋지 않아."

하고 패니가 설명하면서,

"웰스 박사는 임신 대용약을 먹어 보면 어떠냐고 했어."

"하지만 넌 겨우 열아홉 살이야. 제1회의 임신 대용약은 21살까지는 강제적인 게 아니잖아."

"알고 있어. 그렇지만 빨리 시작하는 게 좋은 사람도 있대. 나처럼 골반이 크고, 검은 머리의 여자는 17살 때 임신 대용약을 먹는 편이 좋다고 웰스 박사께서 말씀하셨어. 그래서 난 2년 빠른 게 아니고, 사실은 2년 늦어진 거야."

그녀는 서랍 문을 열고, 선반에 나란히 세워 놓은 작은 통과 이름이 적혀 있는 약병을 가리켰다.

"난소 황체 시럽."

하고 레니나가 큰 소리로 읽으면서,

"난소 정제, 신선 보증. 단 A.F.(포드 기원) 632년 8월 1일 이후에는 사용하지 말 것. 유선 엑기스. 1일 3회, 식사 전 소량의 물과 함께 복용. 태반 정제, 3일에 한 번씩 5cc씩 정맥 주사……. 오오!" 레니나는 부르르 떨었다.

"난 정맥 주사가 제일 싫어. 넌 어떠니?"

"싫어. 하지만 잘 듣잖아……."

패니는 유난히 눈치가 빠른 소녀였다.

우리들의 포드님께서는, 또는 우리들의 프로이트님께서는 ― 어떤 이유가 있는지는 모르지만 심리학적 문제에 관하여 이야기할 때는 자기 자신을 프로이트라고 불렀다 ― 가족적 생활의 무서운 위험성을 최초로 폭로한 분이었다.

세계에는 아버지가 넘쳐흘렀다. 그래서 비참한 일이 넘쳐흘렀다. 어머니가 넘쳐흘렀다. 그래서 새디즘에서 동정童貞에 이르기까지 가지각색의 성적 도착증이 넘쳐흘렀다.

형제, 자매, 숙모들로 가득 찼던 것이다. 그래서 미치광이와 자살이 넘쳐흘렀다.

"그러나 뉴기니아 해안에서 떨어진 어떤 섬에 살고 있는 사모아의 야만족들은……."

무궁화 꽃들 사이에서 난잡하게 뒹굴고 있는 어린아이들의 나체 위에 열대지방의 햇살이 따뜻한 꽃처럼 내리고 있었다.

가정이라는 것은 종려나무 잎으로 이은 20채의 집 중에서 어떤 것이라도 좋았다.

트로브리앤드 제도에서는 임신이란 조상의 영혼이 하는 일이라고 믿고 있었다. 아버지라는 말은 아무도 들어 본 사람이 없었다.

"이러한 아버지가 많은 것과 아버지를 알 수 없이 조상이 만든 것이라는 양 극단은." 하고 총재가 말했다. "합치되는 것이다. 일치되도록 만들어져 있기 때문에, 일치되는 것이다."

"임신 대용약을 3개월 동안 먹으면, 내 건강은 3, 4년은 몰라 볼만큼 젊어지게 될 거라고 웰스 박사가 말씀하셨어."

"그렇게 되면야 좀 좋겠니."

라고 레니나가 말하면서,

"그렇지만 패니, 그렇게 되면 넌 정말로 2, 3개월 동안은……."

"아냐, 그렇잖아. 1주일이나 2주 동안뿐이야. 그럼 그만이야. 난 오늘 저녁엔 클럽에서 음악 브릿지를 할 거야. 너도 나가겠지?"

레니나는 고개를 끄덕였다.

"누구하고?"

"헨리 포스터."

"또?"

패니의 얌전하고 달과 같은 얼굴이 마땅치 않다는 듯이 놀라는 표정을 하면서,

"넌 아직도 헨리 포스터하고만 나가겠다는 거니?"

어머니와 아버지, 형제와 자매, 게다가 남편도 있고 아내까지 있고 연인까지, 또 1부1처제와 로맨스가 있었다.

"제군들은 이것이 무엇인지를 알지 못하는가?"

하고 무스타파 몬드가 말했다.

학생들이 머리를 저었다.

가정, 1부1처, 로맨스. 사방을 돌아보아도 배타적 태도뿐, 옹졸한 흥미와 관심의 집중뿐, 충동과 정력은 비좁은 통로로만 방사될 뿐.

"하지만 인간은 모두 서로 공유共有하고 있다."

라고 최면교육적 격언을 끄집어내서 그는 이야기를 맺었다.

학생들은 고개를 끄덕였다. 암흑 속에서 62,000번이나 되풀이했기 때문에, 단순한 진실일 뿐만 아니라 격언적이며 분명하고 완전무결한 용어가 되어 버린 이 말을 그들은 긍정했다.

"하지만 헨리하곤 아직도 4개월밖에 안 되는데."

하고 레니나는 항변했다.

"아직도 4개월이라구! 근사하군."

패니가 계속해서 나무라기나 하는 것처럼 손가락으로 가리키면서 말했다.

"그동안 줄곧 헨리하고만 놀았지. 그렇지 않아?"

레니나는 얼굴이 새빨개졌지만, 눈과 말투는 조금도 기죽지 않았다.

"그래. 헨리 외엔 아무도 없었어."

그녀는 거의 험상스러운 태도로 말했다.

"하지만 헨리 외에 또 누군가 있어야겠다고 생각할 순 없어."

"뭐? 헨리 외에 누군가 있어야겠다고 생각할 수 없다구?"

패니가 그대로 따라 말했다.

마치 레니나의 왼편 어깨 뒤에 어떤 사람이 서 있어서 그 사람을 상대로 말하듯이. 그러고는 곧 말투를 바꾸었다.

"정말로 넌 조심해야 해. 한 사람하고만 그렇게 계속해서 사귀는 건 아주 나쁜 버릇이야. 35살이나 40살쯤 된다면 그것도 나쁘다고 할 순 없지만. 하지만 레니나, 지금 네 나이로는 말야! 정말로 그래선 안 돼. 어떤 것에 너무 열중한다든지, 오래 질질 끌든지 하는 건 국장이 아주 반대하는 것이라는 정도는 알고 있잖니. 다른 남자를 전혀 돌아보지도 않고 포스터하고만 4개월 동안이나! 맙소사! 국장이 들으면 큰일난다……."

"파이프 속에 잠긴 물에다 압력을 가한 것을 상상해 봐."

학생들은 그것을 곧 상상했다.

"구멍 하나만 뚫어 놓아도,"

총재가 말하면서,

"봐, 힘차게 뿜어 나오지!"

그는 그것을 20번 뚫어 보였다. 작은 오줌 줄기 같은 분수가 20번 솟았다.

"내 아가, 내 아가……!"

"엄마!"

미치광이는 전염성을 갖고 있다.

"나의 애인, 나의 단 하나인 귀중한 귀중한……."

어머니, 1부1처, 로맨스, 분수가 높이 치켜 오르며 거세게 거품을 토하는 야만스러운 분출. 충동이 빠져나갈 구멍은 단 하나뿐이다.

나의 사랑, 나의 아기, 가련한 전시대의 인간들은 미치광이들이었으며 사악했으며 비참했음이 당연하다.

그들의 세계는 그들에게 사물을 쉽게 생각하는 것을 허용하지 않았다. 건전하고 도덕적이며, 행복하게 생활하는 것을 허용하지 않았다.

어머니와 연인, 따라가야 할 만한 외적 조건을 지어 주지도 않는 채로, 가지각색의 금기, 가지각색의 유혹과 쓸쓸한 후회, 잡다한 질병과 고통스러운 고독, 불안정과 빈곤 — 이런 것들이 그들의 감정을 어쩔 수 없이 억세게 만들었다.

그리하여 감정이 억세어지면(절망적으로 혼자만 고립된 상태에서 억세어지는 것이다.) 어떻게 그들이 안정할 수가 있었겠는가?

"물론 헨리와의 관계를 완전히 정리할 필요는 없어. 단지 가끔씩 다른 사람과 사귀면 되는 거야, 그것뿐이야. 헨리는 따로 여자가 있지 않니?"

레니나는 고개를 끄덕였다.

"그것 봐. 헨리 포스터는 완전한 신사야. 그렇게 믿는 건 조금도 어색한 게 아니야. 하지만 국장이 있다는 걸 잊어서는 안 돼. 그분은 아주 깐깐한 분이야……."

레니나는 고개를 끄덕이면서 말했다.

"오늘 내 등을 두드리셨어."

"그것 봐!"

패니가 적중했다는 듯이 자랑스럽게 말했다.

"알겠지, 그분이 원하는 것이 뭔지? 말하자면 가장 엄숙한 관습이야."

"안정이다."
하고 총재가 말하면서,
"안정을 이루어야 한다. 사회적 안정 없이 무슨 문명이 있을 수 있는가. 개인적 안정 없이 무슨 사회적 안정이 있을 수 있는가."
그의 목소리는 나팔처럼 울려 퍼졌다. 그 소리를 들으면서 학생들은 점점 가슴이 부풀어 오르며 흐뭇해졌다.
기계는 돌고 돈다. 그리고 영원히 돌지 않으면 안 된다.
그것이 정지할 때에는 죽음이 있을 뿐이다.
10억의 인간이 지구 표면에 꾸역꾸역 탄생했다. 바퀴가 돌기 시작했다. 150년 동안에 인간은 20억이 되었다. 모든 바퀴를 정지시켜라. 150주일 동안에 다시 10억으로 줄어들었다.
1천의 1천 배의 남자와 여자가 굶어죽었다. 바퀴는 끊임없이 돌아가야 한다. 거기에는 감시가 필요하다. 감시를 하는 인간이 필요하다.
바퀴 안의 바퀴살처럼 확고한 인간이, 건전한 인간이, 안정된 만족감에 순종하는 인간이 필요하다.
나의 아기, 나의 어머니, 나의 둘도 없는 애인 등등 하고 울부짖으면서도, 나의 죄악, 나의 무서운 신神을 부르며 신음하면서, 고통 속에서 비명을 울리면서, 열병 속에서 헛말을 내뱉으면서, 노쇠와 빈곤 속에서 통곡하면서 어떻게 바퀴를 감시할 수가 있는가? 그리고 만약 바퀴를 감시할 수 없을 때엔······.
1천의 1천 배의 남녀의 시체를 태워 버릴 수도 없고, 매장할 수도 없게 될 것이다.

"헨리 외에 한두 사람 더 사귄다고 해서 괴롭다든가 불유쾌하다든가 하는 일도 아니잖아. 넌 좀 더 개방적이 되어야 해."

패니가 타이르듯이 말했다.

"안정이다."

라고 총재는 고집하면서, 재차,

"안정이다. 이것이 가장 첫 번째인 동시에 궁극적인 목적이다. 안정, 모든 것은 여기에 기초를 두는 것이다."

그는 정원과 습성훈련 센터의 거대한 건물과 숲 아래에서 잔디 위를 뛰어다니는 벌거벗은 어린아이들을 가리켰다.

레니나가 머리를 흔들었다.

"어쩐지."

그녀는 생각에 잠기면서 말했다.

"난 요즘 개방적이 되는 것이 어쩐지 싫어진 것 같아. 그런 느낌을 갖는 때가 있는 모양이야. 넌 그런 때가 없었니? 패니?"

패니도 끄덕이며, 동정하고 이해한다는 표정을 지었다.

"하지만 우리 모두 노력해야지."

그녀는 격언을 꺼내는 듯이 말했다.

"게임을 해야 해. 결국 인간은 서로 공유_{公有}하는 것이니까."

"그렇긴 해. 사람은 모두 서로 공유하니까."

레니나는 천천히 되풀이하고 한숨을 내쉰 후 잠시 동안 말이 없었다. 그런 다음 패니의 손을 가볍게 움켜쥐면서 말했다.

"네 말이 맞아, 패니. 나도 노력해 볼게."

억제당한 충동은 반드시 넘쳐흐른다. 범람하는 것은 다름 아닌 감정이며, 정열이다.

범람은 때로는 미치광이일 때도 있다. 그 힘과 양은, 물줄기의 힘과 제방의 높이와 능력에 정비례한다.

제지당하지 않는 물줄기라면, 지정된 통로를 천천히 흘러내려서 조용한 생활 속으로 흘러간다. (태아는 배가 고프다. 때문에 밤이나 낮이나 혈액보급제의 펌프는 1분에 800회의 회전을 끊임없이 계속하는 것이다. 배양된 아기가 운다. 그러면 당장에 보모가 외분비물을 한 병 가지고 달려온다.)

감정은 욕망과 그 충족 사이의 시간적 간격에 스며드는 것이다. 그 간격을 단축시켜라. 낡고 불필요한 일체의 제방을 파괴하라.

"제군들은 행복하다!"

라고 총재가 말하면서,

"제군의 생활을 감정적으로 편안하게 해주기 위하여, 이 세계는 제군들을 어떠한 감정에서도 보호하기 위하여 어떠한 희생도 아끼지 않고 있다."

"포드님은 신이 나셨어."

라고 국장이 중얼거리면서,

"세상은 태평천하야."

"레니나 크라운 말야?"

헨리 포스터는 바지를 치켜 올려 입으면서 예정부 조감독이 묻는 데 대하여 맞받아서 말했다.

"아아, 그 애는 굉장히 멋진 계집애야. 놀랄 만큼 탄력이 있다구. 자네가 아직도 그 애를 모른다는 건 이상한데."

"어째서 그렇게 됐는지 나도 모르겠어."라고 조감독이 말했다. "하지만 꼭 가져 볼 테야. 기회만 생기면 당장."

낮은편 탈의실에서 버너드 마르크스가 두 사람의 이야기를 엿듣고 있었다. 그의 얼굴은 창백해졌다.

"솔직히 말하자면." 하고 레니나가 말했다. "헨리한테 나도 요즘 싫증이 나는 중이야."

그녀는 왼쪽 다리의 스타킹을 당겨 올렸다.

"넌 버너드 마르크스 아니?"

하는 말 끝머리가 확실히 억지임이 드러났다.

패니가 깜짝 놀랐다.

"너 정말로…… 그럴 작정은 아니겠지?"

"왜 못 해? 버너드는 알파 플러스급이야. 더구나 그는 함께 야만인 보존구역을 구경 가지 않겠느냐고까지 말해 주었다고. 난 야만인 보존구역에 한번 가보고 싶어."

"하지만 그 사람 평판에 대해서 좀 생각해 봐."

"평판 같은 건 내가 알게 뭐야."

"그는 장애 골프도 싫어한다던데."

"알고 있어, 알고 있어."

레니나가 깔깔 웃어넘겼다.

"그리고 그는 거의 혼자서 시간을 보낸대."

패니의 말에는 공포가 깃들여 있었다.

"나하고 함께 있으면, 혼자 있진 않게 되는 거야. 아무튼 왜 모두

들 그를 욕만 하는 거야. 그가 상당히 다정한 남자라고 난 믿어."

그녀는 스스로 미소를 띠어 보였다. 그는 왜 그렇게 바보처럼 부끄럼만 탈까! 마치 내가 세계 총재 같고, 그는 감마 마이너스급의 기계를 맡아 보는 사내처럼 깜짝 놀라며.

"제군들 자신의 생활을 돌이켜 생각해보라고." 무스타파 몬드가 말했다.

"제군은 여태까지 단 한 번이라도 극복하기 곤란한 일에 부닥쳐 본 적이 있었나?"

질문에 대한 대답 대신에 부정을 의미하는 침묵이 흘렀다.

"욕망과 의식에 시달리고, 그것이 충족될 때까지 오랜 시간 동안 견디었던 적이 있는 사람은 없었나?"

"저는." 한 학생이 말을 하려고 하다가 망설이고 있었다.

"이야기해 봐."라고 국장이 재촉했다. "각하를 기다리게 하지 말고, 어서."

"좋아하는 소녀를 차지할 때까지 4주일 동안 기다린 적이 있었습니다."

"자네는 그 결과 강한 감정을 느꼈는가?"

"끔찍했습니다."

"끔찍했다고? 틀림없이 그럴 거야."라고 총재는 말했다.

"우리의 조상들은 너무나 어리석고 근시안적이었기 때문에, 초기의 개혁자가 나타나서 그들을 그러한 무서운 감정에서 해방시켜 주려고 할 때도 거기에 관계하려고 하질 않았지."

"그녀가 무슨 고깃덩어리라도 되는 것처럼 얘기하고 있군." 버너드가 이를 부드득 갈았다.

"이쪽에서 하고 저쪽에서 하고, 바람 난 계집처럼 그녀를 타락시키고 있어. 그녀는 잘 생각해 보겠다고 말해 주었지. 이번 주일에 대답해 주겠다고 했어. 오오, 포드님, 포드님, 포드님."

그는 그들이 있는 쪽으로 가서 따귀를 후려갈겨 주고 싶었다. 아주 세게 정신없이 갈겨 주고 싶었다.

"그래, 그녀는 한번 먹어 볼 만해. 잘 해보라고." 하고 헨리 포스터가 말하고 있었다.

"그것은 체외생식이었어. 피츠너와 가와구치가 이 모든 과정을 완성해 놓았지. 그러나 당시의 정부가 그것을 거들떠보기나 했겠나? 천만에, 기독교라고 하는 것이 존재하고 있었기 때문에 모체를 통해 태어나야 한다며 여자들은 강제 당하고 있었지."

"그는 못생겼어!" 하고 패니가 말했다.

"그러나 난 그게 오히려 좋아."

"그리고 너무 작아." 하고 패니는 인상을 찡그렸다. 작다는 건 흉측하고 전형적인 하층계급인 것이다.

"그게 도로 달콤한 거야." 하고 레니나가 말했다. "귀엽잖아, 고양이처럼."

패니는 몸서리를 쳤다.

"그 사람이 병 속에 있을 때, 누가 잘못했다는 이야기가 있어. 감마급인 줄 잘못 알고, 혈액보급제에 알코올을 주입했다는 거야. 그래서 키가 크지 않는대."

"말도 안 되는 소리 집어치워!" 레니나는 화가 났다.

"영국에서는 수면교육이 금지되고 있었어. 자유주의라는 것이 있어서, 의회가 (제군들이 이것이 무엇인지 알고 있다면) 이 반대 법안을 통과시켰던 거야. 그 기록이 지금도 남아 있어. 주체성의 자유에 관한 연설이지. 그러나 사실 결핍과 비참을 가져오는 자유란 말야. 네모꼴 구멍에다 둥근 마개를 꽂아 보려는 자유."

"자넨 환영받을 거야. 내가 보증할 수 있어. 틀림없이 환영 받는다고." 헨리 포스터가 예정부 조감독의 어깨를 두드렸다.
"결국, 사람은 서로 공유하는 것이니까 말야."
'4년 동안 1주일에 3일 밤을 100회씩 반복했지.' 최면교육의 전문가인 버너드 마르크스는 생각했다. '62,400회의 반복이 1개의 진리를 만든다는 것인가. 바보 자식들!'

"신분제도도 마찬가지였다. 항상 끊임없이 제의되고 끊임없이 부결 당했지. 민주주의라는 것이 있었거든. 마치 인간이 물리화학적인 균등 이상의 그 무엇인 것처럼."

"내가 말할 수 있는 건, 내가 그의 초대를 받아들이겠다는 거야, 그것뿐이야."

버너드는 그들을 증오하고 또 증오했다. 그러나 그들은 두 사람이었다. 몸집도 크고 힘이 강했다.

"A.F. 141년에 9년 전쟁이 시작되었지."

"그의 혈액보급제 속에 알코올이 들어간 게 사실이라고 해도 말이야."

"독가스, 염화 피크린, 아세트산 에틸, 디테일 청산화비소, 삼염화 메틸, 클로로포름에이트, 유화 디클로에틸, 청산이 사용되었단다."

"난 그런 건 조금도 믿지 않아." 하고 레니나가 말끝을 맺었다.

"산개대형으로 전진해 오는 14,000대의 비행기의 폭음. 그러나 쿠르프슈텐담과 제8구역 같은 데서는 폭발성 비탈저탄의 폭발이 종이봉두가 뺑 하고 터지는 정도밖에 안 되었어."

"그리고 난 정말로 야만인 보존구역을 구경하고 싶기 때문이야."

$CH_3C_6H_2(NO_2)_3+Hg(CNO)_2=$이 결과는 어떻게 되었던가? 땅바닥의 거대한 구멍, 쌓인 벽돌, 살덩어리의 파편과 점액, 신을 신은 채로 한쪽 다리가 허공에 떠올라서 철썩 하고는 제라늄 꽃 속에, 새빨간 꽃 속에 떨어지고 있다. 그해 여름엔 정말로 이와 같은 놀라운 구경거리가 있었다.

"넌 정말 미쳤어, 레니나. 난 더 이상 못 참겠어."

"상수도를 더럽히는 러시아식 기술은 특히 탁월했지."
서로 돌아선 채로 패니와 레니나는 잠자코 옷을 갈아입었다.

"9년 전쟁, 경제의 대붕괴. 그 결과로 세계적 통제냐 멸망이냐 하는 양자택일만 남았지. 즉, 안정이냐, 그렇지 않으면……."

"패니 크라운도 좋은 여자야." 하고 조감독이 말했다.

육아실에서는 초보적인 계급의식 교육을 끝마치고 목소리가 장래의 수요를 장래의 생산적 공급에 적응시키고 있는 중이었다.
"나는 비행하는 것을 좋아합니다."라고 목소리가 속삭인다. "나는 비행하는 것을 대단히 좋아합니다. 새 옷을 대단히 좋아합니다. 새 옷을 대단히……."

"자유주의라는 것은 물론 탄저탄으로 인해 사멸해 버렸지. 그러나 폭력으로는 아무것도 할 수가 없었어."

"그러나 레니나만큼 탄력이 없어. 정말 그만하진 않다구."

"그러나 헌 옷은 더럽습니다."라고 피로한 줄도 모르는 나지막한 목소리가 계속된다.
"헌 옷은 버립시다. 꿰매는 것보다는 버리는 것이 좋습니다. 꿰매는 것보다는……."

"통치한다는 것은 서로 마주 앉는다는 것이지, 서로 때리는 것이 아니다. 두뇌와 엉덩이로 통치해야지, 주먹으로 하는 것은 아니니까. 예를 들면 이전에는 소비제도라는 것이 있었다."

"이제, 준비 다 됐어." 하고 레니나가 말했다. 그러나 패니는 입을 다문 채로 돌아앉아 있었다. "자, 우리 화해하자, 패니."

"남자도 여자도 어린아이도 막대한 소비를 강제당하고 있었다. 산업의 이익을 위하여. 그 유일한 결과는……."

"꿰매는 것보다는 버리는 것이 좋아. 바늘 자국 하나마다 부(富)는 줄어들고, 바늘자국 하나마다……."

"언젠가 한 번은." 패니가 속이 타는 듯이 말했다. "넌 난처한 처지에 빠지고 말 거야."

"양심의 전반적인 반대였지. 그래서 소비하지 마라, 자연으로 돌아가라고 말하게 되었던 거야."

"나는 비행하는 것을 대단히 좋아합니다. 나는 비행하는 것을 대단히 좋아합니다."

"문화로 돌아가라. 그렇다, 자연으로 돌아가라는 것은, 사실은 문화로 돌아가라는 것을 의미한다. 만약에 제군들이 가만히 앉아서 책만 읽는다면 소비를 많이 할 수 없을 테니까."

"좀 봐줘. 나 괜찮아?" 하고 레니나가 물었다. 그녀의 재킷은 짙은 초록색 아세테이트로 만든 것이며, 커프스와 칼라에는 초록색 인조털이 달려 있었다.

"그래서 소박한 생활을 하는 800명이 콜더스 초원에서 기관총으로 처형당했어."

"꿰매는 것보다는 버리는 것이 좋아. 꿰매는 것보다는 버리는 것이 좋아."

초록색 코르덴 반바지에 하얀 인조 모직 스타킹을 무릎 밑까지 걷어 올렸다.

"그다음에는 저 유명한 대영 박물관의 학살이 있었다. 2,000명의 문화 애호가들이 가스처형을 당했지."

초록색과 흰색이 뒤섞인 기수용^{騎手用} 모자가 레니나의 눈 위에서 그림자를 만들었다. 그녀의 구두는 짙은 초록색이며 닦아서 반짝반짝 빛났다.

"결국." 하고 무스타파 몬드가 말했다. "폭력은 아무 소용이 없다는 것을 지배자들이 깨달았단다. 외부 생식과 신파블로프 습성훈련 겸 최면교육이 느리긴 하지만, 무한하게 확실한 방법이지. 이렇게 하여……."

허리둘레에는 은장식이 달려 있는 초록색 인조 모로코 가죽 탄약통 허리띠를 매었다. (그녀는 불임녀가 아니었으므로) 허리띠에는 일정한 양의 피임약이 두툼하게 들어 있었다.
"피츠너와 가와구치의 여러 가지 발견이 드디어 실시되었다. 모체 탄생에 반대하는 강렬한 선전이……."

"완벽해!" 패니가 감탄하듯이 말했다. 레니나의 매력 앞에서는 오래 고집을 피울 수가 없었다. "완벽하고 멋진 맬더스(옮긴이 주 - 《인구론》을 쓴 영국의 경제학자) 허리띠……."

"이와 함께 과거에 대항하는 공동 진영이 결속하게 되었다. 즉, 박물관의 폐쇄와 역사적 기념물을 폭파함으로써, (다행스럽게도 이러한 것들은 대부분 이미 9년 전쟁 때 파괴되어 버렸지만.) A.F. 150년 이전의 출판물을 일체 금지함으로써."

"나도 그런 걸 가져야지." 하고 패니가 말했다.

"예를 들면, 피라미드라고 하는 것이 있었다."

"내 낡은 검정색 허리띠는……."

"또 셰익스피어라고 하는 사람도 있었다. 물론 제군들은 여태까지 들어 본 적이 없을 것이다."

"말도 못 할 수치야, 내 허리띠는."

"진정한 과학적 교육의 이득은 이런 점에 있지."

"바늘 자국 하나마다 부가 줄어든다. 바늘 자국 하나마다 부가……."

　"우리 포드님의 T형이 최초로 도입된 때를……."

　"난 벌써 3개월째 사용하고 있어."

　"즉, 새로운 시대가 시작된 기원으로 선택했지……."

　"꿰매는 것보다는 버리는 것이 좋다. 꿰매는 것보다는 버리는 것
이……."

　"앞에서도 말했듯이, 기독교라는 것이 있었는데……."

　"꿰매는 것보다는 버리는 것이 좋다."

　"이것은 과소소비의 윤리와 철학이다……."

　"새 옷이 아주 좋아요. 새 옷이 아주 좋아요, 새……."

　"물론 생산이 적었던 시대에는 그것이 필수적이었지. 그러나 기
계와 질소 고정의 시대에서는 사회에 대한 한계의 범죄가 되는 것
이지."
　"헨리 포스터가 준 거야."
　"십자가는 모두 머리를 잘라 버리고 T모양으로 만들었다. 그러
나 역시, 신^神이라는 것도 있었다 ."

"진짜 인조 모로코 가죽이야."

"지금 우리들에게는 세계 국가가 있다. 포드님의 경축일과 공동 찬미가가 있다. 단체예배식도 있고."

'포드, 나는 그대를 정말 증오한다!'라고 버너드 마르크스는 생각하고 있었다.

"천국이라는 것도 있었지만, 어쨌든 사람들은 술독을 뒤집어쓰듯이 많은 양의 술을 마셔 댔지."

"마치 고깃덩어리처럼, 그렇게."

"영혼이라는 것과 영원 불멸성이라는 것도 있었다."

"어디서 샀는지 헨리에게 알아봐 주지 않겠니?"

"그런데도 사람들은 모르핀과 코카인을 애용하고 있었다."

"더욱더 나쁜 것은, 그녀 자신이 자기의 몸을 고깃덩어리로 보고 있는 점이야."
"약학자와 생물화학자 2천 명이 A.F. 178년에 보조금을 배당받았다."

"저 친구 인상을 찌푸리고 있는데." 버너드 마르크스를 가리키며, 예정부 조감독이 말했다.

"그리하여 6년 후에는 상업적인 생산을 하게 되었다. 완전한 약을."

"놀려 줄까?"

"쾌적한 환각성의 도취제, 최면제 등등이."

"왜 그렇게 얼굴을 찌푸리고 있나, 마르크스?"라며 어깨를 두드리자 마르크스는 벌떡 일어나 쳐다보았다. 고약한 헨리 포스터, 그녀석이었다. "자네한텐 소마 1그램이 필요해."

"기독교와 알코올의 장점은 전부 재생시키고, 결점은 전부 없앴지."

'아, 그를 죽여 버리고 싶다!' 그러나 그가 할 수 있었던 것은 고작, "아아, 괜찮아." 하고 중얼거리면서, 자기에게 주는 알약이 들어 있는 튜브를 거절하는 것이 전부였다.

"마음이 내킬 때는 언제라도 현실로부터 떠나 휴식을 취할 수 있고, 되돌아올 때는 골치도 아프지 않으며 헛된 관념에 시달리지 않아도 되지."

"먹어." 하고 헨리 포스터가 주장했다. "먹으라구."

76

"실제로는 안정이 확보되었다."

"1그램은 10가지 우울증을 고쳐 줘."라고 최면 교육적 지식을 들먹이며 조감독이 말했다.

"나머지 문제는 노년을 극복하는 것뿐이었다."

"망할 자식, 망할 자식!" 버너드 마르크스가 외쳤다.

"놀랐는데."

"생식선 호르몬, 젊은 피의 수혈, 마그네슘 염류······."

"욕설을 퍼붓기 전에 우선 1그램을 복용해 보게나. 잊어버리지 말고." 두 사람은 웃으면서 나갔다.

"노쇠의 생리학적 비밀은 지금 현재 모두 해명되었다. 따라서 말할 것도 없이······."

"그 맬더스 허리띠에 대해서 물어 보는 것 잊지 마."라고 패니가 다짐했다.

"따라서, 노년기의 심리적 특질은 모조리 폐기되어 버렸다. 인간의 성격은 전 생애를 통하여 고정되었지."

"……어두워지기 전에 장애 골프를 2라운드 해야지. 그럼 날아갈 듯이 기분이 상쾌해질 거야."

"사업, 유흥 ― 60세가 되어도 우리들의 능력과 취미는 17세 때와 다를 바가 없다. 어쩔 수 없는 과거 시대의 노인들은 으레 은퇴하고 신앙을 갖기 시작하며, 소일거리로 책을 읽고 사색하면서 시간을 보냈다. 사색하면서!"

"바보 자식, 돼지 새끼!" 버너드 마르크스는 승강기를 타려고 복도를 걸어가며 혼자 중얼거렸다.

"자, 이것이야말로 진보다. 노인도 일하고, 노인도 성생활을 즐긴다. 노인은 쾌락 이외의 무의미한 여가와, 우두커니 앉아서 생각을 할 수 있는 시간은 없다…….

만약 어떠한 불행스러운 우연으로 인해, 이와 같은 무의미한 시간의 파편이 그들을 혼란 속에 빠뜨릴 경우에는, 그때엔 언제든지 '소마'가 준비되어 있다. 즐거운 소마.

반나절 동안의 휴식에는 반 그램, 주말에는 1그램, 2그램을 마시면 호화스러운 동방의 여러 나라로 여행을 떠나게 되며, 3그램이면 달나라의 무한계에 이르게 된다.

거기서 깨어나서 돌아올 때엔 건실한 그날그날의 노동과 여러 가지 오락과 촉감영화를 즐기고 활기찬 여성들과 전자 골프를……."

"아이들은 저쪽으로 가거라." 국장이 화를 내듯이 고함을 질렀다. "방해하지 마, 아이들은! 포드님이 바쁘시다는 걸 모르겠니?

저쪽으로 가서 에로틱 플레이나 하렴."

"불쌍한 아이들이다!" 하고 총재가 말했다.

미약하게 울려오는 기계 소리와 함께 느릿하며 묵직하게 운반대는 앞으로 앞으로 움직이고 있다. 시속 33㎝씩 붉고 캄캄한 암흑 속에서는 무수한 루비들이 반짝거리고 있었다.

제4장

1

알파급의 탈의실에서 나온 사내들로 승강기는 가득 찼다.

레니나가 들어서자, 모두 반가워하면서 고개를 끄덕거리고 얼굴에 미소를 떠었다. 레니나는 인기 있는 여자였다.

그곳에 있는 사내들과는 거의 대부분 한 번 내지 두 번씩 잠자리를 같이한 적이 있다.

그녀는 그들의 인사를 받으면서 모두 좋은 남자들이었어, 하고 생각했다. 멋진 남자들이었어!

그러나 저 조지 에드셀의 귀는 좀 작았으면 좋겠는데, 하고 그녀는 생각했다. (328m 지점에서 파라로이드를 한 방울 더 주입시켰기 때문인지도 모른다.)

베니토 후버와 시선이 마주치자마자, 그녀는 그가 옷을 벗었을 때 너무나 심한 털보였다는 것을 떠올렸다.

베니토의 짙고 검은 털을 연상하자 약간 우울해져서, 눈을 뒤로 돌렸다. 한쪽 구석에 작달막하고 마른 모습의 버너드 마르크스가 보였다. 그는 몹시 우울한 표정이었다.

"버너드!" 하고 그녀는 그쪽으로 다가갔다.

"당신을 찾고 있었어요."

그녀의 목소리는 상승하고 있는 승강기 소리보다도 더욱 쨍쨍하게 울렸다.

다른 사람들이 호기심 섞인 눈으로 돌아다보았다.

"뉴멕시코행의 계획에 관해 얘기할 게 있었어요."

베니토 후버가 놀란 나머지 멍하니 쳐다보는 것이 곁눈으로 보였다. 그녀는 그의 멍한 시선에 신경이 쓰였다.

'한 번 더 함께 가자고 부탁하지 않으니까 깜짝 놀란 모양이군!' 라고 그녀는 속으로 중얼거렸다.

그녀는 소리를 높여서, 여느 때보다도 더욱 다정한 말투로 "7월엔 1주일가량 당신하고 함께 가보고 싶어요."(아무튼 이렇게 해서 헨리에 대해 성의가 없다는 것을 세상 사람들에게 증명한 셈이 되었다. 패니도 기뻐해 주겠지. 상대가 비록 버너드라고 할지라도.)

레니나는 가장 향기롭고 의미심장한 웃음을 그에게 던졌다.

"당신이 아직도 저를 원하신다면 말이에요."

창백하던 버너드의 얼굴이 새빨개졌다. '도대체 왜 저럴까?' 그녀는 이상하게 생각하며 놀라워했다.

그러나 동시에 자기의 매력에 대해 이처럼 신기한 반응을 일으키는 데는 감격하지 않을 수가 없었다.

"어디 다른 데 가서 얘기할까요?"

그는 몹시 당황한 듯이 더듬거렸다.

'마치 내가 어떤 자극적인 말이라도 한 것처럼 그러네'라고 레니나는 생각했다.

'내가 아주 상스러운 농담을 한 것처럼 당황해하고 있네. 마치 당신의 어머니는 누구죠, 하는 농담이라도 한 것처럼 말야.'

"이렇게 사람들이 많은 곳에선 어쩐지, 거⋯⋯."

그는 당황한 나머지 숨이 막혔다.

레니나의 웃음소리는 명랑하며 조금도 악의라고는 없었다.

"당신 정말 이상하네요!"

하고 그녀는 말했다. 그리고 정말로 이상하다고 생각되었다.

"늦어도 1주일 전에 알려 주세요, 아시겠죠?"

그녀는 말소리를 낮추어서 말했다.

"우린 블루 태평양 로켓을 타고 가겠죠? 그건 체어링 T 타워에서 출발하는 건가요? 아니면 햄스테드에서 출발하는 건가요?"

버너드의 대답이 있기 전에 승강기가 정지했다.

"옥상입니다!" 삐걱거리는 소리.

승강기 운전수는 작은 원숭이와 같은 사람이며, 엡실론 마이너스 반백치의 검은 상의를 입고 있었다.

"옥상입니다."

그는 문을 열었다. 오후의 밝은 햇빛의 반사가 느닷없이 그의 눈을 껌벅거리게 했다.

"아아, 옥상!" 하고 그는 미친 듯이 되풀이했다.

마치 암흑의 혼수상태에서 갑작스레 벗어난 나머지 기뻐서 춤추는 것처럼 보였다.

"옥상입니다."

귀여움을 받고 싶어하는 개처럼 승강기에 타고 있는 사람들에게 미소를 띠었다.

사람들은 떠들썩거리며 밝은 곳으로 발을 내디뎠다.

운전수는 그들에게 인사를 보냈다.

"옥상?" 그는 묻는 듯이 또 한 번 되풀이했다.

종이 울리자, 승강기의 천장에 달린 스피커에서, 조용하긴 하지만 매우 엄한 목소리가 명령을 전했다.

"내려가." 목소리가 말했다. "내려가, 18층으로. 내려가, 내려가. 18층으로 내려가, 내려가……."

운전수는 문을 철컥 닫고, 단추를 눌렀다.

그러자 다음 순간 우물과 같은 구멍의 단조로운 어둠 속으로 내려가면서 습관적인 어둠의 혼수상태에 빠졌다.

옥상은 따뜻하고 화창했다. 오가는 헬리콥터의 윙윙거리는 소리가 오히려 졸음을 재촉하는 듯한 여름날 오후였다.

5, 6마일 상공을 달리고 있는, 눈에는 보이지 않는 로켓의 무게 있는 음향은 부드러운 공기를 애무해 주는 것처럼 느껴졌다.

버너드 마르크스는 가슴 깊이 숨을 들이켰다.

그는 하늘을 쳐다보고 나서 다시 푸른 지평선으로 시선을 옮기고 난 다음, 이윽고 레니나의 얼굴을 쳐다보았다.

"아름답죠!" 그의 목소리는 약간 떨렸다.

그녀는 공감을 표시하면서 그에게 미소를 띠었다.

"장애 골프를 치기엔 그만인 날씨예요."

그녀는 황홀해서 말했다.

"그럼, 저는 가봐야겠어요, 버너드. 기다리게 하면 헨리는 화를 내거든요. 날짜는 충분히 준비할 수 있도록 미리 알려 주세요."

그러고는 손을 흔들면서 그녀는 널따란 옥상을 가로질러 격납고 쪽으로 달려갔다.

눈같이 흰 스타킹이 반짝거리면서 멀리 사라지는 것과, 햇볕에
탄 무릎이 활발하게 움직이는 것, 짙은 초록색 재킷 밑에 받쳐 입
은 몸에 꼭 맞는 코르덴바지가 연하게 춤추는 모양을 멍하니 바라
보고 있었다. 그의 얼굴엔 괴로움이 떠올랐다.

"근사하군."

바로 등 뒤에서 무겁고 쾌활한 목소리가 들려왔다.

버너드는 깜짝 놀라서 뒤돌아보았다.

베니토 후버의 혈색 좋은 통통한 얼굴이 그를 내려다보고 있었
다. 호감을 주는 부드러운 표정을 지으며 미소를 띠었다.

베니토는 호인이라는 평판이 자자했다. 일생 동안 소마 없이도
지낼 수 있는 사람이라고 모두들 말했다.

다른 사람들처럼 소마를 복용하고 휴식을 취해야 할 만큼 우울
증에 걸린 적이 한 번도 없는 사람이었다.

베니토에게는 현실이라는 것이 항상 구름 한 점 없이 맑은 하늘
과 마찬가지였다.

"무척 탄력 있다더라!"

그렇게 말한 다음에 약간 말투를 낮추어서,

"하지만, 자네는."

하고 그는 다시 말을 이었다.

"자넨 우울해 보이는군! 자네한텐 소마 1그램이 필요해."

오른쪽 바지 주머니를 뒤적거려서, 그는 병을 끄집어냈다.

"1그램은 10가지 우울증을…… 이봐!"

버너드는 갑작스레 달아나 버렸다.

베니토는 그의 뒷모습을 물끄러미 바라보았다.

"저 친구는 도대체 어떻게 된 거야?" 하고 의심쩍어 하면서, 머리를 설레설레 흔들었다.

"저 불쌍한 친구는 혈액보급제 속에 알코올이 들어가 버렸다더니 정말인 모양이군." 하고 그는 믿어 버리고 말았다.

"정말 뇌를 다쳐 버린 모양이군."

그는 소마 병을 다시 집어넣고, 성호르몬 추잉껌 봉지를 꺼내 한 개를 입에 넣고 씹으면서 천천히 격납고 쪽으로 걸어갔다.

헨리 포스터는 자기의 로켓을 끄집어내서, 레니나가 나타났을 때는 벌써 자리를 앉아 대기하고 있었다.

"5분 지각이야."

레니나가 그의 옆자리에 올라타자 그는 단 한 마디 이렇게 말했다. 그는 엔진을 발동시켜서, 상승용 스크루에다 기어를 걸었다.

헬리콥터는 수직으로 떠올랐다.

속도를 가하자 프로펠러 돌아가는 소리가 왕호박벌 소리에서 말벌 소리로, 그다음엔 모기 소리로 변했다.

속도계는 그들이 탄 헬리콥터가 매분 2km의 속도로 상승하고 있는 것을 가리켰다.

런던 시가는 아득하게 밑으로 사라져 버렸다. 넓은 테이블과 같은 옥상을 가진 거대한 건물들은 몇 초 후에는 벌써, 공원과 정원으로부터 머리만 내민 기하학적인 송이버섯 정도로밖에 보이지 않았다.

바로 그 한가운데에 줄기가 가느다란 버섯 같은 체어링 T 타워가 하늘을 향해 번쩍거리는 콘크리트 원반을 지탱하고 있었다.

두 사람의 머리 위에는 이야기책에 나타나는 용사의 흉상 같은 모양을 한 구름덩이가 푸른 하늘 아래 뭉게뭉게 일고 있었다.

그 구름 속에서 느닷없이 조그마한 새빨간 곤충이 붕붕 소리를 내면서 낙하해 왔다.

"저쪽에 붉은 로켓이." 하고 헨리가 말했다.

"뉴욕에서 방금 온 모양이야."

시계를 들여다보고,

"7분 늦었군." 하고 그는 덧붙여서 말했다.

그러고는 머리를 흔들면서,

"이 대서양 항공로는 시간관념이 없단 말야."라고 말을 맺었다.

그는 가속도 장치 위를 밟고 있던 발을 내렸다.

머리 위의 스크루 소리가 한 옥타브 반이나 낮아지더니 말벌 소리가 왕호박벌로, 그다음엔 땅벌로, 풍뎅이로, 집게벌레로 변했다.

헬리콥터의 상승은 점점 완만해지면서 2, 3초 후에는 완전히 공중에서 정지했다. 헨리가 레버를 누르자 덜덜거리는 소리가 들렸다.

두 사람의 눈앞에서 프로펠러가 처음에는 천천히, 그러다간 점점 속도를 빨리하여 이윽고 둥근 형태의 안개처럼 되었다.

수평으로 날아가는 속도 때문에 바람이 점점 더 날카로워졌다. 헨리는 회전계를 지켜보고 있다가, 바늘이 1,200에 이르자 스크루의 기어를 풀었다. 헬리콥터는 이제야 날개로 날 수 있을 만큼 전진력을 얻었다.

레니나는 두 다리 사이에 있는 밑바닥 창을 통해 아래를 내려다보았다. 두 사람은 지금 중앙 런던과 그 근교 교외의 경계선이 되고 있는 공원 지대 6킬로 위를 비행하고 있었다.

녹색 지대에 보이는 것들은 너무도 멀어서 마치 구더기처럼 보였다. 나무들 사이에는 무수한 범불퍼피 게임의 탑들이 반짝거리고 있었다.

'목동의 숲' 부근에서는 2천 명의 베타 마이너스들이 리맨식 공간 테니스를 치고 있었다.

에스컬레이터식인 제5게임의 코트가 노팅에서 시작하여 윌스덴에 이르는 국도를 따라서 두 줄로 뻗어 있었다.

이링 경기장에서는 델타의 체조 경기와 단체 노래가 개최되고 있었다.

"카키색은 정말 지긋지긋해요." 하고 레니나가 자기 계급의 최면 교육적 선입관을 드러냈다.

하운슬로의 촉감영화 제작소 건물은 7.5헥타르의 넓이를 점령하고 있었다. 그 건물 근처에서는 검은색과 카키색의 노동자들이 서부 내로의 표면을 유리처럼 포장하느라고 분주하게 일하고 있었다.

거대한 이동식 저장고 중 1개가 마침 그때 뚜껑을 열었다.

녹은 돌들이 길 위로 뭉게뭉게 연기를 내뿜으면서 흘러나왔다.

석면 롤러들이 활약을 했다. 절연살수차^{絶緣撒水車}에서 수증기가 흰 구름처럼 일어났다.

브렌포드에서는 텔레비전 조합의 공장만으로 작은 도시를 이루고 있는 것처럼 보였다.

"교대 시간인 모양이죠."라고 레니나가 말했다.

진딧물이나 개미처럼, 푸른색의 감마 여자들과 검정색 엡셀론 반백치들이 모노레일 전차의 입구와 좌석에서 북적거리고 있었다.

짙은 자주색 베타 마이너스들이 그 군중 속을 헤치며 오가고 있었다. 건물의 옥상은 헬리콥터의 왕래로 분주했다.

"정말로 난 감마가 아니어서 다행이에요." 레니나가 말했다.

10분 후에 두 사람은 스토크 포제스에 도착하여, 장애 골프의 제

1라운드를 치기 시작했다.

2

버너드는 고개를 밑으로 숙인 채로 그냥 옥상을 가로질러 걸어 갔다. 이따금씩 다른 사람들과 시선이 마주치자 재빨리 고개를 돌리며 피했다. 그는 마치 추격당하고 있는 사람 같았다.

만나고 보면 상상하던 것보다 훨씬 더 미움을 받을 것만 같았다. 자기에게 무슨 죄라도 있는 것 같아서, 더욱더 피할 수 없는 고독 감 속에 잠기는 것이 싫어서 만나고 싶지 않은 적에게 추격당하고 있는 사람처럼 걸어가고 있었다.

"그 고약스러운 베니토 후버 자식!"

그러나 어쩐지 그에겐 악의 같은 것은 없었던 것 같았다. 그렇기 때문에 더욱더 나쁜 녀석이잖아. 악의가 없는 녀석들이 하는 짓도 일부러 놀리려는 녀석들과 비교해서 다를 바가 없다.

레니나까지도 자기를 괴롭혔다. 그는 레니나에게 말을 걸어 보려고 벼르고 벼렸지만, 도저히 그런 용기가 나지 않아서 우유부단 하게 몇 주일을 보내 버렸던 것을 상기해 보았다.

큰마음 먹고서 모욕적인 거절을 받을 셈치고 만나 볼까? 하지만, 만약 그녀가 자기를 반겨 준다면 그야말로 얼마나 놀라운 일인가! 그런데 정말로 조금 전에 그녀는 자기의 부탁을 받아 준 것이 아닌가. 그러나 그는 역시 비참했다.

그녀는 장애 골프 치기에는 더할 나위 없이 좋은 날씨라고 엉뚱한 이야기를 했으며, 급기야는 헨리 포스터와 함께 헬리콥터를 타고서 날아가 버렸다.

뿐만 아니라, 두 사람만이 가장 은밀하게 이야기하기 위하여 많은 사람들이 보는 곳에서는 이야기하려 하지 않은 그를, 이상하다고 웃었기 때문에 역시 비참하기 그지없었다.

단적으로 말하자면, 레니나는 끝까지 건전하고 도덕적인 영국 소녀로서 행동할 따름이며, 그 이외에는 조금도 변태적인 이상한 행동을 하려고 하지 않는 것이 그를 더욱더 비참하게 만들었다.

그는 자기의 격납고를 열고, 거기서 노닥거리고 있던 두 사람의 델타 마이너스 시종들에게 헬리콥터를 꺼내도록 명령했다.

격납고는 전부 포카놉스키 그룹들이 지키고 있었다. 그들은 모두 체구가 작달막하고 검고 흉측한 쌍둥이들이었다.

버너드는 자기의 우월성에 대해 그다지 확신을 가지고 있지 못하는 사람들이 흔히 그렇듯이 날카롭고 교만하고 불쾌감을 주는 어투로 명령을 했다.

하층계급들을 다루는 건 버너드에게는 정말로 우울한 일이었다.

그 이유야 어쨌든 간에 (우연한 사고란 일어날 수도 있는 일이니까, 그의 혈액보급제 속에 알코올이 들어갔다는 소문이 사실일지도 모르지만) 버너드의 체격은 감마급의 평균 체격보다도 별로 크지 못했기 때문이었다.

알파의 표준보다는 키가 8 cm나 부족했으며, 몸집도 키에 비례해서 작았다.

하층계급과 마주칠 때마다 그는 자기의 육체적 열등감을 의식하지 않을 수가 없었다.

"나는 이런 내가 아니었으면 좋았을 텐데."

그의 자의식은 날카롭고 동시에 비참했다.

델타의 얼굴이 눈 아래로 내려다보이지 않고 대등하게 보일 때마다 치욕감을 느꼈다.

그들이 나의 계급에 대한 존경심을 가지고 나에게 봉사하고 있는 걸까? 이러한 의문이 그를 괴롭혔다.

거기에는 그럴 만한 이유가 있었다. 감마도 델타도 엡실론도 모두 어느 정도까지는 체질적 우월성이 사회적 우월성을 연상하게 할 수 있도록 습성훈련이 되어 있었기 때문이다.

실제로도 신체의 크기를 중요시하는 최면교육적 선입관을 미약하긴 하지만 누구나 갖고 있었다.

그렇기에 그가 여자들에게 데이트 신청을 할 때마다 여자들은 웃음을 참지 못했으며, 동료들은 그를 장난삼아 위로하곤 했다.

이러한 사실은 그를 대하는 사람들로 하여금 더욱더 편견을 갖게 했으며, 그의 체질적 결함에서 비롯되는 적의와 굴욕감을 더욱더 부추겼다. 때문에 그는 더욱더 동료들과는 사이가 멀어지게 되었으며, 고독하게 되었다.

자기가 경멸당하고 있다는 만성적인 공포증 때문에 동등한 계급의 사람들을 회피하게 되었으며, 아랫사람에 대해서는 의식적으로 오만한 행동을 취하게 만들었다.

그가 얼마나 헨리 포스터와 베니토 후버와 같은 사람을 부러워했는지 모른다.

엡실론에게 명령을 할 때도 큰 소리로 고함을 치지 않아도 되는 사람들, 다시 말하면 자기의 지위를 완벽하게 인정받고 있는 사람들, 물속의 물고기처럼 마음대로 신분 조직의 사회를 헤엄칠 수 있는 사람들, 자기의 지위에 대하여 아주 편안하게 생활할 수 있기 때문에, 자기 자신에 대해서나 자기의 계급이 누리는 여러 가지 이득에 대해서 조금도 의식하지 않고 살아갈 수 있는 사람들을.

그가 보기에는 느릿느릿하게…… 과연 싫증을 역력히 드러내면서, 쌍둥이 시종이 헬리콥터를 끄집어내고 있었다.

"빨리 해!" 가슴을 졸이면서 버너드가 말했다.

한 녀석이 흘끗 그를 쳐다보았다. 저 허탈한 회색 눈 속에 떠오르는 것은 일종의 동물적인 조소가 아닐까?

"빨리 해!" 하고 그는 더욱더 소리를 질렀다. 추악하고 초조한 느낌이 여실히 나타나는 목소리.

그는 헬리콥터를 타고 강을 향해 남쪽으로 날아갔다.

다채로운 '선전사무국'과 '감정공학 전문학교'는 플리트 거리의 60층 빌딩에 들어서 있었다.

1층과 지하에는 런던의 3대 신문이 자리 잡고 있었다.

즉, 〈라디오 시보〉라는 상류계급용, 엷은 초록색의 〈감마 신문〉, 카키색 종이를 사용하여 단음절짜리 단어로만 인쇄된 〈델타〉 등등이. 그 위층에는 텔레비전 방송국, 촉감영화국, 종합음성국, 종합음악국 등의 건물이 22층을 차지하고 있었다.

그 위에는 연구조사 실험실, 녹음작가와 종합음악 작가들이 복잡 미묘한 작업을 하기 위하여 작은 방들로 나누어져 있었다.

제일 위층인 28층은 감정공학 전문학교였다.

버너드는 선전본부의 옥상에 착륙해서 비행기에서 내렸다.

"헤름홀츠 왓슨 씨를 불러 다오."

그는 감마 플러스의 짐꾼에게 명령했다.

"버너드 마르크스 씨가 옥상에서 기다리신다고 전해라."

그는 자리를 잡고 앉아 담배에 불을 붙였다.

전갈이 전달되었을 때, 헤름홀츠는 무엇을 쓰고 있었다.

"곧 간다고 전해."

라고 말하고는 수화기를 놓았다. 그는 비서에게,

"여길 잘 정리해 둬요."

라고 사무적인 명령을 하고는, 그녀의 환한 미소를 거들떠보지도 않은 채 재빨리 문으로 걸어갔다.

그는 튼튼한 체구를 지닌 사내였다.

두툼한 가슴과 떡 벌어진 어깨를 지녔으며, 동작은 민첩하고 활발했다. 둥글고 든든한 목덜미가 멋진 머리를 지탱하고 있었다.

머리칼은 검고 약간 곱슬곱슬했으며 용모는 힘찬 인상이었다.

그의 비서가 몇 번이고 되풀이해도 싫증이 안 날 만큼 그는 지극히 우아하며, 머리칼 하나에 이르기까지 완벽한 알파 플러스였다.

전문은 감정공학 전문학교의 강사(작문학부)이며, 교육활동의 여가를 틈타 실제로 감정기사 일을 보고 있었다.

그는 규칙적으로 〈라디오 시보〉에 기고했으며, 촉감영화의 각본도 쓰고 표어와 최면교육용 문구를 제작하는 데도 탁월한 재능을 갖고 있었다.

"재능이 많아."라고 상사들은 결론을 내렸다.

"혹시."(하고 여기서 그들은 머리를 저으면서 뜻깊은 나지막한 목소리로 말하는 것이었다.) "재능이 너무 지나친 걸지도 몰라."

정말로 지나쳤다. 과연 그들의 추측이 어긋나진 않았다.

헤름홀츠 왓슨의 두뇌적 과잉은 마치 버너드의 체격적 결함이 미치는 것과 똑같은 결과를 초래하고 있었다.

뼈와 근육의 부족이 급기야는 버너드로 하여금 친구들과 떨어져서 혼자 고립 속에 이르게 했던 것이다.

이러한 고립감은 보통 기준으로 따져 볼 땐 일종의 심리적 과잉이었으며, 결과적으로는 더욱더 고독을 심화시켰다.

헤름홀츠의 경우에도 자기가 고독하다고 느끼는 것은 그의 재능이 너무 지나치기 때문이었다.

이 두 사람은 이러한 이유로 제각기 독립적인 개체라는 느낌을 갖게 되었다.

그러나 육체적인 결함을 지니고 있는 버너드의 고독감은 여태까지의 생활을 통해 계속해서 그를 괴롭혀 온 것이지만, 헤름홀츠가 자기와 자기의 주위를 둘러싸고 있는 사람들과의 차이를 의식하기 시작한 것은 극히 최근의 일이었다.

에스컬레이터 스쿼시의 챔피언, 정력이 넘치는 엽색가, (그는 겨우 4년 남짓한 기간 동안에 640명의 여성을 상대했다는 소문이 자자했다.) 위원회의 뛰어난 회원이며, 다른 사람들과도 지극히 잘 어울리는 이 남자는 어느 날 갑자기 스포츠도, 여성도, 그리고 공동적인 여러 가지 활동에 대해서도 무언가 채워지지 않은 부족한 것이 있다는 느낌을 갖게 되었다.

사실 은근히 가슴속으로는, 다른 것에 마음이 끌리고 있었다. 그러면 도대체 무엇에 이끌리고 있단 말인가?

바로 이것이, 버너드가 그와 함께 토론해 보려고 이곳에 나타난 문제의 초점이었다.

토론이라기보다는 얘기는 항상 헤름홀츠가 도맡아서 하는 편이니까 버너드는 친구의 말을 다시 한번 들으러 왔다는 것이 더 어울리겠지만.

헤름홀츠가 승강기에서 내리자, 종합음성국에서 일하고 있던 애교가 가득 찬 3명의 여자가 그를 기다리고 있었다.

"오오, 사랑하는 헤름홀츠! 우리들과 함께 엑스무어에서 피크닉을 즐기고 저녁식사를 해줘요."

그녀들은 그의 주위를 둘러싸고 매달리다시피 애걸했다.

그는 머리를 가로젓고서 그녀들을 밀쳐 냈다.

"싫어요, 그만둬요."

"다른 남자들은 아무도 안 부를 거예요."

그러나 헤름홀츠는 이 유쾌한 약속에도 마음이 끌리지 않았다.

"싫어요."

라고 그는 되풀이했다.

"그리고 난 바빠요."

그는 단호하게 걸음을 재촉했다.

여자들은 그의 뒤를 계속 따라왔다.

그가 버너드의 헬리콥터에 올라서 문을 찰칵 하고 닫아 버리자, 그제야 단념했다. 원망하는 소리가 들려왔다.

"저런 여자들!" 헬리콥터가 상승하자 그는 말했다.

"저런 여자들!" 하고 버너드가 맞장구를 쳤으나, 사실은 헤름홀츠처럼 많은 여자들을 별로 힘도 들이지 않고 손에 넣을 수 있으면 얼마나 좋을까, 하고 다른 생각을 하고 있었다.

그는 느닷없이 자랑하고 싶은 충동을 일으켰다.

"난 레니나 크라운을 데리고 뉴멕시코에 갈 예정이야."

그는 일부러 그런 것은 아무것도 아니라는 듯이 말했다.

"그래?"

헤름홀츠는 전혀 흥미 없다는 투로 말했다. 그러고는 잠시 후,

"최근 1, 2주일 동안은."

하고 그는 말을 이었다.

"난 위원회에도 참석하지 않고 여자들과도 관계를 끊어 버렸어. 학교에선 그 때문에 굉장한 소동이 일어나고 있지. 그래도 역시 쉬는 것은 가치가 있는 것 같아. 그 효과는……."

하고 그는 망설였다.

"글쎄, 뭐랄까 아무튼 기묘해. 정말로 기묘하단 말야."

육체적 결합은 일종의 심리적 과잉을 일으키기도 하지만, 이러한 과정은 그 반대 현상도 성립될 수 있다.

심리적 과잉은 그 자체의 목적에 따라서, 적절하고 자의적인 고독과 금욕주의의 인위적인 불감증을 일으킬 수도 있었다.

잠시 동안, 나머지 비행시간은 서로 침묵 속에서 보냈다.

두 사람이 버너드의 방에 도착하여, 공기 소파 위에 편하게 몸을 뻗고 앉자, 헤름홀츠가 또 말하기 시작했다.

"자네는 지금까지." 하고 그는 천천히 말했다.

"자신의 내부에 무엇인가 숨어 있어서, 자네가 그것을 끄집어 낼 때까지 기다리고 있는 것 같은 그런 느낌을 느껴 본 적이 없나? 즉, 자네가 여태까지 사용해 본 적이 없는 어떤 특수한 힘과 같은 것 말일세. 터빈 속을 흘러내리는 것이 아니라, 폭포 속에 떨어지는 물결 같은 그런 것 말이야?"

그는 질문하듯이 버너드를 바라보았다.

"사물이 변하면, 거기에 따라서 느끼는 감정도 달라진다는 그런 의미 말인가?"

헤름홀츠가 머리를 저었다.

"반드시 그런 것도 아니야. 난 가끔씩 이상한 느낌을 가질 때가 있어. 뭘 말하지 않고는 못 견디는 중요한 것이 존재하고 있다는 것 같은 느낌과, 그것을 말하기 위한 힘을 느낄 때가 있단 말야.

다만 그 말하고 싶은 것이 무엇인지도, 그리고 그 힘의 사용방법이 어떤 것인지도 모르긴 하지만 말야. 만약에 글을 쓰는 어떤 특이한 방법이 있다면……. 혹은 그 어떤 다른 것은……."

그는 한동안 말없이 있더니 잠시 후에 다시,

"글쎄 말이야."

하고 말을 이었다.

"나는 짧은 문장을 지어내는 것은 비교적 잘하거든. 마치 바늘 위에 앉는 것처럼 사람들을 펄쩍 뛰게 할 수 있는 글을 지을 수 있지. 그러한 문장은 최면교육적으로 명백한 사실에 관한 것이면서도 아주 신선하고 자극적인 대목이 있어. 하지만 그래도 흡족하지 않은 느낌이야. 문장만 좋은 것만으로는 부족하거든. 글과 함께 만들어지는 것도 역시 좋아야 하지."

"하지만 자네 일은 잘되고 있잖아."

"하긴 그만하면 잘되는 편이지."

라고 헬름홀츠는 어깨를 으쓱했다.

"하지만 모두 보잘것없어. 조금도 중요한 일이 못 돼. 무엇인지 좀더 중요한 일을 했으면 하는 느낌이야. 그래! 좀더 긴장되고 좀더 강렬한 일을 말야.

그러나 뭐냔 말이야? 말하지 않으면 안 될 훨씬 더 중요한 것이 뭐냔 말이야? 그런데다가, 쓸 수 있을 것이라고 예상했던 것을 쓰는데, 도대체 어떻게 강렬해질 수가 있느냔 말이야?

글이란 것은, 적절하게 구사하면 X광선처럼 될 수 있는 거야. 어떤 것이라도 뚫고 나갈 수가 있어. 읽기만 하면 뚫어져 버려. 내가 학생들에게 가르쳐 주려는 것은 바로 그거야.

어떻게 하면 뚫을 수 있게 쓰는가 하는 것. 그러나 단체 노래나 후각 기관의 발달에 관해 최근에 발표한 논문으로 뚫어진다고 해봤자 무슨 소용이 있는가?

더군다나 이러한 종류에 관해 쓴다면 정말로 강력한 X광선처럼 뚫을 수 있도록 쓸 수 있다고 생각하는가?

무無에 관하여 무엇을 말할 수 있단 말인가? 궁극적인 문제는 바로 그거야. 난 노력해 봤어. 계속 노력해 봤다구……."

"쉬!"

갑자기 버너드가 경계하는 듯 손가락을 들면서 주의시켰다.

두 사람은 귀를 기울였다.

"확실히 문 밖에 누가 있어."

라고 그가 속삭였다.

헤름홀츠는 일어나서 발끝으로 방을 건너서 재빠르게 문을 확 열었다. 물론 아무도 없었다.

"미안하네."

버너드가 바보처럼 말했다.

"아무래도 좀 신경과민에 걸린 모양이야. 다른 사람에게 의심을 받다 보면, 이쪽에서도 남을 의심하게 되는군그래."

그는 눈을 비비고, 한숨을 쉬었다. 말소리가 처량해졌다. 그는 스스로 자기를 변명하기 시작했다.

"난 요즘 괴로운 걸 얼마나 꾹 참고 있는지……."

하고 그는 목멘 소리로 말했다.

그의 자기 연민은 갑자기 터져나오는 분수와 같았다.

"그걸 자네가 이해한다면!"

헤름홀츠 왓슨은 약간 불쾌감을 느끼면서 듣고 있었다.

"가련한 버너드!"

하고 그는 혼자 속으로 중얼거렸다. 그러나 동시에 그는 자기의 친구가 부끄러워졌다.

버너드가 좀더 자부심을 가지면 좋을 텐데.

제 5 장

1

해는 8시경에 저물기 시작했다.

스토그 포지스 클럽의 탑 위에 설치된 스피커가 사람의 테너 목소리보다도 더 높은 소리로 코스가 문을 닫는다고 방송하기 시작했다.

레니나와 헨리는 게임을 중단하고, 클럽 쪽으로 걸어갔다.

내외분비물 합동 작업장에서 수천 마리의 소들이 우는 소리가 들렸다. 이 소들은 판햄 로열의 큰 공장에 호르몬과 우유의 원료를 공급하는 것이었다.

끊임없이 윙윙거리는 헬리콥터의 기계 소리가 저녁놀이 비치는 하늘에 가득했다. 2분 30초마다 골프를 치던 하층계급들을 도시로 데리고 갈 모노레일 기차가 벨소리와 차바퀴의 음향을 내며 출발을 알리고 있었다.

레니나와 헨리는 그들의 헬리콥터를 타고 출발했다.

800피트 상공에서 헨리는 헬리콥터 스크루의 회전을 늦추었다. 잠시 후에 그들은 저물어 가는 풍경 위에 머무르게 되었다.

판햄 피치스의 숲이 서쪽 하늘 아래 자리 잡고 있는 환한 해안을 향하여 컴컴하고 거대한 연못처럼 뻗어 있었다.

마지막으로 저물어 가는 석양이 지평선 위를 진홍색으로 물들여 놓고, 점점 위로 올라감에 따라 오렌지빛과 누런빛과 엷고 푸른 빛을 반사하고 있었다.

북쪽으로는 나무들이 서 있고, 그 건너편에 창마다 전깃불이 반짝거리고 있는 20층짜리 내외분비물 제조공장이 자리잡고 있었다. 그 아래쪽으로 골프 클럽의 건물이 서 있었다.

하층계급용 커다란 막사와 알파와 베타용의 작은 건물들이었다. 모노레일 기차정거장 근처에서는 개미떼와 같이 하층계급들이 우글거리고 있었다.

유리로 만든 둥근 천장 밑으로 등불을 켠 기차가 쏜살같이 달려나갔다. 컴컴한 평원을 남동쪽으로 달리고 있는 그 기차의 진로를 따라가던 중, 두 사람의 눈은 슬루 화장터 건물 위에 이르렀다.

굉장한 건물이었다. 건물에 딸려 있는 4개의 큰 굴뚝에는 야간비행의 안전을 위하여 모두 불이 켜져 있었다. 그리고 그 꼭대기에는 진홍색으로 된 위험신호가 설치되어 있었다.

바로 이정표였다.

"왜 저 굴뚝 둘레에 발코니 같은 것을 장치해 놓았을까요?"

레니나가 물었다.

"인을 회수하기 위해서지."

하고 헨리는 설명했다.

"굴뚝을 통해 분출할 때까지 가스는 4종류로 분리돼. 사람을 화장시킬 때마다 P_2O_5가 분리되지. 95% 이상을 재생할 수 있으니까, 성인 시체 하나에서 1킬로 반 이상이나 얻을 수 있어. 영국에서만 매년 산출되는 400톤의 인도 대부분 여기서 생산되는 거야."

헨리는 이러한 성과를 마치 자기 자신이 이룬 것처럼 말했다.

"우리들이 죽은 뒤에도 사회적으로 유익하게 쓰인다는 것은 유쾌한 일이야. 식물의 발육을 조장해 주니까 말야."

레니나는 이때 시선을 돌려서, 바로 밑에 보이는 모노레일 정거장을 내려다보았다.

"좋은 일이죠."

하고 그녀도 동의를 표시했다.

"하지만 알파와 베타가 저쪽에 보이는 저 더러운 감마나 델타나 엡실론보다 더 많이 식물의 성장에 도움을 주지 못한다는 건 이상해요."

"인간은 모두 물리화학적으로 볼 땐 균등한 거야."

라고 헨리는 격언을 외우듯이 말했다.

"그리고 엡실론일지라도 그들이 아니면 못 하는 일을 해주는 거야."

"엡실론일지라도……."

레니나는 갑자기 옛 기억이 머리에 떠올랐다. 학교에 다니던 어린 시절에 한밤중에 우연히 눈을 뜬 일이 있었다. 그때 비로소 처음으로, 잠을 자는 동안에도 주변을 떠나지 않고 소곤거리던 소리를 깨달을 수 있었다.

그녀는 창 너머로 비치는 달빛을 보았다. 흰 침대가 나란히 놓여 있는 것을 보았다. 그리고 다시 아주 조용하고도 낮은 소리가 그녀의 귓전에 울려왔던 것이다. (매일 밤마다 몇백 번씩 되풀이되던 말을 아직 잊지 않았다. 잊을 수도 없었다.)

"사람은 누구든지 다른 사람을 위해 일합니다. 우리들 혼자서는 아무것도 못 합니다. 엡실론일지라도 도움이 됩니다. 사람은 누구든지 다른 사람을 위하여 일합니다. 우리들 혼자서는 아무것도 못 합니다……."

레니나는 그때의 일을 떠올렸다. 처음에 느꼈던 공포와 놀라움의 충격을 깨어 있던 30분 동안 여러 가지로 머리를 써가면서 생각해 보았던 것을, 그리고 다시 깊은 잠 속으로 빠져들었던 것을…….

"엡실론은 자기가 엡실론이라는 것을 조금도 싫어하지 않는 모양이죠."

라고 그녀는 소리 높여서 말했다.

"암, 그렇고말고. 어떻게 깨달을 수가 있겠어? 그들은 자신이 다른 신분이 된다는 것이 어떤 것일까 생각해 보지도 못할 거야. 물론 우리들은 그런 생각을 할 수 있지. 그러나 그것은 우리들의 습성훈련이 그들과는 다르기 때문이야. 그리고 우리들은 유전이 틀리잖아."

"난 엡실론이 아닌 것이 기뻐."

하고 레니나는 굳은 신념에서 우러나온 듯이 말했다.

"만약, 네가 엡실론이었다면."

하고 헨리가 말했다.

"너의 습성훈련은 네가 베타나 알파가 아니라는 것을 감사하도록 이루어졌을 거야."

그는 전진용 프로펠러에 기어를 넣고 기수를 런던 쪽으로 돌렸다. 서쪽 하늘 아래쪽은 벌써 진홍빛과 오렌지빛이 사라져 버리고 시커먼 구름덩이가 하늘 꼭대기에 닿고 있었다.

그들이 화장터 위를 날아갈 때, 굴뚝에서 나오는 더운 바람이 돌연 헬리콥터를 공중으로 올라가게 했으나, 그 위를 지나쳐 버리자 헬리콥터는 다시 쌀쌀한 허공에서 밑으로 떨어졌다.

"굉장한 힘이군요!"

레니나는 쾌활하게 웃었다. 그러나 헨리의 태도는 잠시 동안 우울해 보였다.

"지금 그 힘이 뭔지 알고 있어?"

하고 그는 말했다.

"그것은 바람과 함께 사라져 버리는 인간이야. 더운 가스가 되어서 분출해 버리고 마는 인간이지. 누구라는 걸 안다면 이상한 기분이 들 거야. 알판지, 엡실론인지 알게 된다면……."

그는 한숨을 쉬었다. 그러고는 결심이나 한 듯이 다시 쾌활해지면서, "하지만 아무튼." 하고 결론을 내렸다.

"우리들이 의심할 수 없는 것이 단 한 가지 있지. 그것이 누구였든 간에, 그가 살았던 동안만은 행복했을 거란 사실을 말야. 지금은 누구나 행복하니까."

"그렇고 말고요, 지금은 누구나 행복해요."

하고 레니나가 맞장구를 쳤다. 그들은 12년 동안 매일 밤마다 150번씩 이 말을 되풀이해서 들어왔던 것이다.

웨스트민스터의 40층에 있는 헨리의 아파트에 착륙하자, 그들은 바로 식당으로 내려갔다. 거기서 그들은 시끄럽게 떠들어대는 사람들 사이에 섞여서 고급스러운 식사를 했다.

커피와 함께 소마도 가져왔다. 레니나는 반 그램 정제를 2개, 헨리는 3개 복용했다. 9시 20분에 그들은 맞은편에 새로 문을 연 웨스트민스터 사원 카바레에 갔다.

바깥 하늘의 구름은 거의 걷혀졌으나 달은 떠오르지 않고 별만 총총한 밤이었다.

대체로 그렇게 유쾌하지 않은 날씨였는데도, 레니나와 헨리는 아무것도 느끼지 못했다.

공중 전기 간판이 교묘하게 바깥의 암흑을 가려 주었다.

'캘빈 스통스와 그의 색소폰 연주자 16명.'

새로 지은 사원의 정면엔 큼직한 글자가 번쩍거리고 있었다.

'런던 제일의 빛과 향기의 오르간. 최신식 종합음악의 모든 것.'

그들은 안으로 들어갔다. 공기가 무덥고, 용연향과 백단의 향기가 가득 차서 숨이 콱 막힐 지경이었다.

홀의 둥근 천장 위에서는 색채 오르간이 연속적으로 열대지방의 일몰의 풍경을 비춰 주고 있었다.

16명의 색소폰 연주자들이 그리운 옛날의 유행가를 연주하고 있었다.

"이 세상 어떤 곳을 다 찾아봐도, 내 그리운 병보다 좋은 병은 없더라."

번쩍거리게 닦아 놓은 마룻바닥 위에서는 400쌍의 남녀들이 다섯 박자의 스텝을 밟으면서 춤추고 있었다.

레니나와 헨리도 서슴지 않고 401번째의 쌍이 되어 참가했다.

색소폰이 달밤에 묘한 소리를 내면서 우는 고양이 소리처럼 울렸다. 마치 죽음이 그들 눈앞에서 기다리고 있는 것처럼, 알토와 테너 소리가 슬프게 울부짖었다.

풍부한 화성이 점차 첨가되면서 떨리는 색소폰의 합주 소리는 절정에 도달했다. 더욱더 소리 높이 ─ 이윽고 마지막에 이르러서 지휘자가 팔을 한 번 휘두르자, 에텔 음악 특유의 엉망진창인 음조를 일으켜서 16명의 연주자들은 그 억센 바람에 휩쓸려 자취를 감추어 버렸다.

A플랫 장조의 대굉음, 그리고 나선 거의 정적과 암흑에 가까운 분위기 속에서 점차 축소음이 계속되었다.

이 음이 약한 4분의 1박자가량 서서히 낮아지자, 마지막에 가서는 미묘하게 속삭이는 듯한 제5화음으로 변하여, (한편에선 아직도 5 ─ 4의 리듬은 끊임없이 낮게 울리고 있었다.) 암흑의 분위기가 바뀌어 긴장된 기대로 가득 넘쳐흐르게 했다.

그러자 급격하고 폭발적인 아침 해가 솟아오르고, 거기에 맞추어서 16명의 코러스가 일제히 노래를 부르기 시작했다.

나의 병이여! 내가 언제나 원하는 것은 그대였소!
나의 병이여, 왜 벌써 난 배양되었나?
그대의 품속에선 하늘은 푸르고,
날씨는 언제나 맑았답니다.
왜냐고요?
이 세상 어떤 곳을 다 찾아봐도,
그리운 내 병보다 좋은 병은 없더라.

레니니와 헨리는 다른 400쌍과 함께 웨스트민스터 사원에서 빙빙 돌면서, 5박자 스텝을 밟으면서, 다른 세계에 잠기면서 춤추고 있었다.

따스하고 빛깔이 다채로운 다정한 '소마의 휴식'의 세계 속에서.

모두 다 다정하고 유쾌하고 즐겁게 즐겁게!

"나의 병이여, 내가 언제나 원하는 것은 그대였소⋯⋯."

레니나와 헨리는 그들이 원하던 것을 갖게 되었다.

그것은 두 사람 속에, 지금 여기서, 완전히 자기의 내부 속에 맑은 날씨와 영원히 푸른 하늘 아래에서. 그러나 16명의 연사가 피로한 나머지 색소폰을 옆에 놓자, 종합음악 장치가 느리게 맬더스풍 블루스 곡을 마지막으로 연주하기 시작한다.

그때쯤이면 두 사람은 혈액보급제 병 속에서 바다 속을 떠도는 쌍둥이 태아가 된 기분이 된다.

"그럼 여러분, 편히 쉬십시오. 그럼 여러분, 편히 쉬십시오."

스피커가 기분을 즐겁게 하는 음악적인 이별을 전한다.

"그럼 여러분, 편히 쉬십시오⋯⋯."

레니나와 헨리는 다른 사람들과 함께 점잖게 밖으로 나왔다.

우울하던 별들은 이미 대부분 멀리 사라졌다. 공중 간판 불빛은 벌써 대부분 꺼져 버렸지만, 젊은 두 사람은 여전히 행복한 밤의 망각 속을 헤매고 있었다.

끝나기 30분 전에 복용한 두 번째 소마가 그들과 현실 세계의 사이에다 뚫어지지 않는 견고한 방벽을 쌓아올려 놓았던 것이다.

병 속에 잠긴 채로 그들은 29층에 있는 헨리의 방으로 올라갔다.

병 속에 잠긴 채로지만, 그리고 두 번째의 소마는 1그램이나 복용했지만, 레니나는 규정된 피임 준비를 게을리하지 않았다.

오랜 세월을 두고 받았던 최면교육과 12세부터 18세에 이르기까지 매주 3회씩 맬더스주의적 훈련을 받았던 덕택에, 이러한 준비 행동은 눈을 깜빡거리는 것과 마찬가지로 자연스럽게 이루어졌다.

"아아, 참 이제 생각이 나는군요."

목욕탕에서 나왔을 때 레니나가 말했다.

"당신이 준 그 멋진 녹색 인조 모로코 가죽 허리띠 말이에요. 어디서 샀는지 패니 크라운이 알아봐 달래요."

2

2주일에 한 번씩 목요일마다 버너드는 연대 예배회에 참석했다.

아프로디테움에서 이른 저녁을 먹고 (헤름홀츠는 최근에 회칙 제2조에 의해 이곳 회원으로 선출되었다.) 그는 친구와 헤어져서 옥상으로 올라가, 택시를 불러 타고 포드선 단체 음악당으로 향했다.

헬리콥터는 200m까지 상승하여 동쪽으로 방향을 돌렸다.

그러자 버너드의 눈앞에 호화로운 건물이 나타났다. 그것이 음악당이었다.

럿개드힐 위에는 320m의 하얀 모조 대리석이 눈처럼 희게 반짝거리고 있었다. 그 꼭대기에 있는 헬리콥터 정거장의 네 모퉁이에는 무수하게 많은 T자가 진홍빛으로 찬란하게 빛나고 있었다.

24개의 육중한 황금나팔 구멍에서 장엄한 종합음악이 연주되고 있었다.

"제기랄, 지각이군."

버너드는 예배당의 시계인 빅 헨리를 보고 중얼거렸다.

그가 택시비를 지불하는 동안 빅 헨리는 4시를 쳤다.

'포드님(옮긴이 주 - 시계 치는 소리)'.

황금 나팔들이 일제히 놀라울 만큼 큰 저음으로 노래를 불렀다.

'포드님, 포드님, 포드님……'

하고 아홉 번을.

버너드는 승강기 있는 쪽으로 달려갔다.

포드 탄생일의 축전祝典과 단체 노래를 위한 대강당은 이 건물의 맨 아래층에 자리잡고 있었다. 그 위에는 각 층마다 방이 100개씩 있어서 7,000개의 방이 있었으며, 2주일간의 집회에 참석하는 단체들이 사용하고 있었다.

버너드는 34층에 내려서자 부리나케 복도를 달려가서, 3210호실 앞에서 잠시 동안 망설이다가 한숨을 들이쉬고는 문을 열고 들어갔다.

오, 포드님 감사합니다! 그는 지각이 아니었다.

둥근 탁자의 주위에 나란히 늘어놓은 12개의 의자 중에 아직도 3개가 텅 비어 있었다.

그는 가까운 곳에 있는 빈 의자에 되도록 남의 눈에 띄지 않도록 살며시 자리를 잡고서, 이제는 다음 차례부터 누구든지 늦게 오면 그때마다 인상을 찡그리려고 벼르고 있었다.

그가 앉은 쪽을 돌아다보면서,

"오늘 오후에는 뭘 하고 놀았어요?"

하고 왼쪽에 앉았던 여자가 물었다.

"장애요? 그렇잖으면 전자 골프?"

버너드는 그녀를 마주보았다. (오오, 포드님! 그녀는 모르가나 로스차일드였다.)

그는 얼굴이 새빨개지면서, 아무것도 하지 않았다고 고백할 수밖에 없었다.

모르가나는 놀라면서 그를 한참 동안 노려보았다. 어색한 침묵이 흘러갔다.

그러자 그녀는 홱 돌아앉으면서, 왼쪽에 앉아 있는 스포츠맨 같은 사내에게 이야기를 걸었다.

"예배 드리는 날치고는 훌륭한 첫 출발이군."

하고 버너드는 심각하게 한숨을 지었다.

또다시 명예회복에 실패할 것이라는 예감이 들었다.

가까운 의자에 서둘러 앉기 전에 주위를 돌아다볼 여유만 있었더라면! 그렇다면 피피 브래들래프와 조애나 디젤 사이에 앉을 수 있었을 텐데. 그런데 그만 엉겁결에 모르가나 옆에 앉고 말았다.

모르가나 옆에! 오, 포드님! 그녀의 새까만 눈썹은 2개라기보다는 1개이다. 눈 위에서 함께 맞붙어 있으니까. 포드님! 그의 오른쪽엔 클라라 디터딩이 앉아 있었다.

틀림없이 클라라의 눈썹은 맞붙어 있지 않았다. 하지만 그녀는 지나치게 탄력이 있다.

그 점에 있어서는 피피나 조아나는 전혀 흠잡을 데가 없다.

살이 쪘고 금발이며, 너무 크지도 않다. 그런데 지금 바로 그 두 사람 사이에 자리 잡고 앉아 있는 것은, 무뚝뚝한 톰 가와구치였다.

제일 나중에 도착한 사람은 사로지니 엥겔스였다.

"지각입니다."

라고 클럽의 회장이 엄하게 말했다.

"두 번 다시 늦지 않도록 하십시오."

사로지니는 변명을 하면서, 짐 포카놉스키와 허버트 바쿠닌 사이에 앉았다. 서클이 완성되었다.

남자, 여자, 남자의 순서로 무한한 상호관계의 고리가 성립되었다.

12명이 한 덩어리가 되어 더욱더 위대한 존재가 되기 위해 12개의 자신의 존재를 포기할 결의가 되어 있다.

회장이 일어서서 T사인을 하고 종합음악을 틀자, 고요한 북소리의 연속적인 반향과 기악의 합창이 시작됐다.

기악은 초^超관악기와 초현악기로서, 단속적이지만 가슴속에 사무쳐서 떨어지지 않는 느낌을 주는 첫 번째 연대 성가를 슬픈 곡조로 자꾸만 되풀이해서 연주하기 시작했다. 자꾸만 되풀이했다.

그러나 약동하는 리듬을 듣는 것은 귀가 아니고 횡경막이었다. 끊임없이 스며드는 화음의 흐느끼는 소리와 울림은 가슴에 스며드는 것이 아니라 슬픈 간장을 녹이는 듯한 곡조였다.

회장은 또 한 번 T사인을 하고 앉았다. 예배가 시작되었다.

탁자의 한가운데에는 헌납된 소마 정제가 준비되어 있었다.

스트로베리 아이스크림 소마가 담긴 컵이 한 사람씩 한 사람씩 옮겨지는 동안에 '자기 소멸을 위한' 신성 고백과 함께 12사람이 차례로 마시게 되었다.

그다음엔 종합 오케스트라의 반주에 맞추어서 제1 연대 성가를 합창했다.

포드님, 우리들 열둘을 하나로
만들어 주소서.
사회의 강물을 이루는 물방울처럼,
오오, 우리들을 함께 흐르게 하소서.
그대의 빛나는 플리버 자동차처럼 재빨리
흘러내리게 하소서.

열망이 가득 담긴 12소절, 그리고 또 다시 잔을 한 바퀴 돌렸다. '위대한 분을 위하여'라고 하는 것이 신성 고백이었다.

모두 마셨다. 음악은 피로한 줄도 모르고 계속됐다. 북이 울렸다. 장기가 녹아내리듯이 울부짖는 화음은 일종의 강박관념과도 같이 집요했다. 그들은 두 번째 연대 성가를 불렀다.

오라, 위대한 이여, 사회의 벗이여,
우리들 열둘을 소멸시켜 하나로 만들어 주옵소서!
우리들은 죽음을 원합니다. 우리가
죽음으로써 위대한 삶이 시작되기 때문입니다.

이것도 12소절이었다. 마침 이때 소마가 작용하기 시작했다. 눈은 빛나고 볼은 붉게 타며, 내부로부터 관대한 자비심이 발산하는 광채는 행복하고 친근한 미소가 되어서 제각기의 얼굴에 완연하게 나타났다. 버너드조차도 약간 취하는 것을 느낄 수 있었다.

모르가나 로스차일드가 뒤돌아보며 그에게 방긋 웃었을 때, 그도 벙긋 웃으며 대답하는 데 조금도 인색하지 않았다.

그러나 바로 그 눈썹, 검고 두 개가 맞붙어서 하나가 된 눈썹은 유감스럽게도 여전히 거기 있었다.

그는 그것을 무시할 수가 없었다. 아무리 애를 써도 역시 어찌할 도리가 없었다. 아직도 덜 취한 모양이야. 만약 피피와 조아나 사이에 자리 잡고 있었더라면…….

맛있는 소마 잔이 3번째로 1바퀴 돌아왔다.

'위대한 분이 가까이 오시기를 빌면서'

하고 모르가나 로스차일드가 우연히도 둘레의 맨 앞에 해당되었기에 그렇게 선창했다.

그녀의 목소리는 크고 높았다. 그녀는 한 모금 마시고는 버너드에게 컵을 돌렸다.

'위대한 분이 가까이 오시기를 빌면서'

라고 그는 되풀이했다. 머지않아서 위대한 분의 방문을 진심으로 생각해 보려고 하면서.

그러나 문제의 그 눈썹이 여전히 그를 괴롭혔으므로, 위대한 분의 방문은 그가 생각하기에는 아직도 앞길이 멀기만 했다. 그는 한 모금 마시고는 클라라 디터딩한테로 넘겼다.

"또 실수지."

하고 그는 혼자 중얼거렸다.

"틀림없이 그럴 거야."

그러나 그는 열심히 빙글빙글 웃음을 띠었다.

맛있는 소마의 순례는 끝났다. 손을 들면서 회장이 신호를 했다. 3번째 연대성가의 합창이 시작되었다.

느껴 보라, 위대한 분이 어떻게 재림하시는가를!
기뻐하라, 울부짖는 기쁨 속에서 죽을지어다!
북소리의 울림 속에 도취되어서!
나는 너이며, 곧 너는 나이다.

가사가 이어짐에 따라서 소리는 더욱더 날카로워졌다. '재림'이 가까워져 지금 걸어오고 있다는 느낌이 허공에 있는 전압과도 같이 긴박하게 퍼졌다.

회장이 음악 스위치를 껐다. 가사의 마지막 음색이 사라지자, 절대적인 정적이 스며들었다. 긴장하여 기대하고 있던 정적이. 회장이 손을 뻗쳤다.

그러자 별안간 한 목소리가, 심각하고 힘찬 목소리가 그 어떤 인간보다도 음악적이며 훨씬 풍만하고, 훨씬 흐뭇하고 사랑과 동경과 연민으로 인해 흐느끼는, 이상하고 신비스러운 초자연적인 소리가 그들의 머리 위에서 지껄이기 시작했다.

아주 느릿느릿하게, "오오, 포드님, 포드님, 포드님." 그 목소리는 점점 약하고 나지막하게 들리면서 중얼거렸다.

어떤 흐뭇한 감각이 태양신경총太陽神經叢으로부터 소리에 귀를 기울이고 있는 사람들의 육체 속으로 속속들이 번져나갔다.

그들의 눈에는 눈물이 글썽거리고, 심장과 간장은 마치 제각기 독립된 것처럼 그들의 체내에서 꿈틀거리고 있었다. "포드님!" 그들은 심취했다. "포드님!" 그들은 산산이 분해되고 분해되었다.

그러자 다른 목소리가 갑자기 놀랍게 울려왔다. "들으라!" 위대한 이의 목소리가 울려왔다.

"들으라!" 그들은 귀를 기울였다. 잠시 후에 속삭이는 듯이 목소리가 낮아졌다. 그러나 드높은 소리보다도 훨씬 더 심금을 뚫어내는 듯한 속삭임 소리가 들려왔다.

"위대한 분의 발은." 하고 말소리는 다시 계속 되풀이했다.

"위대한 분의 발은." 꺼져 버릴 정도로 들렸다.

"위대한 분의 발은 계단까지 이르렀습니다." 그러고는 다시 정적이 찾아왔다.

그러나 잠시 동안 풀려져 있던 기다림은 다시 긴장되었다.

팽창하고 팽창하여 거의 폭발할 지경에 이르기까지. 위대한 분의 발 ― 오오, 그들은 그것을 들었다. 그것을 들었다.

소리도 없이 계단을 밟고 내려오시는 것을, 눈에 보이지 않는 계단을 점점 가까이 내려오시는 것을 들었다. 위대한 분의 발.

돌연 폭발점에 도달했다.

눈을 노려보는 채로, 입을 벌린 채로 모르가나 로스차일드가 벌떡 일어났다.

"전 들려요." 하고 그녀는 흐느꼈다. "전 들려요."

"나타나십니다." 하고 사로지니 엥겔스가 외쳤디.

"그래요, 나타나십니다. 그분의 소리가 들려요."

피피 브래들래프와 톰 가와구치가 동시에 벌떡 일어났다.

"오오, 오오, 오오."

하고 조애나가 마치 벙어리처럼 더욱 강조했다.

"나타나셨다!"

짐 포카놉스키가 고래고래 소리를 질렀다.

회장이 앞으로 몸을 숙이고 한 번 건드리자 심벌즈와 꽹과리의 미친 듯한 소리와 열에 들뜬 듯한 징소리가 폭발했다.

"오오, 나타나셨습니다!" 클라라 디터딩이 고함을 쳤다. "아이어!" 마치 목을 따는 듯한 소리였다.

자기도 가만히 있지 말고 무슨 말이든 해야 할 순간이라는 것을 눈치 채고 버너드도 벌떡 일어나서 외쳤다.

"그분의 소리가 들립니다, 나타나셨습니다!"

그러나 이것은 거짓말이었다. 그에게는 아무것도 들리지 않았으며, 아무것도 나타나지 않았다.

아무것도. 음악의 효과도 없었고, 고조되는 흥분의 효과도 없었다. 그러나 그는 팔을 휘두르면서 그들과 함께 외쳤다.

모두 날뛰면서 빙빙 돌며 춤을 추자, 그도 그들처럼 날뛰며 춤추며 뛰놀았다.

춤추면서 그들은 빙빙 돌아가기 시작했다.

제각기 양손을 앞 사람의 엉덩이에 걸치고 소리를 맞추어 외치

면서, 음악의 리듬에 맞추어 발을 구르면서 앞사람의 엉덩이를 박
자에 맞추어 두드리면서, 열두 사람의 손이 하나가 되어서, 열둘의
엉덩이가 하나가 되어서 울렸다. 열둘이 하나가 되어서, 열둘이 하
나가 되어서.

"들린다. 나타나시는 것이 들린다."

음악이 빨라졌다. 발이 점점 재빨리 박자를 맞추었다.

그러자 갑자기 장엄한 종합적인 저음이 신음 소리를 내며 속죄
가 가까워 온 것을, 이 연대의 궁극적인 완결을, 하나가 된 열둘의
둘레를, 위대한 분의 강림을 선언했다.

"오오기 포오기!" 열광적으로 마구 북을 울리고 있을 때 그런 노
래가 들려왔다.

오오기 포오기 포드님과 즐거움을
여자에게 키스하고 한 덩어리가 되어라.
남자와 여자가 하나가 되어 평화롭게,
오오기 포오기 흥겨운 모임으로

'오오기 포오기!' 하고 춤추는 사람들은 기도의 후렴을 따라했다.

'오오기 포오기! 포드님과 즐거움을, 여자에게 키스하고……'

그들이 노래하고 있을 동안 광선은 점점 어두워졌다.

어두워지자 빛은 풍부하고 희미한 붉은 빛깔로 바뀌기 시작하
여 마침내는 태아 저장실과 같은 진홍색 어두컴컴한 분위기 속으
로 그들을 몰아넣었다.

그들은 미친 듯이 춤을 추기 시작했다. '오오기 포오기……'

태아 때의 어두운 혈액과 같은 분위기 속에서 그들은 여전히 빙

빙 돌면서 춤을 추고 있었다. '오오기 포오기…….'

둥근 둘레는 헝클어지고 허물어지고, 제각기 흩어져서, 탁자와 의자를 둘러싸고 있는 주위의 침대 의자로 가서 쓰러져 버렸다. '오오기 포오기…….'

가슴속 깊이에서 울려 나오는 소리가 나지막하게 들렸다. 비둘기처럼 울었다.

어두컴컴한 진홍색 속에서 마치 거대하고 시꺼먼 비둘기가 엎치락뒤치락하며 미친 듯이 춤추는 사람들을 따라오는 것처럼 느껴졌다.

그들은 옥상 위에 서 있었다. 빅 헨리가 방금 11시를 쳤다. 고요하고 훈훈한 밤이었다.

"멋지지 않았어요?"

하고 피피 브래들래프가 말했다.

"정말 멋있었죠?"

그녀는 황홀감에 도취된 채로 버너드를 뚫어지게 보았다.

그녀의 황홀감 속에는 이미 격동도 흥분의 도취도 엿보이지 않았다. 흥분한다는 건 아직도 불만이 있다는 것이 엿보이는 것이니까.

그녀야말로 목적이 성취된 후의 조용한 무아의 경지였다.

내용이 텅 빈 평화가 아니라, 균형이 잡힌 생활의 휴식과 균형을 획득하고야만 정력의 평화였다. 싱싱하고 풍만한 평화였다.

연대 예배가 별 탈 없이 바치고 다시 받음으로써 끝났기 때문이었다. 그녀는 가득했다. 완전했다.

그렇기 때문에 그녀는 아직도 여전히 자기 자신 이상의 그 무엇을 느끼고 있었다.

"멋지다고 느끼지 않아요?"

초자연적인 눈이 반짝거리면서 버너드의 일굴을 들여다보며 고집했다.

"물론, 멋지고말고요."

그는 거짓말을 하고는 다시 소생한 듯한 그녀의 얼굴과 마주쳤다. 그는 그것이 자기의 고립을 비난하는 것처럼 느껴졌으며, 동시에 자기를 비웃는 것처럼 느껴졌다.

그는 예배가 시작되기 전이나 다름없는 비참한 고독감을 느꼈다.

충족해 보지 못한 공허감과 사라져 버린 만족감 때문에 전보다도 더욱더 고독했다.

다른 사람들은 모두 위대한 것 속으로 융합되어 가는데, 혼자 동떨어진 채로 아무 보상도 받지 못했다.

모르가나의 품에 안겨 있던 순간에도 그는 고독했다.

정말로 그는 여태까지의 인생의 어느 때보다도 훨씬 더 절망적일 만큼 고독했다.

그 진홍빛 어둠 속에서 보통 전등 불빛 속으로 헤쳐 나왔을 때, 그의 자의식은 고통의 절정에 이르고 있었다.

그는 도저히 구원될 수 없다고 생각했다.

그러나 (그녀의 빛나는 눈이 그를 비난하고 있듯이) 그것은 자신의 잘못이었을 것이다.

"정말로 훌륭했습니다."

라고 그는 되풀이했다.

그러나 기억에 남아 있는 것은 다만 모르가나의 눈썹뿐이었다.

제6장

1

버너드 마르크스에 대한 레니나의 판단은 이상하고도 이상한 사람이라는 것이었다.

정말로 너무도 이상했기 때문에, 그 후 2, 3주일 동안 그녀는 뉴멕시코 여행을 취소해 버리고, 대신에 베니토 후버와 함께 북극으로 가는 게 어떨까 하고 생각해 본 적이 한두 번이 아니었다. 그러나 그녀는 벌써 북극을 가보았다.

지난 여름, 조지 에드젤과 함께 다녀왔던 것이다. 더군다나 그곳은 별로 재미도 없었으며, 호텔은 이루 말할 수 없을 만큼 구식이었다. 침대에는 텔레비전 하나 있지 않았으며, 후각 오르간도 없었다.

곰팡이가 핀 종합음악이 겨우 비치되어 있을 뿐이었다. 손님은 200여 명이나 되었으며, 에스컬레이터 스쿼시 코트도 겨우 25개

밖에 없었다.

그녀는 두 번 다시 북극에 가고 싶은 생각은 없었다. 그녀는 전에 아메리카에 한 번 여행한 적이 있었다. 그러나 그땐 모든 것이 너무나 미흡했다!

뉴욕에서는 주말을 그냥 싸구려로 보내지 않았던가. 그때 장 자크 아비불라하고 같이 갔던가? 포카놉스키 존스하고 함께 갔던가? 잘 기억이 나지 않았다. 아무튼 보잘것없는 여행이었다.

다시 한번 서부로 여행한다는 것은, 더군다나 1주일 동안 줄곧 비행여행을 하는 것은 무척 매력적이다. 그뿐 아니라 7일 동안 적어도 사흘 이상은 야만인 보존구역을 구경할 수 있다.

센터 전체에서 야만인 보존구역에 가본 사람은 6명가량밖에 없었다.

버너드는 알파 플러스의 심리학자이므로 허가를 받을 수 있는 몇 안 되는 학자 중의 한 사람이었다.

레니나에게는 다시없는 좋은 기회였다. 그러나 버너드의 변태성도 또한 다시 찾아볼 수 없는 것이기 때문에, 그녀는 쉽게 결단을 내릴 수가 없었다.

마음을 돌려서 유쾌한 베니토와 함께 북극으로 또 한 번 가볼까 하는 생각도 떨쳐 버리지 못했다. 적어도 베니토는 정상적이니까. 하지만 버너드는……

"그 사람의 혈액보급제 속에 알코올이 들어갔대."

라고 하는 것이 버너드의 변태성에 대해 패니가 말끝마다 설명하는 해석의 전부였다.

그러나 어느 날 밤 헨리와 잠자리를 같이했을 때, 레니나가 새로 생긴 애인에 대해 걱정스럽게 이야기를 끄집어내자, 헨리는 버너드를 가련한 물소에 비유했다.

"물소한테 재주를 가르쳐 줄 수는 없지."

하고 그는 간단명료하게 딱 잘라서 지껄였다.

"인간에도 물소가 있어. 습성훈련 효과가 들리는 녀석 말야. 가련한 녀석!"

버너드가 바로 그런 인간 중 하나라는 것이었다. 다행스럽게도 그는 자기가 맡은 일을 상당히 잘 해나가는 편이었다.

그렇지 않았더라면, 이미 국장이 어떻게 처리해 버리고 말았을 것이다.

"그렇지만."

하고 그는 위로하는 듯이 덧붙였다.

"그는 그렇게 해를 끼치는 사람은 아닐 거야."

정말 해를 끼칠 것 같지는 않았다. 그러나 어쩐지 사람을 불안하게 만드는 데가 있었다.

첫째로 모든 것을 너무 비밀스럽게 하고 싶어 하는 그 편집증, 그것은 결국 따지고 보면 아무것도 하지 않겠다는 뜻이다.

비밀리에 할 수 있는 일이 무엇이 있단 말인가. (물론 잠을 잔다는 것은 예외지만, 사람이 항상 잠만 잘 수 있는 것은 아니니까.) 그렇다, 무엇이 있겠는가. 정말로 몇 가지 안 된다.

그들이 처음으로 함께 나간 것은 유난히 맑은 오후였다.

레니나는 토키이 컨트리클럽에서 수영을 하고 옥스포드 유니언에서 저녁을 먹자고 말했다.

그러나 버너드는 그곳은 사람들이 너무 많아서 복잡하다고 대답했다. 그러면 성 앤드루스에서 전자 골프를 치는 건 어떻죠? 그것도 역시 싫다고 했다. 버너드는 전자 골프 따위는 시간 낭비라고 생각하고 있었다.

"그럼, 도대체 시간을 어떻게 보내나요?"

하고 레니나는 놀라면서 물었다.

호반 지역을 산책하면서 보내는 것 같았다. 그는 지금도 그렇게 제의했다.

스키드 도의 꼭대기에 상륙하여 2시간가량 히스가 우거진 사이를 산책했다.

"당신하고 단둘이서, 레니나."

"하지만 버너드, 우린 밤새도록 단둘이 될 수 있잖아요."

버너드는 얼굴을 붉히고 시선을 피했다.

"전 당신하고 단둘이서 얘길 하고 싶습니다."라고 그는 더듬거리며 말했다.

"얘길? 하지만 무슨 얘길 하려는 거예요?"

산책을 한다든가, 이야기를 한다는 것―오후를 이렇게 보낸다는 것은 그야말로 괴상스러운 방법이라고 생각되었다.

이윽고 그녀는 억지로 그를 설득시켜서 암스테르담까지 날아가서, 중량급 여자 레슬링 선수권 준준결승전을 구경하자고 우겼다.

"이렇게 사람이 많은 곳에서!"

하고 그는 불평을 섞어 말했다. "언제나 똑같이."

그는 오후 내내 고집을 부리면서 얼굴을 찡그리고 펼 줄을 몰랐다. 레니나의 친구를 만나도 말 한 마디 던지려고 하지 않았다.(레슬링 시합의 중간마다 아이스크림 소마 가게에서 수십 명의 친구를 만났지만.)

기분이 처참할 만큼 우울한데도, 그녀가 억지로 권하는 반 그램짜리 소마가 든 나무딸기 아이스크림을 딱 잘라서 거절했다.

"난, 이대로가 좋습니다."라고 그는 말했다.

"난 괴롭고 힘들더라도 나대로 있는 것이 좋습니다. 다른 것이 되어 아무리 즐거워진다 해도 그건 싫습니다."

"적당한 시간에 1그램을 마시는 건 9그램을 절약하는 것이에요." 하고 레니나가 훌륭한 수면교육 지식을 끄집어냈다.

버너드는 레니나가 권하는 소마를 도저히 감당할 수 없다는 듯이 도로 밀쳤다.

"화를 내진 말아요." 하고 그녀가 말했다.

"생각해 보세요. 1그램은 10가지의 우울증을 고치는 거예요."

"오, 포드여(제발!) 입 좀 닫아 줘요!"

하고 그는 소리를 질렀다.

레니나는 어깨를 으쓱했다.

"1그램은 항상 불쾌감보다 좋다구요. 어떤 때를 막론하고."

그녀는 위엄을 보이면서 말문을 맺고는 소마를 꿀꺽 마셔 버렸다.

해협을 건너서 돌아오는 길에, 버너드는 프로펠러를 정지시키고, 헬리콥터 스크루만으로 바다 위 100m가량의 상공에서 어슬렁거려 보자고 주장했다. 날씨는 조금씩 악화되었으며, 남서풍이 불기 시작하여 하늘엔 구름이 모여들었다.

"자, 봐요!" 하고 그가 가리켰다.

"하지만 무서워요." 창문에서 뒤로 물러나면서 레니나가 말했다.

힘차게 스쳐가는 허공의 밤, 아래에서는 시커먼 파도가 휘몰아치고 있었다.

날쌔게 날아가는 듯한 구름 사이로 얼굴을 내미는 창백한 달, 이런 풍경은 저절로 그녀를 소름 끼치게 했다.

"라디오를 틀어요. 자, 빨리!"

하고 그녀는 조종석 앞에 있는 계기판의 다이얼을 누르고는 멋대로 그것을 돌렸다.

'……너의 내부에는 푸른 하늘'하고 16명의 떨리는 노래가 들려왔다. '하늘은 언제나…….'

그러자 라디오는 딸꾹질을 하고 멈춰 버렸다. 버너드가 스위치를 꺼버린 것이었다.

"난 조용히 바다를 내려다보고 싶습니다."

라고 그는 고집을 피웠다.

"바다를 내려다보고 있으면 어쩐지, 저……."

자기의 감정을 표현할 말을 찾으면서 그는 잠깐 망설였다.

"그것이 무엇인지는 모르지만 자기가 훨씬 더 자기다워지는 것 같은 느낌을 갖게 됩니다. 아시겠죠, 훨씬 더 자기다운 것 같은. 그토록 철저하게 자기 이외의 것에 자기의 일부분을 빼앗겨 버리지 않고, 이젠 사회체제의 단순한 하나의 세포가 아닌 것 같은 느낌입니다. 그런 생각이 느껴지지 않습니까, 레니나?"

그러나 레니나는 울기 시작했다.

"무서워요, 무서워요." 하고 되풀이했다.

"당신은 그렇게도 사회의 한 부분이 되는 것이 싫단 말인가요? 사람은 누구든지 다른 사람들을 위하여 일하고 있습니다. 우리들은 혼자서는 아무것도 할 수 없습니다. 엡실론일지라도……."

"그건 저도 알고 있습니다." 하고 버너드는 조소하는 듯이 말했다.

"'엡실론일지라도 소용이 있습니다!' 나도 소용이 있습니다. 하지만 제발, 그렇지 않았으면 좋겠습니다!"

레니나는 그의 불손한 저주를 듣고 몸서리를 쳤다.

"버너드!"하고 그녀는 경악과 고통이 뒤섞인 느낌으로 반대했다. "당신은 어쩌자고 그런?"

"어쩌자고 그런 말을 하냐구요?"그는 그녀의 말투와는 다른 어조로 명상하듯이 되풀이했다.

"아니죠. 사실은 내가 왜 그렇게 되지 못하는지, 그보다도 오히려—결국은 그렇게 되지 못한다는 것을 나도 잘 알고는 있지만—만약 그렇게만 된다면 어떨까, 만약 내가 자유로워진다면 어떨까 하는 것입니다. 내가 습성훈련의 노예가 되지 않는다면 말입니다."

"하지만 버너드, 당신은 가장 무서운 말을 하고 있는 거예요."

"당신은 자유로워지고 싶다고 느끼지 않습니까, 레니나?"

"전 당신이 말하는 뜻을 모르겠어요. 전 자유니까요. 자유롭게, 즐겁게 살고 있으니까요. 지금은 누구든지 행복해요."

그는 웃었다.

"그렇습니다. '지금은 누구든지 행복합니다.' 우리 어린아이들은 5살만 되면 그것을 배우기 시작하죠. 그렇지만 당신은, 그것과는 다른 방법으로 행복을 느끼기 위해 자유를 갖고 싶지 않습니까, 레니나? 당신 만으로의 방법으로 말입니다. 누구나 똑같은 방법으로가 아니라."

"전 당신 말을 이해할 수가 없어요."그녀는 여전히 되풀이했다.

그러고는 뒤를 돌아보면서 애원했다.

"자, 돌아가요, 버너드."

"여긴 아주 싫어요."

"저하고 함께 있는 것이 싫습니까?"

"그런 말이 아니라는 건 알고 있잖아요, 버너드! 이 무시무시한 장소가 싫다는 거예요."

"여기서라면 우리는 더욱더…… 친해질 수 있을 거라고 생각했는데…… 바다와 달밖에는 아무것도 우리들을 방해하는 것이 없잖아요. 그 들끓는 사람들 속에서보다, 또는 내 방에 틀어박혀 있는 것보다 훨씬 더 서로 친해지리라고 믿었습니다. 그걸 이해 못하겠어요?"

"전혀 이해 못 하겠어요."

하고 그녀는 단정적으로 말했다. 그대로, 이해 못 하는 상태로 머물러 있겠다고 결심하듯이.

"전혀, 털끝만큼도 모르겠어요."

그녀는 말투를 바꾸어서 계속했다.

"그런 무서운 생각이 떠올랐을 때, 왜 소마를 마시지 않았죠? 그런 것을 모두 잊어버릴 수 있을 텐데. 그런 우울한 생각을 하지 않고 쾌활해질 텐데. 무척 즐거워지는 거예요."

하고 그녀는 되풀이했다. 그녀는 눈에 초조하고 걱정스러운 빛을 띠고 있으면서도, 유혹하는 듯이 요염하게 미소를 지었다.

그는 잠자코 그녀를 바라보았다. 아무런 반응도 보이지 않는 진지한 얼굴로 그녀를 뚫어지게 바라보았다.

레니나는 그의 시선을 피해 버렸다. 그녀는 신경질적인 웃음을 웃었다.

무슨 말을 하고 싶었으나 나오지 않았다. 침묵이 점점 길어졌다. 이윽고 버너드가 말했다. 피로한 듯한 나지막한 목소리였다.

"좋습니다." 하고 그는 말했다.

"자, 돌아갑시다." 그는 가속도 장치를 힘차게 눌러서 헬리콥터를 상승시켰다.

4,000m에 도달하자, 그는 프로펠러를 발동시켰다.

한참 동안 두 사람은 말없이 비행했다.

느닷없이 버너드가 웃기 시작했다. 레니나는 어쩐지 이상하다고 느꼈지만, 웃고 있는 것만은 틀림없었다.

"기분이 좋아졌어요?" 그녀는 용기를 내어 물어보았다.

대답 대신 그는 조종대로부터 한쪽 팔을 뻗어 그녀의 허리에 손을 밀어 넣으면서 가슴을 주물렀다.

"포드님, 고맙습니다."라고 그녀는 혼자 중얼거렸다.

"이제 버너드가 괜찮아졌습니다."

반 시간 후에 두 사람은 그의 방으로 돌아왔다.

버너드는 소마 4알을 한꺼번에 마시고는 라디오와 텔레비전을 틀고 옷을 벗기 시작했다.

"어때요?"

그다음 날 옥상에서 레니나가 의미 있는 교활한 눈초리를 하고서 물었다.

"어젠 재미있었죠?"

버너드는 고개를 끄덕거렸다.

두 사람은 헬리콥터에 올라탔다. 약간 덜커덕거리는가 싶더니 벌써 날고 있었다.

"모두들 내가 무척 탄력 있다고 말해요."

레니나는 자기의 다리를 가볍게 두드리면서, 생각에 잠기는 표정으로 말했다.

"무척."

하지만 버너드의 눈에는 고통의 표정이 역력했다.

'고깃덩이처럼 말이야.'

하고 그는 생각했다.

그녀는 약간 걱정이 되어 물었다.

"하지만 난 좀 살이 찌지 않았나요?"

그는 고개를 흔들었다. 마치 고깃덩이라도 대하는 것처럼.

"내가 멋쟁이로 보여요?"

다시 한번 고개를 끄덕인다.

"모든 점에 있어서 말이에요?"

"완벽합니다."

그는 소리를 높여서 말했다. 그러고는 마음속으로 생각했다.

'레니나는 자기 자신을 이런 정도로밖에 생각하지 않고 있다. 자신이 고깃덩이가 된다는 것을 아무렇지도 않게 생각하고 있는 거야.'

레니나는 의기양양하게 미소를 띠었다. 그러나 그녀의 만족은 너무나 일렀다.

"그렇지만 나는."

잠시 후에 그는 말을 이었다.

"모든 것이 다른 방법으로 끝났으면 더 좋았으리라고 생각합니다."

"다른 방법으로?"

도대체 다른 방법이라는 것이 있었을까?

"함께 침대에 들어가는 것으로 끝내고 싶지는 않았습니다."

그는 구체적으로 이야기를 꺼냈다.

레니나는 깜짝 놀랐다.

"처음 만난 날부터 그러지 말고."

"그럼 도대체……?"

그는 이해할 수도 없고 위험스럽고 어처구니없는 이야기를 늘어놓기 시작했다. 레니나는 마음의 귀를 막으려고 최선을 다했지만 가끔 한 마디씩 들려왔다.

"……내 충동을 억제하는 효과를 시험하기 위하여."

하고 그가 말하는 것이 들렸다. 이 말은 드디어 그녀의 마음속에 있는 용수철을 건드리는 것처럼 느껴졌다.

"오늘 누릴 수 있는 즐거움을 절대로 내일로 미루지 마세요."

그녀는 진지하게 말했다.

"14세에서 16세까지 매주 2회씩 200번 반복된 말이군요."

그가 한 말은 이것이 전부였다. 그다음엔 다시 미치광이와 같은 이상야릇한 말들이 연이어 쏟아져 나왔다.

"나는 정열이 어떤 것인지 알고 싶습니다."

라고 그가 내뱉는 말이 레니나에게 들렸다.

"나는 그 무엇인가 강렬한 감동을 느껴 보고 싶습니다."

"개인이 감동을 느끼면, 공동체가 흔들리게 됩니다."

하고 레니나가 단언했다.

"공동체가 좀 흔들린다고 해서 무엇이 나쁘단 말입니까?"

"버너드!"

그러나 버너드는 거들떠보지도 않았다.

"지식과 일할 때만 어른이 되고."

그는 계속 말했다.

"감정과 욕망에 있어서는 어린아이입니다."

"하지만 포드님은 어린아이들을 사랑하세요."

말참견을 무시하면서 버너드가 계속 말했다.

"나는 지난번에 갑자기, 항상 어른으로 있을 수 있지 않을까, 하는 생각이 들더군요."

"무슨 말인지 모르겠어요."

레니나의 태도는 몹시 딱딱했다.

"당신은 이해하지 못하겠죠. 그렇기 때문에 어제 우리들은 곧장 침대로 들어가 버리고 만 것입니다. 어린아이처럼 말이죠. 어른답게 참을 줄도 모르고."

"그렇지만 아주 재미있었잖아요."

하고 레니나가 주장했다.

"그렇지 않아요?"

"네, 정말 멋졌습니다."

하고 그는 대답했다. 그러나 매우 슬픈 목소리였고 그는 무척 비참한 표정을 짓고 있었다.

레니나는 자기의 모든 승리가 급작스럽게 흩어져 버린 것 같은 느낌이었다. 그는 역시 그녀가 살이 너무 쪘다고 생각하는 것 같았다.

"내가 그렇게 말했잖아."

레니나가 돌아와서 그 얘기를 털어놓자 패니는 단 한 마디로 결론을 내렸다.

"혈액보급제 속에 들어간 알코올 때문이야."

"그래도 역시."

하고 레니나는 고집스럽게 말했다.

"나는 그가 좋아. 무척 예쁜 손을 갖고 있어. 그리고 어깨를 움직이는 방법도 매력적이거든."

그녀는 한숨을 쉬었다.

"하지만 변태성만은 제발 없었으면 좋겠는데."

2

버너드는 국장 방문 앞에 잠시 동안 멈춰 서서, 깊게 심호흡을 했다. 방에 들어가자마자 틀림없이 듣게 될 혐오와 비난에 대비해서 어깨를 쭉 펴고서 정신을 가다듬었다. 그는 노크를 하고 들어갔다.

"허가서에 사인을 해주시기 바랍니다."

하고 그는 되도록 가벼운 말투로 말을 건네면서 서류를 책상 위에 놓았다.

국장은 얼굴을 찡그리면서 그를 쳐다보았다. 그러나 서류 위에는 세계 총재사무국의 인장이 찍혔으며, 밑에는 무스타파 몬드의 굵은 사인이 씌어 있었다. 모두 틀림없었다.

국장은 어쩔 수가 없었다. 그는 사인을 하고―무스타파 몬드 밑에 슬그머니 작고 희미한 두 글자를―별로 나무라지도 않고, 그렇다고 흥겹게 포드님의 영광을 입 밖에 내지도 않으며 서류를 돌려주려고 했다. 바로 그때 허가사항이 적혀 있는 곳에 그의 시선이 가고 말았다.

"뉴멕시코의 야만인 보존구역에 가는 거야?"

라고 그는 말했다. 그는 버너드를 쳐다보았다.

목소리가 몹시 흥분된 듯이 놀라서 떨고 있었다.

그의 반응에 깜짝 놀라서 버너드는 고개를 끄덕였다. 침묵이 흘렀다.

국장은 얼굴을 찡그리면서, 의자에 몸을 비스듬히 기대었다.

"그게 벌써 몇 해 전이었던가?"

하고 그는 버너드에게 이야기하는 것이라기보다는 자기 자신에게 말하기 시작했다.

"아마 20년 전일 거야. 25살 때였으니까. 지금 자네와 같은 나이였을 때지……."

그는 한숨을 쉬고는 머리를 저었다.

버너드는 이루 말할 수 없이 불안했다. 국장처럼 보수적이고, 놀라울 만큼 용의주도하며 우직한 사람이 그렇게도 야비하고 무례한 짓을 하다니! 그는 얼굴을 가리고 방에서 뛰어나가고 싶었다.

낡은 옛날이야기를 말한다고 해서 반감을 느끼는 것은 아니었다. 그러한 감정은 이미 완전히 가셔 버린 지가 오래였다. (그렇게 상상하고 있었다.) 그것은 하나의 최면교육적 선입관에 불과했으니까. 그를 거부하게 만든 것은, 국장이 스스로 자기 자신을 비난하고, 비난하면서도 여전히 자기 자신을 배반해선 안 될 일을 저질러 버리고 말았다는 것을 깨달았기 때문이었다.

그 어떤 내부적 압박이 국장을 저렇게 하였을까? 불쾌감을 느끼면서도 버너드는 열심히 귀를 기울였다.

"나도 자네와 같은 기분이었어."

국장은 이야기하기 시작했다.

"야만인을 보고 싶었던 거야. 그래서 뉴멕시코행 허가를 얻어서 여름휴가를 떠났지. 바로 그때 내 파트너였던 여자를 데리고 말이야. 그녀는 베타 마이너스였어. (그는 눈을 감았다.) 그리고 노란 머리였던 것으로 기억하네. 하여튼 탄력 있는 여자였지. 정말 탄력적인 그것만은 지금도 잘 기억하고 있어.

어쨌든 우린 그곳으로 가서 야만인을 구경했어. 그다음엔 말을 타보기도 하고, 그 외에도 여러 가지를 해보았지. 그러다가 휴가의 마지막 날이라고 기억되는 날, 그 여자가 없어져 버린 거야.

우리는 그 불쾌한 산에 말을 타고 올라갔지. 무척 덥고 텁텁한 날이었어. 점심을 먹고 난 후에 우리 두 사람은 낮잠을 잤어. 어쩌면 우리가 아니라 나만 낮잠을 잤을 거야.

그동안에 여자는 산책하러 나갔는지도 몰라. 혼자서 말이야. 아무튼 내가 눈을 떴을 땐 거기 없었거든. 그런데 바로 그때, 나로서는 생전 처음 보는 굉장한 번개 비가 쏟아지기 시작했어.

정말로 굉장했어. 말은 밧줄을 끊고 달아나 버렸어. 나는 그때 말을 잡으려다가 넘어져서 무릎을 다쳐 거의 걷지 못하게 되고 말았지. 그래도 나는 찾았어. 소리를 고래고래 지르면서 찾았다구. 하지만 여자는 보이지 않았어.

그래서 나는 그 여자 혼자 먼저 휴식처로 돌아간 것이 틀림없다고 믿었어. 나는 올라올 때의 길을 따라서 계곡을 기어가다시피 해서 내려왔어. 무릎이 무척 아팠지. 소마는 도중에서 잃어버렸어.

여러 시간이 걸려서 휴식처에 도착했을 때는 자정이 넘은 한밤중이었어. 그러나 거기에도 여자는 없었어. 여자는 없었단 말이야."

국장은 되풀이했다. 침묵이 흘렀다.

"그래서."

그는 다시 이야기를 시작했다.

"이튿날 다시 수색을 했지만 여자는 나타나지 않았어. 어떤 계곡에 떨어져 버렸든가, 그렇지 않으면 사자한테라도 먹혀 버린 게 틀림없었어. 포드님만이 알 뿐이지. 그러나 어쨌든 무서운 경험이었어.

그 당시 나는 완전히 얼이 빠져 버렸었어. 정말로 필요 이상으로 나를 괴롭혔던 거야. 누가 뭐라고 해도 그것은 누구나 겪을 수 있는 그런 종류의 사고였어, 또 사회 공동체는 그 구성 세포가 변화한다고 하더라도 존속할 수 있는 것이라고 믿고 있었지만 말이야."

그러나 이 수면교육적 위안도 그에게는 별로 소용이 없는 것처럼 보였다.

그는 머리를 저으면서,

"때때로 나는 그때의 꿈을 꾸곤 한다네."

하고 이야기를 계속했다.

"우레 소리에 놀라서 눈을 뜨고 보니, 여자가 안 보이는 꿈, 열심히 나무숲 사이로 여자를 찾아 돌아다니는 꿈을 꿀 때가 있지."

그는 한동안 회상의 침묵에 빠져들었다.

"굉장한 충격이었겠군요."

하고 버너드가 부드러운 어조로 말했다.

이 말을 듣자 국장은 불현듯 제정신으로 되돌아온 듯했다.

그는 자기가 지금까지 말한 것에 대하여 일종의 죄스러운 감정을 느꼈던지, 버너드를 흘끗 보고는 눈을 돌리고 얼굴이 붉어졌다.

그러고는 갑자기 의심스러운 태도로 버너드를 노려보며 불쾌하고 오만하게,

"오해는 하지 말게."

하고 말했다.

"난 그 여자와의 관계에 있어서 조금도 규정에 어긋나는 짓은 하지 않았으니까. 감정이 개입된 관계도 전혀 아니었고, 오래 끄는 관계도 아니었으니까 말야. 완전히 건전하고 정상적인 관계였어."

그는 버너드에게 허가증을 넘겨주었다.

"왜 그런 쓸데없는 얘길 자네한테 해버렸는지 모르겠군."

불명예스러운 비밀을 경솔하게도 털어놓은 데 대한 분노가 일

자, 그는 버너드에게 복수를 하기 시작했다.

그의 눈은 노골적으로 악의에 가득 차 있었다.

"마침 좋은 기회니까, 버너드 군."

하고 그는 계속했다.

"한 마디 하겠는데, 집무 시간 이외의 자네 행동에 관해서 요즘 별로 반갑지 않은 보고를 받고 있어. 이런 일은 내가 간섭할 필요가 없는 것처럼 느낄지도 모르겠지만, 그렇지 않아. 이 센터에 대한 평판은 내 책임이니까 말야.

이곳에 있는 사람들은 모두 의심받을 만한 행동을 해선 안 돼. 특히 상층계급은 말이야. 알파는 감정적 행동을 어린아이처럼 하도록 습성훈련이 되어 있어. 따라서 우리들은 모두 어린아이처럼 순응하도록 노력해야 할 이유가 있는 거야.

자기의 성격에 맞지 않더라도 어린아이답게 해야 할 의무가 있는 거야. 그러니까 버너드 군, 자네도 좀 조심하도록 하게."

국장의 목소리는 공명정대한 위엄을 지니고서 떨리기 시작했다. 목소리가 '사회' 그 자체에 대한 비난의 표현으로 나타났다.

"만약 앞으로 어린아이다운 행동 양식의 표준에서 벗어나는 일이 있다면, 자네를 하급기관으로, 특히 아이슬란드 근방으로 전임시킬 수밖에 없어. 그러니 잘 반성하게."

이렇게 말하고는, 그는 의자를 홱 돌려서 펜을 들고 무엇을 쓰기 시작했다.

"그래야만 알아차리겠지."

하고 그는 혼자 중얼거렸다. 그러나, 사실은 그렇지 못했다.

버너드는 문을 탕 하고 힘차게 닫고는, 당당하게 가슴을 펴면서 방을 나갔기 때문이다.

그는 체제의 질서에 대항하여 투쟁하고, 자기 혼자의 힘으로 휘어잡을 수 있다고 생각했다.

따라서 자기 개성의 의의와 중요성에 대한 의식에 도취된 나머지 두려울 것이 없다고 생각하고 있었다.

박해당했다고 생각해도 조금도 절망스럽지 않고, 오히려 더 힘이 나는 것 같았다. 수난에 대항하여 극복할 수 있는 힘이 충분히 강해진 것처럼 느껴졌다.

아이슬란드 이야기가 나와도 그는 끄떡도 하지 않았다. 실제로는 아무 일도 일어나지 않을 것이라는 자신이 생겼기 때문에, 그의 확신은 더욱더 굳어지기만 했다.

그까짓 일로 전임된 사람은 지금까지 한 명도 없었다. 아이슬란드를 들먹인 것은 겉치레뿐인 협박에 지나지 않는다.

그렇게 하면 가장 효과가 있고, 그럴듯한 협박이 될 테니까. 그는 복도를 걸어가면서 통쾌하다는 듯이 휘파람을 불었다.

저녁때, 국장과의 면담에 대해 그는 영웅적인 행위라도 되는 듯이 떠벌렸다. "그래서." 하고 끝을 맺었다.

"나는 그 녀석에게 끝없는 지옥에라도 떨어져 버리라고 말하고 방을 나와 버린 거야."

그는 그 무엇을 기대하면서 헤름홀츠 왓슨의 표정을 살펴보았다.

당연히 공감과 격려의 찬사를 받을 것이라고 기대하면서. 그러나 상대는 아무 반응이 없었다.

헤름홀츠는 그냥 의자에 자리 잡은 채로 묵묵히 마룻바닥만 내려다보고 있었다.

그는 버너드를 좋아했다. 버너드야말로 자기가 중요하다고 생각하는 문제에 관해 털어놓고 의논할 수 있는 둘도 없는 친구였으므로, 그는 항상 고맙게 생각했다. 그러나 버너드에게는 그가 싫어하는 점이 몇 가지 있었다.

예를 들면, 지금과 같이 잘난 체하는 태도이다. 그렇지 않으면 대책 없이 비굴해져서 자기 연민에 빠진다. 그리고 또, 일이 끝난 다음에야 비로소 대담해지는 한심한 습관과, 대수롭지도 않은 일에 대하여 공연히 긴장하는 것…….

그는 이런 점이 무척 싫었다. 하긴 그것도 버너드를 좋아하기 때문이다. 1초 1초씩 시간은 흘러갔다. 그러나 헤름홀츠는 마룻바닥을 내려다본 채로 말이 없었다. 그러자 갑자기 버너드는 얼굴이 붉어지며, 밖으로 나가 버렸다.

3

여행하는 동안에는 모든 것이 순조로웠다.

블루 퍼시픽 로켓이 뉴올리언스에 이르렀을 때는 예정 시간보다 2분 반 빨랐으나, 텍사스 상공에서 회오리바람을 만났으므로 4분이 늦었다. 그러나 서경 95도 근방부터는 기류가 좋았으므로, 산타페에 착륙했을 때는 규정 시간보다도 40초밖에 늦지 않았다.

"6시간 30분의 비행에 40초의 연착. 별로 늦었다곤 할 수 없죠." 하고 레니나가 말했다.

그날 저녁은 산타페에서 묵었다. 호텔 시설은 최고였다.

예를 들면 지난여름에 너무도 고생했던 오로라보라 팔레스와는 비교도 안 되었다.

액체공기, 텔레비전, 진공진동식 마사지, 라디오, 펄펄 끓는 카페인 용액, 뜨거운 피임제, 그리고 여덟 종류의 향료, 이러한 것이 각 침실마다 준비되어 있었다.

홀에 가보니, 종합음악 설비가 되어 있어서 더 이상 바랄 것이 없었다.

승강기 안의 게시판에 의하면, 호텔에는 에스컬레이터 스쿼시 코트가 60개나 있으며, 장애 골프와 전기 골프 두 가지를 다 할 수 있다고 씌어 있었다.

"멋지지 않아요." 레니나가 소리를 질렀다.

"계속 여기에 머무르고 싶어요. 에스컬레이터 스쿼시 코트가 60개라니……."

"보존구역엔 그런 것이 없을 겁니다."

하고 버너드가 타일렀다.

"향료도 없고, 텔레비전도, 더운물도 없습니다. 그러니까 만약 그런 걸 참을 수 없다면 내가 돌아올 때까지 여기서 머물러요. 어때요?"

레니나는 기분이 상했다.

"물론 나도 참을 수 있어요. 난 그저 여기가 좋다고 했을 뿐이에요. 왜냐하면……. 진보는 언제나 멋있으니까요, 그렇죠?"

"13세 때부터 17세까지 1주일에 1회 500번씩 반복."

버너드는 귀찮다는 듯이 혼자 중얼거렸다.

"뭐라고요?"

"진보는 멋있다고 했죠. 그러니까 당신은 이런 보존구역엔 오지 않는 것이 좋았을 겁니다."

"하지만 난 정말 와보고 싶었어요."

"그렇다면 좋아요." 버너드의 말투는 무척 위협적이었다.

그들의 허가증에는 보존구역장의 서명이 필요했으므로, 이튿날 사무실에 출두했다. 엡실론 플러스의 흑인 사환이 버너드의 명함을 받아서 안으로 들어가자 곧바로 그들은 안내되었다.

보존구역장은 금발 머리인 알파 마이너스였다.

키가 작달막하고, 붉고 둥근 얼굴에 어깨가 넓고 목소리가 크게 울렸으며, 최면교육적 지식에 매우 잘 길들여진 인간이었다.

그는 관련도 없는 엉뚱한 지식과 묻지도 않은 충고를 그칠 줄 모르고 술술 내뱉는 광맥이었다.

한번 말을 꺼내 놓으면, 응응 신음하다시피 하면서도 자꾸만 계속했다.

"……56만 평방킬로미터의 면적이 4구역으로 구분되어 있으며, 각 구역마다 고압 전류가 통하는 방책이 둘러쳐져 있습니다."

바로 이때, 이렇다 할 이유도 없이 버너드는 갑자기 목욕탕 화장수 꼭지를 그냥 틀어 놓은 채로 와버린 것이 머리에 떠올랐다.

"……이 전류는 그랜드캐니언 수력발전소로부터 공급되며."

'돌아갈 때까진 한 재산 톡톡히 손해 보겠는걸.'

버너드는 계량기의 바늘이 개미가 움직이는 것처럼 피로한 줄도 모르고 빙빙 돌아가는 것이 눈에 환히 보였다.

'헤름홀츠 왓슨한테 빨리 전화를 걸어야겠다.'

"……6만 볼트의 방책이 5,000km 이상."

"네, 충분히 알겠습니다."

레니나는 구역장이 말하는 것을 조금도 알 수 없었으나, 그의 중간 휴식을 포착해서 대단히 정중한 말투로 말했다.

구역장이 다시 낑낑거리면서 말을 계속하자, 그녀는 살그머니 반 그램의 소마를 삼켜 버렸다.

그런 다음에야 듣지도 않을뿐더러 아무것도 생각할 필요도 없이, 그저 크고 푸른 눈을 이야기를 듣는 것처럼 구역장의 얼굴에 고정시킨 채로 꼼짝도 않고 앉아 있을 수가 있었다.

"방책에 닿기만 하면 즉사합니다."

하고 구역장은 위엄을 세우면서 말했다.

"야만인 보존구역에서 탈출이란 건 불가능합니다."

'탈출'이란 말이 매우 암시적이었다.

"그럼 이젠."

하고 반쯤 일어서면서 버너드가 말했다.

"일어나야겠습니다."

조그만 검은 바늘이 돌고 있었다. 곤충처럼 그의 돈을 파먹어 들어가고 있었다.

"탈출은 불가능합니다."

의자에 기대었던 등을 흔들면서 구역장은 되풀이했다. 그러나 그때까지도 아직 허가증에는 서명이 되어 있지 않았다. 버너드는 할 수 없이 그냥 참을 수밖에 없었다.

"야만인 보존구역에서 사람들은—기억해 주십시오, 아가씨."

하고 이상야릇한 눈초리를 하면서 상스럽게 나지막한 소리로 속삭였다.

"기억해 두십시오. 보존구역에서는, 거짓말같이 들릴지도 모릅니다만 지금도 어린아이를 낳습니다. 정말입니다……."

그는 이 고약하기 짝이 없는 이야기가 그녀의 얼굴을 새빨갛게 물들일 줄 알았으나, 그녀는 다 알고 있다는 시늉을 하면서 약간 웃었을 뿐이었다. 그러고는, "네, 알았어요."라고만 말했다.

실망한 구역장은 또 한 번 말을 꺼냈다.

"보존구역에 대해 한 번 더 말하겠습니다만, 그곳에서 태어난 사람들은 모두 그곳에서 죽도록 정해져 있습니다."

죽도록 정해져서……. 1분마다 1데시리터의 화장수가…… 1시간이면 6리터.

"이제 그만." 하고 다시 버너드가 말했다.

"실례하겠습니다……."

앞으로 몸을 굽히고 구역장은 손가락으로 테이블을 두드렸다.

"보존구역에서는 사람들이 어떻게 생활하는지를 물을 때마다 나는 이렇게 대답하지요. (자랑스러운 듯이) 그건 잘 모르겠다고요. 우리들은 그저 추측해 볼 뿐입니다."

"잘 알겠습니다."

"젊은 아가씨, 아직도 할 얘기가 많이 있습니다."

6의 24배야. 아니야, 거의 36배에 이르렀을 거야. 버너드는 얼굴이 창백해지면서 와들와들 떨었다. 그러나 응응대는 말소리는 여전히 그칠 줄을 몰랐다.

"약 5만 명의 인디언과 혼혈인……. 철저한 야만인들입니다……. 시찰관이 이따금씩 방문할 따름이죠……. 그 이외에는 문명국과의 교류라고는 전혀 없으며…… 지금도 여전히 그들의 추잡한 풍속 습관이 그대로 보존되고 있습니다……. 결혼이라든가, 이미 아실 줄 압니다만 아가씨, 가족이라든가…… 습성훈련이라고는 있을 턱이 없고…… 이상야릇한 미신이라든가…… 기독교와…… 토템 숭배와 조상 숭배……. 주네어, 스페인어, 아타파스칸어와 같은 멸망되어 버린 언어……. 아메리카표범, 바늘다람쥐 등의 맹수와 갖가지 전염병…… 성직자…… 독이 있는 도마뱀……."

"이제 그만……."

그들은 겨우 빠져나왔다. 버너드는 부리나케 전화를 걸었다.

빨리빨리, 그러나 헤름홀츠 왓슨과 통화를 하기까지는 3분 정도

시간이 걸렸다.

"지금쯤 야만인촌에 갈 수 있었을 텐데."

하고 그는 불평을 했다.

"우라질 것!"

"1그램만 마시세요."

하고 레니나가 은근히 권했다.

그는 오히려 화가 나는 것이 좋았기 때문에 소마만은 거절했다. 고맙게도 겨우 전화가 통했다. 헤름홀츠였다.

그는 헤름홀츠에게 사건을 설명했다. 그는 당장 가서 마개를 잠가 주겠다고 약속했다. 그런 다음 지난밤에 국장이 발표한 사실을 알려 주었다.

"뭐라고? 나 대신에 다른 사람을 물색 중이라고?"

버너드의 말소리는 떨렸다.

"그래서, 정말 결정된 거야? 아이슬란드라고 하더라고? 그렇게 말하더란 말인가? 오, 맙소사! 아이슬란드……"

그는 수화기를 내려놓고 레니나 쪽으로 돌아왔다. 얼굴색이 창백하고 완전히 낙심한 표정이었다.

"무슨 일이 있어요?"

하고 그녀가 물었다.

"무슨 일이냐고요?"

그는 의자에 쓰러졌다.

"난 아이슬란드로 전근당하게 되었습니다."

그 어떤 위대한 시련과, 그 어떤 고통과, 그 어떤 박해에 (소마의 힘을 빌리지도 않고, 오로지 자기의 내적인 힘에 의지하여) 직면하게 되면 도대체 어떻게 될까 하고, 그는 이따금씩 상상해 본 적이 있었다.

그는 재난조차도 직접 당해 보았으면 하고 생각해 보기도 했었다. 최근에만 하더라도 1주일 전에 국장 방에서, 그는 용감하게 반항했으며 말 한 마디도 하지 않고 묵묵히 고통을 참을 수 있었다고 생각했던 것이다.

뿐만 아니라 국장의 위협은 도리어 그에게 원기를 돋우어 주는 것이 되었으며, 어느 때보다도 자기가 위대한 인간이 된 것 같은 느낌을 가졌다. 그러나 지금 깨닫고 보니, 그것은 국장의 협박을 자기가 심각하게 받아들이지 않았기 때문이었다.

실제로는 국장이 그런 짓을 하지 않으리라고 믿고 있었기 때문이었다. 그러나 지금 그러한 위협적인 말이 사실화될 가능성이 많아지자 버너드는 완전히 당황하고 말았다.

머릿속에서만 간직하던 스토아주의적인 냉철성, 이론적인 용기도 이젠 흔적조차 없어져 버렸다.

그는 자기 자신이 몹시 미워졌다—정말 바보다! 국장에 대해 화가 났다. 여태까지의 잘못을 관대하게 봐주지 않는 것은 너무나 불공평한 짓이다.

이번 한 번만 용서해 준다면 다음부터는 잘할 수 있을 텐데. 아이슬란드, 아이슬란드…….

레니나가 머리를 설레설레 저었다.

"지나간 과거와 닥쳐올 미래에 대해 그렇게 골치 아프게 신경 쓰지 말고."

하고 그녀는 인용했다.

"1그램으로 만사 해결."

이윽고 레니나는 버너드를 설득시켜서 소마 4개를 먹게 했다.

5분 후에는 뿌리도 열매도 모두 사라져 버리고, 현재의 꽃만이 상쾌하게 피어 있었다. 짐꾼이 와서 말을 전했다.

구역장의 명령으로 보존구역의 수위가 비행기를 준비해서 호텔 옥상에서 그들을 기다리고 있다는 것이었다.

두 사람은 곧 올라갔다. 감마용 초록빛 제복을 입은 혼혈아가 그들에게 인사를 하고 오전 중의 프로그램을 암송하기 시작했다.

중요한 인디언 부락을 10개가량 상공에서 내려다보고 맬페이스 계곡에 잠시 착륙하여 점심을 먹는다.

그곳은 휴게소가 아주 훌륭하게 되어 있으니까 위쪽 부락에서 열리고 있는 야만인들의 여름 잔치를 구경할 수 있을 것이다.

하룻밤을 지내기에는 가장 적절한 장소였다.

그들은 비행기를 타고 출발했다. 10분 후에 이미 그들은 문명과 야만의 경계선 바로 위를 날고 있었다.

높이, 때로는 낮게 날면서 소금과 모래사막을 횡단하고, 숲속을 지나 보랏빛의 어두컴컴한 계곡을 지나서 암석과 봉우리의 꼭대기와 테이블처럼 보이는 고원 위를 넘었다.

경계선의 방책은 마치 승리를 과시하려는 기하학적인 상징처럼 끝없이 일직선으로 뻗어 있었다.

방책의 바로 밑에는 여기저기 하얀 뼈들이 무늬를 이루었으며, 황토빛 땅바닥엔 아직도 산산이 흩어지지 않고 자취를 보존하고 있는 시커먼 시체가 이곳저곳에 흩어져 있었다.

사슴과 황소, 아메리카표범과 바늘다람쥐와 늑대와 탐욕스러운 독수리 따위가 썩은 고기 냄새를 맡고 모여들었다가 무서운 전선에 너무 가까이 접근하는 바람에 타 죽은 흔적이 시커먼 얼룩을 만들어 놓았다.

"도무지 버릇을 못 고친단 말예요."

초록색 제복의 안내자가 땅바닥에 흩어진 뼈들을 가리키며 말했다.

"도저히 깨닫지를 못하거든요."

감전되어 죽은 동물들에 대하여 그는 마치 개인적인 승리를 거둔 것처럼 깔깔 웃었다.

버너드도 따라서 함께 웃었다.

수마를 2그램이나 복용한 탓인지, 그러한 익살도 어쩐지 유쾌하게 느껴졌다.

웃고 있던 중에 어느덧 잠이 들고 말았다. 잠이 든 채로 그냥 타오스와 데스케를 지나서 다시 남베와 피크피리스와 포즈아크를 지나, 시아와 코취티, 라구나와 아코마, '마법의 분지'주네와 키볼라, 오조 칼리엔테를 지났다.

마침내 헬리콥터가 땅에 내려와 멈춰 서자, 그제야 비로소 잠을 깼다. 그때 이미 레니나는 작은 손가방을 들고서 네모난 집을 향해 걸어가고 있었다.

감마 초록빛의 혼혈아는 젊은 인디언과 알아들을 수도 없는 말을 주고받고 있었다.

"맬페이스입니다."

버너드가 내리자 안내인이 설명했다.

"여기가 휴게소입니다. 오후부터는 야만인 부락에서 무도회가 시작됩니다. 저 사람이 그곳으로 안내할 것입니다."

하고 그는 말없이 묵묵하게 서 있는 젊은 야만인을 가리켰다.

"재미있을 거예요."

그는 빙긋 웃었다.

"놈들이 하는 것은 무엇이든지 재미있습니다."

그렇게 말하고는 헬리콥터에 올라타서 엔진을 돌렸다.

"내일 마중하러 오겠습니다. 그리고 걱정하진 마십시오."

하고 그는 다시 한번 안심시키는 듯이 레니나에게 말했다.

"놈들은 아주 온순하니까요. 절대로 해치진 않습니다. 가스탄에 단단히 혼이 났거든요. 그래서 나쁜 짓을 해선 안 된다는 것을 잘 알고 있습니다."

아직도 웃으면서 그는 헬리콥터 스크루에 기어를 넣고 속도를 내어 날아갔다.

제 7 장

고원은 마치 사자털 빛깔인 모래로 이루어진 해협에서 바람이 불지 않아 움직이지 못하고 있는 선박과 같았다.

해협은 절벽을 이루고 있는 방축에 둘러싸여 있었으며, 한쪽 절벽으로부터 마주 보는 쪽을 향해 계곡을 건너면 한 줄기의 초록색이—강과 그 유역의 들판이 뻗어 있었다.

해협의 한가운데 지리 잡고 있는 돌보 이루어진 선박의 뱃머리에는 그 일부분을 이루고 있는 것처럼 보이는, 기하학적으로 형체가 잘 가꾸어진 바위 같은 것이 층층이 보였다. 그것이 맬페이스 마을이었다.

위로 올라갈수록 작아지며, 수십 층을 이룩하고 있는 높은 집들이 층층으로 계단을 쌓아 올려서 도중에서 절단해 버린 피라미드처럼 푸른 하늘 밑에 높이 서 있었다.

바로 그 밑에는 나지막한 건물과 서로 교차된 벽돌이 되는 대로 얽혀 있었다.

다른 절벽 세 곳은 험준한 경사를 이루어서 바깥 평원 쪽으로 잇대어 있었다.

연기가 바람도 없는 하늘에 수직으로 올라가서 사라져 버렸다.

"이상해요."

하고 레니나가 말했다.

"아주 이상한데요."

이것은 그녀가 무엇을 비난할 때 즐겨 쓰는 말투였다.

"난 이곳이 마음에 들지 않아요. 그리고 저 남자도 싫어요."

그녀는 자기들을 마을로 안내하도록 명령받은 인디언 안내인을 가리키며 말했다. 그녀의 느낌이 어쩌면 맞는 것도 같았다.

그들의 앞에서 걸어가는 그 남자의 뒷모습은 증오와 경멸을 내뿜는 것처럼 느껴졌다.

"그뿐만 아니라."

하고 그녀는 나직하게 중얼거렸다.

"냄새가 나요, 저 남자한테서."

버너드는 그것을 굳이 부정하려고도 하지 않았다. 그들은 그냥 따라갔다.

갑자기 사방에 생기가 떠돌고, 피로할 줄 모르는 혈관 운동과 함께 맥박이 힘차게 뛰기 시작하는 것 같은 느낌이 들었다.

그들의 위쪽에서, 즉 맬페이스 쪽에서 북을 치기 시작한 것이었다. 그들은 심장이 고동치는 그 신비스러운 리듬에 발을 맞추어 걷고 있었다. 그들은 걸음을 재촉했다.

그들이 가던 길이 절벽의 바로 밑에 이르렀다.

큼직한 고원이라는 선박의 뱃머리가 그들의 머리 위에 뻗어 있었다. 배의 위 가장자리에 도달하자면, 300피트나 더 올라가야 했다.

"헬리콥터를 갖고 왔으면 좋았을 텐데."

하고 레니나가 중얼대고는, 눈앞에 닥친 바위로 뇐 언덕을 쳐다보았다.

"전 걷는 건 아주 질색이에요. 그런 데다가 산기슭에 서면 어쩐지 자기 자신이 무척 작아져 보이거든요."

고원의 모퉁이를 잠시 동안 걸었다.

튀어나온 기슭을 돌아서 나오자 홍수로 인해 황폐화된 계곡 밑바닥이 그대로 드러났으며, 길은 사다리처럼 되어 있었다.

그들은 그 길을 따라 올라갔다. 그 길은 계곡물을 따라서 이쪽저쪽으로 구부러지는 대단히 험준한 길이었다.

이따금씩 북소리가 희미하게 들려오다가, 다음 순간 바로 앞 모퉁이 진 곳에서 울리는 것처럼 크게 들려왔다.

그들이 반쯤 올라갔을 때 독수리 한 마리가 그들의 바로 앞을 스치듯이 가까이 지나가는 바람에 날개에 부딪힌 차가운 바람이 얼굴에 와 닿았다.

바위틈에 뼈가 한 무더기 쌓아 올려져 있는 것이 보였다. 모든 것이 그들을 압박하는 것 같은 기이한 느낌을 주었다. 그리고 인디언의 냄새는 더욱더 심해져 왔다.

드디어 그들은 계곡에서 나와 햇빛이 눈부시게 비치는 곳에 이르렀다. 고원의 꼭대기는 널따란 돌로 된 갑판과 같았다.

"체어링 T 타워와 같군요."

하는 것이 레니나의 평가였다.

그러나 그녀는 그 유사한 발견에 관하여 오래 즐길 수가 없었다.

조용하게 걸어오는 발소리를 듣고 그들은 뒤를 돌아보았다.

목에서부터 배꼽까지 벌거벗은 채로, 흑갈색의 피부 위에는 흰 선으로 줄이 그어져 있었다. ('아스팔트의 테니스 코트처럼'하고 레니나가 나중에 설명했다.) 얼굴을 붉은색, 검은색과 황토색으로 마구 칠한 두 사람의 인디언이 길 맞은편에서 쫓아왔다.

그들의 검은 머리는 여우 털과 붉은 플란넬로 장식되어 있었다. 어깨 위에는 칠면조의 털외투가 바람에 나부끼고 있었고, 머리둘레에는 큼직한 새털 모자가 멋지게 번쩍거리고 있었다.

한 발짝씩 떼어 놓을 때마다 은으로 만든 팔찌와 뼈와 터키 구슬을 단 무거운 목걸이들이 소리를 내며 울렸다.

그들은 말 한 마디도 하지 않고 사슴 가죽으로 만든 신을 신고 소리도 없이 쫓아왔다.

그들 중 한 사람은 손에 털로 만든 솔을 가지고 있었다. 또 한 사람은 멀리서 보니, 서너 개의 굵은 밧줄 같은 것을 가지고 있었다. 밧줄 하나는 꿈틀거리고 있었다. 레니나는 그것이 뱀이라는 것을 알아차렸다.

그들은 점점 다가왔다. 검은 눈동자가 그녀를 보지만 그들은 마치 그녀가 거기에 없는 것처럼 무표정했으며 모르는 체했다.

꿈틀거리던 뱀이 다른 뱀처럼 축 늘어졌다. 그들은 그냥 지나갔다.

"난 싫어요." 하고 레니나가 말했다. "난 정말 싫어요."

마을의 입구에 이르러 안내인이 말을 물어보러 들어가고 그들 둘만이 남았을 때, 그녀는 정말 참을 수가 없었다.

그녀를 기다리고 있던 것들, 우선 첫째로 추잡한 불결성, 누적된 찌꺼기, 그 먼지투성이인 개들과 파리 떼. 그녀의 얼굴은 불쾌한 나머지 찡그려지고 말았다. 그녀는 손수건으로 코를 막았다.

"어떻게 이런 생활을 할 수 있을까요?"

참을 수 없다는 듯이, 믿어지지 않는다는 듯이 그녀가 말했다. (도저히 이럴 수는 없다.)

버너드가 냉정하게 어깨를 으쓱했다. "아무튼." 하고 그는 말했다. "그들은 5, 60년 동안 이렇게 살아왔으니까 이젠 습관화되어 있을 거요."

"하지만 청결은 포드님 다음가는 중요한 일이에요." 하고 그녀가 주장했다.

"그렇죠. 그리고 문명이라는 것은 살균입니다."

하고 버너드는 비웃는 말투로 초보 위생학의 제2수면교육의 결론을 내려 주었다.

"그러나 이곳 사람들은 우리 포드님의 이야기를 들어 본 적도 없으며, 개화되어 있지도 않습니다. 그러니까 문제는……."

"아아아!"

하고 그녀는 버너드의 팔을 꽉 껴안았다.

"저것 봐요."

근처에 서 있는 집 2층 테라스에 걸쳐 놓은 사다리를 밟고 인디언이 천천히 내려오고 있었다.

한 발짝씩 떨리는 발걸음으로 조심스럽게 내려오고 있는 그는 온몸을 벌거벗다시피 한 아주 늙어 빠진 늙은이였다.

그의 얼굴은 흑요석黑耀石 가면처럼 검고, 깊은 주름살 홈이 패어 있었다. 이가 빠져서 볼은 푹 내려앉았으며, 입가와 목 양쪽에는 약간의 긴 수염이 늘어뜨려져서 검은 피부 위에 유난히 희게 드러났다.

아무런 장식도 달지 않은 긴 회색 머리카락은 얼굴 주위에 마구 흩어져 있었다. 허리가 구부정하고 살은 없고 뼈만 앙상하게 남아 있었다.

한 발짝씩 발을 옮겨 디딜 때마다 '후유'하면서 느릿느릿하게 내려오고 있었다.

"저 사람은 도대체 어떻게 된 거예요?"

레니나가 나지막한 소리로 물었다. 공포와 경악으로 인해 그녀의 두 눈이 휘둥그레졌다.

"그는 그냥 늙었을 뿐이에요."

하고 버너드는 되도록 무관심한 듯이 대답했다. 사실은 그도 깜짝 놀랐다. 그러나 놀란 기색을 보이지 않으려고 애썼다.

"늙었다구요?" 하고 그녀는 되풀이했다.

"하지만 국장도 나이를 먹었어요. 나이 든 분은 얼마든지 있지만, 저렇진 않잖아요."

"그건 우리들이 저렇게 되지 않도록 대비하고 있기 때문입니다. 병에 걸리지 않도록 보호하고, 노인의 내분비물 활동을 인공적으로 청춘기와 똑같이 해두었기 때문이죠. 마그네슘과 칼슘의 비율을 밑으로 떨어지지 않도록 해두었기 때문입니다. 그리고 또 젊은 혈액을 정기적으로 주입시켜 신진대사를 활발하게 하지요. 그렇기 때문에 저렇게 되지 않는 겁니다. 그리고 또 다른 이유는, 그들은 대부분 이 노인의 나이가 되기 훨씬 전에 죽기 때문입니다. 젊음은 60까지 그대로 유지되다가 그 다음부터는 와르르하고 무너지듯이 최후가 오는 거죠."

그러나 레니나는 그 얘기를 듣지 않았다. 그녀는 줄곧 노인을 쳐다보고 있었다. 느릿느릿하게 그는 내려왔다. 발이 땅바닥에 도달했다. 그는 뒤를 돌아다보았다.

움푹 팬 눈 속의 눈동자만이 유난히 반짝거렸다. 노인의 눈동자는 한참 동안 그녀를 노려보았다. 그러나 마치 그녀라는 존재가 거기에 전혀 없다는 듯이 무표정하며 무감동한 눈초리였다.

그는 다시 천천히 등을 굽히고서 그들 옆을 엉금엉금 지나서 저쪽으로 사라져 버렸다.

"무서워요." 하고 레니나가 나지막하게 내뱉었다.

"무시무시해요. 처음부터 이런 곳에 오지 않았다면 좋았을 텐데."

그녀는 호주머니에 손을 넣고 소마를 찾았다. 그러나 병을 휴게소에 놓아두고 와버렸다. 여태까지 그런 실수는 없었는데. 버너드의 호주머니에도 소마는 없었다.

레니나는 맨정신으로 맬페이스의 공포에 부닥칠 수밖에 없었다.

그 순간 공포감은 한 무더기가 되어서 집요하게 그녀를 괴롭혔다.

어린아이에게 젖을 먹이는 젊은 두 여성을 보았을 때, 레니나는 그만 얼굴이 새빨개지면서 고개를 돌려 버렸다.

그녀는 지금까지 이렇게 상스러운 장면을 본 적이 없었다.

게다가 더욱더 곤란했던 것은, 그 추잡스러운 모체 태생적 장면에 대해 버너드가 취한 태도였다.

그는 교묘하게 모르는 체하고 피하면 될 텐데, 오히려 그 장면에 관해 의기양양하게 설명까지 했다.

소마의 효력이 점점 사라졌으므로, 그는 오늘 아침 호텔에서 보여 준 나약함에 대하여 수치감이 느껴졌다. 그래서 그는 비정통적인 것을 강하게 보여 주려고 애를 쓰고 있었다.

"아, 얼마나 훌륭하고 친밀한 관계인가요!"

그는 고의적으로 난폭한 폭언을 했다.

"저렇게 함으로써 얼마나 친밀한 인간적인 감정을 느낄까요! 나는 가끔씩 생각해 봅니다. 어머니를 갖지 못했다는 것은 무언가를 상실했다는 의미가 아닌가 하고 말예요. 당신도 아마 어머니가 되지 못했다는 점에 있어서는 무언가를 잃어버리고 있는 걸 거예요, 레니나. 당신이 낳은 아이를 안고 앉아 있는 당신 모습을 한번 상상해 봐요."

"버너드! 어떻게 함부로 그런 말을?"

그때 눈병과 피부병을 앓고 있는 늙은 여자가 마침 그곳을 지나갔으므로, 레니나의 분노가 그쪽으로 흩어지고 말았다.

"우리 돌아가요." 하고 그녀는 애원했다. "난 싫어요."

바로 그때 안내인이 돌아와서, 그들에게 따라오라는 시늉을 하면서 집과 집 사이의 비좁은 골목으로 안내했다.

그들은 모퉁이를 돌았다. 오물이 쌓여 있는 곳에 개가 죽어서 쓰러져 있었다.

갑상선종에 걸린 여자가 조그마한 계집애의 머리를 파헤치며 이를 잡고 있었다.

사다리가 있는 쪽으로 가더니 안내인은 걸음을 멈추고서, 손을 수직으로 치켜올리더니 다음엔 수평으로 내렸다.

그들도 말없이 안내인이 시키는 대로 따라서 했다.

사다리를 올라가서 입구에 들어섰다.

길고 비좁은 방이 잇대어 있었다. 연기가 자욱하여 어두컴컴하고, 기름기 있는 것을 끓이는 냄새와 낡고 오랫동안 세탁하지 않은 옷 냄새가 확 끼쳤다.

방 끝에는 또 하나의 입구가 있었다. 그곳에는 햇빛이 새어들었으며, 바로 근처에서 두드리는 북소리가 요란하게 들려왔다.

그들이 문지방을 나서자, 마을의 넓은 테라스가 나왔다.

눈 아래에는 높은 집들로 인하여 둘러싸인 마을의 광장이었으며, 인디언들이 그곳에 모여 있었다.

화려한 털가죽과 검은 머리에 날개와 빛나는 터키 구슬을 달고, 더위 속에서 반짝거리고 있는 새까만 피부들.

레니나는 다시 손수건으로 코를 막았다. 광장 한가운데에는 기와와 진흙을 짓이겨서 만든 두 개의 둥근 단이 있었다.

지하실의 지붕이 분명했다. 단의 한가운데에는 지하로 들어가는 입구가 뚫려 있었으며, 사다리가 컴컴한 암흑 속으로 계속되어 있었기 때문이다.

지하에서 플루트 소리가 들려왔으나, 그칠 줄 모르고 계속되는 북소리 때문에 거의 묻혀 버리고 말 지경이었다.

레니나는 북소리가 좋았다. 자꾸만 되풀이되는 부드러운 둥둥 소리에 몸을 의지하고 그녀는 눈을 감았다.

세계가 드디어 그 깊은 음정의 맥박으로 변해 버릴 때까지 그냥 그대로 의식 속으로 파고드는 북소리에 몸을 맡겼다.

그녀는 그 소리가 연대예배와 포드 기념일에 반주하는 종합음악과 비슷하다는 것을 문득 깨달았다. "오오기 포오기!" 하고 그녀는 혼자 중얼거렸다. 북소리는 꼭 그와 같은 리듬이었다.

갑자기 노랫소리가 들려왔다. 날카로운 금속성의 합창이었다.

수백 명의 남자들이 무섭게 외치기 시작했다.

약간 긴 음조, 그리고 나서 침묵, 폭풍과 같은 북소리의 침묵. 다음에는 예리하게 떨리는 듯한 가장 높은 음조의 여자 목소리, 응답. 그리고 다시 북소리, 그러고는 또 한 번 낮은 야생적인 남자 목소리.

이상했다, 정말로. 장소도 이상했으며, 음악도 이상했고, 옷도, 갑상선종도, 피부병도, 노인들도 그랬다. 그러나 흥행, 그 자체에는 별로 이상하다고 생각되는 점이 없었다.

"하층 계급의 공동 찬가를 연상시키는군요."

그녀는 버너드에게 말했다.

그러나 그런 느낌도 잠시뿐이었다. 지하의 둥근 방에서 한 무더기 괴물들이 별안간 나타났기 때문이다.

사람의 형상을 완전히 가려 버린 괴상한 가면과 색채를 한 그 무리가 절룩거리는 묘한 춤을 추면서 광장의 주변을 빙빙 돌기 시작했다.

노래를 부르면서 빙빙, 점점 더 빨리 돌면서. 한편 북소리의 장단도 변하여 리듬이 빨라져서, 마치 열병에 걸렸을 때 귀가 윙윙거리는 것처럼 변했다.

군중도 춤추는 무리들과 함께 한 덩어리가 되어서 노래를 부르기 시작했다.

소리는 점점 높아졌다. 한 여자가 큰 소리를 지르자, 다음에는 다른 여자가 그것을 받아서, 또 한 여자가 따라서 마치 살해당하는 듯한 날카로운 목소리로 노래를 불렀다.

그러자 다음에는 앞장서서 춤을 추던 사람이 무리에서 빠져나와 광장 한구석에 있는 나무로 만든 큰 궤짝이 있는 곳으로 갔다.

그는 뚜껑을 열고 두 마리의 검은 뱀을 끄집어내었다.

군중으로부터 커다란 환성이 일어났다.

춤을 추고 있는 무리들이 양손을 뻗고서 뱀을 들고 있는 사람 쪽으로 달려갔다. 그는 제일 먼저 달려온 사람에게 뱀을 던져 주고 다시 궤짝을 열었다.

그리고 또다시 검은 뱀과 갈색 반점이 수놓인 뱀을…… 마구 던졌다. 그러자 다른 리듬으로 춤이 다시 시작되었다.

빙빙빙, 그들은 손에 뱀을 움켜쥐고, 뱀처럼 무릎과 엉덩이를 꿈틀거리면서 빙빙 춤추며 돌았다.

그러자 앞장선 사람이 손짓을 했다.

손짓에 따라 한 마리씩 차례차례로 뱀을 광장 한가운데에 던지기 시작했다. 지하에서 한 노인이 나타나 뱀에게 옥수수를 뿌려 주었다.

다음에는 또 다른 곳에서 검은 항아리를 가진 여자가 나타나 뱀에게 물을 뿌려 주었다.

그것이 끝나자 노인이 손을 들었다. 그 순간 소름이 끼칠 정도로 조용한 정적이 흘렀다. 북소리도 그쳤고, 마치 생명의 최후 심판이 찾아온 것 같았다. 노인이 지하의 세계로 통하는 두 개의 구멍을 가리켰다.

그러자 한쪽 구멍에서 한 마리의 독수리상이 천천히 나타나기 시작했다. 또 다른 한 구멍에서는 십자가에 못 박힌 벌거벗은 사나이의 상이 나타났다.

두 개의 상은 마치 저 혼자 서 있는 것처럼 꼼짝도 않고 서서 사방을 노려보았다. 노인이 손뼉을 쳤다.

흰 무명으로 밑만 살짝 가린 18세쯤 되어 보이는 젊은 청년이 군중 속에서 나와, 양손을 가슴 위에 합장하고 머리를 숙인 채로 노인 앞으로 걸어왔다. 노인은 젊은이의 머리 위에 십자를 긋고 물러섰다.

천천히 청년은 뱀들이 우글거리는 주변을 걷기 시작했다. 그가 뱀의 주위를 한 바퀴 돌고 다시 반 바퀴가량 돌았을 때, 춤추는 무리 속에서 바늘다람쥐의 가면을 쓰고 가죽 채찍을 손에 든 키가 큰 사내가 청년의 옆으로 다가왔다.

청년은 다른 사람의 존재에 관해서는 전혀 상관하지 않고 계속해서 걷고 있었다. 바늘다람쥐 가면이 채찍을 치켜들었다.

한참 동안 숨을 죽이고 기다리고 있는데, 갑자기 가죽 채찍이 휙 하고 바람을 헤치고 울리면서 살점을 파고드는 무시무시한 소리가 났다. 젊은이의 몸이 부르르 떨렸다.

그러나 그는 소리도 내지 않고 여전히 천천히 걷고만 있었다. 바늘다람쥐가 또 한 번 쳤다. 또 한 번. 채찍을 내리칠 때마다 군중 속에서는 숨 막히는 듯한 한숨과 깊은 신음 소리가 일어났다.

젊은이는 여전히 걷고 있었다. 두 번, 세 번, 네 번, 그는 돌고 있었다.

피가 흘러내렸다. 다섯 바퀴, 여섯 바퀴. 갑자기 레니나가 양손으로 얼굴을 가리고 흐느끼기 시작했다.

"아아, 멈춰요, 제발 그만둬!"

그녀는 애원했다. 채찍은 사정없이 내리쳤다.

일곱 바퀴. 청년은 비틀거리더니, 여전히 신음 소리도 내지 않은 채 앞으로 폭 쓰러져 버렸다.

노인이 청년 위에 몸을 숙이고 길고 흰 깃털로 그의 등을 쓰다듬고는, 붉은 핏덩어리가 된 그 깃털을 사람들에게 보이기 위하여 한참 동안 높이 치켜올렸다. 그리고 나서 뱀을 향하여 그것을 3번 흔들었다.

핏방울이 떨어지자, 북이 급격한 장단으로 울리기 시작했다. 굉장한 소란. 춤추는 무리들이 달려와서 뱀을 움켜잡고 광장에서 뛰어나갔다.

남자도 여자도 어린아이도, 모든 군중이 그 뒤를 따라서 달려갔다. 1분 후에 광장은 텅 비었다.

젊은 청년만이 쓰러진 채로 꼼짝도 하지 않았다. 한 집에서 늙은 여자 셋이 나타나서 청년의 몸을 겨우 일으켜서 운반해 갔다.

독수리와 십자가에 매달린 사나이는 잠시 동안 텅 빈 광장을 그냥 지키고 있다가, 이윽고 이젠 그만 봐도 된다는 듯이 지하 쪽으로 천천히 사라져 버렸다.

레니나는 여전히 울고 있었다.

"너무 심해요."

하고 그녀는 반복했다. 버너드가 아무리 달래도 그치지 않았다.

"너무 심해요! 저 피를 보세요!"

그녀는 소름이 끼쳤다.

"아아, 소마가 있었으면!"

안쪽에서 인기척 소리가 났다.

레니나는 꼼짝도 하지 않았다. 양손으로 얼굴을 가리고 거들떠보지도 않았다. 버너드만이 뒤를 돌아보았다.

테라스에 나타난 청년은 인디언 옷을 입고 있었으나 금발 머리에 눈은 파랬으며, 피부는 햇볕에 탄 백인의 피부였다.

"헬로, 안녕하십니까."

청년의 영어는 정확했으나 이상하게 귀에 거슬리는 영어였다.

"당신들은 문명 나라에서 오셨죠, 그렇죠? 다른 곳에서, 보존구역 밖에서 오셨죠?"

"도대체 당신은 누구요?"

놀란 버너드가 이렇게 물었다.

청년은 한숨을 짓고는 머리를 저었다.

"이 세상에서 가장 불행한 사람입니다."

그러고는 광장의 한복판에 뿌려진 피의 흔적을 가리키면서,

"저 저주받을 얼룩이 보이죠?"

감정이 격한 나머지 떨리는 목소리로 그는 말했다.

"저주보다는 우선 1그램."

하고 레니나가 얼굴을 가린 채 기계적으로 지껄였다.

"소마가 있었으면!"

"내가 저기에 나서기로 되어 있었습니다."

하고 청년이 말하기 시작했다.

"왜 녀석들은 나를 희생물로 써주질 않는지? 나 같으면 열 바퀴, 열두 바퀴, 열세 바퀴라도 돌 수 있는데. 팔로피티와는 겨우 일곱 바퀴밖에 못 돌았습니다. 그렇죠? 내가 했더라면 그 2배에 가까운 피를 얻을 수 있었을 텐데. 저 끝없는 대해를 진홍빛으로 물들이고."(옮긴이 주 - 맥베스 제2막 제2장)

그는 양팔을 부르르 떨면서 올렸다가, 곧 다시 절망적으로 털썩 떨어뜨렸다.

"하지만 그들은 나를 시켜 주지 않았습니다. 내 용모가 마음에 들지 않는다는 것입니다. 언제든지 그랬죠. 언제든지."

청년의 두 눈에는 눈물이 글썽했다. 그는 부끄럽다는 듯이 얼굴을 돌렸다.

깜짝 놀란 레니나는 소마에 관해서도 완전히 잊어버리고 말았다. 그녀는 그제야 처음으로 고개를 들고 그 낯선 사내를 쳐다보았다.

"당신은 그 채찍으로 얻어맞고 싶었단 말인가요?"

청년은 여전히 다른 곳을 보면서 그렇다고 고개를 끄덕거렸다.

"이 마을을 위해서, 비를 내리게 하여 오곡을 익게 하기 위해서

죠. 푸콩 신과 예수님을 기쁘게 해드리기 위해서요. 그리고 내가 비명을 울리지 않고 고통을 참을 수 있다는 것을 보여 주기 위해서 그렇게 하고 싶었던 것입니다."

그의 말소리가 갑자기 새로운 생기를 띠기 시작했다.

그는 의기양양하게 양어깨를 곧게 세우고, 자랑스럽게 고개를 치켜올렸다.

"나도 남자라는 것을 과시하고 싶어서……입니다. 아아!"

하고 그는 한숨을 지었다. 그러고는 놀란 나머지 멍하니 입을 벌리고 있었다.

그는 태어나서 처음으로 보았던 것이다.

뺨이 초콜릿이나 개의 가죽 빛깔이 아닌 여자의 얼굴을. 머리칼은 황금빛으로 곱슬곱슬했고 놀랍게도 상냥하고 호기심을 띤 표정을 짓고 있었다.

레니나는 그를 향하여 미소를 지었다. 무척 귀여운 남자야, 하고 그녀는 혼자 생각해 보았다.

정말 멋진 사내야. 청년의 얼굴이 홍당무처럼 붉어졌다.

청년은 고개를 숙였다가 다시 약간 눈을 들었다.

레니나가 꼼짝도 하지 않고 자기를 쳐다보고 있는 것을 깨닫자 허둥지둥 시선을 돌려 광장 저쪽에 있는 무언가를 열심히 들여다보고 있는 척했다.

버너드가 여러 가지 질문을 퍼붓자 청년은 그제야 겨우 정신을 가다듬을 수가 있었다.

당신은 어떤 사람이며, 어떻게 하여, 언제, 어디서 하고 꼬치꼬치 캐물었다. 청년은 줄곧 버너드만 보면서 (미소를 띠고 있는 레니나를 무척 보고 싶었지만, 그는 도저히 눈을 레니나한테로 돌릴 수가 없었다.) 자기의 내력을 설명하기 시작했다.

그의 어머니인 (이 말을 듣자 레니나는 불안해졌다.) 린다와 청년
은 이 보존지역 밖에서 온 다른 나라 사람이었다.

린다는 오랜 옛날, 아직도 그가 이 세상에 태어나기 전에 그의
아버지 되는 사람과 함께 이곳에 왔던 것이었다. (버너드는 귀를 쫑
긋 세웠다.)

그녀는 저 산속에서 혼자 북쪽을 향해 가다가 험악한 절벽에서
떨어져 머리를 다치고 말았다.

"그래서 그래서."

하고 흥분한 버너드는 자꾸 재촉했다.

맬페이스의 사냥꾼이 그녀를 발견하여 마을로 데리고 왔다. 그
녀는 그의 아버지 되는 사람과는 그 이후 다시 만나지 못했다.

그 사람의 이름은 토마킨이라고 했다. (그렇다, '토마스'는 국장의
첫 번째 이름이었다.)

그는 부리나케 돌아가 버린 것이 틀림없다. 이 야만인 땅에 그녀
를 그냥 내버려 둔 채로, 혼자서. 매정하고 인정이 없는 사람 같으
니!

"그래서 나는 맬페이스에서 태어났습니다."

하고 청년은 말을 맺었다.

"맬페이스에서."

청년은 머리를 저었다.

마을의 변두리에 떨어져 있는 그 누추한 작은 집! 먼지와 쓰레
기가 마을과 그 집을 분리시켜 놓았다.

두 마리의 굶주린 개가 문 앞에 쌓아 놓은 쓰레기 더미를 지저분

하게 훑어 내고 있었다. 그들이 집 안으로 들어서자, 방 속은 어두컴컴하고 파리 떼가 윙윙거리고 있었다.

"린다!" 하고 청년이 소리를 질렀다.

안쪽에서 목이 쉰 여자의 목소리가,

"오냐, 나간다."

하고 들려 왔다.

그들은 기다렸다. 마룻바닥 위에는 그릇에 음식 찌꺼기가 흩어져 있었다. 두서너 끼니의 식사에서 남은 것 같았다.

문이 열렸다. 무척 뚱뚱한 금발의 원주민 여자가 문지방을 넘고 나타났다.

그녀는 입을 멍하니 벌린 채로, 반신반의하며 두 이방인을 바라보았다.

앞니가 두 개 빠진 것을 발견하고 레니나는 기분이 나빴다.

게다가 나머지 이들의 색은……. 그녀는 그만 전신에 소름이 끼쳤다. 아까 본 노인보다도 훨씬 더 끔찍했다.

너무나 뚱뚱하고, 얼굴 전체에 힘없이 늘어진 주름살. 검붉은 색의 더러운 점이 군데군데 생겨서 푸석푸석한 볼. 게다가 코의 검붉은 혈관, 충혈된 눈, 그리고 그 목 ─형언할 수 없는 그 목. 머리 위에 덮어쓴 그 털가죽─낡을 대로 낡아서 누추해진 털가죽. 그리고 자루처럼 생긴 갈색 윗도리 밑에 드러나는 그 커다란 가슴과 불룩 튀어나온 배, 펑퍼짐하게 퍼진 엉덩이. 아아, 아까 노인보다도 더 참을 수가 없어! 도저히 참을 수가 없어!

갑자기 이 동물과 같은 여인이 뭐라고 지껄이기 시작하면서 양손을 내밀며 그녀 쪽으로 다가왔다. 오, 포드님! 포드님! 너무나 지나쳤다. 레니나는 기절할 것만 같았다.

그녀를 두툼한 가슴으로 눌러 대면서 입을 맞추기 시작했다.

포드님! 침을 질질 흘리면서 입맞춤을 한다.

그야말로 굉장한 냄새였다. 목욕탕엔 가본 적이 없을 것이다.

델타나 엡실론의 병 속에 주입시키는 (아니야, 버너드에 관해선 거짓말이야.) 알코올 냄새와 같은, 바로 그런 도저히 참을 수 없는 약품과 같은 냄새를 풍기고 있었다.

레니나는 있는 힘을 다하여 몸을 빼냈다.

눈물범벅으로 얼룩진 얼굴이 바로 그녀 앞에 있었다. 괴물은 여전히 울고 있었다.

"아아, 이럴 수가, 이럴 수가!"

급류처럼 터져 나오는 말이 흐느껴 우는 소리와 함께 쏟아졌다.

"얼마나 반가운지 오랜 세월 동안 한 번도 보지 못했어요! 문명인의 얼굴을! 그리고 문명인의 옷. 정말로 문명인의 인조견사로 만든 옷을 다시 보리라고는 꿈에도 생각 못 했어요."

그녀는 레니나의 옷소매를 손가락으로 매만져 보았다. 손톱이 새까맣다.

"게다가 멋진 인조 비로드 바지! 전 옛날에 여기 올 때 입고 온 옷을 한 벌, 궤짝에 보관해 두고 있습니다. 나중에 보여 드리죠. 하지만 낡아서 구멍투성이예요. 아주 멋진 허리띠였는데! 물론, 당신의 그 모로코가죽이 훨씬 더 훌륭하지만. 내 하얀 허리띠도 무척 멋있었어요."

그녀의 눈에서 다시 눈물이 쏟아졌다.

"존에게 들었겠지만, 나는 너무도 심한 고통을 겪었어요. 여긴 소마가 1그램도 없었거든요. 포페가 가져왔던 메스칼주를 이따금 마실 뿐이죠. 포페는 제가 알고 있는 남자예요. 하지만 그건 뒤가 나빠요. 메스칼주 말예요. 그리고 피요틀주는 마시고 나면 앓게 되거든요. 그 이튿날이 되면, 기분도 나빠지죠. 그리고 전 무척 부끄러웠답니다. 생각해 보세요. 베타인 내가 어린아이를 낳다니! 내 입장을 한번 생각해 보세요."(난순히 암시만 하는데도 레니나는 몸을 부르르 떨었다.)

"그건 물론 제 잘못은 아니었어요. 전 어째서 그렇게 되었는지 몰랐거든요. 저는 맬더스 훈련을 틀림없이 받았어요. 아시겠죠, 수를 세면서 하나, 둘, 셋, 넷, 하고 항상 하잖아요. 그러나 역시 아이가 생기고 말았어요. 그런데다가 여긴 인공유산국 같은 것도 없거든요. 인공유산국 이야기가 나왔으니 말인데, 지금도 첼시에 있나요?"

하고 그녀가 물었다.

레니나는 고개를 끄덕였다.

"그리고 화요일과 금요일에는 지금도 조명을 받고 있나요?"

레니나는 다시 고개를 끄덕였다.

"아아, 그 아름다운 핑크빛의 유리 탑!"

가련한 린다는 얼굴을 들고서 두 눈을 감고, 황홀한 기억에 도취되어 그 옛날 영상을 더듬어 보았다.

"그리고 밤에 본 강."

하고 그녀는 중얼거렸다. 그녀의 굳게 감은 눈에서 눈물이 천천히 흘러내렸다.

"그리고 나서 저녁때, 스토크 포지스에서 비행기를 타고 돌아오죠. 더운물로 목욕을 하고 진공진동식 마사지! 그러나 여기서는."

그녀는 깊은 한숨을 짓고 머리를 저으면서 눈을 떴다. 한두 번 코를 쿵쿵하고는 손으로 코를 풀고 치맛자락으로 손을 닦았다.

"아아, 미안합니다."

레니나가 무의식중에 얼굴을 찡그리는 것을 보자, 그녀는 변명했다.

"이런 짓을 해선 안 되는데, 정말 미안합니다. 하지만 손수건 같은 것이 없는 경우에는 어떡하면 좋을까요? 저도 잘 기억하고 있어요. 이런 불결하고 아무 방부 장치도 없는 것을 보고 기절할 듯이 속이 메스꺼웠던걸요.

그들이 나를 처음 이곳으로 데리고 왔을 때, 전 얼굴에 심한 상처를 입고 있었어요. 상처 위에 무엇을 발랐는지는 상상도 못 할 겁니다. 불결, 글자 그대로 불결이었어요.

'문명은 살균입니다.'라고 그들에게 말해 줬죠. 그리고 '모두들 줄지어서 깨끗한 목욕탕과 화장실로 갑시다.'하고 마치 어린아이들을 타이르듯이 말해 줬어요. 그러나 물론 알아듣지 못했죠.

그들이 어떻게 알아들을 수가 있겠어요? 그리고 결국 나도 굴복해 버린 거죠. 뜨거운 물이 없는데 어떻게 물건을 깨끗하게 할 수가 있겠습니까?

이 옷을 보세요. 이 짐승 털은 인조견과는 달라요. 이걸 끝까지 입고 또 입어요. 떨어지면 꿰매서 입어야 해요. 하지만 난 베타이고 수정실에서 일하고 있었거든요. 그래서 꿰매는 것을 전혀 배우질 못했어요. 그런 건 내가 할 일이 아니었으니까요.

게다가 옷을 꿰매 입는 건 절대로 옳은 일이 아니지요. 구멍이 생기면 버리고 새 옷을 사야죠. '꿰매면 꿰맬수록 가난해진다'고 하잖아요. 그렇죠? 꿰맨다는 것은 반사회적인 행동이에요.

그러나 여기서는 모든 것이 반대랍니다. 미치광이와 함께 사는 것이죠. 그들이 하는 짓은 전부가 미치광이 짓이에요."

그녀가 흘끗 돌아보자, 그들 둘만 남겨 놓고 존과 버너드가 바깥으로 나가 먼지와 오물 사이를 거닐고 있었지만, 그녀는 여전히 목소리를 낮추며 몸을 앞으로 내밀었다.

레니나는 더욱더 몸을 움츠렸다. 마치 태아용 독약의 악취가 그녀의 볼에 흐트러진 머리칼을 날리고 있는 것 같았다.

"예를 들면." 하고 그녀는 목쉰 소리로 중얼댔다.

"여기에서는 사람들이 서로 소유하는 관습이 있다니까요. 미쳤어요. 정말 미치광이들이라구요. 사람은 서로 공유하는 것이죠. 그렇잖아요? 그렇죠?"

레니나의 옷자락을 당기면서 그녀는 주장했다. 레니나는 얼굴을 돌린 채로 고개를 끄덕였다.

그녀는 텁텁한 숨을 내뿜어 버리면서 되도록 썩지 않은 공기를 마시려고 애를 썼다.

"그러나 여기서는."

하고 상대편은 말을 이었다.

"누구든지 한 사람 이상의 관계는 용서되지 않아요. 그래서 우리가 보통 하는 식으로 남자들과 관계를 가지면 반사회적인 악인이 된답니다. 증오하고 경멸하죠. 한번은 자기네의 남자가 나한테 온다는 이유로 여자들 여러 명이 나한테 와서 소동을 부린 적이 있었어요. 왜 그러죠? 그렇게 말하자, 그들이 나한테 마구 달려들며 덤볐어요……. 지긋지긋해요. 이루 말할 수 없을 정도예요. 더 이상은 말하지 않겠어요."

린다는 양손으로 얼굴을 가리고 부르르 떨었다.

"정말 미워서 못 견디겠어요. 이곳 여자들은 미치광이이고, 참혹하죠. 물론 맬더스식 훈련이 무엇인지, 병#이 무엇인지, 배양이 무엇인지, 그런 건 전혀 모른답니다.

그러니까 해마다 아이들만 낳게 되잖아요. 그만 나도…… 아아, 포드님, 포드님! 존은 내게 위로가 되긴 했어요.

그 애가 없었더라면 난 무슨 짓을 했을지도 몰라요. 하기는 그 앤 남자가 나타날 때마다 화를 내긴 했지만. 무척 어릴 때부터 그랬어요.

한번은, 하지만 이것은 그 애가 이미 다 커서 일어난 일이에요. 그는 끔찍하게도 와이후시와를 죽이려고 했어요. 그것이 포페였는지도 모르겠지만—때때로 그들이 나와 함께 잔다는 이유 때문이랍니다.

그 애한테는 아무리 문명인의 생활 방식을 가르쳐 주어도 도무지 알아듣지를 않아요. 미치광이도 전염되는 모양이죠. 정말 그래요. 하여튼 존은 인디언한테서 그런 병을 전염받았어요.

말할 것도 없이 존은 인디언과 함께 잘 쏘다녔기 때문이죠. 그러나 녀석들은 언제든지 존을 못살게 굴었어요.

그러나 존에게는 다른 아이들처럼 그렇게 굴지는 못하게 했지요. 그렇게 하는 것이 한편으로 생각하면 잘했던 것 같아요. 그 애를 습성 훈련시키는 게 약간 쉬워졌으니까요.

하지만 습성훈련은 여간 어려운 일이 아니었답니다. 난 전혀 모르는 일투성이였어요. 또 알아야 한다는 것이 나의 임무도 아니었으니까요.

내가 말하는 것은 헬리콥터는 어떻게 움직이는지, 세계는 누가 만들었는지, 하고 어린아이가 물었을 때 말이에요.

만약 당신이 베타로서 줄곧 수정실에서만 일하고 있었다면 뭐라고 대답했겠어요? 뭐라고 대답하죠?"

　바깥에서는 쓰레기와 고기 찌꺼기가 쌓여 있는 (이번에는 개가 4마리나 나타났다.) 사이를 버너드와 존이 천천히 어슬렁거리며 왔다 갔다 했다.

　"난 도저히 이해할 수가 없어."

　하고 버너드가 말문을 열었다.

　"갈피를 잡을 수가 없단 말이야. 마치 난 별세계에 살고 있는 것 같은, 전혀 감정이 어긋나는 시대에 살고 있는 느낌입니다. 어머니라든가 그 외에 이것저것 추잡한 꼴과 신, 늙는 것, 질병……."

　그는 머리를 설레설레 저었다.

　"전혀 생각해 본 적도 없었던 것들입니다. 당신이 설명해 주지 않으면, 아무것도 이해할 수가 없어요."

　"무엇을 설명하란 말입니까?"

　"이것도." 하고 그는 마을을 가리켰다.

"그리고 저것도."

그것은 마을 밖에 있는 어떤 조그만 집 한 채였다.

"모든 것을 다. 당신 생활도 모두."

존은 약간 당황했다.

"그러나 무엇부터 얘기해야 좋을까요?"

"제일 처음부터. 당신이 기억하고 있는 가장 오래된 사실부터."

"내가 기억하고 있는 가장 오래된 사실부터라고요?"

존은 얼굴을 찡그렸다. 오랜 침묵이 흘렀다.

무척 더웠다. 그들은 옥수수와 빵, 달콤한 옥수수 위스키를 실컷 먹고 마셨다. 린다가 말했다.

"애야, 여기 와서 자거라."

그들은 큼직한 침대에서 함께 잤다.

"노래를 불러 줘."

그러자 린다는 노래를 불렀다.

'욕실과 화장실로 가요……'와 '잘 자거라, 아가야. 너도 곧 배양된단다'를 불러 주었다.

그녀의 목소리는 점점 작고 가느다랗게 들렸다…….

요란하게 소동을 치는 소리가 들렸다. 그는 벌떡 일어나서 눈을 떴다. 한 사내가 침대 옆에 서 있었다.

뚱뚱하고 무시무시하게 생긴 사내였다. 사내는 린다에게 뭐라고 말했다. 그러자 린다가 웃었다.

그녀는 털 담요를 목까지 잡아당겼으나, 사내는 다시 그것을 젖혔다.

사내의 머리칼은 마치 두 개의 시커먼 새끼줄과 같았다. 팔에는 푸른 보석을 넣은 훌륭한 팔찌를 끼고 있었다.

존은 팔찌가 무척 마음에 들었다. 그러나 역시 무서웠다. 존은 린다에게 얼굴을 푹 파묻고 숨었다.

린다가 그의 머리 위에 손을 얹어 주었으므로, 약간 마음이 든든했다. 사내가 지껄이는 말은 전혀 알아들을 수가 없었으나, 그녀는 사내에게 말했다.

"여기선 존하고 함께 있기 때문에 안 돼."

그 사내가 존을 보고는 다시 린다를 돌아다보면서 작은 소리로 무엇인가 속삭였다.

"안 돼."

하고 린다가 말했다.

그러나 사내는 침대에 몸을 걸치면서 그에게로 접근해 왔다. 얼굴이 무척 크고 험상궂었다. 새끼줄 같은 검은 머리칼이 담요에 거슬렸다.

"안 돼."

린다는 다시 거절했다. 그러고 나서 존은 린다의 손이 더욱더 그를 힘차게 끌어안는 것을 깨달았다.

"안 돼, 안 돼!"

사내가 그의 팔을 움켜잡았다. 아팠다. 그는 비명을 울렸다.

사내는 다른 한쪽 손을 마저 뻗으면서 그를 집어 올렸다.

린다는 여전히 존을 손에서 놓치지 않고 소리를 질렀다.

"안 돼, 안 돼."

사내는 무엇인가 몇 마디 지껄이고는 화를 냈다. 갑자기 그녀가 잡았던 손이 떨어져 나갔다.

"린다, 린다."

존은 발을 버둥거리면서 몸부림을 쳤다.

사내는 그를 문밖으로 안고 나가서 옆방에다 내려놓고는 문을 닫고 나가 버렸다. 그는 벌떡 일어나 문 쪽으로 달려갔다.

발끝으로 겨우 버티고 서자 큰 나무로 만든 빗장에 손이 닿았다. 그는 그것을 들어 올리면서 문을 열려고 했지만 문은 열리지 않았다.

"린다!"

하고 그는 소리를 질렀다. 대답이 없었다.

그는 큰 방을 기억하고 있었다. 큰 방은 컴컴한 방이었다. 거기엔 줄을 많이 잡아매 놓은 나무로 만든 큰 물건이 있었다.

그 주위에는 많은 여자들이 서 있었다. 털 담요를 짜느라고 야단법석이었다. 그것도 린다가 가르쳐 주었다.

린다는 거기서 다른 여자들을 돕고 있는 동안에는 다른 아이들과 함께 점잖게 앉아 있으라고 타일러 주었다.

그는 아이들과 오랫동안 놀았다. 별안간 사람들이 큰 소리로 떠들기 시작했다.

여자들이 린다를 밀어 쓰러뜨렸고, 린다는 울고 있었다.

그녀가 문 쪽으로 가자 그도 그녀의 뒤를 따라 쫓아갔다.

그는 왜 여자들이 화를 냈느냐고 그녀에게 물어보았다.

"내가 물건을 깨뜨려 버렸기 때문이야."

라고 대답했다. 그리고 나서 그녀는 혼자 화를 내기 시작했다.

"그런 천한 짓을 내가 어떻게 알 수 있단 말야?" 하고. "고약한 야만인들."

그는 그녀에게 야만인이란 어떤 것이냐고 물어보았다.

그들이 집에 갔더니, 포페가 기다리고 있다가 함께 안으로 들어왔다. 그는 물처럼 생긴 것이 들어 있는 큼직한 통을 들고 있었다.

그것은 물이 아니라, 이상한 냄새가 나고 혀를 불태워 버리는 듯한 독한 것이었다.

린다가 마시고 포페도 마셨다. 그러자 린다는 킬킬거리며 웃고는 큰 소리로 중얼거리기 시작했다.

그러고 나서 린다와 포페는 옆방으로 갔다.

포페가 그 방에서 나오자, 그는 그곳으로 가보았다. 린다는 깊이 잠이 들어서 깨워도 일어나지 않았다.

포페는 자주 찾아왔다. 그는 통 속에 든 것을 메스칼주라고 했다.

그러나 린다는 소마라고 부르는 것이 옳다고 우겼다. 어쨌든 마시고 나면 나중에 속이 좋지 못했다.

그는 포페가 무척 미웠다. 린다를 찾아오는 남자는 전부 다 싫었다.

어느 날 오후, 그는 아이들과 놀고 나서—추웠다고 그는 기억하고 있다. 산에는 눈이 쌓여 있었다—집에 돌아와 보니, 침실에서 앙칼진 소리가 왁자지껄하게 들려왔다. 여자들의 목소리였다.

그는 조금도 알아들을 수 없는 말을 쓰고 있었다.

그러나 그는, 그것이 대단히 무서운 말이라는 것을 짐작하고 있었다.

갑자기 덜커덩하고 무엇인가 뒤집혀졌다. 사람들이 재빠르게 움직이는 것을 들을 수 있었다.

그러자 철썩하면서 노새를, 그렇게 심하게 살이 빠지지도 않은 노새를 치는 것과 같은 소리가 났다.

린디의 울부짖는 소리가 들렸다.

"제발, 멈춰요. 멈춰요!"

라고 했다. 그는 달려갔다.

검은 털 담요를 입은 여자가 셋 있었다. 린다는 침대 위에 있었다.

한 여자가 팔목을 누르고, 또 한 여자는 그녀의 다리 위에 올라타고 발길질을 못 하게 하고 있었다. 세 번째 여자는 채찍을 들고 그녀를 쳤다.

한 번, 두 번, 세 번, 그럴 때마다 린다는 비명을 질렀다. 그녀는 울면서 털 담요의 가장자리를 잡아당겼다.

"제발, 용서해 주세요."

여인은 채찍을 들지 않은 손으로 그녀를 밀쳤다. 채찍이 또 한 번 날았다. 또다시 린다의 비명이 울렸다.

그는 양손으로 여자의 갈색빛 굵은 팔에 매달리면서 힘껏 물었다. 여자가 악 하고 손을 젖히면서 그를 힘차게 밀쳤으므로, 그는 쓰러져 버리고 말았다.

그가 마룻바닥에 쓰러지자, 여자는 채찍으로 세 번 그를 후려갈겼다. 생전 처음 느끼는 고통이었다. 마치 불타는 것 같았다.

채찍이 또다시 허공을 가르며 소리를 냈다. 그러나 이번에 비명을 지른 건 린다였다.

"왜 그들은 어머니를 못살게 굴죠, 린다?"

그날 밤 그는 그녀에게 물어보았다. 그는 울고 있었다. 등줄기에 생긴 붉은 채찍의 핏자국이 아직도 몹시 아팠다.

그에게는 사람들이 모두 짐승처럼 잔인하고 야비하게 느껴져서 더 눈물이 쏟아졌다. 그리고 그는 자기가 아직 어려서 아무것도 할 수 없다는 것이 분해서 울기도 했다.

린다도 울고 있었다. 그녀는 어른이었다. 그러나 그들 세 명을 이겨 낼 재주가 없었다. 그들은 비겁한 인간들이었다.

"왜 그들은 어머니를 못살게 구는 거예요, 린다?"

"몰라. 내가 어떻게 알겠니?"

그녀는 엎드린 채로 베개에 얼굴을 파묻고 있었으므로, 그녀의 이야기를 듣는 것은 무척 어려웠다.

"그 사내들이 자기들 것이라는 거야."

하고 그녀는 계속 말했다.

린다는 그에게 이야기하는 것 같지는 않았다. 그녀의 머릿속에 있는 누군가에게 이야기하는 것이었다.

그녀는 알아들을 수도 없는 긴 이야기를 하고는, 마지막에는 훨씬 더 심하게 울기 시작했다.

"아아, 울지 말아요, 린다. 울지 말아요."

그는 자기의 몸으로 그녀를 힘차게 눌렀다. 팔로 그녀의 목을 끌어안았다. 린다가 외쳤다.

"아아, 조심해, 어깨가! 아아, 아파!"

그러고는 그를 거칠게 밀쳐 버렸다. 그 바람에 그는 머리를 벽에다 부딪쳐 버리고 말았다.

"바보 같으니라구!"

하고 그녀는 소리를 질렀다. 그러더니 갑자기 그의 뺨을 때리기 시작했다. 철썩철썩…….

"린다." 하고 그는 울었다.

"아아, 어머니, 제발 참아요!"

"난 네 어머니가 아니야. 네 어머니가 되고 싶지 않아."

"그러나, 린다……. 아아!"

그녀는 그의 뺨을 철썩 때렸다.

"야만인이 되어 버렸어."

라고 그녀는 외쳤다.

"동물처럼 아이를 낳고……. 네놈만 없었더라면, 난 시찰관에게 쫓아가서 사정을 말하고 이런 곳에서 벗어날 수 있었어. 하지만 아이와 함께 갈 수는 없었어. 그건 너무도 수치스러운 일이니까."

그는 그녀가 또다시 때리려고 하는 것을 알았기 때문에 팔로 얼굴을 가렸다.

"제발 때리지 말아요, 린다, 제발."

"짐승 같은 자식!"

그녀가 그의 팔을 끌어내려서 얼굴이 그대로 드러났다.

"때리지 말아요, 린다."

그는 그만 단념하고 눈을 감았다.

그러나 그녀는 더 이상 때리지 않았다. 잠시 후에 그가 눈을 뜨자, 그녀는 그의 얼굴을 쳐다보고 있었다.

그는 그녀를 보고 빙그레 웃어 보였다. 갑자기 그녀는 그를 끌어안았다. 그러고는 몇 번이고 몇 번이고 그에게 입을 맞추었다.

가끔씩 며칠 동안, 린다는 꼼짝도 하지 않았다. 침대에 누운 채로 처참한 모습 그대로였다.

그렇지 않을 때엔, 포페가 가져다주는 그 술을 들이켜고는 킬킬거리면서 잠들어 버리곤 했다.

병이 들어 앓아누울 때도 있었다. 그를 씻겨 주는 것도 잊어버릴 때가 많았다. 깔깔한 옥수수밖에 먹을 것이 없을 때도 많았다.

그의 머리에 그 작은 벌레들이 우글거리는 것을 처음 발견했을 때, 그녀가 얼마나 놀랐던가를 그는 아직도 기억하고 있었다.

제일 재미있었던 것은, 그녀가 그에게 '다른 곳' 이야기를 해주었을 때였다.

"정말로 날아갈 수 있어요, 언제든지 마음 내킬 때마다?"

"암, 그렇고말고. 언제든지 마음 내킬 때마다."

그리고 그녀는 상자 속에서 들려오는 멋진 음악 소리와 재미있는 게임 이야기, 맛있는 음식과 마실 것, 벽에 달려 있는 작은 것을 누르면 불이 켜지는 것, 눈에 보이는 것과 동시에 귀로 들으며 느끼며 냄새까지 맡을 수 있는 사진, 여러 가지 냄새가 풍기는 통, 복숭앗빛과 푸른빛과 초록빛을 띤 산처럼 높은 집들…….

그곳에 있는 사람들은 모두 다 항상 즐겁고, 결코 슬퍼한다든가 화를 내는 일이 없으며, 사람들은 모두 서로 공유하고, 세계의 정반대편에서 일어난 사건들을 눈으로 보며 들을 수 있는 네모 상자와 멋진 병에 들어 있는 젖먹이 아이…… 모든 것이 깨끗하고, 고약한 냄새 같은 것도 나지 않으며, 사람들은 혼자 외로워하는 일이 없으며, 항상 함께 생활하고 언제든지 즐거우며, 마치 맬페이스에서 벌어지는 여름 무도회와 같지만 그것보다도 훨씬 더 행복하며, 매일같이 거기엔 행복이라는 것이 있으며…… 그런 이야기를 해주었다. 그는 몇 시간씩 귀를 기울이고 이야기를 들었다.

그리고 때로는, 그와 다른 아이들이 놀다가 지칠 때 마을의 나이든 노인 한 분이 그들에게, 그 이상한 말로 여러 가지 이야기를 해주었다.

'이 세상의 위대한 개혁가'에 대하여, '우익'과 '좌익'의 오랜 투쟁에 대하여, '비'와 '맑은 날씨'와의 투쟁에 대하여, 밤의 사색에 의하여 위대한 안개를 만들고, 그 안개에 의하여 전 세계를 만들게 된 '아오나오로나'에 대하여, 어머니 되시는 땅과 아버지 되시는 하늘에 대하여, '아하이유타'와 '마르세이레마'에 대하여, 전쟁과 행운의 쌍둥이에 대하여, '예수'와 '푸콩 신'에 대하여, '마리아'와 스스로 젊어질 수 있는 '에사나틀레이'에 대하여, 라구우나에 있는 '검은 돌'과 '위대한 독수리'와 아코마의 '우리들의 귀부인'에 대하여 이야기해 주었다. 신기한 이야기였다.

이상한 말로 이야기해 주었기 때문에 그는 충분히 이해할 수가 없어서 더욱 신기하게 느껴졌던 것이었다.

침대에 누워 눈을 감으면서도, 그는 '천국'과 '런던'과 '아코마의 귀부인'과 청결한 병 속에 나란히 줄지어 있는 젖먹이와 하늘로 날아오르는 예수와, 비행하는 린다, 세계 인공부화국의 위대한 국장 각하와 아오나윌로나에 대하여 상상해 보았다.

린다에게는 많은 남자들이 찾아왔다. 아이들이 그를 보고 손가락질하기 시작했다. 아이들은 이상한 말투로, 린다는 나쁜 여자라고 말했다. 그에게는 이해할 수 없는 이름으로 그녀를 불렀다. 그러나 그것이 나쁜 이름이라는 것을 그는 알고 있었다.

어느 날, 그들은 그녀에 관하여 자꾸만 같은 말을 되풀이했다. 그는 그들에게 돌을 던져 주었다. 그들도 그에게 던졌다.

뾰족한 돌이 날아와서 그의 볼을 후려갈겼다. 피는 그칠 줄 모르고 흘러서 그는 피투성이가 되었다.

린다는 그에게 읽는 법을 가르쳐 주었다. 그녀는 숯 부스러기로 벽에다 그림을 그렸다. 앉아 있는 동물과 병 속에 들어 있는 젖먹이였다. 그리고 그녀는 글자를 썼다.

'고양이가 담요 위에 있습니다. 아기가 병 속에 있습니다.'

그는 어렵지 않게 빨리 배웠다. 그녀가 벽에 쓰는 글자를 모두 읽을 수 있게 되자 린다는 큰 나무 궤짝을 열고, 그녀가 입은 것을 한 번도 본 적이 없는 멋지고 아름다운 붉은 바지 밑에서 얇고 자그마한 책을 꺼내 주었다.

그는 이전에 여러 번 이 책을 본 적이 있었다.

"네가 좀더 크면 이 책을 읽을 수 있게 될 거야."

하고 그녀가 언제나 말했던 것이다. 그렇다. 이미 그는 다 컸다. 그는 의기양양해졌다.

"그렇게 재미있는 건 아닐지도 몰라."

라고 그녀가 말했다.

"하지만, 내게는 그것밖에 없어."

그녀는 한숨을 쉬었다.

"우리들이 런던에서 사용하던 그 멋진 독서 기계를 너한테 보여 주었으면!"

그는 읽기 시작했다.

'태아의 화학적. 세균학적 습성훈련. 베타 태아저장실 계원 등의 실제적 안내서' 제목을 읽는 데만 15분이나 걸렸다.

"고약스러운 책, 고약한 책이야!"

그는 그렇게 말하고는 울기 시작했다.

어린아이들은 여전히 린다가 들으면 기겁을 할 노래를 부르고 있었다.

때때로 또 그들은 그의 옷이 너무나 낡은 것을 보고는 놀렸다. 옷이 찢어져도 린다는 꿰맬 줄을 몰랐다.

"다른 곳에서는."

하고 그녀는 그에게 가르쳤다. 구멍이 난 옷은 모두 버리고 새 옷을 산다고 했다.

"떨어졌다, 떨어졌다!"

라고 아이들은 그를 놀렸다.

"그러나 나는 책을 읽을 줄 알아."

하고 그는 혼자 중얼거렸다.

"저 자식들은 글을 못 읽어. 읽는다는 것이 어떤 것인지도 모른다구."

책 읽는 것만 생각하면, 그 녀석들이 비웃는 것도 조금도 신경 쓰지 않고 덤덤하게 대할 수가 있으리라.

그는 또 한 번 책을 빌려 달라고 린다에게 부탁했다.

아이들이 손가락질을 하거나 노래를 부르거나 하면 할수록 그는 더욱더 열심히 읽었다. 그는 곧 글자를 전부 술술 읽게 되었다.

아무리 긴 글이라도. 그러나 그 글이 도대체 무엇을 의미하는 것인지를 알 수 없어서, 그는 린다에게 물었다.

그러나 린다가 대답해 주는 경우에도 뚜렷하게 이해할 수가 없었다. 게다가 그녀가 전혀 대답을 할 수 없는 것도 있었다.

"화합물이 뭐죠?"

하고 그가 물었다.

"아아, 마그네슘 염류와 같은 것이라든가, 델타와 엡실론을 조그마하게 내향적으로 발육시키기 위한 알코올이라든가, 골격을 만들기 위한 탄산칼슘 같은 것, 그런 거야."

"그렇지만 화합물은 어떻게 만드는 거죠? 어디서 나오는 거예요."

"그건 나도 몰라. 병에 들어 있는 거야. 병이 비었으면 화합물 저장실에 부탁하면 되는 거야. 아마 화합물 저장실에 있는 사람들이 만드는 것이겠지. 그렇지 않으면 공장에 주문해서 만들어 오든가. 나도 모르겠어, 난 화학은 해본 적이 없으니까. 난 항상 태아에 관한 일만 했거든."

그 외의 다른 것에 관해 물어 보아도 역시 비슷한 대답이었다.

린다는 전혀 모르는 것 같았다. 마을의 노인들이 훨씬 더 명백한 대답을 해주었다.

"인간과 그 외의 모든 생물의 씨앗, 태양의 씨앗과 대지의 씨앗, 그리고 하늘의 씨앗—이 모든 것은 '번식' '안개' 속에서 아오나오로나가 만드신 것이며, 이 세상에는 네 개의 태胎가 있지. 이 네 개의 태 중에 가장 낮은 것에 그는 이 씨앗을 심었던 거야. 이렇게 해서 그 씨앗은 점점 싹이 터서 자라기 시작하고……."

어느 날 (존의 생각으로는 그의 12번째 생일이 지난 후 얼마 되지 않은 날인 것 같다.) 집에 돌아온 그는 침실 바닥 위에서 여태까지 본 적이 없었던 책을 한 권 발견했다.

몹시 낡았으나 두툼한 책이었다. 표지는 쥐가 뜯어먹었으며, 책장은 간간이 떨어지고 구겨져서 형편없었다.

그는 책을 집어 들고 겉장을 펴 보았다. 책에는 '윌리엄 셰익스피어 전집'이라고 써 있었다.

린다는 침대 위에 누워서 굉장한 자극성이 있는 메스칼주를 들이켜고 있었다.

"포페가 가져온 거야."

하고 그녀는 말했다.

그녀의 목소리는 전혀 다른 사람의 목소리처럼 거칠고 탁했다.

"앤틸로프키바(옮긴이 주 – 종교적인 목적을 위해 인디언이 사용하는 큰 방)의 서랍 한 구석에서 몇 백 년 동안이나 들어 있었대. 맞는 얘기일 거야. 내가 조금 들여다보니 모조리 엉터리 얘기만 써 있더라. 비문명적인 미개한 얘기들. 하지만 네가 독서 공부를 하는 데는 충분히 쓸모가 있을 거야."

그녀는 마지막 한 잔을 들이켜고 난 후 컵을 침대 옆에 놓고서 옆으로 돌아눕더니, 한두 번 딸꾹질을 하고는 그대로 잠이 들어 버렸다.

그는 책장을 되는대로 아무 곳이나 펼쳐 보았다.

어디, 그것뿐이랴,
기름진 땀 냄새 투성이인 침대 속에 그냥 딩군 채로,
썩은 고깃덩이 속에서 지글지글 끓으면서
그 더러운 돼지와 노닥거리다니…….

(옮긴이 주 –《햄릿》제3막 제4장)

신기한 말이 그의 넋을 흔들어 놓았다. 말하는 천둥처럼 천지를 울렸다. 만약 북이 말을 할 수 있다고 한다면, 여름날 춤출 때의 북소리와도 같았다.

아름답고 아름다워서 눈물을 흘리게 만드는 '수확의 노래'와 같았다.

미시마 노인이 깃털과 굽은 기왓장과 뼈와 돌의 파편을 앞에 놓고 말하는 마법과도 같았다.

그러나 미시마의 마법보다 더 멋졌다. 그것보다도 훨씬 의미 있는 말을 그에게 해주었기 때문이다.

반밖에 이해하지 못했지만, 그러나 굉장히 미묘한 마법을 가르쳐 주었다. 린다에 관하여, 침대 옆에 빈 컵을 그냥 놓아 둔 채로 코를 골고 있는 린다에 관하여 이야기해 주었다. 린다와 포페에 관하여, 린다와 포페에 관하여.

그는 포페가 점점 더 미워졌다. 항상 웃고 있기는 하지만, 그러면서도 악한 짓만 하는 사람도 있을 수 있다.

잘못을 반성할 줄도 모르는, 음흉하고, 음란하며, 무자비하고 냉정한 인간. 그 말들은 도대체 정확하게 무엇을 의미하는 것일까?

그는 반 정도밖에 이해할 수가 없었다. 그러나 그 글귀의 마력은 강렬했으며, 그의 머리를 계속해서 지배하고 있었다.

어쩐지 그는 지금까지 실제로는 포페를 미워하지 않았던 것처럼 느껴졌다.

포페를 과연 얼마나 증오하고 있는지를 자기로서는 똑똑하게 말할 수가 없었으므로, 정말로 포페를 증오하고 있지는 않는 것 같았다.

그러나 이제야 그는 그러한 말을 알았다. 북을 울리듯이 노래 부르는 듯한 마법과 쏟아져 나오고 있는 이상하고도 신기한 이야기(그는 여태까지 전혀 몰랐지만 신기했다. 역시 신기했다.)—그러한 것이 그로 하여금 포페를 증오하게 할 이유를 제공했던 것이다.

그의 증오감을 훨씬 더 현실적인 것으로 만들어 주었다. 포페 자신의 모습조차도 훨씬 더 현실적으로 느껴졌다.

어느 날, 그가 밖에서 놀다가 돌아와 보니 방 안쪽 문이 열려 있었고, 둘이 침대 위에서 함께 자고 있는 것이 눈에 띄었다.

하얀 린다와 그 옆에는 시커먼 포페의 몸뚱이가 있었다.

그의 한쪽 팔은 그녀의 어깨 밑으로 집어넣고, 또 다른 시커먼 팔은 그녀의 가슴 위에 있었다.

그의 길게 땋아 내린 머리카락이 그녀의 목 위에 흩어져서 마치 검은 뱀이 그녀의 목을 졸라 버리려는 듯이 노리고 있는 것처럼 보였다.

포페의 메스칼주를 담은 통과 컵이 침대 옆에 놓여 있었다. 린다는 코를 골고 있었다.

그는 심장이 멎어 버리고, 구멍이 뻥 뚫린 것 같은 느낌이었다. 그는 머리가 텅 빈 것 같았다.

텅 비어서 차가워지고 현기증이 났다. 그는 몸을 지탱하기 위하여 벽에 기대었다.

잘못을 반성할 줄 모르는, 음흉하고, 음란하며……. 북처럼, 수확의 노래를 부르는 사람들처럼, 마법처럼, 그 말이 그의 머릿속에서 자꾸만 되풀이되며 들려왔다.

차가워졌던 몸이 느닷없이 뜨거워졌다. 그의 얼굴에 핏기가 몰려 화끈거렸다. 방 안이 빙빙 돌며 눈앞이 캄캄해지기 시작했다. 그는 이와 이가 맞부딪쳤다.

"난 저 자식을 죽여 버릴 테야, 저 자식을 죽여 버릴 테야, 죽여 버릴 테야." 그는 되풀이해서 말했다. 그러자 갑자기 또 새로운 말이 들려왔다.

그가 만취하여 잠들었거나 고함을
치며 화를 낼 때,

또는 침대에서 못된 쾌락에 빠져 있을 때…….

(옮긴이 주 -《햄릿》제3막 제3장)

마법이 그의 편을 들었다. 마법은 설명하고 명령을 내렸다.

그는 방 입구 쪽으로 다시 나왔다.

"그가 만취하여 잠들었거나……."

고기를 써는 칼이 벽난로 근처의 마룻바닥에 있었다.

그는 그것을 집어 들고 발뒤꿈치를 들고 방으로 갔다.

"그가 만취하여 잠들었거나, 만취하여 잠들었거나……."

그는 달려가서 푹 찔렀다. 아아, 피가! 또 한 번 푹 찔렀다. 그러나 그때 포페는 신음 소리를 내면서 깨어났다.

그는 또 한 번 찌르려고 손을 높이 들었지만 손을 붙잡혀 버리고 말았다. 그리고 팔을 비틀려서 그는 꼼짝도 할 수가 없었다. 함정에 빠진 것이었다.

포페의 조그마하고 검은 눈동자가 잔뜩 부릅뜨고 바로 옆에서 그의 두 눈을 노려보고 있었다. 그는 시선을 돌렸다.

포페의 왼쪽 어깨 위에 상처가 두 곳 있었다.

"아아, 저 피!"

하며 린다가 울고 있었다.

"저 피를 봐!"

그는 피를 바로 볼 수가 없었다.

포페가 한쪽 손을 치켜들었다. 때릴 것이라고 생각하자, 온몸이 빳빳하게 굳어졌다.

그러나 포페는 그의 턱 밑을 잡고 그의 얼굴을 돌리게 했을 뿐이었다. 그는 포페의 얼굴을 보지 않을 수가 없었다.

오랜 시간이 흘렀다. 몇 시간인지도 몰랐다. 더 이상 참을 수가 없어서 그는 갑자기 울기 시작했다.

포페가 껄껄 웃었다.

"가라."

인디언 말로 그가 이렇게 말했다.

"가라, 용감한 아하이유타."

눈물을 보이지 않으려고, 그는 옆방으로 달려갔다.

"너는 15살이 되었다."

하고 미시마 노인이 인디언 말로 말했다.

"지금부터 너한테 진흙으로 물건을 만드는 법을 가르쳐 주마."

강기슭에 쪼그리고 앉아서 두 사람은 함께 일을 했다.

"우선 처음엔."

하고 미시마 노인이 양손에 젖은 진흙덩이를 집어 들고 말했다.

"작은 달님을 만드는 거야."

노인은 진흙덩이를 원반형으로 짓이기면서 가장자리를 구부렸다. 그러자 달은 납작한 그릇이 되었다.

그는 노인의 섬세한 솜씨를 익숙지 못한 동작으로 따라 하기 시작했다.

"달님, 그릇, 그리고 이번엔 뱀이다."

미시마는 진흙덩이를 또 한 개 들고, 길쭉하고 꾸불꾸불한 둥근 덩어리를 짓이겼다.

그리하여 둥근 바퀴를 만들어서, 그릇의 테 위에다 눌러 붙였다. 그리고 뱀을 또 한 마리, 또 한 마리, 또 한 마리. 이런 식으로 미시마는 항아리의 옆면을 만들었다.

처음에는 비좁게, 다음은 약간 불룩하게, 목이 있는 쪽으로 갈수록 점점 가늘어졌다.

미시마는 짓이겨서 약간 두드리기도 하고, 치기도 하고 긁어내기도 했다.

이윽고 낯익은 맬페이스의 물 항아리 모양이 만들어졌다.

검지도 않고 크림처럼 하얀 빛깔이며, 아직 마르지 않아서 부드러웠다.

미시마가 만든 항아리를 본 따서 만든 그의 구불구불한 작품을 미시마의 항아리 옆에 놓았다. 두 개의 항아리를 비교해 보자, 그는 저절로 웃음이 터져 나왔다.

"이번 것은 훨씬 더 잘 될 거야."

라고 그는 말하고는 다시 진흙덩이를 물에 짓이겼다.

모양을 생각하며 그대로 만들어 보고, 손끝이 점점 능숙해지는 것을 느꼈다. 이러한 사실은 그에게 야릇한 기쁨을 주었다.

"A. B. C. 비타민 D."

만들면서 그는 혼자 콧노래를 했다.

"지방은 간 속에 있고, 대구는 바다에 살아요."

미시마도 노래를 불렀다. 곰 잡는 노래였다. 두 사람은 하루 종일 만들었다. 그는 하루 종일 흡족할 만큼 행복했다.

"내년 겨울에는." 하고 미시마 노인이 말했다.

"너한테 활 만드는 법을 가르쳐 주마."

집 바깥에서 그는 오랫동안 서 있었다. 이윽고 안에서 식이 끝났다. 문이 열렸다. 그러자 사람들이 쏟아져 나왔다.

코도루가 가장 먼저 나왔다. 그는 귀중한 보석을 움켜쥐고 있는 듯이 오른쪽 손을 똑바로 뻗고서 꼭 쥐고 있었다.

키아키메도 그와 같이 손을 움켜잡고 뻗친 채로 그의 뒤를 따라서 나왔다.

그들은 묵묵히 걷고 있었다. 두 사람의 뒤에는 형제자매, 사촌들과 노인들이 말없이 뒤를 따랐다.

그들은 마을을 지나서, 고원(메이사)을 횡단하여 걸어갔다.

절벽의 끝에서 그들은 걸음을 멈추고서, 이른 아침 햇빛을 바로 받으며 섰다.

코도루가 손을 폈다. 손바닥 위에는 흰 옥수수빵이 조금 얹혀 있었다. 그는 그 빵 위에다 한 손을 얹고서 몇 마디 중얼거리고는 그 흰 빵 부스러기를 태양을 향하여 던졌다.

키아키메도 같은 행동을 했다. 그러자 키아키메의 아버지가 앞에 나와서 깃털이 달린 기도하는 막대기를 치켜올리면서, 오랫동안 기도를 올렸다. 그러고는 옥수수빵 부스러기 쪽을 향하여 그 막대기를 던졌다.

"식은 끝났다."

하고 미시마 노인이 큰 소리로 말했다.

"두 사람은 결혼을 했다."

"흥."

하고 린다가 여러 사람들과 함께 돌아오는 길에 말했다.

"그런 대수롭지도 않은 일에, 이렇게 떠들썩하게 난리를 치는 건 또 뭐야. 미치광이 수작이지. 문명국에서는 남자가 여자를 좋아하면, 그는 그냥 조금……. 아니, 넌 어딜 가는 거야, 존?"

그는 그녀가 불러도 돌아보지 않았다. 그냥 달렸다. 어디라도 좋으니까, 자기 혼자 있을 수 있는 곳을 향하여.

식은 끝났다. 미시마 노인이 한 말이 자꾸만, 자꾸만 그의 머릿속에서 맴돌았다. 끝났다. 끝났다……. 말없이 혼자 멀리 떨어져서, 그러나 격렬하게, 절망적으로, 희망도 없이 그는 키아키메를 사랑하고 있었다. 그러나 이미 식은 끝나 버리고 말았다.

그는 열여섯 살이었다.

보름달이 뜰 때면 앤틸로프 키바에서 비밀 얘기들이 전해지고, 비밀이 이루어지며, 또 비밀이 생겨난다고들 말했다.

아이가 키바에 들어가면, 나올 때는 어른이 된다고 했다.

아이들은 모두 무서워했다. 그러나 동시에 모두 초조하게 기다렸다. 그리하여 드디어 그날은 찾아왔다.

해가 지고 달이 돋았다. 그는 다른 아이들과 함께 갔다.

키바의 깜깜한 입구에는 남자들이 서 있었다. 붉은 불이 켜져 있는 깊은 지하실 속으로 사다리가 놓여 있었다.

앞에 선 아이들은 벌써 내려가기 시작했다.

돌연 한 남자가 앞에 걸어 나와서 그의 팔을 움켜잡고, 옆에서 그를 끌어냈다.

그는 팔을 뿌리치고 다시 제 줄로 돌아왔다. 그러자 이번에는 사내가 그를 때리면서 머리칼을 잡아당겼다.

"넌 안 돼. 하얀 얼굴은 안 돼!"

"암캐의 자식은 안 된다."

하고 다른 사내가 말했다. 아이들이 웃었다.

"물러가라!"

그러나 그는 여전히 어슬렁거리며 아이들의 뒤를 따르고 있었다.

"가!"

하고 사내가 외쳤다.

한 사내가 몸을 숙이더니 돌을 주워들고 던졌다.

"가, 가라구, 가!"

비 오듯이 돌팔매가 날아왔다.

피투성이가 되어서, 그는 캄캄한 암흑 속으로 달아났다.

붉은 불이 켜 있는 키바에서는 노래를 부르는 떠들썩한 소리가 들려 왔다. 제일 마지막 아이가 사다리를 내려갔다. 그는 혼자 동 떨어졌다.

홀로 마을 밖에서, 황량한 고원의 들판에서. 바위는 달빛에 비쳐서 하얀 해골처럼 드러났다.

계곡 밑에서는 늑대가 달을 보고 짖고 있었다. 상처는 아팠다. 상처에서는 아직도 피가 그치지 않고 흘러내렸다.

그러나 그가 운 것은 상처가 아팠기 때문이 아니라, 혼자 떨어졌기 때문이었다.

바위와 달빛과 해골의 세계 속에 홀로 추방되었기 때문이었다.

그는 절벽 끝에 앉았다. 달이 등 뒤를 비추었다.

그는 고원의 검은 그림자를 내려다보았다. 시커먼 죽음의 그림자를 내려다보는 것이었다.

한 발짝 앞으로 내딛어 뛰어내리면 그만이다……

그는 달빛 속에서 오른손을 뻗쳤다. 손목의 찢어진 상처에서는 아직도 피가 솟아나왔다. 2, 3초마다 핏방울이 떨어졌다.

죽음의 빛 속에서 그것은 시커멓기만 하고, 빛깔이 거의 없어진 피가 방울, 방울, 방울. 내일, 내일, 내일……(《맥베스》제5막 제5장. 멕베스의 말, "……내일, 내일, 내일이라는 날이 이 보잘것없는 인생 항로에 매일같이 고요히 사라져 버리고…….")

그는 시간과 죽음과 신을 발견한 것이었다.

"고독했습니다, 항상 외톨이였죠."

라고 청년은 중얼거렸다.

이러한 말은 버너드의 가슴속에 슬픈 감정을 일으켰다. 혼자뿐, 혼자뿐…….

"저도 그렇습니다."

라고 그는 말했다. 솟구쳐 오르는 확신을 가지고서.

"무서울 만큼 고독하지요."

"당신도?"

라고 존은 놀라며 되물었다.

"다른 곳에서는 설마……. 린다는 거기에서는 혼자라는 것은 결코 있을 수 없다고 말했어요."

버너드는 불쾌한 듯이 얼굴을 붉혔다.

"그건, 저……."

하고 그는 시선을 피하고 더듬거리면서 말했다.

"나는 보통 사람들과는 다르기 때문이라고 생각합니다. 만약, 누군가 우연한 기회에 다른 사람과 다르게 배양된다면……."

"그렇습니다. 바로 그거예요."

청년은 고개를 끄덕거렸다.

"남들과 다른 사람은 어쩔 수 없이 고독해집니다. 게다가 혹독한 공격을 받게 되지요. 저는 모든 사람들로부터 철저하게 배척을 당하고 있습니다.

다른 아이들이 하룻밤을 새우기 위해 산으로 갔을 때도, 자기의 신성한 동물은 무엇인지 꿈을 꾸는 그날 밤에도 나만은 함께 가는 것을 금지 당했습니다.

어떠한 비밀 한 조각조차도 나에겐 알려 주지 않았습니다. 그러나 나는 혼자서 그것을 해결했습니다."

라고 그는 덧붙여 말했다.

"5일 동안 단식을 하고 나서 어느 날 밤 혼자 저 산으로 가보았지요."

그는 손으로 가리켰다.

선심을 쓰는 체하면서 버너드는 미소를 띠어 보였다.

"그래서 당신은 무슨 꿈을 꾸었나요?"

하고 그가 물었다. 상대편은 고개를 끄덕거렸다.

"하지만 그것을 말해서는 안 되게 되어 있습니다."

그는 잠시 동안 침묵을 지켰다. 그러고는 나직하게,

"한번은 이런 일이 있었답니다."

라고 그는 말을 이었다.

"나는 아무도 하지 않는 짓을 했지요. 여름인데, 대낮에 바위에 기대서서 십자가의 예수처럼 팔을 뻗고 서 있었습니다."

"무엇 때문에 그런 짓을?"

"십자가에 못 박히는 것이 어떤 기분인가를 알고 싶었기 때문입니다. 햇빛을 받으면서 걸려 있는 것이 어떤 느낌일까 하고……."

"그러나, 왜?"

"왜냐고요? 글쎄요……."

하고 그는 주저했다.

"어쩐지 그렇게 하지 않으면 안 될 것 같은 기분이 들었기 때문이에요. 만약 예수가 그것을 참았다면, 그리고 만약 인간이 그 어떤 악을 범했다면······. 그리고 나는 불행했으니까요. 이것도 한 이유입니다."

"불행을 극복하기 위해서는 좀 우스꽝스러운 방법이군요."

하고 버너드가 말했다. 그러나 다시 생각해 본 그는 결국 그것도 의미가 있다고 판단했다. 소마를 먹는 것보다는 좋을지 모른다······.

"난 잠시 후에 정신을 잃고."

존이 말했다.

"앞으로 쓰러져 버렸습니다. 여기 상처 자국이 있죠?"

하고 그는 숱이 많은 노란 머리칼을 뒤로 넘기면서 이마를 들어 보였다. 오른쪽 관자놀이에 푸르고 주름이 잡힌 상처 자국이 있었다.

버너드는 상처를 본 후 몸을 약간 떨며 급히 시선을 돌렸다.

그의 습성훈련은 동정심을 일으키게 하기보다는 심한 역겨움을 느끼게 했다.

질병과 부상에 관한 단순한 암시만 하더라도, 그에게는 공포심뿐만이 아니라 오물과 기형과 노쇠와 마찬가지로 반감과 혐오감이 느껴졌다. 그는 재빨리 화제를 바꾸었다.

"당신이 우리들과 함께 런던에 가면 어떨까요?"

하고 그는 물었다. 이 젊은 야만인의 '아버지'는 어떤 사람임에 틀림없을 것이라는 것을 오막살이집에서 깨달았을 때부터, 혼자 은밀하게 궁리하고 있었던 책략이었다.

그는 지금 그 책략의 첫걸음을 내디뎌 보았다.

"어때요? 그러고 싶지 않나요?"

청년의 얼굴은 밝아졌다.

"그게 정말입니까?"

"물론, 허가만 얻을 수 있다면."

"린다도 함께?"

"글쎄요……"

그는 망설였다. 그 흉측한 괴물! 안 돼, 도저히 그것만은 안 된다. 하지만 만약, 만약…… 하고, 갑작스럽게 어떤 생각이 떠올랐다. 그녀의 그 흉물스러운 모습은 틀림없이 굉장한 성과를 가져오리라.

"물론이죠!"

그는 처음에 망설이던 태도를 바꾸어 무척이나 친절을 베풀어 주는 듯이 소리쳤다.

청년은 깊은 한숨을 내쉬었다.

"정말로…… 내가 일생을 두고 바라던 일이 이루어진다고 생각하니……. 당신은 미란다가 말한 것을 기억합니까?"

"미란다?"

그러나 청년에게는 이 반문이 들리지 않은 듯했다.

"오오, 멋있다!"

라고 그는 말했다. 그의 눈에는 생기가 돌며 얼굴은 상기되어 있었다.

"여기엔 정말 훌륭한 사람들이 많이 있군요! 인간은 얼마나 아름다운가!"(《템페스트》제5막 제1장. 미란다의 말, "아아, 얼마나 신기한가? 여기 정말 훌륭한 사람들이 많이 있군요! 오, 인간은 얼마나 아름다운가! 이런 사람들이 모여 사는 멋진 신세계여!")

붉은 얼굴이 더욱더 흥분되었다. 그는 레니나를 떠올리고 있었다.

젊음과 피부 영양제 덕분에 윤기가 흐르고, 적당히 살이 쪘고, 언제나 흐뭇한 미소를 띠고 있는, 짙은 초록색 인조견 옷을 입은 천사를 떠올리고 있었다.

"오오, 멋진 신세계."

하고 그는 시작했으나, 별안간 입을 다물어 버렸다.

뺨에서 핏기가 사라졌다. 마치 종이쪽지처럼 창백해졌다.

"당신은 레니나와 결혼하셨나요?"

하고 그가 물었다.

"내가 어쨌느냐고요?"

"결혼했느냐고 물었습니다. 즉, 그……. '영원히'라고 이곳 사람들은 인디언 말로 그렇게 말하죠. 그것은 결단코 깨뜨릴 수가 없습니다."

"포드님, 맙소사! 아니에요."

버너드는 웃지 않을 수가 없었다.

존도 웃지만 그는 다른 이유 때문에 웃었다.

순수한 기쁨이 느껴져서 웃었다.

"오오, 멋진 신세계."

하고 그는 되풀이했다.

"이런 사람들이 모여 사는 멋진 신세계여. 곧 출발합시다."

"가끔씩 당신은 매우 재미있는 표현을 하는군요."

하고 버너드는 놀라움과 혼란 속에 싸여서 청년을 쳐다보았다.

"그리고 어쨌든 당신은, 실제로 그 신세계를 눈으로 볼 때까진 잠자코 기다리고 있는 것이 좋지 않을까요?"

제 9 장

　이날 하루를 괴기한 현상과 공포 속에서 보낸 레니나는, 이제 완전하고도 절대적인 휴식을 누릴 수 있는 권리가 있다고 생각했다.

　휴게소로 돌아오자마자 그녀는 반 그램짜리 정제 소마를 6알이나 먹고 침대에 누웠다.

　10분 후에는 몽롱한 세계로 빠져들었다. 그녀가 다시 현실세계로 돌아오려면 적어도 18시간은 걸릴 것이다.

　한편 버너드는 그동안에 컴컴한 암흑 속에 그냥 드러누운 채로 큰 눈을 껌벅거리며 생각에 잠겨 있었다.

　그는 한밤중이 훨씬 지난 다음에야 겨우 잠이 들었다. 그러나 그의 불면증은 결코 무의미한 것이 아니었다. 그는 한 가지 계획을 세운 것이다.

　이튿날 아침 열 시가 되자 1분도 틀리지 않고, 초록색 제복을 입은 혼혈인이 헬리콥터에서 내려왔다.

버너드는 용설란 숲속에서 그를 기다리고 있었다.

"미스 크라운은 소마를 마시고 휴식을 취하는 중이다."

라고 그는 설명했다.

"5시까진 일어나지 못할 거야. 그러니까 우리에겐 7시간가량 여유가 생긴 거지."

그는 산타페까지 날아가서 필요한 일들을 끝마치고, 그녀가 깨기 전에 다시 맬페이스로 돌아올 수 있었다.

"그녀를 여기 혼자 놔둬도 괜찮을까?"

"헬리콥터와 마찬가지로 괜찮습니다."

혼혈인이 그를 안심시켰다.

그들은 헬리콥터를 타고 곧 출발했다.

10시 34분에 그들은 산타페 우체국의 옥상에 내렸다. 10시 37분에 버너드는 백악관의 세계 총재 사무국과 연락이 닿았다.

10시 39분에 그는 포드 각하의 제4비서와 이야기를 하고 있었다. 10시 44분에 그는 같은 이야기를 제1비서에게 다시 되풀이하고 있었다.

그리하여 10시 47분 30초에 이르자, 무스타파 몬드의 우렁차게 울리는 목소리를 직접 들을 수 있었다.

"제 생각으로는."

하고 버너드는 더듬거렸다.

"각하께서도 이 사건이 과학적으로 충분한 흥미를 지니고 있는 것이라고 생각하실 것 같아서……."

"그렇소. 과학적 흥미가 충분한 것이라고 생각되오."

하고 굵은 목소리가 말했다.

"그 두 사람을 당신이 런던으로 데리고 오시오."

"각하, 그렇게 하려면 특별한 허가증이 필요하지 않을까요?"

"필요한 명령은."

하고 무스타파 몬드가 말했다.

"지금 곧 보존구역장 앞으로 보내도록 하겠소. 당신이 지금 곧 보존구역장의 사무실로 가보시오. 그럼 잘 다녀오시오, 마르크스 군."

침묵이 흘렀다.

버너드는 수화기를 놓고, 옥상으로 급히 올라갔다.

"보존구역장 사무실로."

하고 그는 감마 녹색의 혼혈인에게 말했다.

10시 54분에 버너드는 구역장과 악수를 하고 있었다.

"어서 오세요, 마르크스 씨. 잘 오셨습니다."

그의 떠들썩한 목소리는 아주 공손했다.

"막 지금 특별 지령이 왔습니다……."

"알고 있습니다."

버너드가 그의 말을 가로채고 나서며 말했다.

"조금 전에 나는 포드 각하께 전화를 걸었습니다."

포드 각하와 매일 이야기를 주고받는 것처럼 대수롭지 않다는 듯이 말했다. 그는 의자에 앉았다.

"되도록 빨리 필요한 수속을 모두 준비해 주세요. 되도록 빨리." 그는 힘을 주면서 되풀이했다. 그는 어깨가 으쓱했다.

11시 3분에 그는 필요한 서류를 모두 손에 넣었다.

"그럼 안녕히."

승강기의 입구까지 마중 나온 구역장에게 그는 거만하게 말했다.

"잘 다녀오십시오."

그는 호텔로 가서 목욕을 하고 진공진동식 마사지와 전기분해식 면도를 했다. 그런 다음 아침 뉴스를 보고, 30분가량 텔레비전을 보고, 천천히 점심을 먹었다.

2시 30분이 되자 혼혈인과 맬페이스로 날아갔다.

청년은 휴게소 밖에 서 있었다.

"버너드."

하고 그가 불렀다.

"버너드!"

대답이 없었다.

사슴털 가죽으로 만든 신을 신고 있는 그는 소리를 내지 않고 계단을 올라가서 문을 밀어 보았다.

문에는 자물쇠가 걸려 있었다.

둘 다 가버렸다! 가버렸다! 이 세상에서 처음으로 느끼는 무서운 사실이었다.

그녀는 그에게 놀러 오라고 해놓고는 벌써 가버리고 말았다.

그는 계단에 그냥 주저앉아서 울었다.

30분가량 지난 후에야, 창 너머로 들여다보아야겠다고 생각했다. 처음에 눈에 띈 것은 초록색 손가방이었다.

L. C.라는 머리글자가 씌어 있었다. 기뻐서 어쩔 줄을 몰랐다. 그는 돌을 주워 들었다.

깨어진 유리가 마룻바닥에 떨어지며 소리를 냈다. 다음 순간 청년은 방 안에 들어갔다. 청년은 초록색 손가방을 펼쳤다.

그는 레니나의 향기를 가슴속 가득 들이마실 수 있었다. 심장이 심하게 뛰었다. 잠시 동안 정신이 아득했다.

정신을 가다듬고 나서 그는 그 귀중한 가방 위에 몸을 굽혀서, 손으로 건드려 보고 들어서 햇빛에 비쳐 보며 차근차근 조사해 보았다.

레니나가 여분으로 한 벌 가지고 온 인조 비로드 바지의 지퍼는, 도무지 무엇인지 알 도리가 없었다. 그러나 풀렸다. 그것이 재미있었다.

지퍼, 그리고 또 지퍼, 지퍼, 그리고 또 지퍼. 그는 정신이 없었다. 그녀의 초록색 슬리퍼는 그가 여태까지 본 중에서 최고였다.

그렇게 아름다울 수가 없었다. 그는 한 쌍의 지퍼 달린 캐미솔을 펼쳐 보고 얼굴이 붉어졌다. 그래서 재빨리 옆으로 밀쳐 버렸다.

향료를 뿌린 초산 섬유소로 만든 인조 손수건에 키스를 하고, 자기 머리에 스카프를 둘러보았다. 조그만 통을 열자, 향기가 나는 흰 분이 쏟아져 나왔다. 그의 양손은 분투성이였다.

그는 양손을 가슴과 어깨와 팔에다가 문질렀다.

멋진 향료! 그는 눈을 감았다.

흰 분이 묻은 팔을 그는 볼에다가 비볐다. 얼굴에서 느낄 수 있는 부드러운 피부의 촉감, 콧구멍으로 핥을 수 있는 그윽한 분 냄새—그녀의 현실적 체취.

"레니나!"

하고 그는 속삭였다.

"레니나!"

무슨 바스락하는 소리가 들렸다.

그는 깜짝 놀라서 뒤를 돌아보았다.

그는 훔쳤던 물건을 손가방 속에 집어넣고 뚜껑을 닫았다.

그러고는 다시 귀를 기울였다. 사방을 돌아다보았다.

아무런 소리도 들리지 않았다. 그러나 역시 무슨 소리가 들리는 것 같았다.

탄식하는 것 같은, 판자가 스치는 것 같은 소리가 들린다고 생각했다. 그는 발끝으로 문 쪽 가까이로 걸어가서, 조심스럽게 문을 열었다.

넓은 계단이 있었다. 그 계단 건너편에 문이 또 한 개 있었다. 열려 있었다. 그는 가까이 가서 살짝 밀고 안을 들여다보았다.

그곳 나지막한 침대 위에서 이불을 걷어 젖힌 채로, 복숭앗빛 원피스의 지퍼 파자마를 입고서 레니나는 잠이 들어 있었다.

굽이진 머리칼 속에 파묻힌 그 예쁜 모습, 복숭앗빛 발톱과 잠자는 얼굴의 이루 표현할 수 없는 아리따운 자태, 축 늘어진 부드러운 손과 흐물흐물 녹아내릴 듯한 다리에 떠도는 연연한 선. 그는 눈에 눈물이 글썽 고일 정도였다.

필요하지도 않은 조심을 하느라고—총소리가 난다고 해도 레니나는 예정 시간이 되기 전에는 소마의 도취에서 깨어날 염려가 없으므로—무척 애를 쓰면서, 방에 들어가서 그녀의 침대 옆 바닥 위에 무릎을 꿇었다.

그는 뚫어지게 그녀를 들여다보았다. 양손을 힘껏 움켜쥐었다. 그의 입술은 울먹거렸다.

"그녀의 눈."

하고 그는 중얼거렸다.

그녀의 눈, 그 머리칼, 그 볼, 그 자태, 그 목소리,
그대는 말한다. 오오! 그녀의 손에 비하면

그 어떤 하얀 것도 스스로의 추함을 드러내는
검은 먹물과 마찬가지이리라.
그 부드러운 손에 비하면
백조의 털도 거칠기만 하리라…….
(옮긴이 주 - 《트로일러스와 크레시다》제1막 제1장)

파리가 한 마리 그녀의 주위를 앵앵거리면서 날았다. 그는 파리를 쫓았다.

"파리란 놈!"

하고 그는 기억을 더듬었다.

파리란 놈들은, 때에 따라 아름다운 줄리엣의
이 세상에 둘도 없이 귀한
손을 잡기도 하며,
입맞춤을 죄라고 생각하며
새빨갛게 빛나고 있는 순결 무고한
그녀의 입술로부터 불멸의 축복을
훔치기도 한다.
(옮긴이 주 - 《로미오와 줄리엣》제3막 제3장)

아주 천천히, 겁쟁이라고 불릴 정도로 소심하게, 위험한 새를 어루만지는 것처럼 조심스럽게 그는 손을 뻗쳤다.

그 뻗친 손은, 그녀의 볼록한 손가락과 겨우 1인치가량 떨어진 곳에서 와들와들 떨면서 그냥 머무르고 있었다.

하마터면 건드릴 뻔했다. 건드릴 수 있었을까?

그의 천하디천한 손으로……. 안 돼.

작은 새는 너무나 위태로웠다. 그는 다시 손을 내렸다.

그녀의 아름다움! 아아, 얼마나 아름다운가!

그러다가 갑자기 그는 그녀의 목이 있는 곳에 달린 지퍼를 잡고 밑으로 쫙 당기기만 하면, 그렇게 생각했다.

그는 눈을 감고, 물속에서 나와 귀를 흔드는 개처럼 머리를 흔들었다.

상스러운 생각! 그는 자기 자신이 부끄러웠다.

순결한 처녀의 단정한 모습…….

붕 하는 소리가 들렸다. 불멸의 축복을 훔치려는 또 한 마리의 파리인가? 아니면 말벌인가? 그는 돌아다보았다.

아무것도 없었다. 소리는 점점 크게 울려왔다.

바로 창밖에서였다.

헬리콥터다! 깜짝 놀란 그는 허둥지둥 다음 방으로 달아났다.

창에서 뛰어내려 용설란으로 둘러싸인 오솔길로 재빨리 달려갔다.

바로 그때 버너드 마르크스가 헬리콥터에서 내리고 있었다.

제 10 장

부릉스베리 중앙센터에 있는 4천 개 방의 4천 개 전기 시곗바늘
은 모두 2시 27분을 가리키고 있었다.

국장이 즐겨서 말하는 '이 산업의 벌집'에서는 일하는 기계 소리
가 윙윙거리며 울렸다.

누구나 할 것 없이 한결같이 바빴으며, 모든 것이 질서 있는 환
경 속에서 한창 활동 중이었다.

현미경 아래에서, 정자는 꼬리를 맹렬히 움직이면서 먼저 난자
속에 머리를 헤치고 넣었다.

그렇게 하여 수정이 끝나면 난자는 확장되어 분열했다.

포카눕스키화[1]를 받은 것은 싹이 트고 분열하여, 수많은 태아로
성장해 갔다.

사회적 예정부실에서는 에스컬레이터가 지하로 향하여 흘러 내
려가고 있었다.

지하에서는, 진홍색의 어둠침침한 암흑, 삶는 듯한 뜨거운 열기 속에서 태아는 복막의 쿠션 위에 얹혀서 혈액보급제의 각종 호르몬을 공급받으며 점점 성장하고 있었다.

독소가 주입된 태아는 쇠약해져서, 발육이 중단된 엡실론 태아가 되어 버렸다.

가느다란 기계 소리에 따라서 케이스 속에 든 영아는, 몇 주일이든지 몇 세기든지 지각하지 못할 정도의 느린 속도로 서서히 배양실로 옮겨 가고 있었다.

배양실에서는 비로소 처음으로 병에서 밖으로 나오게 된 아기들이 공포와 환희에 찬 첫 울음소리를 내었다.

지하 2층에서는 직류 발전기가 울렸으며, 승강기는 위로 아래로 오르락내리락하고 있었다.

12층 전부를 차지하고 있는 육아실은 급식 시간이었다.

용의주도하게 분류된 1,800명의 유아들이 1,800개의 병으로부터, 일제히 저온 살균법으로 살균된 외분비액을 마시고 있었다.

그 위에는 기숙사가 10층으로 나란히 이어 있었다. 아직도 낮잠을 자야만 하는 어린 남녀 아이들이, 자기들은 의식하지 못하지만 다른 사람들과 비교해서 뒤떨어지지 않을 만큼 대단히 바빴다.

위생과 사교성과 계급의식과 유년기의 애정 생활 등에 관한 수면 교육을 무의식적으로 듣느라고 정신없이 바빴다.

그 위층에는 운동실이 있었다. 마침 비가 내리고 있었으므로 약간 나이 많은 아이들 900명이 벽돌과 진흙 장난을 하기도 하고, 지퍼 찾기도 하고, 에로틱 플레이를 하기도 하면서 놀고 있었다.

윙윙! 하고 벌집은 울리고 있었다. 분주하고 즐겁게. 시험관 요원인 여자들이 부르는 노랫소리가 즐거웠다.

예정부 부원들은 일하면서 휘파람을 불고 있었다.

배양실의 빈 병 주위에서는 쾌활한 농담 소리가 들렸다.

그러나 헨리 포스터와 함께 수정실에 나타난 국장의 얼굴은 심상치 않았으며 나무조각처럼 딱딱했다.

"여러 사람들에 대한 본보기다."

하고 그는 말했다.

"이 방이 좋겠어. 이 방은 센터의 어떤 곳보다도 상급 계층 직원들이 많이 일하고 있으니까 말야. 난 2시 30분에 여기서 그를 만나겠다고 명령을 해두었어."

"자기 일에 대해서는 충실하지 않습니까?"

하고 헨리가 속셈과는 다른 관대한 태도를 취하면서 한 마디 했다.

"알고 있어. 하지만, 그렇기 때문에 더 벌을 줄 필요가 있는 거야. 지적으로 탁월하면, 그만큼 도덕적으로도 책임감이 있어야 할 게 아냐. 사람은 재능이 많으면 많을수록, 방황하는 정도도 그만큼 더 심한 거야.

많은 사람이 타락하는 것보다는 한 개인이 고통을 받는 편이 좋지 않은가. 포스터 군, 문제를 냉철하게 생각해 보게. 그러면 자네도 비정통적인 행동보다 더 큰 죄는 없다는 것을 깨닫게 될 걸세. 살인이란 단 한 사람을 죽일 따름이고, 개인이란 하찮은 것이지."

그는 현미경과 시험관과 부화기가 나란히 서 있는 것을 한 바퀴 훑어보며 가리켰다.

"우리들은 지극히 쉽게, 새로운 개인을 얼마든지 만들고 싶은 대로 만들어 낼 수가 있다. 그러나 이단성은 단순히 개인 생명만을 위협하는 게 아냐. 다시 말하면, 사회 그 자체를 공격하는 걸세.

그렇고말고, 사회 그 자체를 말야."

하고 그는 되풀이했다.

"응, 저기 나타난 것 같군."

버너드가 방에 들어오더니, 줄지어 놓은 수정 매개물 사이를 뚫고 그들 두 사람 쪽으로 다가왔다.

그는 오히려 활발하고 자신만만했으며, 항상 그에게 따라다니던 신경질적인 모습은 보이지 않았다.

"안녕하십니까, 국장님."

하는 그의 말소리는 우스꽝스러울 만큼 쨍쨍 울렸다.

그러고는 이번에는 그 실수를 만회하려는 듯이 익살스러울 만큼 나직한 말투로,

"국장님께서 여기서 저를 만나자고 하셨다고 들었습니다."

하고 말했다.

"그렇소, 마르크스 군."

국장은 불길한 징후를 예고하듯이 말했다.

"내가 그렇게 전해 달라고 했네. 자넨 어제저녁에 휴가에서 돌아왔다지?"

"그렇습니다."

버너드가 대답했다.

"그래."

하는 국장의 '래'자 발음은 유난히 길게 뻗었다.

다음 순간 갑작스럽게 소리를 높여서,

"신사 숙녀 여러분." 하고 그는 외쳤다.

시험관 요원인 여자들의 노랫소리도, 현미경 요원의 휘파람 소리도 한꺼번에 딸깍 그쳐 버렸다.

깊은 침묵이 흘렀다. 모두 얼굴을 들었다.

"신사 숙녀 여러분."

국장은 또다시 되풀이했다.

"여러분의 일을 방해해서 미안합니다. 지금 나는 어쩔 수 없는 괴로운 의무를 수행하지 않을 수 없게 되었습니다. 사회의 보장과 안정은 일대 위기에 처해 있습니다. 글자 그대로 위기에 처해 있는 것입니다. 바로 이 사람이."

하고 그는 탄핵하는 듯이 버너드를 지적했다.

"지금 여러분의 눈앞에 서 있는 바로 이 사람이, 즉 사회가 그에게 많은 도움을 주었으며 동시에 그도 사회를 위하여 많은 공헌을 해주어야 할 이 알파 플러스급의 인간이, 바로 여러분의 동료인 이 남자가─혹은 유감스럽지만 여러분들의 옛 동료라고 불러야 될지도 모르겠습니다만─바로 이 사람이 자기에게 여러 가지로 도움을 아끼지 않았던 사회에 대한 신뢰를 무참하게 배반해 버리고 말았습니다.

다시 말하면, 스포츠와 소마에 관한 그의 이단적인 견해에 의하여, 또 그의 성생활의 상스러운 비정통성에 의하여, 우리 포드님의 교시에 따라서 근무 시간 이외에는 '모두 병 속의 유아'처럼 행동하는 것을 거부함으로써 (여기서 국장은 T자형의 사인을 그었다.) 이 사람은 자기 자신이 사회의 적이며, 일체의 질서와 안정을 문란 시키는 자이며, 문명 그 자체에 대해서도 배반한 자라는 것을 여실히 증명하고 있습니다.

그런 이유로, 나는 그의 파면을 제의하는 바입니다. 이 센터에서 그가 맡고 있는 직책에서 불명예스럽게 파면시킬 것을 제의합니다.

그리고 파면 후의 그에 대한 조치에 대해서는, 최하급의 지국으로 전임시키는 것이 적당하다고 생각합니다.

인구가 많은 곳에서는 되도록 멀리 떨어진 곳에서 그가 사회의 최선의 이익에 이바지하도록 할 필요가 있습니다.

아이슬란드라면 그의 비포드적인 행동이 다른 사람을 혼란시키고 타락시키는 기회가 적으리라는 것을 확신합니다."

국장은 잠시 동안 쉬었다. 그러고 나서 팔짱을 끼고는 버너드 쪽을 엄숙하게 돌아다보았다.

"마르크스 군."

하고 그는 말했다.

"내가 방금 자네한테 내린 판결을 거부할 만한 어떤 이유를 제시할 수 있는가?"

"네, 있습니다."

버너드는 놀랄 만큼 큰 소리로 대답했다.

국장은 약간 당황했으나 여전히 위엄을 부리면서,

"그러면 그 이유를 말해 보게."

라고 말했다.

"알겠습니다. 그러나 그것은 복도에 있습니다. 조금만 기다려 주십시오."

버너드는 부리나케 문 쪽으로 달려가서 문을 열었다.

"들어오십시오."

하고 그는 명령했다. 바로 그 이유가 들어왔다.

여기저기서 신음 소리가 울렸다. 놀라움과 공포에 뒤섞인 소리가 사방에서 일어났다. 한 여자가 비명을 질렀다.

좀더 자세히 보려고 의자 위에 올라간 사람은 정자가 가득 차 있는 시험관 2개를 넘어뜨려 버렸다.

팽팽하게 윤기가 흐르는 젊은 육체와 모습이 조금도 흐트러지지 않은 그 얼굴들 사이에, 축 늘어지고 쭈글쭈글한 피부를 지닌, 기묘하면서도 괴물 같은 무서운 느낌을 주는 중늙은이 린다가 방에 들어오고 있었다.

비틀리고 어색한 미소를 띠면서 교태를 부리며, 걸음을 떼어 놓을 때마다 육중한 허리를 음탕하게 비꼬면서 들어왔다.

버너드가 그녀의 옆으로 갔다.

"저기 계십니다."

하고 국장을 가리키며 그가 말했다.

"내가 그이를 몰라볼 줄 알아요?"

린다가 짜증스럽게 말하고는 국장 쪽을 바라보면서,

"전 물론 당신을 알겠어요, 토마킨. 당신이 어디 계시더라도, 수천 명의 군중 속에 섞여 있더라도 틀림없이 찾아낼 수 있어요. 하지만 당신은 벌써 저를 잊어버렸을지도 모르죠. 모르시겠어요? 모르세요, 토마킨? 당신의 린다예요."

그녀는 그를 쳐다보며 머리를 한쪽으로 기울이고, 미소를 띠면서 서 있었다. 그러나 그 미소는, 혐오감으로 굳어져 버린 국장의 얼굴을 대하자 점점 자신을 잃어버리기 시작하며 흔들리는가 싶더니, 이윽고 사라져 버렸다.

"절 모르시겠어요, 토마킨?"

떨리는 목소리로 그녀는 반복해서 물었다.

그녀의 두 눈에서는 근심과 고통이 넘쳐흘렀다.

부스럼투성이며 무뚝뚝한 얼굴이 괴상하게 찌푸려지면서 극도의 슬픔을 띠고 있었다.

"토마킨!"

그녀는 두 팔을 내밀었다. 누군가가 킬킬 웃기 시작했다.

"아니, 도대체 어떻게 된 거야?"

국장이 입을 뗐다.

"이런 고약한……."

"토마킨!"

모포를 질질 끌면서 그녀는 앞으로 달려 나와서, 그의 목에 양팔을 걸치고 그의 가슴에 얼굴을 파묻었다. 와아 하는 웃음소리가 터져 나왔다.

"……이 고약한 장난은."

하고 국장이 소리를 질렀다.

얼굴이 시뻘게진 그는 그녀의 포옹을 뿌리치면서 몸부림을 쳤다. 하지만 그녀는 결사적으로 매달려서 떨어지지 않았다.

"저, 전, 린다예요. 전 린다라구요."

웃는 소리에 그녀의 애원하는 소리가 묻혀 버렸다.

"당신은 나에게 어린애를 낳게 하지 않았나요?"

하며 그녀는 웃음소리를 뚫고 악을 썼다.

그러자 느닷없이 깜짝 놀랄 만큼 방 안이 조용해졌다. 모든 눈이 시선을 피할 곳을 찾고 있었다.

국장은 돌연 얼굴이 새파래지면서 뿌리치던 것을 멈춘 채, 그녀의 주먹을 그냥 움켜잡은 채로 그녀를 자세히 쏘아보았다.

와들와들 떨기 시작했다.

"그렇죠, 어린애를…… 그래서 난 어린애의 어머니가 된 거예요."

그녀는 마치 도전이라도 하려는 것처럼 이 상스러운 말을 잠잠해진 침묵 속에 털어놓았다.

그러고 나서 그로부터 몸을 빼고는, 수치스러워서 못 견디겠다는 듯이 양손으로 얼굴을 가리고 흐느껴 울기 시작했다.

"제 잘못은 아니었어요, 토마킨. 난 항상 세척을 했어요. 했다구요. 그렇잖아요? 언제든지……. 어찌 된 영문인지 모르겠어요……. 그것이 얼마나 무서운 것인지 당신이 아신다면, 토마킨……. 그러나 어린아이는 내게 위로가 되었어요."

문을 향하여,

"존!"

하고 그녀가 불렀다.

"존!"

그는 곧 들어왔다. 방 안에 들어서자 잠깐 머뭇거리고는 주위를 돌아다보았다.

가죽신의 발굽 소리를 내며 큰 걸음걸이로 방을 가로질러 와서 국장 앞에 무릎을 꿇고는,

"나의 아버지시여!"

하고 똑똑하게 입을 열었다.

이 말은 (즉, '아버지'라는 말은 타기해야 할 반도덕적인 산물이라기보다는 약간 다른 의미가 포함되어 있다. 단순히 천하고 음란하다기보다는 오히려 똥 냄새가 코를 찌르는 듯한 그런 더럽고 야비함을 뜻한다.) 이 희극적일 만큼 더러운 말은 참을 수 없는 긴장을 깨뜨렸다.

거의 발작적인 웃음소리가 언제 그칠지도 모르게 연거푸 터져나왔다. 오, '아버지라니!'더군다나 국장에게! 나의 아버지! 오오, 포드님! 오오, 포드님! 이건 정말 못 참겠습니다.

간드러진 웃음소리에 고함소리가 잇따랐다.

얼굴이란 얼굴은 모조리 으스러질 지경이었다. 눈물이 홍수처럼 쏟아졌다.

정자 시험관을 또다시 6개나 쓰러뜨려 버리고 말았다.

'아버지라니!'

국장은 새파랗게 질린 채로 눈을 깜빡거렸다.

그는 당황과 수치감에서 오는 고통에 대하여 어찌할 바를 모른 채 사방을 돌아다보았다.

아버지라니! 겨우 잠잠해지려던 웃음소리가 또다시 한결 더 요란하게 폭발했다. 그는 양손으로 귀를 막고 방을 뛰쳐나갔다.

제 11 장

수정실에서 그러한 소동이 있고 난 후부터는 런던의 상류계급 사람들은 누구나 희한한 인간을 구경하고 싶어서 야단들이었다.

인공부화 및 습성훈련 센터 국장—더 정확하게 말한다면 전 국장의, 그 이유는 그는 그 사건 직후 사임하고 두 번 다시 이 센터에 발을 들여놓지 않았으므로—앞에서 무릎을 꿇고, 그를 향하여 (사실이라고 하기에는 너무나 지나친 장난이었다!) '나의 아버지'하고 외쳤던 그 유쾌한 생물을.

그러나 린다에 대해서는 그와 반대로 아무런 관심도 가지지 않았다.

린다를 보고 싶어 하는 사람은 한 사람도 없었다.

어머니였다고 말하는 것은, 사실 장난 이상의 짓궂은 짓이었다.

음탕한 짓이었다. 더군다나 그녀는 정말 야만인도 아니었다.

병 속에서 자랐으며, 다른 사람들과 마찬가지로 습성훈련을 받았기 때문에, 아주 변태적인 관념을 가졌을 리가 없었다.

그리고 마지막으로—그리고 이것이 가련한 린다를 사람들이 만나고 싶어 하지 않는 가장 큰 이유였다—그녀의 모습 때문이었다.

젊은 티라고는 전혀 없었으며, 뚱뚱하고 벌레가 먹은 이와 부스럼투성이인 얼굴 모습은 (포드님 맙소사!) 그녀를 보기만 해도 기분이 나빠졌고, 심하면 정말 병에 걸릴 지경이었다.

그래서 최상급의 사람들은 린다를 만나 보지 않기로 결정해 버렸던 것이다. 한편 린다는 린다대로 사람들을 만나보고 싶지 않았다.

문명으로 되돌아간다는 것은, 린다에게는 소마로 되돌아가는 것을 의미했다.

침대에 누워서 잠을 자고 난 뒤에 눈을 떠도 두통과 구토증을 느끼지 않으며, 페요틀 술을 마시고 난 뒤처럼 너무나 반사회적인 짓을 저질러서 두 번 다시 고개를 들 수 없는 듯한 느낌을 가질 필요도 없이 휴식을 계속 즐길 수가 있었다.

소마에는 그와 같은 불유쾌한 기분이 따르지 않았다. 소마의 휴식은 완전무결했다.

이튿날 아침에 불쾌한 일이 있다고 하더라도, 그것은 정말로 불유쾌하기 때문에 그런 것이 아니라 휴식할 때와 휴식하지 않는 현실을 비교해 볼 때 다소 불유쾌한 것에 지나지 않았다.

그렇기 때문에 린다에게 있어 구제의 길은 단 하나, 오로지 휴식을 계속시키는 길뿐이었다.

그녀는 더욱더 많은 양의 소마를 마구 들이켜기 시작했다.

쇼 박사는 처음에는 그것을 반대했으나, 결국은 그녀가 원하는 대로 약을 주었다.

그녀는 하루에 거의 20그램 가까운 소마를 들이켰다.

"이러다간 1, 2개월 안에 끝장을 보고 말 겁니다."

라고 박사는 버너드에게 분명하게 말했다.

"언젠가는 호흡중추가 마비되어 버리고 말지요. 호흡이 멎고 맙니다. 그럼 그만입니다. 그래도 할 수 없죠. 만약 우리가 인체를 다시 젊게 할 수 있다면 이야기는 달라지지만, 그건 불가능하거든요."

모든 사람들이 놀란 것은 (왜냐하면 소마 휴식을 취할 때 린다는 아주 편리하게도 다른 사람들에게 골치 아프게 구는 일이 없었으니까) 존이 반대를 하고 나선 것이었다.

"그녀에게 소마를 너무 많이 주어서, 생명이 단축되는 것은 아닐까요?"

"어떤 점에선 그렇기도 합니다."

하고 쇼 박사는 그것을 인정했다.

"하지만 달리 생각해 보면 우리가 그녀의 생명을 연장시켜 주고 있다고도 말할 수 있습니다."

청년은 도저히 납득할 수 없었으므로, 물끄러미 박사의 얼굴만 쳐다보았다.

"소마는 시간을 몇 년쯤 잃어버리게 할는지도 모릅니다."

라고 의사가 말을 이었다.

"하지만 소마의 효력이 주는 초시간적인 그 멋진 세계가 측정할 수도 없을 정도로 계속된다고 생각해 보십시오. 1회의 소마의 휴식은 우리 선조들이 영원이라고 말하던 바로 그 한 조각을 가리키는 것입니다."

존은 알 듯하기도 했다.

"영원은 우리들의 입술과 눈동자 속에 깃들이고 있나니."

(옮긴이 주 -《앤서니와 클레오파트라》제1막 제3장)

라고 그는 중얼거렸다.

"뭐라고요?"

"아무것도 아닙니다."

"물론." 하고 쇼 박사는 계속했다.

"만약, 해야 할 어떤 중요한 일이 있을 경우에는 영원 같은 것에 머리를 틀어박고 정신을 팔수는 없는 일이죠. 그러나 그녀에게는 중요한 일이라고는 아무것도 없으니까……."

"그러나 역시." 하고 존은 고집을 세웠다. "저는 그것이 옳다고는 볼 수 없습니다."

의사는 어깨를 으쓱했다. "글쎄요, 그녀가 미치광이처럼 울부짖고 야단을 치는 것을 좋다고 한다면 문제는 다르겠지만……."

결국 존은 의사의 의견에 따르지 않을 수가 없었다. 따라서 린다는 소마를 받을 수가 있었다.

그 이후 줄곧, 린다는 버너드의 아파트가 있는 38층의 작은 방에 틀어박혀 있었다.

침대에 누워서, 라디오와 텔레비전은 항상 그대로 켜둔 채로, 패트리 향수 마개를 그냥 열어서 한 방울 한 방울씩 떨어지게 놓아둔 채로, 손이 닿는 곳에 소마의 정제를 준비해 놓은 채로 문을 닫고 꼼짝도 하지 않고 있었다.

그러나 그녀는 그 방 속에 그냥 처박혀 있는 것이 아니었다. 무한하게 먼 휴식의 길을 떠나고 있었던 것이다.

어딘지 이 세상이 아닌 곳에서 휴식을 즐기고 있었다. 그곳은 라디오의 음악이 울려오는 색채의 미궁이었다.

'그 아름답고 필연적인 날개를 타고서' 절대적인 신념이 빛나는 중심지로 이끌고 가는, 그냥 미끄러져서 흘러가는 약동하는 미궁이었다.

그곳에서는, 텔레비전의 춤추는 영상들이 형용할 수 없을 만큼 달콤한 노랫소리와 촉감영화의 연기까지 연출했다. 그곳에서는, 한 방울씩 떨어지는 향료는 향기 이상의 그 무엇이었다―태양이기도 했으며, 백만 개의 색소폰이었으며, 섹스를 하던 포페였으며, 아니 그 이상이었으며, 무궁무진한 것, 비교할 수 없는 그런 것이었다.

"그렇습니다. 우리는 다시 젊어질 수는 없어요. 그러나 나는 대단히 기쁘답니다."

라고 쇼 박사는 말끝을 맺었다.

"이 기회에 인체의 노쇠 과정을 관찰할 수 있었으니까요. 이렇게 자주 초대해 주셔서 정말 감사합니다."

그는 다정하게 버너드와 악수했다.

사람들이 원하는 것은 존이었다.

그리고 존을 만나려면 그의 공인된 보호자인 버너드를 통해야 했다.

이제 버너드야말로 생전 처음으로 정상적인 인간으로서 대우를 받게 되었을 뿐 아니라, 특별히 중요성을 띠고 있는 인물로 대우를 받게 되었다.

그의 혈액보급제 속에 알코올이 섞여 있다는 소문도 자취를 감추어 버렸다. 그의 체격을 비웃던 사람들도 그림자를 감추어 버렸다.

헨리 포스터가 은근히 친해 보려고 접근해 왔다. 베니토 후버는 그에게 성호르몬 추잉껌을 6상자나 선물로 보내왔다.

예정부 조감독이 찾아와서, 버너드가 마련한 파티에 꼭 한 번만 초대해 달라고 비굴할 만큼 애원했다.

초대의 가능성에 대하여 조금만 눈치를 비치기만 해도 버너드는 얼마든지 마음에 드는 대로 여자를 고를 수 있었다.

"버너드가 내게 다음 주 수요일에 그 야만인을 만나게 해주겠다고 했어."

하고 패니는 자랑삼아 외쳤다.

"정말 잘됐어."

하고 레니나가 맞장구를 쳤다.

"버너드에 대해 여태까지 편견을 가지고 있었던 것을 이젠 너도 인정하겠지? 그는 정말 훌륭한 사람이야."

패니도 고개를 끄덕거렸다.

"그래, 사실은 말야."

하고 그녀는 말했다.

"그에게 정말 놀랐어."

병 처리부 부장, 사회적 예정부 주임, 사정부 조수 대리 3명, 감정공학 전문학교의 촉감영화 교수, 웨스트민스터 찬미합창단 원장, 포카놉스키 부감독—버너드의 저명인사 리스트에는 끝도 없이 유명 인사들의 이름이 나열되었다.

"난, 이번 일주일 동안 여자를 여섯이나 가졌어."

하고 그는 헤름홀츠 왓슨에게 털어놓았다.

"월요일에 한 명, 화요일에 두 명, 금요일에 또 두 명, 토요일에 한 명. 만약 내게 시간적 여유와, 하고 싶다는 생각만 있었다면 적어도 한 다스 이상의 여자를 가졌을 거야. 모두 내 마음에 드는 여자들로……."

그의 자랑스러운 자기선전을 멀거니 듣고만 있는 헤름홀츠의 태도가 너무나 우울해 보였으며, 또 인정하는 눈치가 아니었기 때문에 버너드는 약간 화가 치밀었다.

"자네도 부럽지?"

하고 그가 물었다.

헤름홀츠는 머리를 저었다.

"난 어쩐지 자네가 가엾어. 그것뿐이야."

라고 그가 말했다.

버너드는 화가 나서 밖으로 나가 버렸다.

이젠 절대로, 두 번 다시 헤름홀츠와는 말도 하지 않겠다고 자기 자신에게 다짐했다.

며칠이 지났다. 성공은 버너드의 머리를 핑핑 돌게 했다. 그러자 점점 그는 (성공하는 사람들 대부분이 그렇듯이) 자기가 지금까지 불만을 갖고 있던 세계와 완전히 조화를 이루어 타협하기 시작했다.

세계가 자기를 중시하는 듯하자, 그의 눈에는 모든 사물의 질서가 잘 잡혀 있는 것 같았다. 그러나 성공으로 인해 이 세상과 손발이 잘 맞고는 있지만, 그는 그러한 질서를 비판하는 특권을 포기하려고 하지는 않았다.

비판하는 행위는 자기의 중요성을 더욱 부각시켜 주었으며, 또 그로 하여금 더욱더 크게 발전한 것처럼 느끼게 해주었기 때문이다. 그리고 또 이 세상에는 비판을 받아야 할 그 어떤 사물이 존재한다는 것을, 그는 마음속으로 굳게 믿고 있었다. (그와 동시에 성공한 인간이 되어 마음에 드는 모든 여성을 마음대로 가질 수 있다는 것을 그는 진정으로 기뻐하고 좋아했다.)

야만인 때문에 자기에게 아첨을 하는 무리들에 대해서 그는 고의적으로 이단적인 태도를 보여 주었다.

사람들은 조용히 그의 이야기에 귀를 기울였다. 그러나 돌아서 서는 머리를 절레절레 저었다.

"저 사람이 저렇게 타락해서는 안 될 텐데."

하고 모두들 말했다. 적당한 때만 오면 그가 좋지 않은 곤경에 빠질 거라고, 사람들은 더욱더 확신을 가지고 예언을 했다.

"그를 구해 줄 수 있는 두 번째 야만인을 발견하긴 힘들 텐데."

라고들 말했다. 그러나 아무튼 지금은 그를 구해 주고 있는 첫 번째 야만인이 있었다. 그렇기 때문에 사람들은 한결같이 그를 정중하게 대했다.

그러나 마르크스는 자기가 정말로 훌륭해서 사람들이 그런다고 느끼고 있었다. 그는 의기양양하게 들뜬 마음이어서 몸도 개운하고 가벼웠다. 공기보다도 가벼웠다.

"공기보다도 더 가벼운 느낌이라구요."

버너드가 위쪽을 가리키면서 말했다.

그들의 머리 위에는 하늘 높이 아득하게 떠 있는 진주처럼 기상대의 계측 기구가 햇빛을 받아서 장밋빛으로 빛나고 있었다.

"야만인에게 문명 세계 전체의 모습을 구경시킬 것……."

이것이 버너드에게 내려진 지령이었다.

야만인은 현재의 문명 조감도를, 체어링 T 타워의 플랫폼 위에서 내려다보는 조감도를 구경하고 있는 중이었다.

역장과 주재하고 있는 기상 요원이 안내를 맡아 보고 있었다. 그러나 대부분의 설명은 버너드가 하고 있었다.

열중한 나머지, 그는 마치 자기 자신이 시찰하고 있는 세계 총재라도 되는 것처럼 거들먹거리고 있었다. 공기보다도 가볍게.

봄베이행 청색 로켓이 하늘에서 내려왔다. 승객들이 내렸다.

카키색 옷을 입은, 똑같은 8명의 드라뷔디족 쌍둥이들이 캐빈에 뚫린 8개의 창문으로 밖을 내다보고 있었다. 급사들이었다.

"시속 1,250km입니다."

하고 역장이 으쓱해 하며 말했다.

"어때요, 미스터 야만인?"

존은 대단히 훌륭하다고 생각했다.

"그러나." 하고 그는 말했다.

"에어리얼은 40분 동안에 지구를 한 바퀴 돌아요."

"이 야만인은." 하고 버너드는 무스타파 몬드에게 제출한 보고서에다 쓰고 있었다.

"각종 문명의 발전에 대하여, 의외로 놀라움과 경이감을 거의 보이지 않는 것 같습니다. 이러한 사실은 의심할 여지도 없이, 그는 이미 이러한 문명에 관하여 린다라고 부르는 여인, 즉 그의 ××× 로부터 듣고서 알고 있었기 때문입니다."

무스타파 몬드는 얼굴을 찌푸렸다.

"바보 같으니라고. 이 말(어머니)을 완전히 쓰면 내가 읽을 수도 없을 만큼 바위가 약한 줄 아나?"

"그리고 또 한 가지의 원인은, 그가 말하는 소위 '영혼'이란 것에 관해서만 그의 관심이 집중되어 있기 때문이라고 생각합니다. 이 '영혼'이라는 것은 물질적인 환경과는 완전히 독립된 존재라고 그는 주장합니다. 그렇기 때문에, 나는 그것을……."

총재는 그다음에 씌어 있는 문장을 넘겨 버리고 좀더 흥미 있는 구체적인 부분이 없나 하고 다음 페이지를 펼쳤다. 그러자 전혀 뜻밖의 문장이 눈에 띄었다.

"……그렇긴 해도 문명화된 어린아이 같은 삶은 야만인의 표현대로 너무 쉽고 편하다거나 그 대가를 충분히 치르지 않는다는 점에서 저도 공감을 느낍니다."

그는 계속 읽었다.

"또한 이 기회를 이용하여 각하의 주의를 환기시키고자 하는 것은……."

무스타파 몬드는 너무나 화가 난 나머지 어처구니가 없었다.

그에게 사회 질서에 관해 진심으로 설교를 하려 한다는 것은 너무나 괴상한 짓이었다. 이 녀석은 아마 머리가 돌았는지도 모른다.

"이 녀석에 대해선 조심해야겠군."

하고 총재는 혼자 중얼거렸다. 그리고 나서 머리를 뒤로 젖히면서 큰 소리로 껄껄 웃었다.

어쨌든 지금 당장 문제가 되는 것은 아니었다.

헬리콥터의 조명 장치를 만드는 작은 공장은 전기 설비 회사의 지사였다. 그들은 공장의 옥상에서 (총재가 쓴 회람소개장은 마술 같은 효과를 지녔다.) 기술 주임과 인사 주임의 환영을 받았다. 그들은 공장 안으로 내려왔다.

"작업의 과정은." 하고 인사 주임이 설명했다. "되도록 포카놉스키 집단에 의해 이루어지고 있습니다."

거의 코가 뭉그러지고 없는 83명의 짧은 머리의 검은 델타가 냉각 압연 작업을 하고 있었다.

4개의 스핀이 달린 기계 5, 6대가 덜컹덜컹하고 돌아가고, 56명의 허리가 굽고 조심성이 많은 감마들이 기계를 운전하고 있었다.

주물 공장에서는 열에 대해 습성훈련을 받은 세네갈종의 엡실론 107명이 일을 하고 있었다.

머리가 길쭉하고 골반이 좁고 얼굴이 황토색이며, 모두 169cm보다는 20mm가량 모자라는 키를 가진 33명의 델타 여성들이 나사못을 끊고 있었다.

조립실에서는 두 줄의 감마 플러스의 난쟁이들이 발동기를 조립하고 있었다. 낮은 작업 책상 두 줄이 서로 마주보고 나란히 있으며, 책상 사이에는 부품을 적재한 컨베이어가 움직이고 있었다.

47개의 금발인 머리가 47개의 갈색 머리와 서로 맞대고 있었다. 47개의 매부리코가 47개의 갈고리 코와, 47개의 움푹 들어간 턱이 47개의 툭 튀어나온 턱과 맞대고 있었다.

조립이 끝나자 18명의 감마 초록빛 옷을 입은 일률적인 모양의 갈색 곱슬머리 여자들이 검사를 하고, 34명의 다리가 짧고 왼쪽 팔을 쓰는 델타 마이너스 남자들이 상자에 넣어서, 63명의 새파란 눈과 주근깨투성이의 얼굴을 가진 반백치 엡실론이 대기하고 있는 트럭에 실었다.

"오오, 멋진 신세계……."

그 어떤 기억의 장난인지 야만인은 자기 자신도 모르게 미란다의 말을 되풀이하고 있었다.

"이러한 사람들이 모여 사는, 오오, 멋진 신세계여."

"정말입니다."

하고 인사 주임이 공장에서 나오면서 말끝을 맺었다.

"여기서는 노동자들 사이에 아무런 문제도 일어나지 않습니다. 우리들은……."

그러나 야만인은 별안간 함께 걷고 있던 무리들 속에서 빠져나와, 로렐 숲이 우거져 있는 그늘에서 심한 구토를 하기 시작했다. 마치 대지가 수직 기류에 빠진 어지러운 헬리콥터인 것처럼.

"야만인은." 하고 버너드는 썼다.

"소마의 복용을 거절했습니다. 뿐만 아니라, 그 린다라는 여인, 즉 그의 ×××가 휴식을 계속 취하고 있었으므로 대단히 슬퍼하고 있는 것처럼 보입니다. 주의해야 할 것은 그의 ×××의 노쇠와 극도로 불쾌감을 주는 모습에도 불구하고, 야만인은 그녀에게 자주 가며, 그녀에 대해 대단한 애정을 가진 것 같습니다.

이 사실은, 유년기의 습성훈련에 따라서 인간은 자연적 충동(이 경우에는 불쾌한 대상을 피하려고 하는 충동입니다.)과는 반대되는 방향으로 기울어질 수 있다는 흥미 있는 실례입니다."

이튿에서 그들은 상급학교의 옥상에 내렸다.

학교 건너편에서는 53층의 럽튼 탑이 햇빛을 정면으로 받으면서 반짝이고 있었다.

그 왼쪽에 대학이 있었으며, 오른쪽에는 학교 공동합창당과 철근 콘크리트와 투명 유리(자외선과 화학선을 뚫는)로 만든 장엄한 고층 건물이 우뚝 솟아 있었다. 정원 중앙에는 유달리 고풍스러운 포드님의 크롬 동상이 서 있었다.

학장인 개프네 박사와 수석교사인 키트 양이 비행기에서 내리는 그들을 환영했다.

"여기에도 쌍둥이들이 많은가요?"

그들이 막 시찰을 시작했을 때 야만인은 제법 아는 체하며 물었다.

"없습니다."

학장이 대답했다.

"우리 이튼학교에서는 상층계급의 남녀 학생들만 받아들입니다. 난자 1개에 성인 한 사람입니다. 물론, 그러면 교육이 훨씬 어려워집니다. 상층계급은 많은 책임이 있기 때문에 교육이 중요합니다."

그는 한숨을 지었다.

그동안 버너드는 키트가 무척 마음에 들었다.

"월요일이나 수요일, 또는 금요일 밤에 시간이 있으시겠습니까?"

라고 그는 말을 건넸다. 그는 야만인을 가리키면서,

"저 친구는 무척 재미있거든요."

라고 덧붙였다.

"색다른 데가 있습니다."

키트는 미소를 띠고 (그녀의 미소는 정말로 매혹적이었다.)

"고맙습니다. 파티에 꼭 참석하겠습니다."

라고 말했다. 학장이 문을 열었다.

알파 더블 플러스들이 있는 교실에서 5분간 시찰하는 동안, 존은 약간 당황했다.

"기초상대성 이론이 뭐지?"

하고 그는 버너드에게 귓속말로 물었다.

버너드는 상대성에 대해 설명을 하려다, 다른 교실로 가보는 것이 더 좋지 않을까 싶어서 그렇게 말했다.

베타 마이너스 지리 교실로 가는 도중 복도에서, 문 저쪽에서 들려오는 소프라노 소리에 귀를 기울였다.

"1, 2, 3, 4."

그러고는 피곤한 듯한 목소리로 말했다.

"그냥 계속."

"맬더스식 훈련입니다."

라고 수석교사가 설명했다.

"여학생들은 대부분 불임입니다. 저 자신도 그렇지요."

그녀는 버너드를 보고 미소를 띠었다.

"그러나 일정한 맬더스식 훈련이 필요한 불임이 아닌 학생이 아직도 800명가량 있기 때문에……."

베타 마이너스 지리 교실에서 존은,

"야만인 보존구역이란 기후와 지리적 조건이 나쁘거나, 천연자원이 부족하기 때문에, 비용을 들여서 문명화시킬 만한 가치가 없는 곳을 말합니다."

라는 것을 배웠다. 찰카닥하고 방이 캄캄해졌다.

그러자 곧이어서, 선생이 서 있는 머리 위에 있는 스크린에 아코마의 수도사들이 나타났다.

이들은 마리아 앞에 몸을 굽히고 쓰러져서, 언젠가 존이 들었던 바와 같이 통곡을 하면서 십자가 위에 못 박힌 예수 앞에서, 그리고 푸콩의 독수리 앞에서 자기의 죄를 고백하고 있었다.

학생들의 웃음소리가 터져 나왔다.

참회자들은 대성통곡을 하면서, 몸을 일으켜 윗옷을 벗고는 매듭이 있는 채찍을 올려 자기의 몸을 모질게 내리치기 시작했다.

학생들의 웃는 소리가 더욱더 왁자지껄해지자 스크린에 비친 참회자들의 신음 소리는 전혀 들리지 않았다.

"왜 저렇게 웃고 야단인가요?"

고통스러운 혼란을 느끼면서 야만인이 물었다.

"왜냐고요?"

학장은 얼굴을 찡그리면서 그를 되돌아보았다.

"왜냐고요? 하도 우스워서 참을 수가 없기 때문이죠."

영화를 상영하는 어두컴컴한 틈을 타서 버너드는 전 같으면 캄캄한 암흑 속에서도 감히 생각조차 못 했던 행동을 하기 시작했다.

자기의 중요성에 대해 자신을 갖게 된 그는, 수석교사의 허리를 슬그머니 끌어안아 보았다. 버들가지처럼 허리가 감겨들었다.

그는 한두 번 키스를 몰래 해주고는 슬쩍 꼬집어 줄까 하는 참에 들창문이 소리를 내며 휙 열렸다.

"그럼 계속 가볼까요?"

하고 키트가 앞장을 서서 문 쪽으로 걷기 시작했다.

"여기가 수면교육 통제실입니다."

학장이 잠시 후에 말했다.

수백 개나 되는 기숙사 방마다 선반 위에 종합음악 상자가 나란히 놓여 있었다. 그리고 한쪽 선반 위에는, 비둘기 집과 같은 구멍 속에 여러 가지 수면교육용 녹음테이프를 말아 놓은 것이 들어 있었다.

"이 두루마리 필름을 여기에 집어넣어서."

하고 버너드가 개프네 박사를 가로채고 나서서 설명을 했다.

"이 스위치를 누르면."

"아닙니다, 저쪽입니다."

하고 학장은 치밀어 오르는 것을 참으며 지적했다.

"그럼, 저쪽을 누르면 두루마리가 풀어지면서, 세레늄의 작은 구멍이 광선의 자극을 받아서 음파로 변하는 것입니다. 그렇게 되면……."

"소리가 들리게 되지요."

라고 박사가 결론을 맺었다.

"셰익스피어 같은 것도 읽습니까?"

야만인이 도서관을 지나서 생물화학 실험실로 가는 도중에 물었다.

"전혀 읽지 않습니다."

라고 수석교사는 얼굴이 홍당무가 되며 말했다.

"우리 학교의 도서관에는."

하고 개프네 박사가 말했다.

"참고도서들만 준비되어 있습니다. 기분 전환이 필요할 때, 학생들은 촉감영화관에 가면 충분하니까요. 우리들은 고독하게 혼자 즐기려는 오락은 절대로 장려하지 않습니다."

노래를 부르기도 하고, 혹은 서로 끌어안은 채로 말이 없는 남녀 아이들을 태운 5대의 버스가 유리식으로 포장을 한 도로 위를 달려갔다.

"시체 소각장에 갔다가 지금 돌아오는 길입니다."

라고 개프네 박사가 설명했다.

그동안 한편에서는 버너드가 수석교사의 귀에다 소곤거리면서, 오늘 밤 만나자고 약속을 하고 있었다.

"죽음에 대한 습성훈련은 생후 18개월부터 시작됩니다. 아이들은 모두 매주 이틀 동안, 오전에는 죽어가는 사람들이 있는 병원에서 보내기로 되어 있습니다. 병원에는 최상급의 장난감을 비치해 두었을 뿐만 아니라, 사망일이 되면 아이들은 초콜릿을 받습니다. 어린아이들은 죽음이라는 것을 일상사처럼 받아들이게 되지요."

"죽음 이외의 다른 생물학적 과정이 모두 다 그렇다시피."

하고 수석교사가 전문가의 입장에서 한 마디 했다.

8시에 사보이에서. 모든 일이 원하는 대로 되어갔다.

런던으로 돌아오는 도중에, 그들은 푸덴트포드에 있는 텔레비전 협동공장에 들렀다.

"전화를 걸고 올 테니까, 여기서 기다려."

버너드가 부탁했다.

야만인은 기다리면서 주위를 둘러보았다.

마침 제1교대 작업이 막 끝난 참이었다. 모노레일 기차 앞에 하층계급 노동자들이 몰려들었다. 감마, 델타, 엡실론의 남녀가 7, 8백명, 그들의 얼굴과 모습은 열 종류도 되지 않았다. 그들이 차표를 내밀자 계찰원이 두꺼운 종이 통에 든 약봉지를 꺼내 주었다.

긴 벌레 떼처럼 줄이 앞으로 앞으로 움직이며 나아갔다.

"저 속엔 무엇이 들어 있지?"(《베니스의 상인》을 떠올리면서) "저 상자 속엔?"

하고 야만인은 버너드가 돌아오자 물었다.

"오늘 먹을 소마의 정량이 들어 있어."

버너드는 베니토 후버가 준 추잉껌을 씹고 있었으므로, 우물우물하면서 말했다.

"일을 마치면 받기로 되어 있거든. 반 그램의 정제 4개씩, 토요일만은 특별히 6개씩 주지."

그는 다정하게 존의 팔을 잡고서 헬리콥터 쪽으로 걸어갔다.

레니나는 노래를 부르면서 옷 갈아입는 방으로 뛰어 들어왔다.

"아주 기분이 좋아 보이는데."

패니가 말했다.

"암, 그렇고말고."

레니나가 대답했다. 지퍼가 지익!

"30분 전에 버너드한테서 전화가 왔어."

지익, 지익! 그녀는 속옷을 벗었다.

"갑자기 일이 생겼대."

지익!

"오늘 저녁에 나보고 야만인을 데리고 촉감영화를 구경시켜 줄 수 없느냐고 부탁하잖아. 그래서 얼른 나가 봐야 해."

그녀는 총총걸음으로 목욕탕 속으로 갔다.

"저앤 운도 좋아."

레니나의 뒷모습을 보면서 패니가 한숨을 지었다.

그것은 시기심에서 나온 말이 아니었다. 착한 패니가 그저 사실대로 말했을 뿐이었다.

레니나는 운이 좋았다. 야만인이 가져다준 놀라운 명성을 버너드와 함께 충분히 누릴 수 있을 만큼 운이 틔었다.

얼마 전까지만 해도 평범한 존재였지만 하루아침에 화려한 영광을 받게 되었으니 행운이 아닐 수가 없다.

YWFA(포드여자 청년회) 간사가 그녀에게 체험담의 강연을 의뢰할 만큼 유명해지지 않았는가? 또한 아프로디테움 클럽의 연례 만찬회에 초대를 받지 않았던가?

뿐만 아니라 그녀는 이미 촉감영화 뉴스에도 나왔다. 온 세상의 수백만 명의 사람들이 듣고 느낄 수 있는 바로 그 뉴스에.

저명한 인사들이 그녀를 주목하게 된 것도, 그에 못지않게 유쾌한 일이었다.

세계 총재의 제2비서관은 그녀를 만찬과 아침 식사에 초대해 주었다. 그녀는 한 번은 포드 재판장과, 또 한 번은 캔터베리 찬미합창단 원장과 함께 주말을 보내게 되었다.

내외분비물 회사의 사장은 끈질기게 전화를 걸어왔으며, 유럽 은행의 부총재와 도빌에 놀러 갔다가 오기도 했다.

"물론, 그것도 신나기는 해. 그러나 어쩐지."

하고 그녀는 패니에게 고백했다.

"거짓말 구실을 붙여서, 어떤 것을 얻고 있는 것 같은 느낌이 들어. 왜냐하면, 모두 한결같이 가장 먼저 알고 싶어 하는 것은 야만인과 섹스를 할 때 어떤 느낌이 드느냐는 거야. 그건 내가 알 게 뭐야. 모른다고 말할 수밖에."

그녀는 머리를 절레절레 저었다.

"물론 그렇게 말해도, 사람들은 대부분 내 말을 곧이들으려고 하지 않아. 그러나 그건 정말이야. 나도 제발 그것이 정말이 아니었으면 좋겠지만."

그녀는 슬픈 한숨을 지으며 말했다.

"그 사람 아주 멋지지 않니?"

"그도 널 좋아하지 않니?"

패니가 물었다.

"좋아하는 것 같기도 하고 그렇지 않은 것 같기도 하고 그래. 그는 항상 나를 피하려 해. 내가 방에 들어서면 서둘러 나가 버리거든. 나를 만져 보려고도 하지 않고, 내 얼굴을 보려고도 하지 않아. 그러나 가끔씩 내가 우연히 뒤돌아볼 때면, 그가 나를 뚫어지게 보고 있는 거야. 그러고선…… 패니, 널 좋아하는 남자의 시선을 알겠지?"

"그럼, 알고말고."

패니는 알고 있었다.

"도무지 뭐가 뭔지 모르겠어."

레니나가 말했다.

그녀는 정말로 알 수 없었다. 그래서 왠지 쓸쓸하고 고민 속에 빠지게 되었다.

"이러는 것도 말야, 패니, 내가 그를 좋아하기 때문이야."

그가 점점 좋아졌다. 이번이야말로 다시없는 기회라고 그녀는 생각했다. 목욕탕에서 나와 향수를 바르면서, 그녀는 기쁜 나머지 저절로 노래가 새어 나왔다.

마취될 때까지 껴안아 줘요, 사랑하는 그대여.
정신을 잃을 때까지 키스해 줘요.
껴안아 줘요, 사랑하는 그대여,
사랑은 소마처럼 멋진 것.

후각 오르간이 기분 좋은 향초들의 음악을 연주하고 있었다―백리향 라벤더, 로즈메리, 고추나물, 물쑥 등등이 연이은 아페치오. 향료풀들을 거쳐 상쾌한 용연향^{龍涎香}을 연주했다.

그리고 또 백단향과 녹나무, 삼나무를 거쳐, 마지막에는 방금 베어 낸 건초 향기가 되었다. (이따금씩 신장^{腎臟} 푸딩의 냄새가 한 번씩 풍기기도 하고, 돼지 똥 냄새 같은 것이 아주 희박하게 부조화음의 미묘한 터치를 섞어 가면서.) 곡이 시작되었던 소박한 향기로 서서히 돌아갔다.

백리향의 마지막 냄새가 한 번 스쳐 지나가자 박수가 울렸으며, 동시에 불이 켜졌다. 종합음악 기계 속에서 녹음 두루마리가 풀리기 시작했다.

슈퍼바이올린과 슈퍼첼로와 대용 오보에의 트리오가 시작되어 그 흐뭇하고 웅장한 소리가 울렸다.

서른이나 마흔 소절 후에 이런 기악 연주를 배경으로 삼아서 인간의 목소리보다 우렁찬 소리가 노래를 부르기 시작했다.

그것은 목소리에서 나오는 것 같기도 했고, 머리끝에서 나오는 것 같기도 했으며, 플루트와 같은 소리가 되기도 하고 애조를 띤 화음이 되기도 했다.

그 육성보다도 훨씬 나은 육성은 가스파드 폴스터가 낸 가장 낮은 음부터 루크레치아 아주가리가, 지금까지의 가수 중에 단 한 사람(1770년에 파르마의 국립 오페라에서 모차르트를 놀라게 했던), 단 한 번 발성한 적이 있는 가장 높은 C음 이상의 최고 높이까지 올라갔다.

레니나와 야만인은 공기식으로 된 좌석에 깊숙이 파묻혀서, 냄새를 맡기도 하고 듣기도 했다. 이번에는 눈과 피부로 맞이할 차례가 왔다.

조명이 꺼졌다. 암흑 속에서 불과 같은 문자가 입체적으로 나타났다.

'헬리콥터에서의 3주일. 완전 초음향, 종합 발성, 천연색, 입체 시각 촉감영화. 후각 오르간의 동시 반주.'

"의자 가장자리에 있는 금속 손잡이를 잡으세요."

하고 레니나가 나직이 말했다.

"그렇지 않으면 촉감 효과를 느낄 수 없어요."

야만인은 시키는 대로 했다.

그동안에 불로 새긴 글자는 벌써 사라졌다.

10초 동안의 완전한 암흑. 그러자 갑자기 현혹적이며 실제의 모습과 비교도 안 될 만큼 입체적인, 현실 그 자체보다도 한결 현실적인, 거대한 흑인 사내와 짧은 금발의 젊은 베타 플러스의 여성이 팔짱을 끼고 있는 실체적인 영상이 나타났다.

야만인은 깜짝 놀라고 말았다. 그의 입술 위에 느껴지는 그 감각! 그는 입에다 손을 얹어 보았다. 그러자 부르르 떨리는 것 같은 감각이 멎었다.

손삽이 위에 손을 얹자, 다시 감각이 일어났다.

한편 후각 오르간은 순수한 사향 냄새를 일으키고 있었다. 숨이 막힐 듯한 녹음식의 슈퍼비둘기가 '구구, 구구'하고 울렸다.

그러자 매초마다 겨우 32의 진동으로 아프리카인의 저음보다도 더 낮은 저음의 대답이 들렸다.

'아아, 우우''우우, 우아, 아아!' 입체 시각 입술이 다시 맞닿았다.

그러자 알함브라 인에 있는 6천 명 관객의 안면 성감대에 다시 한번 참을 수 없을 만큼의 전기 자극적 쾌감을 일으켰다. '우우……'

영화의 줄거리는 아주 간단했다.

최초의 '우우'와 '아아'의(이것은 평판이 자자한 곰 털가죽 위에서 펼치는 이중창과 즐거운 러브신으로, 예정부 조감독이 이야기하듯이 털 하나하나를 느낄 수 있는 것이었다.) 저음이 난 다음, 곧이어서 흑인 사내가 헬리콥터 사고를 일으켜 공중에서 추락하는 것이었다.

쾅! 정수리의 놀라운 격동! 청중 속에서 신음 소리의 합창이 일어났다.

추락의 충격으로 인해 흑인의 습성훈련은 아주 엉망진창이 되어 버렸다. 그는 베타의 금발 여성에게 배타적이면서도 미치광이와 같은 정욕을 느끼기 시작했다.

여자가 반항했다. 사내는 짓궂게 달라붙었다.

그러자 드디어 싸움이 일어나고 추격하고 습격하고, 결국엔 선정적인 납치를 하게 된다.

금발의 베타는 강제로 하늘로 이끌려 가게 되며, 거기서 3주일 동안이나 검은 미치광이와 놀라울 만한 비사회적인 관계를 가진다.

이윽고 여러 가지 모험과 곡예사적인 비행을 하여 3명의 젊고 아름다운 알파가 그녀를 구출하는 데 성공한다.

흑인은 잡혀서 성인 재습성 훈련국으로 끌려가고, 금발의 베타 여성은 3명의 구조자의 애인이 되어 필름은 즐겁게 끝을 맺는다.

마지막에 이르러서 잠시 동안 그들은 슈퍼오케스트라와 후각 오르간에서 나오는 치자 향기의 반주로 종합 4중창을 불렀다.

그리고 곰 가죽이 마지막으로 다시 나타나서 색소폰의 신음 소리 속에서 최후의 실체적 입맞춤이 암흑 속으로 사라지고, 최후의 전기 진동이 서서히 미약해져서, 이윽고 고요히 정지되며 죽어 가는 모기 소리처럼 사람들의 입술 위에서 사라졌다.

그러나 레니나에게는 그 모기가 완전히 죽어 버리지 않았다. 조명이 켜지고, 사람들 틈에 휩쓸려서 승강기 쪽으로 향하고 있을 동안에도, 그녀의 입술 위에서는 모기의 유령이 여전히 바르르 떨고 있었다.

그녀의 피부에는 한편 걱정스러운 기분을 느끼게 하면서도 여전히 쾌감이 남아 있었다.

그녀의 볼은 붉게 부풀어 올랐으며, 눈동자는 이슬처럼 빛났고, 호흡은 점점 더 가빠졌다.

그녀는 야만인의 팔목을 움켜잡고 자기의 몸에 붙여서 힘껏 짓눌렀다. 그러자 그는 그녀를 잠시 동안 물끄러미 보았다.

그는 번민 속에 싸인 창백한 얼굴로 욕정에 불타면서도 그것을 수치스럽게 생각하면서 그녀를 내려다보았다.

그에게는 그럴 만한 자격이 없었다. 정말 없었다……

그들의 시선은 다음 순간 서로 마주쳤다. 그녀의 눈매는 무한한 보배를 약속하고 있지 않은가! 자기를 사로잡아 버리고 습격해 오는 정욕의 유혹.

그는 당황한 나머지 시선을 피하면서 잡힌 팔을 뿌리쳤다. 어쩐지 그는 자기가 믿고 있던 그녀의 가치가 행여나 사라져 버리지나 않을까 두려움을 느꼈다.

"당신 같은 분이 그런 걸 보는 건 좋은 일이 아닌 것 같군요."

그는 그렇게 말하며, 그녀가 완전한 여인으로부터 타락했거나 혹은 앞으로 타락할지도 모른다는 비난을 레니나 잘못이 아니라 주위 환경의 잘못으로 전가시켰다.

"그런 거란 무슨 말이에요, 존?"

"그 무서운 필름을 말하는 겁니다."

"무서운?"

레니나는 존의 순진성에 깜짝 놀랐다.

"하지만 난 재미있던데요."

"그런 건 저속한 거요."

그는 분개한 듯이 말했다.

"천박한 것입니다."

그녀는 머리를 살랑살랑 저었다.

"전 당신이 하는 말을 이해할 수가 없어요."

이 사람은 왜 이렇게 괴상스러울까? 왜 무엇이든지 닥치는 대로 파괴하려고만 할까?

택시 헬리콥터 속에서도 그는 그녀에게는 시선도 돌리려고 하지 않았다.

아직 한 번도 선언한 적이 없는 서약에 사로잡혀서, 이미 옛날부터 이루어지지 않고 있는 법에 충실한 나머지, 그는 그녀의 시선을 피하며 묵묵히 앉아 있었다.

이따금씩 팽창할 대로 팽창되어 다음 순간엔 기어이 터지고야 말 듯한 현^絃에 손가락이 부딪힌 것처럼 그의 전신은 느닷없이 신경질적인 발작을 일으키면서 부르르 떨었다.

택시 헬리콥터가 레니나의 아파트 옥상에 도착했다. 기어코 택시에서 내리면서 그녀는 굉장히 기뻐했다.

그가 여태까진 무척 괴상한 행동만 했지만, 기어코. 전등불 밑에 멈춰 서서, 그녀는 손거울을 끄집어냈다.

드디어. 코가 약간 번질거리고 있군. 그가 택시 값을 치를 동안 그녀는 분통을 꺼내 번질거리는 곳에 두드리면서 생각했다.

'그는 아주 멋쟁이야. 버너드처럼 못나게 굴 리가 없어. 그리고…… 다른 사람 같으면 벌써 끝장을 봤을 텐데. 그러나 오늘 저녁이야말로 기어코.'

분통의 조그만 둥근 거울 속에서 얼굴의 일부가 그녀에게 미소를 띠었다.

"안녕히 주무십시오."

그녀의 등 뒤에서 목이 막힌 듯한 목소리가 들렸다.

레니나는 획 뒤로 돌아섰다. 그는 택시의 입구에 서 있었다.

눈은 그냥 그녀에게 고정된 채로. 그녀가 코 위에 화장을 하고 있는 동안, 그녀를 쳐다보며 기다리고 있었던 것이 틀림없다─하지만 무엇을 기다리고 있었을까? 그렇지 않으면 주저주저하면서 결심을 하려고 애쓰고 있었는지도 모른다. 꿈에도 잊지 않고 생각하고 생각하던 나머지─너무도 특이한 생각이어서 그녀로서는 도저히 상상도 할 수 없는 그런 생각에 잠기면서,

"안녕히 주무세요, 레니나."

하고 그는 되풀이했다. 그러고는 미소를 띠려고 애를 쓰다가 이상하게도 기묘한 웃음이 되어 버리고 말았다.

"하지만 존……. 난 당신이 들어올 줄 알고……. 그렇잖아요, 들어올 줄 믿었는데 안 들어올 작정이에요……?"

그는 택시의 문을 닫고, 몸을 앞으로 굽히고는 운전수에게 무엇인가 말하고 있었다. 택시는 하늘로 떠올랐다.

택시의 창문을 통해 아래를 내려다보니, 위를 바라보고 있는 레니나의 얼굴이 푸른 등불을 받고 더욱 창백하게 보였다.

그녀는 그를 부르고 있었다. 그녀의 짧은 그림자가 달아나며 사라졌다. 밑바닥의 세모진 창은 그냥 암흑 속으로 꺼져서 사라지는 것처럼 느껴졌다.

5분 후에 그는 자기 방에 돌아왔다. 선반 위의 깊숙한 곳에 파묻혀 있는 책을 꺼냈다.

책은 쥐가 멋대로 갈기갈기 찢어 놓은 낡아빠진 것이었다.

그는 엄숙하게 책장을 펴들고 《오셀로》를 읽기 시작했다. 그가 기억하기로는 오셀로는 〈헬리콥터의 3주일〉의 주인공처럼 흑인이었다.

레니나는 눈물을 닦으면서 옥상 승강기 쪽으로 걸어갔다.

28층의 자기 방으로 돌아가는 도중에 그녀는 소마 병을 꺼냈다.

'1그램으로는 도저히 견딜 수가 없다. 오늘 저녁의 불행은 아무래도 1그램 이상이니까. 하지만 2그램을 마시고 나면, 내일 아침에 늦잠을 자게 될 텐데?'

그녀는 타협하기로 했다. 그래서 반 그램 정제를 3개 꺼내어 입안에 털어 넣었다.

제 12 장

　버너드는 꽉 닫혀 버린 문밖에서 크게 소리를 지르고 있었다. 야만인이 문을 열어 주지 않았기 때문이다.

　"모두 모여서 기다리고 있어."

　"마음대로 기다리라고 해."

　문 안쪽에서 쉰 목소리가 대답했다.

　"하지만 자네도 알고 있지 않나, 존."(힘껏 목소리를 내지르며 설득시킨다는 것은 얼마나 어려운 일인가!)

　"난 자네를 만나게 해주기 위해서 그 사람들을 초대한 거야."

　"내가 그들을 만나고 싶어하는지 어쩐지를 먼저 나한테 물어봤어야지."

　"하지만 지금까진 그냥 만나 줬잖아, 존."

　"바로 그 때문에 이제 두번 다시 만날 생각이 안 나는 거야."

　"그저 날 기쁘게 해주는 셈 치고."

버너드는 고래고래 소리를 지르면서도 타일렀다.

"날 기쁘게 해주는 셈 치고 만나 주게."

"싫어."

"정말로 싫단 말이야?"

"정말 싫어."

"그럼 난 도대체 어떡하란 말이야?"

버너드는 절망적인 말투로 비탄 속에 빠지면서 소리를 질렀다.

"지옥에라도 가!"

안에서 화가 난 목소리가 쨍쨍하게 들려왔다.

"오늘 저녁에는 캔터베리 찬미합창단 원장도 와 계시다구."

버너드는 울화통이 터질 지경이었다.

"Ai yaa tákwa!"

캔터베리 찬미합창단 원장에 대한 감정을 표현하는 데는, 야만 인으로서는 주네의 말밖에 없었다.

그러고는 "Háni!" 하고 생각에 떠오른 것처럼 덧붙였다.

그리고 난 다음에는 (굉장히 맹렬한 말투로!) "Sons éso tse-na"라 고 했다. 그리고 포페가 하듯이 침을 탁 뱉었다.

결국 버너드는 몸을 와들와들 떨면서 자기 방으로 돌아가서, 목 이 빠지게 기다리고 있는 사람들에게 야만인은 오늘 밤에 나타날 수 없다는 것을 알릴 도리밖에 없었다.

이 소식을 듣자 사람들은 모두 분개했다. 평판이 별로 좋지 못하 고, 이단설이 떠돌고 있는 이 보잘것없이 사내에게 속아서 정중하 게 대해 주었던 것이 그들을 더욱 분노하게 만들었다.

신분이 높은 사람들일수록 더 화를 냈다.

"나에게 이 고약스러운 엉터리 짓을 하다니."

찬미합창단 원장이 되풀이했다. "나에게!"

여자들은 여자들대로, 이 보잘것없는 사내 때문에—감마 마이너스 정도의 체격밖에 안 되는 녀석한테 속아 넘어간 것을 무척 분개했다. 그것이야말로 폭행이라며, 점점 원성이 높아졌다.

이튼 학교의 수석교사가 특히 더 목청을 높여서 욕설을 퍼부었다. 레니나는 혼자 묵묵히 듣고만 있었다.

창백하고 푸른 눈을 오늘따라 우울하게 찡그리면서 그녀는 한쪽 구석에 앉아 있었다.

주위의 여자들과는 상관없이 혼자 고립된 감정에 사로잡힌 채. 그녀는 불안과 흥분에 뒤섞인 이상한 감정을 느끼며 오늘 밤 파티에 나타났던 것이다.

방에 들어서자마자 그녀는 마음속으로 중얼거렸다.

'그를 만나게 될 거야. 그러면 그에게 말을 할 수 있겠지.'(그녀는 결심을 단단히 하고 왔다.)

'내가 어떤 남자보다도 그를 사랑하고 있다는 것을. 그러면 그도 말해 줄 거야……'

그는 뭐라고 대답해 줄까? 그녀의 양 볼에 핏기가 감돌았다.

'지난번 촉감영화를 보고 돌아오는 길엔 무엇 때문에 그렇게 이상스러웠을까? 아주 이상야릇했어. 그러나 그가 나를 싫어하지 않는다는 것만은 틀림없어. 틀림없고말고……'

야만인이 파티에 나오지 않을 거라고 버너드가 공개적으로 알린 것은 바로 그때였다.

레니나는 그 순간 격렬한 열정 대치 처리요법이 시작될 때와 같은 느낌을 온몸에 느꼈다.

무서운 허무감, 호흡이 꽉 막히는 것 같은 번민, 구토증. 그녀는 심장이 얼어붙을 것만 같았다.

'그가 나를 싫어하기 때문에 오지 않는 것이 아닐까.'

라고 혼자 중얼거렸다. 그런 생각이 들자 갑자기 이 겸연쩍은 추측은 틀림없는 진실이 되고 말았다.

존은 그녀가 싫었기 때문에 나타나지 않은 것이다. 그는 그녀를 좋아하지 않았던 것이다…….

"사람을 바보 취급하는 게 아닐까요?"

하고 이튼학교의 수석교사가 시체 소각장과 인 재생장의 감독에게 말했다.

"정말로 이런 일은…….

"그래요."

하는 패니 크라운의 소리가 들렸다.

"알코올에 대한 그 소문이 틀림없는 사실인가 봐요. 내가 알고 있는 한 여자는 바로 그때 그 태아 저장실에서 일하고 있었던 여잘 알고 있다더군요. 그 여자가 내 친구한테 이야기해 준 것을 친구가 저한테 얘기해 주었으니까요…….

"정말 고약하군요, 정말로."

하고 헨리 포스터가 찬미합창단 원장에게 말했다.

"우리 센터의 전국장은 그를 아이슬란드로 전임시키려고 했습니다, 아시죠?"

버너드의 행복하고 견고하던 자존심의 아성은 이제 한 마디 한 마디씩 퍼부어 대는 입술에 찔려서 무수한 구멍이 생겨 버리고 말았다.

그는 얼굴이 새파랗게 질려서 정신을 차리지도 못했고, 와들와들 떨면서도 손님들 사이를 분주하게 뚫고 다니면서 앞뒤가 맞지도 않는 변명을 늘어놓느라고 더듬거리기에 바빴다.

다음엔 틀림없이 야만인이 나타날 테니, 제발 그냥 앉아서 카모틴 샌드위치나 비타민 A 파이와 샴페인 대용주나 한잔 드시면서 용서해 달라고 사정하며 돌아다니기에 바빴다.

손님들은 거만스럽게 음식을 집었다. 그러나 그를 무시하는 것은 여전했다. 샴페인을 마셨다. 그러나 그에 대해서는 직접적으로 오만한 표정을 드러냈다. 마치 그곳에 버너드란 존재가 없는 것처럼 큰 소리로 그에 대해 떠들썩하게 퍼부었다.

"그럼 여러분."

하고 캔터베리의 찬미합창단 원장이 포드경축일과 같은 맑은 목소리로 말했다.

"그럼 여러분, 이제 시간이 되었으니까……."

그는 컵을 놓고 일어나서, 흡족하게 먹고 난 뒤에 자색빛 인조견 옷 위에 떨어진 음식 조각들을 털어 버리고 문 쪽으로 걸어갔다.

버너드가 막 뛰어가서 그를 만류했다.

"정말 벌써 돌아가실 겁니까, 찬미합창단 원장님? 아직 이른 것 같은데, 제발 조금만 더."

그렇다! 찬미합창단 원장에게 초대장을 보내기만 하면 반드시 오게 될 거라고 레니나에게 큰소리를 쳤을 땐, 정말 이렇게 간청을 하고 매달리게 될 줄은 꿈에도 몰랐다.

"그분은 굉장한 멋쟁이예요."

하고 그녀는 버너드에게 금으로 만든 T지퍼를 보여 주었다.

램베트에서 그녀가 찬미합창단 원장과 함께 1주일 머무르는 동안에 기념으로 얻은 것이었다.

'캔터베리 찬미합창단 원장님과 야만인의 만남을 위해서'

초대장에는 이와 같이 그의 승리를 선언해 두었던 것이다.

그러나 하필이면 야만인은 고르고 골라서 오늘 저녁 자기 방에 처박혀서 나오지 않고, 'Háni!'라고 소리친 데다가(버너드가 주네 말을 모른 것은 불행 중에도 다행이었다) 'Sonséso tse-na!'니 뭐니 하고 떠들어 대었다.

버너드의 생애에 있어서 가장 영광스러워야 할 순간이 가장 굴욕스러운 순간으로 변하고 말았다.

"정말 부탁드립니다……."

당황한 얼굴로 두 눈에 눈물까지 글썽거리면서 그는 이 위대한 권위자를 향하여 자꾸만 잘못을 빌었다.

"젊은 친구."

하고 찬미합창단 원장이 엄숙한 말투로 입을 떼었다.

모두들 물을 끼얹은 듯 고요해졌다.

"자네에게 한 마디만 충고하겠네."

그는 버너드를 보고 손짓을 했다.

"늦기 전에 훌륭한 충고를 해주지."(그의 목소리는 음흉해졌다.)

"행동을 조심하게, 젊은 친구. 행동을 고치란 말이야."

그는 그의 머리 위에 T형 사인을 하고 걸어 나갔다.

"레니나, 나의 아가씨."

그는 부드러운 말투로 돌변하여 말을 건넸다.

"나하고 함께 가지."

순순히, 그러나 미소도 띠지 않고, (그녀에게 베풀어 준 명예에 대해선 전혀 무관심한 듯이) 아무런 자부심도 느끼지 않으며 레니나는 그의 뒤를 따라서 방을 나가 버렸다.

다른 손님들도 적당한 간격을 두고서 그 뒤를 따랐다.

마지막 사람이 문을 쾅 하고 닫았다. 버너드 혼자만 남았다.

구멍이 뚫어져서 가스가 완전히 빠져 버린 버너드는 의자에 그냥 쓰러졌다.

그는 양손으로 얼굴을 가리고 흐느껴 울기 시작했다. 그러나 잠시 후에, 그는 다시 정신을 차리고서 소마를 4알 꺼냈다.

위층에 있는 그의 방에서는 야만인이 《로미오와 줄리엣》을 읽고 있었다.

레니나와 찬미합창단 원장은 램베트 궁전의 옥상에서 내렸다.

"빨리 와요, 젊은 아가씨, 레니나."

승강기 입구에서 원장이 재촉하며 불렀다.

잠시 동안 멍하니 달을 쳐다보고 있던 레니나가 고개를 떨어뜨리고 재빨리 옥상을 지나서 그가 있는 쪽으로 갔다.

무스타파 몬드가 방금 다 읽은 논문의 제목은 《생물학의 새로운 이론》이었다.

그는 양미간을 찌푸리고 잠시 동안 묵묵히 생각에 잠겨 있다가, 펜을 잡고 그 표지에 쓰기 시작했다.

'목적 개념에 관한 저자의 수학적인 검토는 신기하며 지극히 독창성이 풍부하지만, 이단적이고 현재의 사회 질서에선 위험스럽기 그지없고 반발의 잠재력이 내포되어 있다. 출판을 금지한다.'

그는 출판 금지의 글귀 옆에 점을 찍었다.

'이 책의 저자는 감시할 필요가 있다. 그를 세인트헬레나의 해양 생물학 연구소로 전출시킬 필요가 있을지도 모른다.'

안됐긴 하지만, 하고 그는 서명하면서 생각했다.

논문 그 자체는 역작이었다.

그러나 한번 목적에 관한 설명 같은 것을 허가해 주고 나면—그렇다, 결과가 어떻게 될지 모를 일이다. 상층계급에 속하는 자들의 비교적 불확실한 이성을 악습성으로 훈련시키고 말 어떤 종류의 관념을 이 논문은 내포하고 있었다.

그들로 하여금 행복에 대한 신념을 잃어버리게 하고, 그 대신 인간의 최종 목적이 현재의 인간 생활을 벗어난 곳에 있는 것 같은 생각을 갖게 할 위험성이 있었다.

인생의 목적은 복지의 지속이 아니라, 의식을 강화시키고 정제시킨다든가, 지식의 확대 등이라고 생각하게 할 위험성이 있다.

이 사실 자체는, 하고 총재는 반성했다. 완전히 옳은 말이다. 그러나 현상에 입각하여 볼 때는, 허가할 수 없는 사상이다.

그는 다시 펜을 들고서 '출판 금지'라는 글귀에 두 번째의 점을 처음 점보다도 더 굵게 찍었다. 그러고는 한숨을 내쉬었다.

"정말 우스꽝스럽군."

하고 그는 생각했다.

"행복에 관하여 사색하는 것을 허가할 수가 없다니!"

두 눈을 감고 황홀감으로 인해 얼굴이 달아오르면서 존은 혼자 시를 읊고 있었다.

오오, 나의 아름다움은 횃불을 더욱더
비추라고 알려 주네!
밤하늘에 빛나는 님의 불빛은

에티오피아 흑인의 귀에

걸린 고귀한 보석인가.

사용하기엔 너무나 영롱하며, 지상에서는 너무나

사치스러운 아름다움이구나.

(옮긴이 주 - 《로미오와 줄리엣》 제1 막 제5 장)

레니나의 가슴 위에는 그 황금의 T가 빛나고 있었다. 찬미합창단 원장이 그것을 손에 쥐고서 장난삼아 자꾸만 잡아당겼다.

"전."

갑자기 레니나가 오랜 침묵을 깨뜨리고 말했다.

"소마를 2그램가량 마셔야겠어요."

그때 버너드는 꿈속의 비밀 낙원에서 미소를 띠고 있었다.

미소, 미소. 그러나 침대 위의 전기 시계의 분침은 30초마다 들릴까 말까 하는 가느다란 소리를 내면서 시간이 흐르고 있었다.

짤깍 짤깍 짤깍…….

그러자 어느 사이에 아침이 되었다.

버너드는 다시 공간과 시간의 처참한 환경 속으로 되돌아왔다.

택시를 타고 습성훈련 센터로 출근하는 버너드의 기분은 마치 시궁창에 빠진 것 같았다.

성공의 황홀감은 날아가 버리고 말았다. 그는 이제 처음의 자신으로 돌아가고 말았다.

따라서 지난 몇 주일 동안 풍선과 같이 부풀어 올랐던 기분과는 대조적으로, 그의 낡은 자아는 주변의 분위기에 비해서 어느 때보다도 한결 더 무거웠다.

버너드가 얼이 빠져 버린 듯이 되자, 야만인은 예기하지 않았던 동정을 갖게 되었다.

"지금 자넨, 맬페이스에서 만났을 때와 아주 닮았어."

버너드가 슬픈 이야기를 고백했을 때 그는 말했다.

"우리가 처음 만났을 때 이야기했던 것을 기억하고 있나? 그 조그만 집 밖에서 말야, 그때의 자네와 닮았어."

"그건 내가 다시 옛날처럼 불행해졌기 때문이야."

"자네가 지금까지 즐기던 그 허위의 가장된 행복보다는, 오히려 나는 불행한 것을 택하고 싶어."

"난 행복이 필요해."

쓴 얼굴을 하면서 버너드가 말했다.

"더구나 불행의 원인은 자네 때문이야. 자네가 내가 초대한 파티에 나타나기를 거절했기 때문에, 난 모든 사람들과 적이 되어 버리고 말았어!"

그는 자기가 지금 말하고 있는 것이 부정투성이이며 모순투성이라는 것을 알고 있었다.

그는 야만인이 말한 것처럼, 그토록 하찮은 일 때문에 적이 되어 그를 괴롭히는 형편없는 친구란 아무 소용이 없다는 그 진리에 처음엔 은근히, 나중엔 공공연히 동의하지 않을 수가 없었다.

그런데도 뻔히 그 사실을 인정하면서도 버너드는 야만인에 대하여 진실한 애정을 갖는 동시에 한편으로는 남몰래 원한을 품고 있었다. 그래서 약간 복수해 주고 싶은 생각이 들었다.

찬미합창단 원장에 대해서는 원한을 품어 봤자 소용이 없었다. 병 처리실 주임과 예정부 조감독에게 복수를 할 수 있는 가능성이란 없었다.

버너드로서는 야만인이야말로 희생자로 삼기엔 가장 접근하기 쉬운 존재였다. 친구라는 것은 때로는, 우리들이 적에 대하여 형벌을 가하려고 해도 불가능할 때, 적을 대신해서 그 형벌을 (다소 완화된 상징적인 형식에 있어서) 받아 줄 수 있는 중요한 기능을 갖고 있다.

또 한 사람, 희생자가 될 수 있는 친구로는 헤름홀츠가 있다.

이미 더 지속할 가치가 없는 우정 관계라고 생각하고 있던 참이었지만, 몰락한 그가 다시 우정을 구하러 왔을 때, 헤름홀츠는 조금도 노여움을 보이지 않고 받아들여 주었다.

전에 싸움을 했던 것도 모두 잊어버린 듯한 그런 태도였다.

이러한 관용에 대하여 버너드는 감동하는 동시에 굴욕감을 느꼈다.

그 관용은 소마의 덕택이 아니라 오로지 헤름홀츠 자신의 것이었기 때문에 더욱더 위대한 것이며, 동시에 그만큼 굴욕적이었다.

관대하게 용서해 준 것은 평상시의 헤름홀츠였으며, 반 그램의 소마의 영향을 받은 헤름홀츠가 아니었다.

버너드는 정말로 감사했다. (이 위대한 친구를 얻은 것은 굉장한 힘이 되었다.) 그러나 동시에 분하기도 했다. (헤름홀츠의 관용에 대하여 어떤 복수를 해준다는 것은 틀림없이 유쾌한 일이다.)

사이가 멀어진 이후 처음으로 서로 만났을 때, 버너드는 자기의 불운한 이야기를 전부 털어놓고 위안을 받았다.

놀랍기도 하고 또 동시에 약간 창피스럽기도 했지만, 며칠 후에 버너드는 곤란을 겪은 것은 자기뿐만이 아니라는 사실을 알았다.

헤름홀츠도 역시 '권위'와 충돌한 사실이 있었던 것이다.

"짧은 시에 관한 일 때문이었어."

하고 그는 설명했다.

"난 3학년 학생들에게 여느 때처럼 고등 감정공학에 관한 강의를 하고 있었지. 전부 12회의 강의 스케줄인데, 7회째 되던 날이었어. 그날은 시에 관한 강의였지. 더 정확하게 말하면, '도덕적인 선전과 광고에 있어서의 시의 효용'에 대한 강의였어.

나는 항상 강의할 때마다 전문적인 특수한 실례를 들어서 설명하지. 그때 마침 내가 쓴 시를 사용해 보려고 생각했던 거야. 미치광이 짓이었지, 말할 것도 없이. 그러나 도저히 억제할 수가 없었거든."

그는 웃었다.

"어떠한 반응이 나오는가를 보고 싶었던 거야. 내가 그것을 쓸 때와 같은 감정을 학생들 사이에 일으켜 보고 싶었던 거지. 포드님 맙소사!"

하고 그는 또 한 번 웃었다.

"굉장한 소동이 일어났어. 학장이 나를 불러서 당장에 해고하겠다고 협박을 한 거야. 나는 요주의 인물이 됐어."

"자네 시가 어떤 거였는데?" 버너드가 물었다.

"고독에 관한 시였어."

버너드의 양미간이 번쩍 치켜 올라갔다.

"원한다면, 들려줄게."

헤름홀츠가 읊기 시작했다.

어제의 모임,
북채는 남았어도, 북은 찢어지고
거리의 한밤중에 울리는
공허 속의 피리 소리,
꼭 다문 입술, 잠자는 얼굴,

멈춘 기계,
군중이 웅성거리고 모였던 곳이 이제
조용하고 쓰레기뿐인 장소가 되고, 찌꺼기뿐인 장소……
모든 고요가 기뻐하고
(드높고, 낮게) 흐느껴 울고,
말하기도 하지만 그러나 그 소리는
우리들에겐 알 수 없는 소리.
수잔과 에게리아의 팔과 가슴,
입술과, 오, 엉덩이 같은 것이 없을 땐,
그 대신 무엇이 나타난다.
누가? 그리고 도대체 무엇이?
무척 야릇한 존재.
눈으로 볼 수 없는 그 무엇은
우리들이 관계하는 것보다도 훨씬 단단하고
공허한 밤을 가득 차게 하는데,
왜 이것을 싫어하는 걸까?

"어때, 이걸 실례로 사용해 본 거야. 그러나 당장 학장 귀에 들어 갔지."
"그건 그럴 거야."
하고 버너드가 말했다.
"모든 수면교육과 정반대되는 것이니까. 기억하고 있겠지? 고독에 대한 경고는 적어도 25만 번은 받았을 거야."
"나도 알고 있어. 난 단지 효과가 어떤지를 알고 싶었을 뿐이야."
"그러나 효과는 자네가 본 대로야."

헬름홀츠는 웃기만 했다.

"난, 지금."

잠깐 말을 멈추었다가 다시 말했다.

"써야만 할 그 무엇이 생긴 것 같은 기분이 들어. 자기 내부에 있는 그 특수한 잠재적인 힘을 사용할 수 있을 것 같은 느낌이 든단 말야."

곤란을 겪고도 여전히, 하고 버너드는 생각했다. 그러나 그는 무척 행복해 보였다.

헬름홀츠와 야만인은 만나자마자 친구가 되었다.

정말로 너무 뜻이 잘 맞아서 버너드가 날카로운 질투의 고통을 느낄 정도였다.

야만인은 요 몇 주일 동안 헬름홀츠에게 친절히 대해 주는 것만큼 버너드에게는 친밀감을 주지 않았다.

둘이 서로 맞대고 진지하게 얘기하고 있는 것을 지켜볼 때면 버너드는 괜히 두 사람을 만나게 해주었다고 화가 치밀어 올랐다.

그는 자기의 질투심을 수치스럽게 생각했으며, 의지의 힘으로 억제하려고 노력했다. 질투심에서 벗어나기 위해 소마를 복용했다. 그러나 그러한 노력도 별로 효과가 없었다.

소마의 휴식 사이사이에는 어쩔 수 없는 간격이 있었다. 그렇기 때문에 질투하는 감정은 끊임없이 생겨났다.

야만인과 3번째 만났을 때, 헬름홀츠는 〈고독의 시〉를 읊어 보였다.

"어때?"

야만인과 머리를 저었다.

"이것을 들어 봐."

하고 그는 대답했다. 그러고는 쥐가 파먹다가 둔 책을 서랍에서 꺼내 펴들고 읽기 시작했다.

가장 큰 소리로 노래 부르는 새로 하여금
단 한 그루의 아라비아의 나무 위에 앉아
슬픈 소식을 전하는 나팔이 되게 하라……

헤름홀츠는 점점 흥분하며 귀를 기울였다. '단 한 그루의 아라비아의 나무'라는 구절을 듣고 그는 깜짝 놀랐다.
'그대 외쳐 오는 예고자'에서는 별안간 기뻐서 미소를 띠었다.
'포학한 날개를 지닌 모든 새들'에 이르러서는, 그의 볼에 핏기가 솟았다.
그러나 '죽음의 음악'에서는 창백해지고, 지금까지 느껴 보지 못한 감격으로 인해 몸을 부르르 떨었다. 야만인은 계속해서 읽었다.

소유는 이와 같이 위협받으며,
자아는 이미 본래의 것이 아니다.
그것은, 하나인 자연의 이중의 이름
둘도 아니며 하나도 아니다.
이성은 스스로 혼란에 빠져
분열이 융합해야 하는 것을 깨닫는다……

"오오오기 포오오기!"
하며 버너드는 큰 소리로 불쾌한 웃음소리를 내면서 야만인이 읽는 것을 방해했다.
"마치 연대예배일의 찬가 같군."
두 사람이 서로 너무 좋아하고 있는 것을 보고 그는 복수를 했다고 생각했다.

그 뒤에도 두서너 번 그는 이 복수의 수단을 사용했다. 그것은 아주 단순한 짓이었으나, 헤름홀츠와 야만인은 유쾌하게 훌륭한 시를 읽는 중인데 방해를 당하니 몹시 기분이 나빴다.

버너드로서는 아주 효과적인 복수였다. 이윽고 마지막에 이르러, 헤름홀츠가 또 한 번 방해하면 방 밖으로 던져 버리겠다고 위협을 했다.

그러나 이상하게도 다음번 방해는 대단히 불명예스럽게도 헤름홀츠 자신이 저질러 버리고 말았다.

야만인은 《로미오와 줄리엣》을 소리 높이 읽고 있는 중이었다. (그는 항상 자기를 로미오, 레니나를 줄리엣으로 생각하고 있었기 때문에 흥분해서 떨리는 목소리로 읽었다.)

애인끼리 처음 만나는 장면을 헤름홀츠는 약간 당황하면서 즐겁게 듣고 있었다.

정원의 장면은 시적이며 흥미가 있었으나, 표현되어 있는 정서에 대하여 그는 미소를 띠지 않을 수가 없었다.

여자를 차지하는 데 그러한 심리상태가 된다는 것은 어쩐지 우스꽝스럽게 느껴졌다. 그러나 언어의 미묘한 구사 방법은 정말로 훌륭한 감정공학적 작품이었다.

"그 친구 말이야."

하고 그는 말했다.

"우리들의 일류 선전 기술자들도 그 친구한텐 꼼짝 못 할 정도군."

야만인은 어깨를 으쓱거리면서 미소를 띠며 계속 낭독했다. 이렇게 하여 처음엔 이럭저럭 별일이 없었으나, 제3막의 마지막에 이르러서 캐플렛과 그 부인이 줄리엣을 억지로 파리스에게 결혼시키려고 하는 장면이 전개되었다.

그 장면에 이르자 헤름홀츠는 마음이 조마조마해졌다. 그러나 그 때, 야만인의 비장한 목소리와 더불어 줄리엣이 외치기 시작했다.

이 내 슬픔의 밑바닥을 들여다보고,
가련하다고 생각하는 이는 구름 속에 없나요?
아아, 사랑하는 어머니, 저를 버리지 마시고
이 결혼을 한 달이나 일주일만 연기해 주세요.
그럴 수 없거든 신혼의 잠자리를,
티볼트가 누워 있는 저 캄캄한 무덤 안에 마련해 주십시오.

(옮긴이 주 - 《로미오와 줄리엣》 제3막 제5장)

줄리엣이 이렇게 말했을 때, 헤름홀츠는 도저히 억제할 수 없는 웃음보를 기어코 폭발시키고 말았다.

어머니와 아버지가 (고약한 음탕성) 자기 딸을, 딸이 싫어하는 사내에게 강제로 떠맡기려고 하다니! 그러자 바보 같은 딸은 자기에겐 따로 좋아하는 남자(좌우간 그 순간에는) 있다는 것을 말하지도 못하다니! 이 장면은 바보 같은 모순투성이였기 때문에 아무리 생각해도 괴상망측했다.

그는 정말 영웅적인 노력으로 치밀어 오르는 웃음을 참고 있었으나, '사랑하는 어머니'(야만인의 떨리는 목소리의)와 화장도 하지 않고 컴컴한 무덤 속에서 인(燐)을 사용하지도 못하게 그냥 누워 있는 티볼트에 이르자, 그는 더 이상 참을 수가 없었다.

그는 자꾸만 웃음이 솟아나서 눈물이 흘러나올 지경이었다. 그러자 야만인은 화가 난 나머지 새파랗게 질려서는, 책을 보면서 계속 그를 노려보았다. 그러나 웃음이 그치지 않자 거칠게 책을 덮어 버리고는 벌떡 일어났다.

그는 돼지 앞에서 진주를 걷어 들이는 시늉을 하면서 서랍 속에 책을 집어넣어 버렸다.

헤름홀츠가 가까스로 숨을 돌리고 변명하기 시작했다.

"물론 나는, 그러한 익살맞은 미치광이와도 같은 장면이 필요하다는 건 충분히 인정하고 있어. 다른 건 도저히 훌륭하게 쓸 수가 없으니까 말이야. 그 친구는 어째서 훌륭한 선전 전문기술자가 될 수 있었을까?

그것은 그 친구에게는 흥분할 만한 요소와 미치광이가 될 요소가 많이 있었기 때문이야. 심한 수난을 당하든지, 미칠 듯이 화낼 줄 모르고서는 정말 멋진, 꿰뚫는 듯한 X광선식 글귀는 떠오르지 않거든. 그러나 아버지, 어머니 하는 따위는!"

그는 고개를 저었다.

"나로선 아버지, 어머니 하는 따위의 말을 듣고서 가만히 있을 순 없어. 그리고 남자가 여자를 차지한다든가, 하지 않는다든가 하는 따위로 누가 흥분하겠어?"(야만인은 움찔하고 몸을 도사렸다. 그러나 헤름홀츠는 마룻바닥을 바라보며 생각에 잠겨 있었기 때문에 그것을 깨닫지 못했다.)

"아니야."

하고 그는 한숨을 쉬고서 말을 맺었다.

"그건 안 돼. 훨씬 다른 광기와 격정이 아니면 안 돼. 그럼 무엇일까? 어디에 그런 것이 있을까?"

그는 잠깐 동안 입을 다물었다가 머리를 저으며 다시 말했다.

"난 모르겠어. 난 도무지 모르겠어."

제 13 장

어두컴컴한 태아 저장실 속에서 헨리 포스터의 그림자가 희미하게 비쳤다.

"오늘 저녁에 촉감영화 보러 안 갈 거야?"

레니나는 대답 대신에 고개를 흔들었다.

"다른 사람하고 약속이 있어?"

누구와 함께 어울리는가를 알고 싶어 하는 것은, 그에게는 일종의 호기심이었다.

"베니토야?"

하고 그가 물었다.

그녀는 또 고개를 흔들었다.

그녀의 자색빛 두 눈에 어린 피로와 결핵성의 창백한 피부와 미소조차 띠지 않은 입 가장자리에 슬픔이 서려 있는 것을 헨리는 보았다.

"기분이 나쁜 일 있어?"

혹시 그녀가 이 세상에 몇 가지 남지 않은 전염병 중에서 어떤 것에 걸리지나 않았나 하고 약간 걱정이 되어 물어보았다.

그러나 레니나는 역시 고개를 저었다.

"아무튼 의사한테 한번 가보는 것이 좋지 않을까?"

하고 헨리가 말했다.

"신경병이면 의사에게 하루만."

하고 어깨를 두드리면서 최면교육적인 말을 꺼냈다.

"어쩌면 넌 임신 대용물이 필요할지도 모르겠다."

하고 그는 권했다.

"그렇지 않으면, 초강력 열정 대치 처리요법을 받든지. 때에 따라선 표준 대용약으로는 충분히 효과를 나타내지 못할 때가 있으니까 말야……."

"아아, 포드님."

하고 꾹 다물었던 입을 열고 레니나가 외쳤다.

"입을 좀 다물어 줘요!"

그리고 그녀는 제대로 돌보지 못한 태아 쪽으로 홱 돌아서 버렸다.

열정 대치 처리요법을 받으라고! 그녀는 만약, 지금 울고 싶은 기분이 아니었다면 틀림없이 웃어 버렸을 것이다.

마치 그녀 자신에게는 열정이 충분하지 못한 것 같은 말투였다.

주사기에 약을 채우면서 그녀는 깊은 한숨을 쉬었다.

"존."

하고 그녀는 혼자 속삭였다.

"존……."

그러고는,

"아차, 포드님."

하고 당황했다.

"이것들한테 수면병 주사를 놓아 주었나, 안 놓았나, 어떻게 했지?"

그녀는 생각이 나지 않았다. 그녀는 어쩔 수 없이 약을 두 번 놓으면 위험하다는 결정을 내리고는, 다음 병으로 옮겨 갔다.

지금 이 순간부터 24년 8월 4일 후에는 장래가 유명한 젊은 알파 플러스 관리가 수면병으로 죽게 될 것이다.

그것만은 반세기 동안에 처음 일어난 사건이었다. 탄식을 하면서 레니나는 작업을 계속했다.

한 시간 후, 탈의실에서 패니가 맹렬하게 반박을 했다.

"그렇게 고민만 하면 어쩔 테야. 바보같이, 정말 돌았어."

하고 그녀는 단정적으로 말했다.

"그래, 이유가 뭐야? 남자 때문에, 한 남자 때문에 이 야단이야?"

"하지만, 그는 내가 원하는 사람이야."

"너는 마치 이 세상에 있는 수백만 명의 남자가 하나도 없다는 듯이 말하는구나."

"그래도 난 다른 남자는 원하지 않아."

"하지만, 가져 보지도 않고서야 어떻게 그런 줄 안단 말야?"

"가져 봤어."

"몇 사람을?"

하고 어깨를 거만하게 으쓱거리면서 패니가 물었다.

"한 사람, 두 사람?"

"수십 명을."

고개를 저으며 덧붙였다.

"그러나 아무것도 아니었어."

"그래, 그럼 끈기 있게 참고 기다려 봐."

패니가 명령조로 말했다. 그러나 그녀의 명령적인 말투도 어쩐지 자신감이 흔들리고 있었다.

"참으면 무엇이든지 차지할 수 있는 거야."

"그러나, 그동안은……."

"생각하지 말아야 해."

"도저히 못 참겠는데."

"그럼 소마를……."

"마시고 있어."

"그럼 되잖아."

"그러나 그 사이사이마다 그가 그리워서 못 견디겠어. 자꾸만 떠오르는 걸 어떡하니."

"그렇게 심하다면!"

하고 패니는 단연코 외쳤다.

"왜 가지 않는 거야. 가서 사실을 고백하렴. 그가 널 원하든 말든 간에 그런 건 문제가 안 되잖아."

"하지만 그는 아주 변덕쟁이야!"

"그러니까 더욱더 분명하게 말해 버려야 해."

"입으로 말하는 건 쉽지만."

"그럼 쓸데없는 이야긴 걷어치우고 행동을 해버리면 되잖아." 하는 패니의 목소리는 나팔처럼 울렸다. 젊은 베타 마이너스들에게 야간 강연을 하고 있는 YWFA(포드여자청년회)의 강사와 비슷했다.

"암, 그렇고말고, 행동해 버려. 지금 곧 하란 말야."

"쫓겨나면 어쩌지."

"그러니까, 먼저 소마를 반 그램 복용하고 가는 거야. 그럼 난 목욕탕에 들어가겠어."

타월을 질질 끌면서 그녀는 사라져 버렸다.

벨이 울렸다. 헤름홀츠가 놀러 와줄 거라고 목이 빠지게 기다리고 있던 (레니나에 대한 자기의 감정을 헤름홀츠에게 고백하려고 결심하자, 더 이상 한시도 더 참을 수 없는 초조한 기분이었다.) 야만인은 벌떡 일어나서 문 쪽으로 뛰어갔다.

"기다리고 있었어, 헤름홀츠."

문을 열면서 그는 이렇게 말했다.

그러나 문밖에는 하얀 인조 새틴 세라복을 입고 하얀 둥근 모자를 왼편 귀 위에 비스듬하게 매혹적으로 쓴 레니나가 서 있었다.

"아아!" 야만인은 마치 누군가에게 강편치를 한 대 얻어맞은 것처럼 비명을 질렀다.

반 그램의 소마를 마셨기 때문에 레니나는 공포감과 주저감을 완전히 잊어버렸다.

"안녕, 존." 하고 생긋 웃으며 그녀는 말을 건넸다. 그러고는 그의 옆을 스쳐서 방 안으로 들어갔다.

그는 자동적으로 문을 닫고 그녀의 뒤를 따랐다.

레니나는 자리에 앉았다. 제법 긴 침묵이 흘렀다.

"저를 만나도 별로 반가워하지 않는군요, 존."

하고 그녀가 말문을 열었다.

"반가워하지 않는다구요?"

야만인은 원망스럽다는 듯이 그녀를 노려보았다. 그는 갑자기 그녀 앞에 무릎을 꿇고는, 그녀의 손목을 잡고 정중하게 키스를 했다.

"반가워하지 않는다고요? 아아, 당신이 정말 내 마음을 알아준다면."

하고 그는 나직이 속삭였다. 그러고는 결심이나 한 듯이 고개를 들고, 그녀의 얼굴을 쳐다보면서,

"사랑하는 레니나. 정말 이 세상에서 그 어떤 것보다도 귀중한."

그녀는 그에게 달콤한 미소를 지어 보였다.

"아아, 그처럼 완전무결한."(입술을 내밀며 그녀는 그에게 다가왔다.)

"모든 인간의 모든 아름다움을 (점점 더 가까이) 가진 고귀한 사람."(옮긴이 주 -《템페스트》제3막 제1장)

더욱더 가까이 다가왔다. 갑자기 야만인이 벌떡 일어났다.

"그렇기 때문에."

얼굴을 피하면서 그가 말했다.

"저는 우선 무엇이든 하고 싶습니다. 제가 당신에게 그럴듯한 것을 보여 드리기 위하여. 제가 정말로 가치가 있다고는 말하실 수 없겠죠. 그러나 제가 전혀 무가치한 인간이 아니라는 것을 보여 드리기 위하여 전 무엇을 하고 싶습니다."

"왜 그럴 필요가 있을까요……?"

라고 레니나는 말했으나 도중에서 말을 끊어 버리고 말았다.

그녀의 목소리는 몹시 떨렸다. 입술을 벌리고 모처럼 앞으로 몸을 내밀며 점점 가까이 다가갔는데도 불구하고 바보처럼 벌떡 일어나서 물러가다니!

아무리 혈액 속에 반 그램의 소마가 돌고 있다 해도 어쩔 수 없이 화가 났다.

"맬페이스에선."

하고 야만인이 더듬거렸다.

"사자의 가죽을 애인에게 갖다줘야 합니다. 결혼하고 싶을 경우
엔 말입니다. 사자가 아니면 늑대의."

"영국엔 사자 같은 건 없어요."

레니나는 쏘아붙이듯이 말했다.

"비록 있다 해도."

야만인이 덧붙여서 말했다. 경멸과 분노가 교차되면서.

"사람들은 헬리콥터 위에서 독가스를 뿌려 죽여 버렸을 것입니
다. 전 그런 짓은 하고 싶지 않아요, 레니나."

그는 어깨를 으쓱하면서 그녀를 뚫어지게 보았으나, 무슨 영문
인지 몰라 초조해 하고 있는 그녀의 눈과 맞부딪쳤다.

그는 어쩔 줄을 몰라서,

"전 무엇이든지 하겠습니다."

하고 말을 이었다. 그러나 더욱더 사태가 분명하지 못했다.

"무엇이든지 당신 명령대로 하죠. 당신을 즐겁게 해드릴 수 있다
면 아무리 괴로운 일이라도. 그러나 당신을 위해서는 기꺼이 그 괴
로움을 받아들이겠습니다.(옮긴이 주 - 《템페스트》제3막 제1장) 저
는 그렇게 생각합니다. 당신이 원하신다면, 마룻바닥이라도 쓸겠
습니다."

"하지만 우리에겐 진공청소기가 있어요."

당황해 하면서 레니나가 말했다.

"그럴 필요는 없어요."

"그렇죠, 물론 그럴 필요는 없죠. 그러나 천한 일이라도 거부하
지 않고 참을 수 있습니다. 전 무엇이든지 훌륭하게 견딜 수가 있

습니다. 아시겠습니까, 제 뜻을?"

"하지만 진공청소기가 있고, 또……."

"요점은 그것이 아닙니다."

"그리고 청소기를 사용하는 엡실론 반백치가 있는데."

하고 그녀는 계속했다.

"왜 그럴 필요가 있을까요?"

"왜냐고요? 당신을 위해서, 당신을 위해서입니다. 다만, 제가……."

"그럼, 도대체 진공청소기와 사자는 무슨 관계가 있나요?"

"제가 얼마나……."

"또 저를 만나서 반갑다는 것과 사자가 무슨 관계가 있나요?"

그녀는 점점 답답해서 못 견디게 되었다.

"당신을 사랑하고 있다는 걸 보여 드리기 위해서입니다, 레니나."

절망에 가까울 만큼, 그는 겨우 말했다.

레니나의 양 볼이 빨갛게 상기되었다.

"그게 정말이세요, 존?"

"그러나 그런 얘기를 할 생각은 아니었어요."

양손을 괴롭다는 듯이 움켜쥐며 야만인이 외쳤다.

"때가 되기 전에는……. 내 말을 들어 주십시오, 레니나. 맬페이스 사람들은 모두 결혼을 합니다."

"뭘 해요?"

그녀의 목소리엔 또다시 초조한 빛이 서렸다. 무슨 말을 하는 걸까?

"영원히, 영원히 함께 살자고 약속하는 것입니다."

"그런 끔찍한 일을!"

레니나는 정말로 놀랐다.

"외적인 아름다움은 사라져도, 피가 늙어가는 것보다도 한결 **빠**르게 젊어지는 혼을 지님으로써."(옮긴이 주 -《트로이러스와 크레시다》제3막 제2장)

"뭐라고요?"

"셰익스피어에게도 비슷한 것이 한 가지 있습니다. '만약 신성한 결혼의 의식을 거행하기 전에 그녀가 처녀의 매듭을 끊어 버리는 일이 있다면…….'"(옮긴이 주 -《템페스트》제4막 제1장)

"제발 존, 알아들을 수 있는 이야길 좀 해줘요. 당신이 하는 말을 전혀 못 알아듣겠어요. 처음엔 진공청소기, 그리고 이번엔 매듭이라니 정말 미치겠어요."

그녀는 벌떡 일어났다. 그리고 그의 마음과 함께 몸까지도 자기한테서 달아나 버리지 못하도록 그의 몸을 꼭 껴안았다.

"자, 대답하세요. 당신은 진정으로 나를 좋아하세요, 어때요?"

잠시 동안 침묵이 흘렀다.

다음 순간, 겨우 들릴까 말까 하는 가느다란 목소리로,

"저는 당신을 이 세상의 그 어떤 것보다도 사랑하고 있습니다."

라고 그는 말했다.

"그럼 왜, 그렇게 말해 주지 않았어요?"

그녀는 소리를 질렀다. 너무도 화가 치밀어서 그녀의 날카로운 손톱이 그의 목덜미의 피부를 파고들고 말았다.

"매듭이니, 진공청소기니, 사자니 하며 엉뚱한 얘기를 하면서 자꾸만 저를 괴롭히지 말고."

그녀는 그의 손을 뿌리치고 화가 난 듯이 물러섰다.

"만약, 제가 당신을 지극히 사랑하지 않았다면."

하고 그녀는 말했다.

"전 화가 났을 거예요."

갑자기 그녀의 팔이 그의 목을 끌어안았다.

그는 자기의 입술을 부드럽게 짓누르는 그녀의 입술을 느꼈다.

그것은 부드럽고 달콤한 것이었으며, 이루 말할 수 없는 짜릿한 감촉이었다. 그는 〈헬리콥터의 3주일〉의 포옹하는 장면이 떠올랐다.

우우! 우우! 하고 실체경 속의 금발 여인, 아아! 현실 이상으로 현실적인 흑인 사내. 공포, 공포, 공포……. 그는 몸을 뿌리치려고 했다. 그러나 레니나는 더욱더 힘껏 달라붙었다.

"왜 그렇게 말해 주지 않았어요?"

그를 똑바로 들여다보기 위해 얼굴을 뒤로 젖히면서 그녀는 속삭였다. 그녀의 두 눈에는 비난의 빛이 어려 있었다.

"어떤 편리하고 캄캄한 동굴이 있을지언정."(양심의 소리가 시적으로 울려 퍼졌다.)

"나의 좋지 못한 편의 혼이 아무리 강한 유혹을 한다 할지라도, 이 수치심만은 결코 마음속에서 녹아 버리지 않도록 할 것입니다. 결단코, 결단코!"

"바보 같으니라구."

하고 그녀는 말했다.

"저도 당신을 사랑했어요. 그리고 당신도 저를 사랑한다면, 왜 당신은 그런……?"

"하지만, 레니나……."

그는 변명하려고 했다. 그러자 레니나가 팔을 풀고 그로부터 물러났기 때문에 그는 순간 그녀가 그의 암시를 받아들여 주는 줄로만 생각했다.

그러나 그녀는 흰 맬더스 혁대의 매듭을 풀어서 의자 위에 조심스럽게 걸쳐 놓았으므로, 그는 자신이 잘못 생각했나 하고 의심하기 시작했다.

"레니나!"

그는 걱정이 되어 불렀다.

그녀는 목 뒤로 손을 돌려서 수직으로 획 하고 잡아당겼다.

하얀 세라의 블라우스가 맨 밑에 이르기까지 활짝 열렸다. 의심하던 사실은 이미 너무나, 너무나 확실한 현실이 되고 말았다.

"레니나, 뭘 하고 있는 거요?"

"주르륵주르륵!" 그녀의 대답 대신에 지퍼 소리뿐이었다.

그녀는 나팔바지를 벗어 버렸다.

그녀의 지퍼 달린 속옷은 엷은 복숭앗빛이었다. 찬미합창단 원장이 준 황금으로 만든 T가 그녀의 가슴 위에서 반짝거리고 있었다.

"창살(가슴 장식) 사이로 사나이의 눈을 매혹하는 젖꼭지는 모조리……"(옮긴이 주 -《아테네의 티먼》제4막 제3장)

마술적인 노랫말은 그녀에 대해 매력적인 감정을 느끼게 했다. 잔잔하고 부드럽게, 그러나 그 얼마나 날카로운 것인가! 이성 속으로, 결심 속으로 그 글귀는 날카롭게 파고들고 있지 않는가.

"지극히 단단한 맹세도 혈기의 불길 앞에 나부끼면, 지푸라기와 마찬가지야. 그러니 더욱더 절제하라. 더욱더 절제해. 그렇지 않고는……"(옮긴이 주 -《템페스트》제4막 제1장)

주르륵! 멋지게 두 쪽으로 갈라진 능금처럼 둥글고도 두툼한 젖가슴이 나타났다. 꿈틀거리며 움직이는 두 팔, 오른쪽 다리가 올라가더니 다음엔 왼쪽 다리. 지퍼 달린 속옷은 마룻바닥 위에 정물처럼, 마치 공기가 빠져 버린 것처럼 놓여 있었다.

양말과 신을 신은 채로 흰 모자를 경쾌하게 팔랑거리면서 그녀는 그에게 가까이 다가왔다.

"그리운 달링, 사랑하는 달링! 진작 그렇게 말해 주지!"

그녀는 팔을 내밀었다.

그러나 '달링!' 하면서도, 자기의 팔을 내미는 대신에 야만인은 공포에 사로잡혀 있었다.

그는 마치 위험스러운 맹수가 습격해 오는 것처럼, 그녀를 향해 손을 저으면서 뒤로 물러났다.

그러나 네 발짝 후퇴하자 벽에 부딪혔다.

"오, 사랑하는 사람!"

하고 레니나가 말했다. 그녀는 그의 어깨에 양손을 얹고, 그에게로 몸을 내밀며 짓눌렀다.

"제 몸을 끌어안아 줘요."

하고 그녀는 말했다.

"마취되어 버리도록 끌어안아 줘요, 달링."

그녀도 시는 제법이었다. 노래 부르며, 주문을 외우며, 북을 칠 때 중얼거리는 말을 알고 있었다.

"키스해 줘요."

그녀는 눈을 스르르 감고 잠에 겨운 듯이 속삭였다.

"녹아 버리듯이 키스해 줘요. 끌어안아 줘요, 달링, 달링……."

야만인은 그녀의 손목을 움켜잡고, 어깨 위에 얹은 손을 뿌리치고는 그녀를 저쪽으로 거칠게 밀쳐 버렸다.

"아아, 당신은 저를 놀리는 거예요. 저를 놀리는 거예요……. 아아!"

그녀는 갑자기 입을 다물었다.

공포감이 고통을 잊게 했다. 눈을 뜨자, 그의 얼굴은 달라졌다.

그의 얼굴이 아니었다. 창백하고, 인상을 찌푸리고 있었다.

미치광이 같았다. 이해할 수 없는 분노에 떨고 있었다. 무서운 낯선 얼굴이었다.

소름이 끼친 그녀는,

"왜 그러세요, 존?"

하고 나직하게 물었다.

그는 아무 대답이 없었다. 미치광이와 같은 눈초리로 그녀를 노려보고 있을 뿐이었다.

그녀의 손목을 잡은 그의 양손은 와들와들 떨고 있었다.

그는 불규칙적인 거친 숨소리를 내고 있었다.

별안간 가느다랗게 들릴까 말까 하는, 그러나 몸이 움츠러 들어가는 것 같은 이를 가는 소리가 들렸다.

"왜 그러세요?"

그녀는 울고 싶었다.

그녀의 흐느껴 우는 소리에 깨어난 것처럼, 그는 그녀의 양손을 움켜잡고 흔들었다.

"매음부!"

하고 외쳤다.

"매음부! 수치를 모르는 창녀 같으니!"

"아아! 그만둬요, 그만둬요."

흔들리면서 괴상하게 떨리는 목소리로 그녀는 애원했다.

"더러운 여자!"

"제발!"

"저주받을 창녀!"

"존, 이러지 말아요……."

그녀는 사정했다.

야만인이 억세게 떼밀었으므로, 레니나는 비틀거리다가 쓰러져 버렸다.

"나가!"

쓰러진 그녀를 험악한 표정으로 내려다보며 그가 외쳤다.

"나가! 안 나가면 죽여 버릴 테야."

그는 주먹을 불끈 쥐었다.

레니나는 양팔로 얼굴을 가렸다.

"제발 참아요, 존."

"빨리 나가, 빨리!"

한쪽 팔은 그냥 얼굴을 가린 채, 겁에 질린 눈동자로 그의 행동을 지켜보면서 그녀는 겨우 일어섰다.

그러고는 몸을 움츠린 채로 여전히 팔로 얼굴을 가리면서 목욕탕으로 뛰어 들어갔다.

레니나의 뺨을 치는 소리는 마치 총소리처럼 굉장히 요란했다. 그녀는 부리나케 도망쳤다.

"아아!"

레니나는 앞으로 뒹굴 듯이 쓰러졌다.

우선 목욕탕 안에 안전하게 몸을 피하고 보니, 그녀는 몸의 상처를 살펴볼 정신적인 여유가 생겼다.

거울에 등을 비춰 보았다. 왼쪽 어깨 너머에 선명하게 붉은 큼직한 손자국이 생겼다. 그녀는 조용히 상처를 어루만졌다.

옆방에서는 야만인이 매우 흥분한 표정으로 방 안을 왔다 갔다 했다. 그는 북소리처럼 울려오는 마력적인 언어에 맞추어 행진하듯이 걷고 있었다.

"굴뚝새도, 조그만 황금빛 똥파리까지도 나의 눈앞에서 색욕을 부리고 있구나."

그 말이 미칠 듯이 그의 귓속으로 쟁쟁 울렸다.

"……음탕한 점에 있어선, 냄새를 뿜는 고양이와 배터지게 먹은 말도 감히 비길 수가 없다. 허리 밑은 켄타우로스이고, 위는 여자이구나. 다만, 허리띠 맨 곳까지만 하느님께 물려받았으며, 그 밑은 모조리 악마한테서 물려받은 거야.

거긴 글자 그대로 지옥이다. 캄캄한 암흑 속의 유황굴 속에서 불이 이글이글 타오르고, 악취와 부패와……. 아아, 더러운, 더러운 것! 툇 툇! 사향을 한 온스만 가져오너라. 이봐, 약장수, 이 기분을 말끔하게 씻어 다오."(옮긴이 주 -《리어왕》제4막 제6장)

"존!"

목욕탕 속에서 가느다랗게 애원하는 듯한 목소리가 새어 나왔다.

"존!"

"아아, 그대는 독초다. 빛과 향기가 너무나 아름답고 사랑스러워서 눈과 코가 따가울 지경이다. 이 훌륭한 책은 '창녀'라고 쓰기 위해 만들어진 것인가? 하늘도 이 때문에 코를 막고……."

(옮긴이 주 -《오셀로》제4막 제2장)

그러나 여전히 그녀의 냄새는 그의 몸에 배어 있었다.

그의 윗옷은 그녀의 비로드 같은 피부에 뿌렸던 향료로 인해 하얗게 되어 있었다.

"수치를 모르는 더러운 여자, 수치를 모르는 더러운 여자."

쉴 새 없이 계속되는 리듬.

"수치를 모르는……."

"존, 내 옷을 집어 주지 않을래요?"

그는 나팔바지와 블라우스와 지퍼 달린 속옷을 집어 들었다.

"열어!"

그는 문을 발로 차면서 명령했다.

"싫어요, 열 수 없어요."

겁에 질렸지만 도전적인 말투였다.

"그럼, 어떻게 준단 말야?"

"문 위의 환기통으로 밀어 넣어 주세요."

그는 그녀가 시키는 대로 하고는, 다시 방 안을 불안스럽게 걷기 시작했다.

"철면피의 매음부, 철면피의 매음부, 철면피의 매음부. 음란한 악마가 튀어나온 엉덩이와 두툼한 손가락으로……."

(옮긴이 주 -《트로이러스와 크레시다》제5막 제2장)

"존."

그는 대답도 하지 않는다.

"튀어나온 엉덩이와 두툼한 손가락으로……."

"존."

"왜 그래?"그는 버럭 소리를 질렀다.

"제발, 내 맬더스 허리띠를 줘요."

레니나는 앉아서 옆방의 발소리에 귀를 기울이면서 생각해 보았다. 도대체 언제까지 저렇게 걷고만 있을 참인가. 그가 나가 버릴 때까지 그냥 기다리고 있는 것이 좋을까. 그렇지 않으면, 화가 적당히 가라앉을 때까지 기다렸다가 목욕탕 문을 열고 도망쳐도 괜찮을까?

불안에 질려 그런 생각을 하고 있을 때 옆방의 전화벨이 울리는 소리가 들렸다.

발소리가 갑자기 멎었다. 야만인이 상대편과 이야기하는 소리가 들렸다.

"여보세요."

"……"

"네, 그렇습니다."

"……"

"제가 틀림없습니다."

"……"

"그렇습니다. 그렇게 말한 것이 들리지 않습니까? 제가 야만인입니다."

"……"

"뭐라고요? 누가 좋지 못하다고요? 물론 걱정이 됩니다."

"……"

"하지만, 정말 좋지 못합니까? 정말 중태입니까? 제가 곧 가겠습니다."

"……"

"지금은 그 방에 없어요? 어디로 옮겨 갔습니까?"

"……"

"아아, 하느님! 주소가 어떻게 되죠?"

"……"

"공원가 3번지라고요! 3번지요? 고맙습니다."

　레니나는 수화기를 놓는 소리를 들었다. 급한 발소리가 들리더니 문이 꽝 하고 닫히는 소리가 났다. 침묵이 스며들었다. 그는 정말 나갔을까?

　그녀는 조심스럽게 문을 4분의 1가량 열고 그 틈 너머로 방 안을 살펴보았다. 방이 텅 빈 것을 느끼고는 안심하고 문을 좀 더 열고 머리를 송두리째 내밀었다.

이윽고 발을 내밀었다. 잠깐 동안 가슴이 뛰는 것을 참으면서 귀를 기울이고 서 있었다. 그러고 나서 입구의 문 쪽으로 달려가서, 문을 열고 밖을 살펴본 후에 재빨리 달려 나갔다.

승강기 쪽으로 달려가서, 승강기를 타고 내릴 때에야 비로소 살아난 것 같은 기분이었다.

제 14 장

공원가의 사망자 병원은 엷은 누런빛 타일을 붙인 60층의 탑과 같은 형태의 건물이었다.

야만인이 택시 헬리콥터에서 내렸을 때, 병원 옥상에서 화려한 색채의 장의^{葬儀} 비행기 무리가 떠올라서 서쪽 공원 상공을 지나 시체 소각장을 향해 떠났다.

그는 승강기의 입구에 섰던 사환이 가르쳐 주는 대로 18층의 제81호실(급성 노쇠 환자실이라고 사환이 설명했다.)로 내려갔다.

누런색으로 칠한 벽이 햇빛을 받아서 방은 밝고 넓었다. 침대가 20개나 있었으나, 모두 가득 차 있었다.

린다는 다른 환자들과 함께 사이좋게, 근대적인 설비에 둘러싸여서 죽음을 기다리고 있었다. 유쾌한 종합 음률과 함께 끊임없이 새로운 공기가 들어오고 있었다.

발밑에는 침대마다 다 죽어가는 환자 쪽을 향하여 텔레비전 상자가 비치되어 있었다.

텔레비전은 아침부터 저녁까지 계속 틀어 두었다. 15분마다 방의 중심을 이루고 있는 향기가 바뀌었다.

"여기서는."

하고 야만인을 담당한 간호사가 문 앞에서 말했다.

"되도록 유쾌한 분위기를 유지하기 위해 노력하고 있습니다. 일류 호텔과 촉감영화관의 중간쯤과 같은 분위기입니다."

"린다는 어디 있습니까?"

야만인은 그 정중한 설명을 무시하면서 물었다.

간호사는 약간 화가 났다.

"대단히 급하시군요."

하고 말했다.

"희망이 있겠습니까?"

하고 그는 물었다.

"희망이란, 죽지 않는 희망 말입니까?"

그는 고개를 끄덕였다.

"아뇨. 물론 없습니다. 이곳으로 온 사람은 누구든지……."

그의 푸른 얼굴에 떠오르는 슬픔의 표정에 그녀는 놀라서 갑자기 말을 멈추었다.

"하지만, 왜 그러세요?"

하고 그녀가 질문했다.

그녀는 그러한 방문객에게는 익숙하지 않았다. (하기는 방문객이 많이 있을 이유도 없었으며, 또 사실 없었다.)

"몸이 편찮으세요?"

그는 머리를 흔들었다.

"린다는 저의 어머니입니다."

거의 들리지도 않을 정도의 목소리였다.

간호사는 깜짝 놀라면서 위협당한 듯한 눈으로 그를 흘끗 쳐다보고는 재빨리 시선을 돌려 버렸다. 목에서 정수리까지 새빨갛게 달아올랐다.

"저를 그녀에게 안내해 주십시오."

억지로 평범한 태도를 취하면서 야만인이 말했다.

그녀는 얼굴이 홍당무가 된 채로 안내했다. 아직도 젊고, 주름 하나 없는 많은 얼굴들이 (노쇠 과정이 너무 빨라서 얼굴에는 주름 잡힐 여유도 없이 오로지 심장과 두뇌만 쇠퇴할 뿐이기 때문에) 두 사람이 지나가는 것을 보고 있었다.

다시 유년기로 되돌아간 듯한 무감각하고 멍한 눈들이었다.

야만인은 그런 눈을 대하면서 소름이 끼쳤다.

린다는 벽 옆에 있는 제일 끝 쪽 침대에 누워 있었다. 베개를 베고서 침대 끝에 비치된 텔레비전에서 소리도 없이 영사되고 있는 남아메리카의 리맨 공간식 테니스 선수권 시합 준결승전을 구경하고 있었다.

반짝거리는 네모난 유리 표면에서는 작은 사람이 소리도 없이 이쪽저쪽으로 움직이고 있었다. 수족관의 고기처럼, 다른 세계에 사는 말 없이 쾌활한 생물처럼.

린다는 희미한 미소를 띠면서 한참 들여다보고 있었다. 창백하고 희멀건 얼굴에는 백치 같은 행복감이 나타나 있었다.

그녀는 때때로 눈을 감고는 잠시 동안 졸았다. 그러다간 또 반짝 눈을 떴다. 눈을 뜨면, 거기엔 테니스 선수들이 움직이고 있는 수족관이 있었다.

초음성 전기연주기에서 '마취될 때까지 끌어안아 줘요, 그대여.' 라고 중얼거리고 있고, 머리 위의 환기 구멍으로부터는 바베나의 훈훈한 향기가 불어왔다.

눈을 뜨면 그런 것이 어른거렸다. 아니, 눈을 뜨면 어른거린다기 보다도 오히려 그런 것이 그녀의 혈액 속에 배어든 소마의 영향을 받아 변형되고 풍부하고 멋진 요소가 되어 꿈속에서 등장하는 것 이었다. 그리하여, 그녀는 다시 왜곡되고 낡아빠진 유치한 만족감 속에 잠겨서 미소를 띠었다.

"그럼, 전 실례하겠습니다."

간호사가 말했다.

"제 담당인 어린아이들이 오기로 되어 있습니다. 그리고 3호실 에도 들러 봐야 하고요."

그녀는 방을 가리켰다.

"이젠 가봐야겠어요. 그럼 편히 계시다 가세요."

그녀는 재빨리 사라졌다.

야만인은 침대 옆에 앉았다.

"린다!"

하고, 그녀의 손을 잡고 나직이 불러 봤다.

자기의 이름을 부르는 소리에 그녀는 고개를 돌렸다. 본 기억이 있다는 듯이, 희미한 동공에 생기가 떠올랐다.

그녀는 그의 손을 꽉 잡았다. 미소를 띠었다. 입술이 약간 움직 였다.

그러나 다음 순간, 갑작스럽게 고개가 뒤로 젖혀졌다.

벌써 잠이 들었다. 그는 그녀를 한참 동안 바라보고 있었다.

늙어 버린 육체 속을 찾아서 헤매었다. 그리고 맬페이스에서 아들인 자기를 애무해 주던 그 젊고 쾌활하던 얼굴을 더듬어 보았다. (눈을 감은 다음) 그녀의 목소리와 그녀의 동작과, 그들이 둘이서 함께 보냈던 모든 일들을 머리에 떠올렸다.

'스트렙토코크 지 투 밴뷰리—T······.'

그녀가 부르던 노래는 정말 아름다웠다. 그리고 그 동요, 무척이나 색다르고 신기한 느낌을 주던 아이들의 노래!

A, B, C, 비타민 D
지방은 간에, 대구는 바다에.

그러한 말과, 린다가 그것을 자꾸 되풀이해서 들려주던 목소리를 생각하자 그는 눈시울이 뜨거워지는 것을 느꼈다.

'젖먹이는 병 속에 있습니다. 고양이가 담요 위에 있습니다'라는 책 읽기에 대한 학습, 그리고 베타 태아 저장실용의 초보적 안내. 긴긴 겨울밤 화로 옆에서, 여름이면 그 조그만 집 옥상에서, 그녀는 다른 곳, 보존구역 이외의 다른 세계에 관해 수많은 이야기를 해주었다.

그 아름답고 아름다운 '다른 세계'에 대해. 그 기억은 지금도 새롭게 그의 넋 속에서 고스란히 그대로 남아 있었다.

이 현실의 문명적 남녀와 접촉을 가진 뒤에도 천국처럼, 사랑과 애정의 낙원처럼.

느닷없이 날카롭게 떠들썩한 소리가 나자, 그는 눈을 뜨고 황급히 눈물을 닦으면서 뒤를 돌아보았다.

여덟 살짜리 사내 쌍둥이들이 밀물처럼 방으로 밀려 들어왔다.

쌍둥이, 쌍둥이 또 쌍둥이—악몽과 같은 얼굴들—한 가지 형태

밖에 없었으므로—그것이 똑같은 콧구멍을 벌름거리면서, 깜찍한 푸른 눈으로 돼지처럼 응시하고 있었다.

제복은 카키색이었다. 모두 한결같이 입을 헤벌리고 있었다. 그들은 와글와글 떠들어 대면서 들어왔다.

삽시간에 방 안은 구더기가 끓듯 우글우글거렸다.

쌍둥이들은 침대 사이를 분주하게 돌아다니기도 하고, 침대에 기어오르기도 하고, 밑에 기어 들어가기도 하고, 텔레비전을 들여다보기도 하며 환자들의 얼굴을 찡그리게 했다.

린다의 모습은 그들을 놀라게 했으며 오히려 경계하게 했다. 그녀의 침대 옆에 한 무리의 쌍둥이들이 몰려와서, 전혀 처음 보는 동물과 돌연 마주친 것처럼 놀라움과 우둔한 호기심을 자아내면서 그녀를 주시하고 있었다.

"아아, 저 봐라, 저 봐!"

겁을 집어먹은 듯한 나지막한 소리로 그들은 말했다.

"이 여자는 어떻게 된 거야? 어째서 저렇게 뚱뚱하지?"

정말 그들은 린다 같은 얼굴을 한 여자는 처음 보았다.

그렇게도 젊음을 잃어버리고, 피부가 쭈글쭈글한 얼굴은 본 적이 없었다. 그렇게도 늙어빠진 육체를 본 적이 없었다.

죽어가고 있는 모든 60대의 여성들은 소녀와 같은 얼굴을 하고 있었다. 다만, 린다만이 44세였는데도 그들과 대조적으로 축 늘어지고 다 쓰러져 가는 괴물과 같은 늙은 모습을 보이고 있었던 것이다.

"무섭지?"

하고 속삭이는 녀석도 있었다.

"저 사람 좀 보라구!"

침대 밑에선 갑자기, 존의 의자와 벽 사이로 원숭이 얼굴을 한 쌍둥이가 얼굴을 내밀고 린다의 잠든 얼굴을 들여다보았다.

"이봐……."

하고 그가 말하려는 순간 비명을 지르고 말았다.

야만인이 그의 목덜미를 움켜잡아 의자 위에 벌떡 올려놓고 뺨을 한 대 때려 주고는 내쫓아 버렸다.

원숭이 얼굴의 우는 소리를 듣고, 간호사가 재빨리 달려왔다.

"저 앨 어떻게 한 거예요?"

하고 그녀가 험악하게 물었다.

"어린아이들을 때리다니, 용서할 수 없어요."

"그래요? 그럼 이 침대 옆에 오지 못하도록 하십시오."

야만인의 말소리는 노엽게 떨고 있었다.

"도대체, 왜 이런 더러운 자식들이 여기에 오는 거요? 실례가 아닙니까!"

"실례라고요? 그게 무슨 말이죠? 어린아이들은 죽음에 관한 습성훈련을 받고 있는 중입니다. 그리고 미리 말씀드리겠습니다만."

하고 그녀는 거칠게 경고했다.

"아이들의 습성훈련에 관해서 더 이상 간섭한다면, 사환을 불러서 당신을 밖으로 쫓아내 버릴 테니까, 그렇게 아십시오."

야만인은 벌떡 일어나서 그녀 앞으로 두 발짝 다가갔다.

그의 동작과 얼굴 표정이 너무나 심각했으므로, 간호사는 겁이 나서 뒤로 물러섰다.

가까스로 그는 자기 자신을 억제하고, 잠자코 다시 침대 옆으로 가서 앉았다.

겨우 안심을 하긴 했으나, 약간 긴장된 불안감 속에서 억지로 위엄을 세우면서 간호사가 말했다.

"주의를 주었으니까 이제 조심하세요."

그러나 그녀는 들여다보고 싶어 하는 쌍둥이들을, 방 한쪽 구석에서 동료 간호사가 지도하고 있는 '지퍼 놀이'편으로 데리고 갔다.

"그럼 가서, 커피 용액이라도 마시고 와요."

하고 그녀는 다른 간호사에게 말했다.

권위를 행사함으로써 그녀는 자기의 자존심을 회복시킬 수 있었다. 그제야 겨우 기분을 다시 회복할 수가 있었다.

"자, 여러분!"

하고 그녀는 아이들을 불렀다.

린다는 불쾌한 듯이 몸을 꼬면서 비틀거리더니, 잠시 동안 눈을 뜨고 멍하니 주위를 돌아다보다가 다시 잠이 들고 말았다.

그녀 옆에 앉은 채로 야만인은 오랫동안 기분을 전환시켜 보려고 몹시 애를 쓰고 있었다.

'A, B, C, 비타민 D'

그 말이 마치 사라져 버린 과거에 대해 다시 생명을 불어넣어 주는 주문인 것처럼, 그는 혼자 되풀이하고 있었다. 그러나 주문도 아무런 효험이 없었다.

아름다운 옛 기억은 아무래도 돌아와 주지 않았다.

질투와 죄악과 처참한 장면만이 불쾌하게 떠오를 뿐이었다.

상처를 받은 어깻죽지에서 피를 흘리고 있는 포페. 요란스럽게 코를 골고 있는 린다. 침대 옆 마룻바닥에 흘러 있는 메스칼주. 그 위를 왱왱거리며 날아다니는 파리.

린다가 지나갈 때마다 고약하게 놀려대던 아이들……. 아아, 싫다, 싫어! 그는 눈을 감고, 그러한 기억을 말끔하게 털어 버리려고 머리를 흔들었다.

'A, B, C, 비타민 D······.'

그는 그녀가 자신을 무릎 위에 누이고 자꾸 되풀이해 노래하면서 재우던 어린 시절을 떠올리려고 노력했다.

'A, B, C, 비타민 D, 비타민 D, 비타민 D······.'

초음성 전기연주기가 흐느껴 우는 크레셴도로 변했다. 그러자 갑자기 바베나의 향기가 그치고 강렬한 박하 향기가 불어왔다.

린다는 몸을 움직이면서 눈을 떴다. 잠시 동안 얼굴을 찌푸리고 준결승전의 선수들을 보고 있다가, 고개를 들고 새로운 향기를 한두 번 맡고는 느닷없이 미소를 띠었다.

황홀한 경지에 빠진 어린아이처럼.

"포페!"

그녀는 나직하게 중얼거리고 눈을 감았다.

"아아, 난 이것이 제일 좋아, 제일 좋아······."

그녀는 한숨을 쉬었다. 그러고는 베개에 머리를 파묻어 버렸다.

"린다!"

애원하듯이 야만인이 말했다.

"나를 모르겠어요?"

그는 열심히 매달렸다. 최선을 다했던 것이다.

그녀가 그를 잊다니 말이 되는가? 그는 두툼한 그녀의 손을 난폭할 만큼 힘차게 움켜잡았다.

마치 그녀를 그와 같은 수치스러운 쾌락으로부터, 그리고 비열하고 증오해야 할 기억으로부터 현실로 되돌려 놓으려는 듯이. 무서운 현재와 협박하는 듯한 현실로—그러나 역시, 끝까지 숭고하며 의의 깊은 현실로.

"절 모르겠어요, 린다?"

대답 대신에 그녀의 손이 겨우 자기 손을 누르는 것을 그는 느낄 수 있었다. 그의 눈에는 눈물이 글썽거렸다. 그는 그녀 위에 몸을 뻗고 입을 맞추었다.

그녀의 입술이 움직였다.

"포페!"

그녀는 다시 속삭였다. 그는 얼굴 위에 한 항아리의 똥물을 뒤집어 쓴 듯한 느낌을 받았다.

분노가 타오르기 시작했다.

두 번이나 애정의 분화구를 거절당하고 보니, 그의 슬픔은 격정으로 변하여 다른 분출구를 향해 기울어져 버리고 말았다. 괴로운 분노로 변해 버리고 말았다.

"전 존입니다!"

그는 외쳤다.

"존이라구요!"

비탄과 광기로 인해, 그는 자기도 모르게 그녀의 어깻죽지를 움켜잡고 흔들었다.

린다는 눈을 껌벅거리면서 떴다. 그녀는 그를 보았다.

"존!"

그러나 현실의 그의 얼굴도, 현실의 우악스러운 그의 손도 상상의 세계 속으로 바꾸어 놓고 있었다.

박하 향기와 초음성의 전기연주기가 울리는 내적이고도 은밀하게 그녀만이 차지하고 있는 유사한 세계 속에서, 그녀는 자기의 꿈의 세계를 구성하고 있는 것이다.

변모된 기억과 이상한 감각의 어중간한 세계에 사로잡혀 있는 것이다. 그녀는 그가 존이며, 자기의 아들이란 것을 인정했다.

그러나 그를 포페와 함께 소마의 휴식을 즐기던 맬페이스 낙원에 대한 침입자라고 상상하고 있었다.

그녀가 포페를 사랑했기 때문에 그는 화를 냈던 것이다. 포페가 그녀의 침대 속에 함께 자고 있었기 때문에 그가 흔들어 깨웠던 것이다.

마치 어떤 나쁜 짓이라도 하고 있는 것처럼, 문명인은 모조리 그런 짓을 하지 않는 것처럼.

"사람은 서로를……."

갑자기 그녀의 목소리는 들리지 않을 정도로 쉰 목소리가 되어 버렸다. 입을 멀거니 벌리고 있었다. 허파 속에 공기를 채우기 위하여 그녀는 절망적인 노력을 하고 있었다. 그러나 호흡하는 방법을 완전히 잊어버린 것같이 보였다.

그녀는 소리를 지르려고 했지만 소리가 나오지 않았다. 응시하고 있는 동공에 비친 공포만이 그녀의 괴로움을 알려 주고 있었다.

그녀는 양손을 몸 위에 걸쳤다. 그러고는 허공을 움켜잡았다. 이미 호흡할 수 없는 공기를, 그녀에게는 이미 존재하지도 않는 공기를 움켜잡았다.

야만인은 벌떡 일어나서 그녀 위로 몸을 굽히고 들여다보았다.

"왜 그러세요, 린다? 어찌된 일입니까?"

그의 목소리는 안심시켜 달라고 애원하는 듯이 들렸다.

그를 쳐다보는 그녀의 눈빛은 이루 말할 수 없는 공포에 젖어 있었다. 그는 공포와 비탄을 느꼈다.

그녀는 침대 위에서 일어나려고 했다. 그러나 그대로 벌떡 베개 위에 쓰러지고 말았다.

그녀의 얼굴은 몹시 일그러지고 있었다. 입술이 새파래졌다. 야만인은 병동으로 뛰어갔다.

"빨리, 빨리!"

하고 그는 외쳤다.

"빨리!"

지퍼 놀이를 하고 있던 쌍둥이들에게 둘러싸여 있던 간호사가 뒤돌아보았다. 처음엔 깜짝 놀랐으나, 곧이어 나무라는 소리로 변했다.

"떠들지 말아요! 어린아이들을 생각해 주세요."

하고 그녀는 얼굴을 찌푸렸다.

"당신 때문에 습성훈련을 할 수가 없잖아요…… 도대체 어쩌자는 거예요?"

그는 아이들의 무리를 밀쳤다.

"조심해요!"

한 아이가 소리를 질렀다.

"빨리, 빨리!"

그는 그녀의 소매를 잡아당기면서 이끌고 갔다.

"빨리! 큰일 났습니다. 그녀가 죽을 것 같습니다."

둘이 돌아왔을 때, 린다는 이미 숨이 끊어졌다.

야만인은 잠시 동안 얼어붙은 듯이 멍하니 그대로 서 있었다. 그러더니 침대 옆에 웅크리며 양손으로 얼굴을 가리고서, 엉엉 울었다.

간호사는 어쩔 줄 모르고 서 있었다. 침대 옆에 웅크리고 있는 야만인을 보자 "꼴불견이야. 가련하게도!" 하고는 다시 쌍둥이들에게 눈을 돌렸다.

아이들은 지퍼 놀이를 멈추고서, 20호의 침대에서 일어나고 있는 이상한 장면을 눈과 코를 크게 벌리고 바라보았다.

저 사람에게 말해 주는 것이 당연하겠지? 그가 지금 어디에 있다는 것을 똑바로 알려 주는 것이? 이 순진한 아이들에게 얼마나 치명적인 짓을 하고 있는가를? 고약스러운 울음소리를 내면서 죽음의 습성훈련을 완전히 망쳐 버렸어—죽음은 마치 아주 무서운 것인 것처럼, 크게 떠들어대야만 하는 것처럼.

이 사태를 그냥 내버려 두면, 죽음에 대해서 아주 처참한 관념을 어린아이들에게 심어 줄지도 모르며, 어린아이들을 아주 엉뚱한 반사회적인 방향으로 유도할지도 몰라.

그녀는 앞으로 나서서, 그의 어깨 위에 손을 얹었다.

"점잖게 구세요."

하고 나지막하게 화가 난 말투로 말했다.

그러나 뒤돌아보았을 때, 이미 6, 7명의 아이들이 달려들기 시작했다. 지퍼 놀이 둘레는 허물어져 버렸다.

다음 순간에는……. 안 돼. 위험성이 너무나 많았다. 클럽 전체의 습성훈련이 6, 7개월간이나 뒤로 퇴보되어 버릴지도 모른다.

그녀는 재빨리 그들에게 돌아갔다.

"자, 초콜릿 크래커를 좋아하는 사람은 누구지?"

크고 명랑한 목소리로 그녀가 물었다.

"저요!"

모든 포카놉스키 집단들이 합창으로 종알거렸다. 20호의 침대는 완전히 잊어버리게 되었다.

"오오, 하느님, 하느님, 하느님……."

야만인은 혼자서 되풀이하고 있었다. 그의 넋은 슬픔과 설움의 혼란 속에서 이렇게 하느님을 부르는 것이 고작이었다.

"하느님!"

그는 큰 소리로 중얼거렸다.

"하느님……."

"뭐라고 말하는 거지?"

아주 가까이서 초음성 전기연주기를 통해 날카로운 소리가 똑똑하게 들려왔다.

야만인은 깜짝 놀라서, 고개를 들고 사방을 돌아보았다. 5명의 카키색 쌍둥이가 오른쪽 손에 한 개씩 긴 초콜릿 크래커를 들고 흐물흐물한 초콜릿을 똑같은 얼굴에 처바르고서, 한 줄로 서서 눈을 깜박거리며 쳐다보고 있었다.

그의 눈과 마주치자, 쌍둥이들은 일제히 빙긋 웃었다. 한 아이가 크래커로 가리키며 물었다.

"저 여자 죽은 거야?"

야만인은 잠시 동안 묵묵히 그들을 보고 있었다. 그리고 말없이 일어나서 천천히 문 쪽으로 걸어갔다.

"죽은 거예요?"

라고, 호기심 많은 쌍둥이가 그에게 달라붙다시피 하면서 되풀이했다.

야만인은 그를 내려다보았다. 그러고는 여전히 말없이 그를 밀쳤다. 쌍둥이는 마룻바닥에 쓰러져서 엉엉 울기 시작했다.

야만인은 거들떠보지도 않았다.

제 15 장

공원 거리의 사망자 병원에서는 162명의 델타 사환이 일하고 있었다. 이 162명 중에 84명은 붉은 머리털을 가진 포카놉스키의 여자이며, 78명은 검은 머리의 남자 쌍둥이들이었다.

6시에 그들은 자기들의 일을 끝마치고 나서 병원 앞에 집합하여 출납계 대리로부터 소마를 배급받도록 되어 있었다.

승강기에서 내린 야만인은 바로 그 한가운데로 뛰어들고 말았다. 그러나 그의 정신은 다른 곳에 가 있었다.

죽음과 슬픔과 원한에 싸여 있었다. 그는 지금 자기 자신이 무엇을 하고 있는지도 의식하지 못한 채 기계적으로 무리 속의 어깨를 떠다밀면서 앞으로 걸어갔다.

"도대체 떼미는 게 누구야? 어디로 가려는 거예요?"

키가 큰 것과 작달막한 것들이 제각기 무수한 목에서 단 두 가지의 소리―날카롭게 악을 쓰는 소리와 신음 소리, 거울을 줄지어 놓은 것처럼 그칠 줄 모르게 반복되는 두 가지 종류의 얼굴들.

하나는 털이 없고 주근깨가 퍼진 오렌지빛의 달무리와 같은 얼굴이며, 또 하나는 바싹 말랐으며, 새 주둥이처럼 뾰족 튀어나온 입과, 수염을 이틀가량 깎지 않고 텁수룩하게 그냥 자란 얼굴들, 이러한 두 종류의 얼굴이 화를 내는 듯이 야만인 쪽을 향하여 뒤돌아보고 있었다.

그들의 떠들썩하는 야유를 받으며 갈빗대를 심하게 쥐어 박히자, 비로소 그는 제정신을 차릴 수 있었다. 그는 다시 외계의 현실세계로 되돌아와서 주위를 둘러보았다.

그리고 지금 자기의 눈에 띈 것을 이해하기 시작했다. 공포와 혐오감에 사로잡히면서도 지금 그의 눈앞에 나타난 것은, 바로 그가 낮이나 밤이나 되돌아가게 되는 망상, 구별할 수 없이 똑같은 얼굴들이 몰려드는 악몽인 것을 깨달았다.

쌍둥이, 쌍둥이…… 구더기처럼 그들은 무리를 이루고서 린다의 죽음에 대한 비밀을 조소했던 것이다. 그런데 여기 또 구더기의 무리들이 있지 않은가.

이번엔 성숙하고 몸집이 큰 구더기가 그의 번민과 원한 속으로 기어들려고 하는 건가.

그는 발길을 멈췄다. 당황하고 위협당한 눈으로, 주위를 둘러싸고 있는 카키색 무리들을 노려보았다.

무리의 한가운데에서 그의 머리가 우뚝 솟아났다.

"정말 많은 생물들이 있군!"(노래의 가사가 그를 조롱하는 것처럼)

"인간은 진정 아름답다! 아아, 멋진 신세계여……."

"소마 배급입니다!"

라고 소리 높이 외치는 목소리.

"차례대로 줄을 서주십시오. 빨리 해주십시오. 빨리 해주십시오."

문이 열리더니, 테이블과 의자가 옮겨져 나왔다.

방금 말한 주인공은 건강하며 젊은 알파였다. 그는 검은 쇠로 만든 출납 상자를 가지고 나타났다.

기다리고 있던 쌍둥이들 사이에서 만족한 듯이 중얼대는 소리가 들렸다. 그들은 이미 야만인에 대해선 잊어버리고 있었다.

그들의 관심은 이제 검은 출납 상자에 집중되었다. 상자의 자물쇠를 여는 소리가 들리고 뚜껑이 열렸다.

"오오! 오오!"

162명이 일제히 불꽃놀이라도 구경하는 것처럼 외쳐댔다.

청년은 작은 약상자를 꺼냈다.

"자." 하고 거만하게 말하면서,

"앞으로 나오십시오. 한 사람씩, 밀지 말고."

한 번에 한 사람씩, 밀지 않으면서 쌍둥이들이 앞으로 나갔다. 맨 앞엔 남자가 둘, 그리고 여자가 하나, 다음엔 남자가 하나, 그리고 다음엔 여자가 셋, 그리고…….

야만인은 우두커니 서서 쳐다보았다.

"아아, 멋진 신세계. 아아, 멋진 신세계……."

그의 가슴속에서는 노래의 구절이 의미를 달리하는 것처럼 느껴졌다. 언어는 그의 슬픔과 원한을 희롱한 것이었다. 비죽거리며 모멸하는 태도로 그를 희롱한 것이었다! 악마처럼 웃으면서 언어는 그의 구토증 나는 추악한 악몽을 설명하는 것이었다.

그때 돌연, 언어는 드높이 무기를 잡으라고 절규하는 것이었다.

"아아, 멋진 신세계!"

미란다는 찬란한 미의 가능성과, 악몽과 같은 것일지언정 아름답고 고귀한 것으로 변형될 수 있다는 것을 선언했다.

"아아, 멋진 신세계!"

그것은 도전이었고 명령이었다.

"밀지 말라니까, 자!"

출납계 대리가 얼굴을 붉히고 소리를 질렀다. 출납 상자의 뚜껑을 덜컥 닫아 버렸다.

"조용히, 질서를 지킬 때까지 배급 중지!"

델타들은 뭐라고 투덜거리고 서로 쿡쿡 찌르더니, 조용해졌다. 협박은 과연 효과가 있었다. 소마의 박탈, 생각하기만 해도 끔찍한 일이었다!

"됐어요."

하고 청년은 뚜껑을 열었다.

린다는 노예였다. 린다는 죽어 버렸다. 다른 사람들은 자유롭게 살아야 할 것이다. 그렇게 되어야만, 세계는 아름다워질 수 있다.

배상이 의무다. 무엇을 해야 할까. 야만인은 갑자기 분명하게 판단을 내릴 수가 있었다. 커튼이 열린 것처럼, 막이 올라간 것처럼.

"다음."

하고 출납계 대리가 말했다.

다음엔 카키색 여자가 앞으로 나왔다.

"중지해!"

야만인의 고함 소리가 크게 울렸다.

"중지!"

그는 사람들을 물리치고 테이블 쪽으로 다가갔다. 델타들은 멍하니 그를 주시하고 있었다.

"포드님 맙소사!"

출납계 대리가 입속말로 우물거렸다. "야만인이다!" 그는 어리둥절했다.

"여러분, 제 말을 들어 보십시오."

야만인은 정성껏 외쳤다.

"들어 보십시오……."

그는 지금까지 많은 사람들 앞에서 떠들어 본 적이 없었으므로, 자기가 말하고 싶은 것을 정확하게 표현하기가 매우 어려웠다.

"그 무서운 물건을 받아서는 안 됩니다. 그것은 독입니다. 독입니다."

"여보시오, 미스터 야만인."

출납계 대리는 타이르듯이 웃으며 말했다.

"제발, 저에게……."

"육체뿐만 아니라 정신도 죽이는 독입니다."

"네, 네. 하지만 그건 그렇고, 내가 계속 배급하도록 해주세요. 네? 부탁드립니다."

사나운 동물을 달래듯이 조심조심하면서, 그는 야만인의 팔을 가볍게 두드렸다.

"그냥 가만히……."

"절대로 안 돼!"

야만인이 소리를 질렀다.

"그러나, 당신은 여기에……."

"내버려, 그 무서운 독물을."

'내버려'라고 하는 말이 아무것도 모르고 있던 델타의 의식에 직접 마주치게 되었다.

군중 속에서 성난 웅성거림이 일어났다.

"나는 여러분에게 자유를 주기 위해 여기에 왔습니다."

쌍둥이를 향하여 야만인이 말했다.

"여러분에게⋯⋯."

출납계 대리는 이미 듣고 있지 않았다. 그는 슬그머니 그 자리를 빠져나가서, 전화번호부를 뒤적거리고 있었다.

"내 방엔 없어."

하고 버너드가 말문을 맺었다.

"내 방에도 없고, 자네 방에도 없어. 아프로디테움에도 없고, 센터에도, 학교에도 없어. 도대체 어딜 갔을까?"

헬름홀츠가 어깨를 으쓱했다.

야만인이 전에 만나던 장소에서 기다리고 있을 거라고 생각하면서, 두 사람은 일터에서 돌아오는 길이었다.

그러나 야만인은 도무지 보이지 않았다. 그들은 헬름홀츠의 4인용 스포콥터(스포츠 헬리콥터)를 타고 피아리츠에 가기로 약속했기 때문에 매우 초조했다.

야만인이 빨리 오지 않으면 만찬에 지각할 판이었다.

"5분만 더 기다려 보자."

하고 헬름홀츠가 말했다.

"그때까지 안 오면, 먼저⋯⋯."

전화벨이 울리자 그는 이야기를 도중에서 끊어 버렸다. 그는 수화기를 들었다.

"여보세요, 나예요."

그러고는 한참 듣고 있다가,

"큰일났다! 포드님 맙소사!"
라고 중얼거렸다.
"곧 가겠습니다."
"왜 그러는데?"
버너드가 물었다.
"공원 거리 병원에서 근무하는 친구가 전화를 걸었어."
라고 헤름홀츠가 말했다.
"야만인이 거기 가 있다는 거야. 정신이 돈 모양이야. 아무튼 빨리 가보세. 자네도 같이 가지?"
두 사람은 함께 승강기 쪽으로 복도를 달렸다.

"여러분은 노예가 되고 싶습니까?"
두 사람이 병원에 들어섰을 때, 야만인은 이런 말을 외치고 있었다. 그의 얼굴은 붉게 달아오르고, 눈은 정열과 분노로 인해 불타오르고 있었다.
"여러분은 젖먹이 아이가 되고 싶습니까? 그렇소, 젖먹이가 되어서 앵앵 울고 있을 작정입니까?"
그들의 짐승과 같은 우둔한 태도에 기가 막힐 정도로 화가 나서, 야만인은 자기가 지금 구해 주려는 사람들에게 욕을 퍼붓기 시작했다.
비난을 하자, 우둔하고 두꺼운 껍질을 덮어쓴 그들도 정신을 번쩍 차렸다. 둔중하고 우울한 분노의 눈과 무표정한 얼굴이 되어서 야만인을 노려보았다.
"그렇소, 엉엉 울고 싶은 거죠?"
슬픔과 원한, 연민과 의무, 지금 그러한 것은 모두 사라져 버리고, 그는 인간 이하의 괴물들에 대해 격렬하게 솟아오르는 증오감으로 가득 차 있었던 것이다.

"여러분은 자유롭게 어른이 되고 싶지 않소? 인간성이란 어떤 것이며, 자유란 어떤 것인가를 이해하고 싶지 않습니까?"

분노는 이윽고 그를 웅변가로 만들어 버렸다. 말은 얼마든지 손쉽게 쏟아져 나왔다.

"이해하지 못하겠습니까?"

그는 되풀이했다. 그러나 아무런 응답도 얻을 수 없었다.

"좋소, 그렇다면."

하고 그는 흰 이를 드러냈다.

"내가 가르쳐 주겠소. 내가 여러분을, 여러분들이 원하든지 않든지 자유롭게 만들어 주겠소."

그러고는 병원 안뜰로 향한 창문을 열고 소마 정제가 든 작은 상자를 몇 상자 움켜들고 집어던졌다.

잠시 동안, 카키색 군중들은 침묵을 지키고 있었다. 이 방종한 모독 행위를 보고 놀란 나머지, 돌처럼 멀거니 서 있을 뿐이었다.

"미친 모양이야."

큰 눈으로 바라보면서 버너드가 중얼거렸다.

"매 맞아 죽을 거야. 매 맞아⋯⋯."

갑자기 군중 속에서 큰 고함 소리가 일어났다. 야만인을 향해 무서운 인파가 습격해 왔다.

"포드님, 살려 주십시오!"

버너드는 시선을 돌렸다.

"포드는 스스로 돕는 자를 돕는다."

라고 헤름홀츠가 껄껄 웃으면서 군중 속으로 헤집고 들어갔다.

"자유, 자유!"

야만인은 고함을 지르면서, 한쪽 손으로는 소마를 안뜰로 내던지고, 다른 한 손으로는 밀려드는 똑같은 얼굴들을 쳤다.

"자유!"

그러자 갑자기 헤름홀츠가 거기 나타났다.

"여, 헤름홀츠!"

여전히 치면서,

"드디어 인간이 된 거야!"

그러면서도 한 손으로 계속 독물을 창밖으로 내던졌다.

"그렇다, 인간이! 인간이 된다!"

라고 외치면서. 이미 독물은 전부 없어졌다. 그는 출납 상자를 집어 들고, 속이 텅 빈 것을 보였다.

"여러분은 자유를 찾았다!"

델타는 더욱 화를 내며, 신음 소리를 내뱉었다. 결투가 벌어졌다. 구석진 곳에서는 망설이기만 하면서,

"둘 다 맞아 죽게 될 거야."라고 버너드가 말했다.

그러곤 별안간 충동에 이끌려서 구하러 뛰어 들어갔다. 그러다간 다시, 그만두는 게 좋겠지, 하고 달리던 발을 멈추었다. 그러곤 다시 부끄러워지면서 또 앞으로 달렸다. 그러곤 또다시 생각해 보았다. 그러곤 굴욕과 우유부단의 고통을 느낀 채로 그냥 서 있었다.

구하러 가지 않으면, 둘 다 맞아 죽는다. 그러나 들어가다간 자기마저 맞아 죽어 버릴 거라고 생각했다.

마침 그때 (포드님이시여!) 가스 마스크를 쓴 반짝거리는 눈과 돼지 같은 코를 가진 경관들이 달려왔다.

버너드는 경관들 쪽으로 달려갔다. 그는 팔을 저었다. 이것도 행

동이다. 자기도 구하고 있는 셈이 된다.

그는 "사람 살려!" 하고 몇 번 소리를 질렀다.

자기가 구하고 있다는 환상을 더욱 다짐히면서, 더욱더 큰 소리로 고함쳤다.

"사람 살려! 살려! 사람 살려!"

경관들은 그를 밀쳐 버리고 작업을 개시했다. 3명의 경관이 어깨에 메었던 분무기로 농도 짙은 소마의 증기를 공중에 뿜기 시작했다. 2명은 휴대용 종합음악 발성기를 트느라고 분주했다. 다른 4명의 경관은 강력한 마취제를 섞은, 물줄기를 뿜는 총을 들고서 폭도 속으로 뛰어 들어가 샤아샤아 하고, 비교적 억센 녀석들을 거침없이 넘어뜨렸다.

"빨리, 빨리!"

버너드가 소리를 질렀다.

"빨리 하지 않으면 늦습니다, 늦어……. 아아!"

그가 하도 수다스럽게 굴자, 화가 난 경관이 그에게 물줄기를 뿜는 총을 끼얹어 주었다.

버너드는 2, 3초 동안 비틀거리다가 다리도, 뼈도, 근육도 사라져 버리고 젤리 과자처럼 흐물흐물해지더니, 이윽고 젤리도 아닌 물처럼 되어 버렸다. 그는 바닥 위에 그냥 스르르 쓰러져 버렸다.

갑자기 종합음악 발성기로부터 소리가 들려왔다.

'이성'의 소리, '우애'의 소리가. 녹음 레코드는 종합적 폭동진압 연설의 제2호(중간 강도)였다. 무존재의 심장 속에서 직접적으로, "여러분, 여러분." 하고 그 소리는 비장한 말투로 지껄이기 시작했다.

그 소리는 무한하게 부드러운 비난의 말투를 지니고 있었기 때문에, 가스 마스크를 쓴 경관의 눈에까지 순간적으로 눈물이 고일

지경이었다.

"이게 도대체 어떻게 된 것입니까? 왜 당신들은 사이좋게 지낼 수 없습니까? 사이좋게, 즐겁게."

라고 소리는 되풀이했다. "평화롭게, 평화롭게."

소리는 떨렸으며 나지막하게, 나지막하게 속삭였다. 그러곤 잠시 동안 중단했다.

"아아, 여러분, 사이좋게 지냅시다."

라고 진심으로 애원하는 듯이 호소했다.

"여러분, 즐겁게, 즐겁게 지냅시다! 제발, 제발 사이좋게, 그리고 즐겁게……."

2분 후에는 벌써 소리와 소마의 증기가 효력을 나타냈다. 흐느껴 울면서, 델타들은 서로 부둥켜안고 입맞춤을 하고 있었다.

6, 7명의 쌍둥이들이 한 덩어리가 되어서 서로 포옹하고 있었다. 헤름홀츠와 야만인조차도 울상이 되었다.

출납계에서 다시 새로이 정제 상자가 운반되어 왔다. 새로운 배급이 바쁘게 시작되었다.

그리곤 자애심이 넘쳐흐르는 바리톤 음성의 고별 환송을 받으면서 쌍둥이들은 심장이 터지라고 울부짖으며 제각기 흩어졌다.

"안녕히 가십시오, 다정하고 다정한 여러분. 포드님이 돌봐 드립니다! 안녕히 가십시오, 다정하고 다정한……."

마지막 델타가 사라지자, 경관은 스위치를 껐다. 천사의 '소리' 가 멎었다.

"순순히 따라오겠습니까?"

하고 경감이 물었다.

"그렇지 않으면 마취가 필요합니까?"

그는 협박하듯이 물권총을 들이댔다.

"수…… 순순히 따르지요."

하고 야만인은 입술 터진 곳과 할퀸 목의 상처와 이에 물린 왼쪽 팔목을 문지르면서 대답했다.

손수건으로 코피를 막으면서, 헬름홀츠도 고개를 끄덕이며 따르겠다고 했다.

마취에서 깨어나 양쪽 다리를 다시 일으킬 수 있게 된 버너드는 그 순간 슬그머니 문 쪽으로 움직였다.

"여, 자네."

히고 경감이 불렀다. 그러자 돼지코 마스크를 한 경관이 재빨리 달려가서 그의 어깻죽지를 잡았다.

버너드는 순진한 청년이 분개한 듯한 태도를 보이면서 뒤를 돌아다보았다. 도망? 그는 꿈에도 그런 뜻은 없었다.

"왜 나를 붙잡고 야단이오."

하고 그는 경감에게 들이댔다.

"전혀 이해가 안 가는데."

"자네도 이 두 사람의 친구지? 그렇지?"

"난, 저……."

버너드는 망설였다. 아니, 도저히 부정할 수가 없었다.

"친구면 안 되오?"

그는 대꾸했다.

"그럼, 함께 가지."

하고 경감은 앞서서 경찰차 쪽으로 걸어갔다.

제 16 장

세 사람이 안내를 받은 방은 총재의 서재였다.

"포드 각하께서 지금 곧 나오실 테니까 기다리십시오." 하고 감마의 하인 우두머리는 세 사람은 남겨 둔 채 나가 버렸다.

헤름홀츠가 껄껄 웃었다.

"심문이라기보다는, 마치 커피 용액의 파티 같지 않은가."

하고 그는 제일 편해 보이는 공기 안락의자에 천천히 자리를 잡았다.

"정신 차려, 버너드."

푸르죽죽하게 풀이 죽어 있는 그를 보고 이렇게 타일렀다.

그러나 버너드는 웃지도 않고, 더군다나 헤름홀츠 쪽을 돌아보지도 않은 채, 조금이라도 권위자의 노염을 풀어 보려고 제일 불편해 보이는 의자를 조심히 선택해서 앉았다.

한편, 야만인은 방 안을 왔다 갔다 하면서, 책장 위에 약간 호기심을 가져 보기도 하고, 또 번호가 붙어 있는 비둘기 구멍과 같이 나란히 놓여 있는 종소리 녹음테이프와 독서기계의 두루마리를 살펴보았다. 창가에 있는 테이블 위에 빳빳한 검은 인조 가죽 표지에 큰 금박문자 T형이 찍힌 두꺼운 책이 한 권 있었다.

그는 그것을 집어 들고 펴보았다.

《포드님이 쓰신 나의 생애와 사업》

그 책은 포드 지식전도협회에 의해 디트로이트에서 출판된 것이었다.

그는 되는 대로 펼치면서 이곳저곳을 훑어 읽어 보았으나, 자기한테는 별로 재미가 없다는 결론에 이르렀다. 바로 그때 문이 열리면서, 서유럽의 세계 총재가 나타났다.

무스타파 몬드는 세 사람과 악수를 교환했으나, 이야기를 건넨 것은 야만인한테 였다.

"문명이 별로 마음에 안 드는 모양이지, 미스터 야만인."

하고 그는 말을 꺼냈다.

야만인은 그를 노려보았다. 그는 거짓말을 할 것인가, 고함을 칠 것인가, 그렇지 않으면 시무룩해서 대답을 보류해 버릴까, 하고 한참 망설이다가 총재의 얼굴을 보니, 선의와 지성이 넘쳐흐르고 있었으므로 기분이 가라앉아서 진실을 털어놓기로 마음을 먹었다.

"싫습니다."

하고 그는 머리를 저었다.

버너드는 깜짝 놀라며 조마조마해 하는 눈치였다. 총재는 어떻게 생각할까? 문명이 싫다고 하는 야만인과 친구 사이라는 것을 지적당하면—더군다나 상대가 이만저만한 사람이 아닌, 총재를 향해 공공연히 싫다고 한 사람과—그것은 무서운 일이었다. 하지만, 사실이 되고 말았다.

"그러나, 존."

하고 그는 말문이 열었다. 그러나 무스타파 몬드가 슬쩍 돌아봤기 때문에 목까지 기어 나오던 말을 꿀꺽 삼켜 버렸다.

"물론."

하고 야만인이 말을 이었다.

"대단히 훌륭한 것들이 있기도 합니다. 예를 들면, 공중에서 들려오는 온갖 음악 같은 것은……."

"때로는 무수한 악기들이 내 귓전에 울려오며, 또 때로는 사람 소리가……."(옮긴이 주 - 《템페스트》 제3막 제2장)

야만인의 얼굴에 갑자기 싱싱하게 활기가 돌기 시작했다.

"당신도 읽어 보셨습니까?"

하고 그는 물었다.

"이곳 영국에서는 아무도 그런 걸 읽은 분이 없는 줄로 알았는데."

"거의 모르겠지. 나는 그걸 알고 있는 극소수의 한 사람이야. 금지된 책이니까. 나는 이곳의 법률을 만들기 때문에 법률을 침범할 수도 있지. 벌을 받지 않고 말이야. 그러나 마르크스 군."

하고, 그는 버너드를 보고 덧붙였다.

"자네에겐 그것이 해당될 수 없다고 생각하네만."

버너드는 더욱더 빠져나갈 수 없는 처참한 궁지에 몰리고 말았다.

"그러나, 왜 금지되어 있습니까?"

라고 야만인이 질문했다. 셰익스피어를 읽은 사람을 만나게 되었다는 흥분으로, 그는 잠시 동안 다른 모든 것을 완전히 잊어버리고 있었다.

총재는 어깨를 으쓱했다.

"낡았기 때문이지. 그것이 중요한 이유라네. 여기선, 낡은 것은 아무 소용이 없으니까."

"비록 그것이 아름답더라도?"

"아름다울 경우에는 특히 더 그렇네. 미라는 것은 매혹적이니까. 그리고 우리들은 낡은 사물에 매혹당하는 것을 반겨하지 않지. 우리들은 새로운 사물만을 사랑하면 그만이니까."

"하지만 새로운 것은 비열하고 야비합니다. 헬리콥터만 날아다니고, 키스하는 것을 느낀다는 따위의 그런 영화 같은 것은……."

그는 얼굴을 찌푸렸다.

"염소란 놈, 원숭이란 놈!"

오셀로의 글귀만이 그의 모욕과 증오감을 적절하게 표현해 주는 것이었다. (옮긴이 주 -《오셀로》제4막 제1장)

"그래도 귀엽고 점잖은 동물이지."

라고 총재는 나지막한 말로 주석을 붙였다.

"왜, 그 대신에《오셀로》를 보여 주지 않습니까?"

"아까 말한 대로 낡았기 때문이네. 그리고 또 보여줘도 이해하지 못하지."

그렇다. 그것은 사실이다. 헬름홀츠가《로미오와 줄리엣》을 듣고 무척 웃었던 것을 그는 기억하고 있다.

"그렇다면."

한참 있다가 그가 말을 이었다.

"《오셀로》비슷하면서도 사람들이 이해할 수 있는 새로운 것은 어떨까요?"

303

"그게 바로 우리들이 항상 쓰고 싶어 하는 것입니다."

라고 헤름홀츠가 오랜 침묵을 깨뜨리고 말했다.

"그리고, 자네가 아무리 노력해도 못 쓰는 것이 아닌가."

하고 총재가 단정 지어 말했다.

"왜냐하면, 만약 그것이 정말《오셀로》를 닮는다면, 아무리 새롭다고 해도 이해할 수 있는 사람이 없을 테니까. 그리고 또 그것이 새롭다면,《오셀로》를 닮을 수도 없기 때문이지."

"왜 그럴까요?"

"네, 왜 그럴까요?"

하고 헤름홀츠가 되풀이했다. 그도 역시 자기의 현실을 지금 잊어버리고 있었다.

버너드만이 조바심과 걱정으로 창백하게 질려서, 자기들이 처한 상황을 깨닫고 있었다. 그러나 나머지 세 사람은 그를 무시했다.

"우리들의 세계가《오셀로》의 세계와 다르기 때문이다. 강철이 없으면 자동차를 만들 수가 없으며, 사회적인 불안정 없이는 비극을 만들 수가 없지. 그러나 지금 세계는 안정되어 있어. 인간은 행복하지. 바라는 것을 얻을 수가 있고, 얻을 수 있는 것은 결코 탐내지 않는다.

풍족하고 안전하며 질병에 걸릴 일도 없고, 죽음도 무서워하지 않지. 격정이라든가 구시대에 대해선 다행스럽게도 전혀 모르고 있네.

어머니라든가, 아버지라든가 하는 것 때문에 괴로움을 당할 필요도 없고, 아내나 자식도 없다네. 강한 감정에 지배당하게 되는 연인 같은 것도 없고.

행동해야 할 정도로만 행동하도록 실제로 습성훈련을 받고 있지. 그리고 거기에 불편한 경우가 발생할 때는 소마가 있네.

미스터 야만인, 자네가 자유의 이름으로 창밖으로 집어던져 버린 소마가. 자유라고!"

하고 그는 웃었다.

"델타에게 자유를 일깨워 주겠다고! 그리고 그들에게《오셀로》를 이해시켜 준다고! 유쾌한 일이군, 아주!"

야만인은 잠시 동안 잠자코 있었다.

"그러나 역시."

하고 그는 완고하게 주장했다.

"《오셀로》는 좋습니다 그따위 촉감영화보다는 훨씬 더 좋습니다."

"물론, 그렇다네."

하고 총재도 수긍했다.

"그러나 안정을 위해서는 그만한 정도의 희생은 어쩔 수가 없지. 행복을 선택할 것인가, 그렇지 않으면, 소위 최고의 예술을 선택할 것인가, 어느 한쪽을 택할 필요가 있지. 우리들은 고급예술을 희생시킨 것이지. 그 대신에 촉감영화와 후각 오르간을 갖게 된 것이라네."

"하지만, 그런 것은 의미가 없지 않습니까?"

"그 자체의 의미를 갖고 있지. 관객에 대해선 풍부한 쾌감을 의미하고 있네."

"그러나, 그런 것은…… 그건 바보가 만든 것입니다."

총재는 웃었다.

"자네는 자네의 친구인 왓슨 군에 대해 예의를 차릴 줄 모르는군. 가장 훌륭한 감정기사의 한 사람에 대해……."

"그러나 그가 말하는 것은 정당합니다."

라고 우울한 얼굴로 헤름홀츠가 말했다.

"그건 바보 같은 짓이니까요. 아무것도 할 얘기가 없는데, 그저 만들어 낸다는 것은…….."

"맞아, 그렇지만 그렇기 때문에 위대한 천재가 필요한 거라네. 자네는 절대 극소량의 강철을 가지고 많은 자동차를 만들어 내고 있는 거야. 오로지 순수한 감각만으로 예술품을 창조하고 있는 거지."

야만인은 머리를 저었다.

"저는 모든 것에 소름이 끼칩니다."

"물론 그럴 거야. 현실적인 행복은, 불행에 대한 과잉 대상과 비교할 때 항상 초라하게 보이는 것이니까. 더군다나, 말할 것도 없이 안전은 불안전만큼 눈에 띄는 것이 아니니까. 그리고 또 충족된 생활이라는 것은, 불행에 대한 그럴 듯한 투쟁이라든가, 유혹에 대한 설화적인 항쟁이라든가, 정열과 의혹으로 인해 일어나는 치명적인 패배라든가 하는 따위는 없네. 행복은 결코 생생하게 눈에 띄는 건 아니야."

"전 그렇게 생각하지 않습니다."

하고 야만인이 즉시 말을 받았다.

"행복을 위해선, 델타처럼 처참해야만 할까요?"

그는 눈 위에 손을 얹었다. 그것은 마치 테이블 옆에 긴 줄을 지어서 나란히 서 있는 동일한 난쟁이 영상과, 브렌트포드 모노레일 열차 정거장의 개찰구로 줄지어서 몰려드는 쌍둥이들의 영상, 린다의 침대 주위에 꾸역꾸역 몰려드는 인간 구더기들의 영상, 그에게 덤벼들던 끊임없이 반복되던 그 얼굴들을 기억으로부터 씻어 버리려고 애쓰는 것처럼 보였다.

그는 붕대를 감은 왼손을 들여다보니 소름이 끼쳤다.

"와들와들 떨립니다!"

"그러나 이만저만 필요한 것이 아니지. 자네가 우리들의 포카놉스키 클럽을 싫어하는 것을 이해할 수는 있네. 그러나 사실 그들이 모든 사물의 토대가 되고 있지. 그들은 이를테면, 국가라는 로켓 비행기가 궤도를 이탈하지 않도록 안정시켜 주는 회전판과 같은 역할을 하고 있는 거지."

그럴 듯한 비유를 드는 말소리가 감격으로 진동하면서, 그의 손 동작은 모든 공간과 거대한 인류 제조 기계가 앞으로 나아가는 모양을 나타냈다. 무스타파 몬드의 웅변은 실로 종합음악적 표준에 까지 이르렀다.

"그런데 이상하군요."

하고 야만인이 반박했다.

"왜 델타 같은 것을 일부러 만드십니까? 무엇이든지 병 속에서 만들 수 있다는 것을 자부하시면서. 왜, 전부 알파 더블 플러스의 인간을 만들지 않습니까?"

무스타파 몬드는 빙그레 웃었다.

"우리들은 자멸하고 싶지 않기 때문이네."

라고 그는 대답했다.

"행복과 안정, 이것이 우리들이 믿고 있는 신앙이지. 알파뿐인 사회는 필연코 불안정하고 처참한 것이 되어 버리고 만다네. 이를테면, 알파뿐인 공장을 상상해 보게. 즉, 훌륭한 유전을 받아서 자유로운 선택과, 각자가 지나친 책임 능력을 (무한히) 갖도록 습성훈련이 되어 있는, 각 개인들에 의한 공장을 상상해 보게. 상상해 보라구!"

라고 그는 되풀이했다.

야만인은 상상해 보려고 애썼으나 별로 이렇다 할 것을 느끼지 못했다.

"그야말로 그것은 모순투성이일 뿐이시. 알파로 배양되어, 알파로서 습성훈련을 받은 인간이 엡실론 반백치의 일을 하도록 강요당하면 미쳐 버리고 말 거야. 미쳐 버리거나, 닥치는 대로 때려 부수거나 하겠지. 알파의 사회화가 완전히 가능한 것은, 알파의 일을 시킨다는 조건 아래서만 가능하다네.

엡실론만이 엡실론적인 희생적 일을 할 수가 있지. 엡실론으로서는, 그것이 아무런 희생도 아니라는 이유로써 가능하네.

엡실론의 습성훈련은 지정된 궤도 위만 달리도록 적절하게 결정 지워져 있지. 그는 자기를 마음대로 할 수 없도록 예정되어 있는 거야. 배양한 뒤에도 여전히 그는 병 속에서, 태아기와 유아기로 결정된 캄캄한 병 속에 있는 거지. 우리들 자신도 물론 마찬가지라네."

라고 총재는 신중한 태도로 말을 이었다.

"병 속에서 일생을 보내지. 그러나 알파로 태어나면, 알파의 병은 상대적으로 용적이 크지. 우리들 알파는, 만약 비좁은 공간 속에 한정되면 날카로운 고통을 느끼게 되네. 상급계층용의 샴페인 대용제를 하급계층의 병 속에 주입할 수는 없는 노릇이지. 그것은 이론적으로 명백하네. 그러나 실제로도 증명되고 있지. 사이프러스 섬에서 실험한 결과에 의하면."

"어떤 실험입니까?"

하고 야만인이 질문했다.

무스타파 몬드는 빙긋이 웃었다.

"글쎄, 그걸 가지고 제2차 병 처리 실험이라고나 할까. 실험은 포드 기원 473년에 시작되었네. 당시의 총재는 사이프러스 섬의 전

주민을 일소해 버린 다음에 22,000명의 알파를 특별히 선택하여 그 섬에 정착시켰지.

농공업용 도구를 모두 준비해서 그들 자신의 손에 맡겼네. 그 결과, 이론적 예언을 전부 확실하게 증명하게 되었지. 토지는 적절하게 경작되지 못했으며, 공장에서는 모조리 스트라이크가 일어났으며, 법률은 아무 힘도 발휘하지 못했고, 명령은 조금도 지켜지지 않았네.

하급 노동에 배당된 자들은 모조리 상급의 지위에 오르려고 부단히 음모를 꾸몄으며, 상급의 지위에 있는 자는 그 반대로 자기의 직위를 보존하려고 책략을 꾸몄지.

6년도 채 못 되어 제일 큰 내란이 일어나고 말았네. 그때 22,000명 중에 19,000명이 살육 당했으며, 나머지 생존한 사람들은 연명으로 세계 총재에게 섬의 통치권 부활을 탄원했다네.

그리하여 그렇게 하긴 했지만, 그것이 이 세상에서 알파만으로 이루어진 유일한 알파 사회의 마지막이 되었던 거라네."

야만인은 긴 한숨을 쉬었다.

"인간에게 할당된 최적의 상태는."

하고 무스타파 몬드는 말했다.

"마치 빙산과 같은 것이네. 9분의 8은 물 밑으로, 9분의 1은 물 위로."

"그래서, 물 밑에 있어도 행복할까요?"

"물 위의 사람보다 행복하게 생각하고 있지. 이를테면, 지금 여기 있는 당신의 친구들보다는 행복하네."

라고 그는 손으로 가리켰다.

"그런 곤란한 일이 있는데도 불구하고?"

"곤란한 일? 그들은 곤란하다고 느끼지 않지. 오히려 그런 일을 좋아하네. 일은 손쉽고, 어린아이라도 할 수 있는 간단한 것이니까.

정신도 근육도 긴장되는 적이 없으며, 7시간 동안 간단하고 피로를 느끼지 않는 일을 하고 나면 소마의 배급, 여러 가지 놀이와 자유로운 성관계, 그리고 촉감영화, 그들이 이 이상 또 무슨 요구를 할까? 그렇네."

하며 그는 덧붙였다.

"혹은, 그들은 노동 시간의 단축을 요구할지도 모르는 일이지. 물론 우리들은 단축해 줄 수도 있네. 기술적으로 하층계급의 노동 시간을 3시간 내지는 4시간으로 단축시켜 주는 것은 지극히 간단한 것이지. 그러나 그렇다고 더 행복해질까? 그렇지 않네. 1세기 전에 이미 실험을 해보았던 일이지. 아이슬란드 전체에서 하루에 4시간으로 단축해 보았네.

그 결과가 어떻게 되었는지 아나? 불안과 소마의 소비량만 증대했을 뿐이네. 3시간의 여분의 시간이 행복의 원천이 되진 못했네. 그렇기 때문에 그들은 한결같이 소마의 휴식을 취하려고만 했던 것이지. '발명국'에는 노동 절약 과정에 관한 여러 가지 구체안이 산더미처럼 있네. 수천 가지의 플랜이 말야."

무스타파 몬드는 몸짓을 크게 했다.

"그러면 왜 우리들은 그것을 실천에 옮기지 않는가? 노동자를 위하기 때문이지. 그들에게 과잉의 여가를 주어 괴롭힌다는 것은 정말로 참혹하지 않을까?

농업에 있어서도 마찬가지라네. 하려고 마음먹으면 모든 음식을 합성화해 버릴 수가 있지. 다만 그렇게 하지 않을 따름이네.

우리들은 인구의 3분의 1만을 흙 위에서 일을 시키려고 하네. 그들 자신을 위해서. 왜냐하면, 공장에서 식물을 만들어 내는 것보다는 땅에서 만들어 내는 편이 더 시간이 걸리기 때문이지.

뿐만 아니라, 우리들은 안정에 대해 생각하지 않으면 안 된다네. 우리들은 변경시키는 것을 좋아하지 않네. 변경은 모든 안정의 적이지. 우리들이 새로운 발명을 채용하는 데 있어서 인색한 것도 바로 그런 이유 때문이라네.

순수과학에 있어서의 발명은 종종 붕괴성을 지니고 있지. 과학이라 할지라도 때로는 적으로 간주하지 않으면 안 되네. 그렇지, 과학까지도!"

'과학?' 야만인은 이맛살을 찌푸렸다. 그는 그 말을 알고 있었다.

그러나 그 정확한 의미를 알지는 못했다. 셰익스피어나 보존구역의 노인들은 과학이란 말은 입 밖에도 낸 적이 없었다.

린다의 입을 통해 그는 겨우 막연한 힌트를 얻었을 뿐이었다. 과학이라는 것은 헬리콥터를 만든다든가, 수확 후에 춤추는 것을 보고 비웃는 것이라든가, 주름살이 잡히고 이가 빠지는 것을 방지하는 그 무엇이었던 것이다.

총재가 말하는 뜻을 알아들으려고 그는 안간힘을 다했다.

"그렇지."

하고 무스타파 몬드는 다시 말하고 있었다.

"이것이 안정이라는 이름으로 희생되어야 할 또 하나의 사실이네. 행복과 통하지 않는 것은 예술뿐만이 아니라네. 과학도 그렇지. 과학은 위험성을 띠고 있네. 극히 조심스럽게 구속하여 감금해 둘 필요가 있지."

"뭐라고요?"

헤름홀츠가 놀라서 말했다.

"과학은 만능이라고 우리들은 언제나 말하고 있지 않습니까. 그것은 수면교육적 상식이 아닙니까."

"13세부터 17세까지, 매주 3회."

하고 버너드가 말참견을 했다.

"그리고 우리들이 전문학교에서 하고 있는 과학 선전의 모든 것이……."

"그래, 하지만 그것은 어떤 종류의 과학인가?"

라고 무스타파 몬드는 비꼬듯이 질문했다.

"자네들은 과학적 훈련을 받지 않았어. 그렇기 때문에 판단할 줄 모르는 거야. 나는 젊었을 때 상당히 훌륭한 물리학자였다. 너무나 뛰어난 물리학자였지. 우리의 과학은 누구도 의심할 여지가 없는, 요리에 있어서의 정통적 이론과 요리 책임자의 특별 허가가 있는 경우를 제외하고는, 새로 덧붙일 수 없는 비전秘傳 일람표가 붙은 요리 서적에 지나지 않는 것이라고 깨달을 만큼 훌륭한 물리학자였지.

지금은 바로 내가 요리 책임자다. 그러나 한때는, 나도 질문하길 좋아하는 풋내기 조수였어. 나는 내 나름대로의 요리를 조금 해본 적이 있다. 비정통적 요리와 금지된 요리, 그리고 실제로 진실한 과학을 약간."

그는 말문을 닫았다.

"그래서 어떻게 되었습니까?"

헤름홀츠 왓슨이 질문했다.

총재는 탄식했다.

"자네들 청년들이 겪어야 할 것과 아주 비슷한 일이 일어났다네. 나는 하마터면 섬으로 귀양 갈 뻔했지."

이 말을 듣자, 버너드는 화를 벌컥 내며 보기에도 멋쩍은 짓을 저지르고 말았다.

"절 섬으로 보내겠다고요?"

그는 벌떡 일어나서 방을 가로질러 총재 앞에 다가섰다.

"전, 가야 할 이유가 없습니다. 전 아무것도 하지 않았습니다. 다른 사람이 했습니다. 맹세합니다. 다른 사람이 했습니다."

그는 헤름홀츠와 야만인을 향해 질책하듯이 지적했다.

"아아, 제발 절 아이슬란드로 보내지 말아 주십시오. 시키는 대로 무엇이든지 할 테니까요. 이번 한 번만 용서해 주십시오. 제발 이번만 용서해 주십시오."

그는 눈물을 흘리기 시작했다.

"정말로 나쁜 것은 저 두 사람입니다."

라고 그는 흐느껴 울었다.

"아이슬란드로 보내지 말아 주십시오. 아아, 제발 포드 각하, 제발……."

그러고는 추한 발작을 일으켜서, 총재 앞에 그만 무릎을 꿇고 말았다. 무스타파 몬드는 그를 일으키려고 했다. 그러나 버너드는 엎드린 채 일어나지 않았다.

피로한 기색도 없이 끊임없이 애원하기만 했다. 이윽고 총재는 제4비서관용 벨을 눌렀다.

"세 사람을 데리고 와서."

라고 그는 명령을 내렸다.

"마르크스 군을 침실로 끌고 가게. 소마 증기를 흠뻑 뿌려서 침대에 눕혀 놓게."

제4비서관이 밖으로 나가서 초록색 제복을 입은 쌍둥이 하인을 데리고 들어왔다.

버니드는 여전히 악을 쓰고 흐느껴 울면서 끌려 나갔다.

"그는 마치 자기 목이라도 잘리는 줄 알고 있나 보군."

문이 닫히자, 총재는 이렇게 말했다.

"그러나, 그가 조금이라도 깨달을 줄 아는 인간이라면 그에 대한 벌은, 사실은 보상이라는 것을 알 수 있을 거야. 그는 섬으로 보내도록 되어 있다. 다시 말하면 그는 이 세상에서 가장 호기심이 많은 사람들과 만날 수 있는 곳으로 가게 되는 거야.

어떤 이유로 인해 공동생활에 적응하기에는 너무나 강한 자기 주의적인 개성을 지닌 사람들만이 모인 곳, 정통성에 만족할 수 없는 사람, 독특한 자기 관념을 지니고 있는 사람을 만날 수 있는 곳으로 말야. 한 마디로 말하자면, 각 개개인이 특정인인 곳으로. 난 자네가 부러울 정도야, 왓슨 군."

헤름홀츠는 웃었다.

"그러면, 왜 각하께선 섬으로 가시지 않습니까?"

"결국 그 이유는, 내가 이곳을 좋아하기 때문이지."

라고 총재는 대답했다.

"섬으로 송치되어 순수과학을 계속할 것인가, 그렇지 않으면 머지않아 시기를 봐서 실제로 총재의 임무를 맡을 통제자 협의회에 들어갈 것인가 하는 선택을 하게 되었던 거야. 나는 후자를 택하고 과학을 포기해 버렸네."

잠시 잠잠해졌다가,

"때로는."

하고 그는 부언했다.

"과학을 포기한 것을 후회할 때도 있어. 행복이란 것은 곤란한 거야. 특히 타인의 행복이란 것은. 만약 그것을 의심할 여지도 없이 습성훈련이 되어 있지 않은 경우에는 진리보다도 훨씬 더 곤란한 거야."

그는 한숨을 쉬고 말문을 닫았다가 다시 활기찬 어조로 말했다.

"그러나 의무는 의무니까, 자기가 좋아하는 것만 따를 수는 없거든. 나는 진리에 대해 흥미를 느끼고 있지. 과학을 사랑하고 있어. 그러나 진리라는 것은 위협이야. 과학은 공중에 대한 위험물이고.

지금까진 유익했지만, 그만큼 앞으로는 위험하네. 과학은 지금 역사를 통해 볼 때, 가장 안정적인 평행 상태를 가져왔다네. 예를 들면, 중국의 평행 상태는 절망적이 안 될 정도의 불안정이었지.

원시적 모계사회도 현재의 우리 사회만큼 안정되지는 못했다네. 되풀이해서 말하지만 과학에 대해서 감사해야 해. 그러나 과학이 여태까지의 훌륭한 사업을 파괴시키게 해서는 안 되지. 그렇기 때문에 우리들은 과학적 연구의 영역을 이처럼 엄밀하게 제한하고 있는 거라네.

그래서 하마터면 나는 섬으로 송치될 뻔했지. 우리들은 오로지 현재의, 극히 가까운 문제밖에 취급할 수 없어. 그 이외의 연구는 모두 샅샅이 탄압하고 있다네. 그렇기 때문에 이상한 느낌이 드는 거야."

하고 잠깐 쉬었다가 그는 말을 이었다.

"포드님의 시대에, 과학의 진보 발달에 관해서 당시 사람들이 논해 놓은 것들을 지금 읽어 보면, 그들은 과학의 진보는 그 이외의 모든 사물을 무시하고 무리해서라도 전진시켜야 하는 것이라고 생각하고 있었던 것 같아.

지식이 최고의 재물이었으며, 진리가 궁극의 가치였지. 그 이외의 것은 모조리 2차적이며 종속적인 것이었어.

물론, 그 당시에도 변화하고 있는 관념이 나타나고 있었지. 포드님 자신께서, 진리와 미보다도 쾌락과 행복에다 중점을 둘 것을 무척 강조하셨다네.

대량 생산이 그 중점을 요구하고 있었지. 보편적인 행복이 세계를 확실하게 회전시키며, 진리라든가 미 같은 것은 그것을 이룰 수가 없다네.

따라서 말할 것도 없이 대중이 정치적 권력을 획득했을 경우에는, 중요한 것은 진리나 미가 아니라 행복이었어.

그러나 그러한 사태에도 불구하고, 무제한한 과학적 연구는 여전히 허가되었다네. 사람들은 역시, 진리와 미가 최상의 제물인 것처럼, 그 두 가지에 대해 계속 논하고 있었지.

9년 전쟁까진 바로 그랬다네. 9년 전쟁 덕택에 추세는 완전히 달라졌어. 폭발성 비탈저탄이 주위에 윙윙거리는데 진리니, 미니, 지식이니 하는 것이 도대체 무슨 허황된 이야기냔 말이야? 과학이 통제 당하게 된 것은 그때부터야.

9년 전쟁 후부터 사람들은 그러한 것에 대한 취미조차 통제당해도 좋다고들 했지. 조용한 생활만 찾아 주면 좋았던 거야. 그래서 그 이후 내내 그것을 통제하게 되어 버린 거지.

물론 그것은 진리를 위해서는 그리 적절한 것은 아니었을 거야. 그러나 행복을 위해서는 지극히 적절한 일이었지. 사람은 무엇이든지 공짜로 얻을 수는 없어.

행복에도 대가가 필요하다네. 자네도 그걸 지불해야 할 거야, 왓슨 군. 자네는 미에 대해서 지나치게 관심을 갖기 때문이야. 나는 진리에 대해 너무 애착을 가졌던 것이고. 그 때문에 나도 대가를 치렀다네."

"하지만 당신은 아이슬란드에 가지 않았지 않습니까?"

하고 야만인이 오랜 침묵을 깨뜨렸다.

총재는 빙긋이 웃었다.

"그것이 내 지불 방법이었다네. 행복에 대하여 봉사한다는 것— 나 자신의 행복이 아니고 타인의 행복을 위하여 봉사할 것을 선택한 것이."

하고, 그는 부언했다.

"이 세상에는 섬이 많이 있어. 그것이 없었더라면 어떻게 해야 좋을지 나는 몰랐을 거야. 자네들을 모두 가스실에라도 집어넣을 건가. 그런데 왓슨 군, 자넨 열대적인 더위가 좋은가? 이를테면 미르케사스라든가, 사모아 근처라든가? 혹은 그것보다도 훨씬 더 자극적인 곳이?"

헤름홀츠는 공기 의자에서 벌떡 일어났다.

"전 철저하게 나쁜 기후가 좋습니다."

라고 그는 대답했다.

"기후가 나쁘면 창작을 더욱 잘할 수 있다고 생각하니까요. 이를테면, 무서운 바람과 폭풍이 부는 곳이라면 어디든지……."

총재는 고개를 끄덕이면서 알겠다는 뜻을 표시했다.

"난 자네의 그 의기가 마음에 들었네, 왓슨 군. 아주 마음에 들었어. 공적으로는 그것을 비난하지만."

그는 빙그레 웃었다.

"포클랜드 섬이 어떤가?"

"네, 거기도 좋습니다."

라고 헤름홀츠는 대답했다.

"그럼, 좀 실례하겠습니다. 버너드가 어떻게 되었는지 보고 오겠습니다."

제 17 장

"예술과 과학 — 당신네들은 행복을 위해 아주 비싼 가격을 치렀군요."

둘만 남았을 때 야만인이 말했다.

"그 외에는 또 없을까요?"

"글쎄, 종교도 물론 그랬지."

하고 총재가 대답했다.

"신이라는 것이 있었네, 9년 전쟁 전까진. 이런, 내가 좀 정신이 없군. 자네는 신에 대해선 무엇이든지 잘 알겠지?"

"저는……."

하고 야만인은 주저했다. 그는 고독과 밤과 달빛 아래 창백하게 빛나고 있는 고원과, 절벽과 암흑 속으로 뛰어내린다든가 또는 죽음에 대해서 이야기를 해보고 싶었다.

말문을 열어 보려고 했으나 적당한 말을 발견할 수가 없었다.

그동안 총재는 방 건너편으로 가서, 책장 사이의 벽에 비치해 놓은 큰 금고문을 열었다. 육중한 문이 열렸다. 캄캄한 내부를 뒤적거리면서,

"신은."

하고 그는 말했다.

"나에겐 항상 대단히 흥미 있는 제목이지."

그는 검고 두툼한 책을 꺼냈다.

"자네는 이 책을 못 읽었을 거야."

야만인은 책을 받았다.

"《성서―신약과 구약 합본》"

이라고 그는 소리 높이 읽었다.

"이것도."

이번에는 표지가 떨어져 나간 자그마한 책이었다.

"《그리스도의 본보기》."

"이것도."

"《종교적 경험의 다양성》, 윌리엄 제임스 저*."

"난 이외에도 많이 가지고 있네."

자리에 앉으며 무스타파 몬드가 말을 계속했다.

"음란한 낡은 책이 잔뜩 있지. 신은 금고 속에, 포드님은 선반 위에라고 할까."

웃으면서 그는 자기의 공공연한 서재를―여러 개의 책장과 도서 기계와 녹음테이프 두루마리를 가리켰다.

"신에 대하여 알고 있으면서, 왜 그것을 여러 사람들에게 가르치지 않습니까?"

하고 야만인은 야릇한 감정에 사로잡혔다.

"왜 신에 관한 이러한 책을 모든 사람들에게 나눠 주지 않습니까?"

"그들에게 《오셀로》를 읽히지 않는 것과 마찬가지 이유라네. 낡은 것이니까. 수백 년 전의 하느님 이야기니까. 지금은 하느님을 얘기하는 시대가 아니니까."

"그러나, 신은 영원불변합니다."

"하지만, 인간은 변하지."

"그렇다고 어떤 차이가 있단 말입니까?"

"세계의 모든 것은 변화한다네."

라고 무스타파 몬드가 말했다. 그는 다시 일어나서 금고 쪽으로 걸어갔다.

"옛날에 뉴먼 추기경이란 사람이 있었지."

라고 그는 말했다.

"추기경이란."

하고 그는 주석을 붙여 주었다.

"일종의 찬미합창단 원장과 같은 역할이었네."

"'나는 아름다운 밀라노의 추기경'이라는 걸 저는 셰익스피어에서 읽은 적이 있습니다."(옮긴이 주 - 《존왕》 제3막 제1장)

"물론 그렇겠지. 그런데 지금 말한 바와 같이, 뉴먼 추기경이란 사람이 있었네. 아, 여기 바로 그 책이 있군. 이것은 메인느 드 비랭이라는 사람이 쓴 책인데, 그는 철학자였지. 철학자는 알겠지?"

"하늘과 땅에 있는 것들을 미처 다 꿈꾸지도 못하는 사람"

(옮긴이 주 - 《햄릿》 제1막 제5장 햄릿의 말. '호레이쇼여, 이 하늘과 땅 사이에는 숱한 사건이 있어서, 그대가 말하는 그 철학이라는 몽상으로는 감히 따라갈 수 없는 일이 많단다.')

이라고 야만인이 곧 받아서 중얼거렸다.

"맞아, 그렇지. 그가 꿈꾸었던 것을 지금 곧 읽어 주지. 그러나 그 전에, 이 옛날 찬미합창단 원장의 말을 들어 보게."

책 사이에 종이쪽지를 꽂아 두었던 책장을 펼치고는 읽기 시작했다.

"우리들이 소유하고 있는 것이 우리들 것이 아닌 것과 마찬가지로, 우리들은 우리들 자신의 것이 아니다. 우리들은 우리들 자신을 만들 수도 없으며, 우리들 자신 위에 주권을 행사할 수도 없다. 우리들은, 우리 자신의 주인이 아니다. 우리들은 하느님의 소유물에 지나지 않는다. 문제를 이렇게 설정하는 것이 우리들을 위해서는 행복하지 않을까?

우리들은 우리들 자신의 것이라고 생각하는 것이, 그 어떤 행복이 되며 위로가 될 것인가? 젊고 영화롭게 사는 사람들은 이렇게 생각할지도 모른다.

이러한 사람들은 모든 것을 그들 마음대로 하고, 그들이 상상하던 대로 다른 사람에게 의존하지 않고─소유하는 것에 대하여도 눈에 보이지 않는 것은 아무것도 소유할 수 없는 것으로 받아들이고 끊임없이 기도드리는 일도 없이, 타인의 의지에 끊임없이 관심을 갖지 않도록 하는 것이 위대한 것이라고 생각하기가 쉬울 것이다.

그러나 때가 지남에 따라서, 그들은 모든 인간이 그런 것처럼 독립이라는 것은 인간에게 부여된 것이 아니라는 것, 그것은 한 개의 부자연스러운 상태라는 것─독립이라는 것은 단순히 일시적인 것이며, 그들에게 마지막까지 남겨지는 것이 아니라는 걸 깨닫게 될 것이다……"

무스타파 몬드는 도중에서 중단하고 읽던 책을 놓고는, 다른 책을 집었다.

"이것을 읽어 보지."

하고 그는 말했다. 그러고는 그럴 듯한 목소리로 읽기 시작했다.

"사람은 나이를 먹으면, 나이에 따라 쇠약, 늙음, 불쾌감 등의 근본적인 느낌이 찾아든다. 그래서 이러한 감각이 일어나면 단순히 병이라고 상상하고는, 이 불유쾌한 상태는 특별한 원인이 있는 것이니까, 그것을 마치 병을 고치면 된다고 생각함으로써 자기의 공포감을 진정시키려고 한다.

이것은 헛된 상상이다! 병은 노년에 있는 것이다. 그리고 정말로 그것은 무서운 병이다. 사람이 노령에 가까워지면, 그가 종교에 접근하게 되는 것은 죽음과 죽은 다음에 찾아오는 공포 때문이라고 보통 말한다.

그러나 나 자신의 경험에 의하면, 종교적 감정은 우리들이 노령에 달하고 보면, 그 어떤 상상과 공포감과는 달리 자연적으로 발달한다는 것을, 즉 정열은 진정되고, 공상력과 자극 감수성은 더욱더 감소되어 버리며, 이성의 작용은 환상과 욕망과 번민으로 인하여 장애당하는 일이 적기 때문에 발달하게 된다고 확신하고 있다.

여기에 있어서, 하느님은 구름 사이로부터 나타나는 것처럼 우리들 앞에 나타난다. 우리들의 영혼은 모든 광명의 원천을 느끼며, 보며, 또 그곳으로 향하게 된다. 자연적으로도, 필연적으로도 그곳으로 향하게 된다.

감각의 세계에 생명과 매혹을 가져다주던 그 모든 것은 이제야 우리들과 결별하고, 현상적 존재는 안팎 그 어떤 인상에도 지지를 받지 못하므로, 우리들은 영속적이며 우리들을 기만하지 않는 그 무엇에, 즉 하나의 현실성에, 절대적이며 영속적이며 진리에 매달 릴 필요를 느끼게 된다.

그렇다, 우리들은 필연적으로 신에게로 향하게 된다. 그러므로 이 종교적 감정은, 우리들의 영원을 위해서는 그 본질상 너무나 순수하며 또 희열에 넘치는 것이므로, 우리들은 종교적 감정을 위해서는 그 어떤 손실을 받아도 좋다는 것이다."

무스타파 몬드는 책을 덮고 의자에 깊숙이 기대었다.

"하늘과 땅 사이에 일어나는 수많은 사건들 중에 이러한 철학자들이 꿈도 꾸지 못했던 것 중 하나가 이것이었네."

하고 그는 손을 흔들었다.

"우리들의 현대 세계 말이야. '젊고 번영을 누릴 동안만은 신에게 독립해 있을 수 있을 것이다. 그러나 그러한 독립성을 마지막까지 안전하게 이끌어 갈 수는 없다.' 그러나 우리들은 지금 젊음과 번영을 마지막까지 가질 수 있네.

이렇게 되면 어떻게 되나? 명백하게 우리들은 신으로부터 독립할 수 있다는 것을 말해 주는 거지. '종교적 감정이야말로 다른 모든 손실을 충분히 메울 수 있을 것이다.'라고 하지만, 우리들은 지금 메워야 할 어떠한 손실도 없네. 종교적 감정은 불필요한 것이지.

그리고 청춘의 욕망이 잘못될 의심이 절대로 없는데, 어째서 청춘의 욕망의 대용물을 찾아야 할 필요가 있을까?

우리들은 모두 바보 같은 즐거움을 최후까지 향락하고 있는데, 위로해 줄 대용물이 필요할까? 우리들의 몸과 마음이 마지막까지 활동하는 것을 즐기고 있는데, 왜 휴식할 필요가 있을까?

소마가 있는데 다른 위안이 왜 필요가 있을까? 또한 사회적 질서가 유지되고 있는 곳에 왜 불변하는 그 무엇이 필요할까?"

"그러면, 신은 존재하지 않는다고 생각하십니까?"

"천만에, 아마 존재하고 있겠지."

"그렇다면, 왜……?"

무스타파 몬드가 그의 말을 가로막았다.

"그러나 신은 제각기 다른 사람들에게 제각기 다른 방법으로 자기를 표현하고 있네. 전근대기까지는, 신이 이러한 책에 기록되어 있는 식으로 자기를 표현하고 있었지. 하지만 현재에 와서는……."

"현재에는 어떻게 자기를 표현하고 있습니까?"

하고 야만인이 질문했다.

"글쎄, 무로써 표현되고 있다고 할까. 전혀 존재하지 않는 것처럼."

"그것은 당신의 잘못입니다."

"문명의 잘못이라고 말하게. 신은 기계와 과학적 의학과, 보편적 행복과는 공존할 수 없는 것이네. 선택이 필요하게 되지. 우리들의 문명은 기계와 의학과 행복을 선택했네. 그렇기 때문에, 이러한 책은 금고 속에 넣어 잠가 버리지 않을 수 없는 거지. 이러한 것은 모조리 추잡한 것이니까. 사람들이 보면 충격을 받을 테니까……."

야만인이 가로채고 나섰다.

"그러나 신은 존재하고 있다고 느끼는 것이 자연스럽지 않을까요?"

"바지를 지퍼로 올리는 것이 자연스러운가 어떤가를 질문하는 것과 같은 얘기지."

라고 총재가 비꼬았다.

"그 말을 들으니, 브래들리라는 옛 사람이 또 한 명 기억에 떠오르는군. 그는 철학이라는 것은, 인간이 본성에 의해 믿게 된 것에 대해 잘못되었다는 이유를 발견하는 것이라고 정의를 내렸네.

마치 인간은 무엇이든지 본능에 의해 믿고 있는 것처럼. 인간이 어떤 사물을 믿게 되는 것은, 그가 그것을 믿지 않으면 안 되도록 길들여졌기 때문이네.

인간이 그 어떤 잘못된 이유를 발견하는 것─이것이 철학이지. 인간은 신을 믿도록 길들여졌기 때문에 신을 믿는 거라네."

"그러나 역시."

하고 야만인은 끈질기게 주장했다.

"혼자 있을 때 신을 믿고 싶은 것은 자연스러운 것입니다. 완전히 혼자 있을 때라든가, 밤이나 죽음에 대하여 생각할 때는……."

"그러나 지금, 인간은 결코 혼자 있지 않네."

라고 무스타파 몬드가 말했다.

"그들은 고독을 싫어하게 되었지. 그뿐만 아니라, 고독을 느끼는 것이 거의 불가능하도록 생활양식을 만들어 놓았으니까."

야만인은 시무룩하며 고개를 끄덕였다. 맬페이스에서는 부락의 공동적 활동에서 제외되었기 때문에 괴로웠다.

그러나 문명화된 이 런던에서는 공동생활에서 도저히 떨어질 수 없기 때문에, 도저히 혼자가 될 수 없기 때문에 괴로웠다.

"《리어왕》에 이런 장면이 있었죠?"

하고 야만인이 말했다.

"'아아, 하느님은 공평한 거야. 사악한 쾌락은 피치 못할 고통을 가져다주신다. 그대를 캄캄한 곳에서 낳게 한 것이 아비에 대한 응보구나.'라고 말하면, 이번엔 에드먼드가─부상당하여 다 죽어 가게 된 에드먼드가, '과연 그럴지도 몰라요, 형의 말이 옳습니다. 운

명의 쳇바퀴가 한 바퀴 돌았기에 이렇게 되었어요.'라고 대답했죠.

이것은 어떨까요? 사물을 지배하고 상벌을 좌우하는 신이 있나고 생각되지 않습니까?"(옮긴이 주 -《리어왕》제5막 제3장)

"그렇게 생각될까?"

하고 이번에는 총재가 대답했다.

"자네는 이곳에선 불임 여자를 상대로 하여 어떠한 사악한 쾌락에도 깊이 빠질 수 있으며, 뿐만 아니라 자네 아들이 애인으로 인해 눈을 망쳐 버리게 될 위험도 없다네. '운명의 쳇바퀴가 한 바퀴 돌아서 이렇게 되었어요.' 그러나 오늘날 에드먼드는 도대체 어디에 있을까?

공기 의자에 앉아, 여자의 허리에 팔을 둘러 껴안고는, 성호르몬 추잉껌을 씹으면서 촉감영화를 감상하고 있겠지. 하느님은 옳네, 의심할 여지도 없이.

그러나 하느님의 계율은 결국에 가서 사회를 조직하는 인간에 의해 지시되고 있지. 하늘의 뜻도 인간으로부터 산출되는 것이네."

"당신은 확신을 가질 수 있습니까?"

하고 야만인이 물었다.

"그 공기 의자 위에 앉아 있는 에드먼드는 부상당하여 죽음에 처하고 있는 에드먼드보다 심하게 벌을 받고 있지 않다는 확신을 가질 수 있습니까? 하느님은 옳습니다. 하느님께서는 에드먼드의 사악한 쾌락을, 그를 타락시키는 수단으로 이용했던 것이 아니었을까요?"

"그를 무엇으로부터 타락시킨다는 건가? 행복하고 근면하며 일을 많이 하는 시민으로서, 그는 완전하네. 물론 우리들과는 다른 그 어떤 표준을 취한다면, 혹시 그가 타락했다고 말할 수 있을지도 모르지. 그러나 전제조건만은 지켜야 하네. 전자 골프를 원심성 범불퍼피의 규칙으로 따질 수 없을 테니까."

"그러나 가치라는 것은, 개인의 특수한 의지로 결정되는 것은 아닙니다."

라고 야만인이 말했다.

"칭찬하는 사람이 가치를 정할 뿐만 아니라, 그 자신이 고귀한 성질을 갖고 있기 때문에 가치는 발생합니다."(옮긴이 주 -《트로이러스와 크레시다》제2막 제2장)

"여보게."

하고 무스타파 몬드는 반대했다.

"그렇게 되면, 이야기가 조금 빗겨나는 게 되지 않을까?"

"만약 당신이 하느님을 생각하는 것을 스스로 허락하신다면, 즐거운 악덕으로 인해 몸을 타락시키는 것을 승인하지 않을 것이라고 생각합니다. 사물을 끈기 있게 참아 나가며, 용기를 가지고 성취하는 것을 진정한 가치라고 생각하게 될 것입니다. 내가 본 인디언이 바로 그랬습니다."

"인디언은 그렇겠지."

라고 무스타파 몬드가 말했다.

"그러나 우리들은 인디언이 아니라네. 문명인은 불쾌한 것을 참아야 할 아무런 필요가 없어. 그리고 사물의 성취에 대해선 포드님이 그러한 사고방법을 금하고 있지. 만약 인간이 각자 독립된 의식을 가지게 되면, 모든 사회질서는 붕괴되어 버리고 만다네."

"그러면 자아부정은 어떻게 됩니까? 신이 있다면, 당신은 자아부정을 위한 이유가 생길 텐데요."

"공업문명은 자아부정이 전혀 존재하지 않는 곳이라야만 비로소 가능한 것이네. 위생학과 경제학이 허용하는 최대한의 한계 가치의 자유 탐닉. 그렇지 않으면 사회의 수레바퀴는 돌아가지 않지."

"순결은 중요하다고 생각되는데요!"

라고 야만인은 약간 얼굴을 붉히며 말했다.

"그러나 순결은 정열을 의미하며, 신경쇠약을 의미하지. 그리고 정열과 신경쇠약은 불안정을 의미한다네. 불안정은 문명의 최후를 의미하고. 즐거운 악덕이 풍부하지 못하면 문명은 영속될 수 없는 것이라네."

"하지만 하느님은 뜻이 높고 아름다우며, 동시에 영웅적인 모든 것의 원천입니다. 만일, 신을 인정한다면……."

"젊은 친구."

하고 무스타파 몬드가 말했다.

"문명은 인격의 고결함이나 영웅적인 것을 결코 필요로 하지 않는다네. 그런 것은 정치적 무능의 징후이지. 현대처럼 적절하게 조직된 사회에서는, 고결성을 지닌다든가 영웅적이 될 수 있는 기회가 누구에게도 없다네.

그러한 기회가 발생하려면, 우선 사회의 상황이 철저하게 불안정해야 하지. 전쟁이 일어난다든가, 충성의 의무감이 두 갈래로 갈라진다든가, 항거해야 할 여러 가지 유혹이 있다든가, 싸워서 쟁취하느냐, 수호해야 하느냐 하는 식의 애욕의 대상이 있다든가, 그러한 경우라면 말할 것도 없이 고결한 정신과 영웅주의 같은 것이 다소 의의가 있겠지. 그러나 지금은 전쟁 같은 것은 없네.

누구든지 지나치게 사랑하지 않도록 최대의 주의를 다하고 있지. 충성의 의무감이 두 갈래로 갈라질 염려도 없네. 즉 사람들은 모두 그들이 마땅히 해야 할 일들을 하도록 길들여져 있지.

그리고 마땅히 해야 되는 것들이란, 모두 지극히 즐거운 것이며, 자연적 본능은 대부분 자유롭게 해방되어 있네. 그러므로 항거해야 할 유혹 같은 것은 실제로 존재하지 않지.

그리고 만일의 경우에, 우연히도 그 어떤 불행하고 불쾌한 일이 발생할 경우에는, 그때야말로 불쾌한 대상으로부터 벗어나 휴식을 취하도록 소마가 준비되어 있지.

화를 진정시키는 데도 소마가, 적과 융화하는 데도 소마가, 끈기 있게 지구력을 강화시키는 데도 소마가 준비되어 있네.

옛날에는 오랜 시간 동안 노력하고 격심한 도덕적 훈련을 해야만 이런 상태에 도달할 수 있었지. 그러나 지금은 반 그램의 소마 정제 2개 내지는 3개만 마셔 버리면, 그것으로 충분하다네.

지금은 어떤 사람이라도 도덕가가 될 수 있지. 병 속에다 도덕성의 반만 집어넣은 채로 어디라도 갈 수 있다네. 눈물을 흘리지 않는 기독교 정신, 즉 소마가 그것이지."

"그러나 눈물은 필요합니다. 오셀로가 말한 것을 기억하고 계시죠? '폭풍이 분 뒤에 언제나 이러한 고요가 찾아온다면, 죽은 자가 깜짝 놀라 깨어날 때까지 바람은 불지어다.'(옮긴이 주 – 제2막 제1장)

나이가 많은 인디언이 항상 나에게 들려주던 이야기가 있습니다.

마사키의 소녀에 관한 이야깁니다. 그녀와 결혼할 젊은 남자는, 그녀의 뜰에서 매일 아침 풀을 베지 않으면 안 되었습니다. 그것은 쉬운 일 같았으나, 모기와 파리와 요술쟁이들이 뜰에 있었습니다.

그래서 남자들은 대부분 물리거나 찔리기 때문에 참을 수가 없었습니다. 그런데, 그것을 견뎌 낸 한 남자가 있어서 그가 소녀를 차지하게 되었다는 것입니다."

"재미있군! 그러나 문명국에선."

하고 총재가 말했다.

"풀 같은 걸 베어 주지 않아도 여자를 얻을 수 있다네. 그리고 물 거나 찌르거나 하는 모기나 파리도 없지. 1세기 전에 전부 전멸시 켜 버렸으니까."

야만인은 얼굴을 찡그리면서 고개를 끄덕거렸다.

"전멸시켜 버렸다고요? 과연 당신들이 아니면 할 수 없는 일이 죠. 불유쾌한 것은 모조리, 그것들과 싸우는 것을 배우는 대신 손 쉽게 쫓아 버린다는 것, 어떤 쪽이 남자의 마음이겠습니까! 잔혹 한 운명의 돌팔매질과 화살을 받고도 참는 것과, 아니면 조수처럼 밀려드는 재앙을 두 손으로 막아 싸워서 이와 함께 쓰러지는 것 과? (옮긴이 주 - 《햄릿》 제3막 제1장)

그러나 아무것도 하지 않고, 고민하는 것도 참는 것도 하지 않습 니다. 당신들이 하는 것은 오로지 돌과 화살을 없애 버리는 것뿐입 니다. 그렇게 되면, 인생은 너무나 안이한 것이 되고 맙니다."

그는 갑자기 입을 다물었다. 어머니에 대한 생각이 떠올랐던 것 이다.

38층의 자기 방 속에서 린다는 노래하는 빛과 향기의 애무 속에 서 떠돌고 있었다.

공간과 시간으로부터, 기억과, 습관과, 늙은 나이와, 쇠약한 육체 의 감옥으로부터 멀리 떨어져서 떠 있었던 것이다.

그리고 토마킨은, 인공부화 및 습성훈련 센터의 전국장이던 토 마킨은 아직도 휴식을 취하고 있다.

모욕과 고뇌로부터의 휴식을 취하여, 그 불쾌한 말과 조소가 조 금도 들려오지 않는 세계로, 그 보기 싫은 얼굴이 보이지 않는, 그의 머리를 끌어안은 그 습기 어린 침침한 팔의 감각이 사라져 버린 세계로, 아름다운 세계로 달려가고 있었다······.

"당신들에게 필요한 것은."

하고 야만인은 이야기를 계속했다.

"눈물과 함께 그 무엇을 허락해서 받아들여야 하는 것입니다. 이 사회에는 가치 있는 것이 아무것도 없습니다."('1,250만 달러요.'라고 야만인의 말을 받아서 헨리 포스터는 이렇게 항변을 했다. '1,250만 달러—이것이 습성훈련 센터의 가치죠. 거기서 1센트도 에누리할 수 없습니다.')

"나약하고 모순덩어리인 이 한 몸을 던져서 운명도, 죽음도, 위험도 감히 돌보지 않고, 그러면서도 얻게 되는 것은 달걀 껍데기 정도의 것(옮긴이 주 -《햄릿》제4막 제5장), 이런 짓은 아무 가치도 없을까요?"

하고 묻고는, 무스타파 몬드를 쳐다보았다.

"물론, 신은 거기에 대한 정당한 근거가 있지만, 신이라는 걸 제쳐 두고서도 말이죠. 위험 속에 산다는 것은 아무런 가치도 없는 것일까요?"

"많은 가치가 있지."

라고 총재가 대답했다.

"남자나 여자나 이따금씩 아드레날린을 자극시킬 필요가 있으니까."

"뭐라구요?"

하고 이해하지 못한 야만인이 질문했다.

"그것이 안전한 건강 조건의 하나라네. 그 때문에 우리들은 V.P.S 요법을 강제적으로 시행하고 있지."

"V.P.S?"

"격렬한 열정 대치 치료요법이란 것이지. 한 달에 한 번씩 규칙적으로 몸 전체를 아드레날린으로 훑어 내린다네. 아드레날린은 생리학적으로 공포나 분노와 대등한 것이지. 데스데모나를 죽인다든가, 오셀로에게 살해당한다든가 하는 모든 보충적인 효과를 가져오지. 아무런 불편도 없이."

"그러나 나는 불편한 편이 좋습니다."

"우리들은 싫어하네."

라고 총재가 말했다.

"우리들은 편한 걸 더 원하지."

"저는 편한 것을 원치 않습니다. 저는 신이 필요합니다. 시가 필요합니다. 현실의 위험이 필요합니다. 자유가 필요합니다. 선행이 필요합니다. 저는 죄악이 필요합니다."

"정말로?"

하고 무스타파 몬드가 말했다.

"자네는 불행하게 될 권리만 찾고 있군그래."

"그래도 할 수 없죠."

라고 야만인이 대담하게 말했다.

"저는 불행하게 되는 권리를 요구하고 있습니다."

"늙고 추악해지고 성불구가 되는 권리는 말할 것도 없이, 매독과 암에 걸리는 권리를, 기아의 권리를, 이투성이가 되는 권리를, 내일은 어떻게 될까 하고 끊임없이 걱정하는 권리를, 티푸스에 걸리는 권리를, 이루 말할 수 없는 수많은 고통으로 괴로움을 받는 권리를."

오랜 침묵이 흘렀다.

"나는 이러한 모든 것을 요구합니다."
라고, 마침내 야만인이 말해 버렸다.
무스타파 몬드는 어깨를 으쓱했다.
"마음대로 하게."

제 18 장

문은 열려 있었다. 두 사람은 안으로 들어갔다.

"존!"

목욕탕에서 불쾌하고 이상한 소리가 들렸다.

"무슨 일이야?"

헤름홀츠가 소리쳤다.

대답이 없었다. 듣기 싫은 소리가 두 차례 반복되더니 잠잠해졌다. 그러더니 문이 열리고 얼굴이 핼쑥해진 야만인이 나타났다.

"이런."

헤름홀츠가 걱정스럽게 말했다.

"얼굴색이 좋지 못하군, 존!"

"뭘 잘못 먹었나?"

하고 버너드가 물었다.

야만인은 고개를 끄덕였다.

"난 문명을 먹었어."

"뭐라구?"

"식중독이야. 난 더럽혀졌어. 그리고."

나지막한 소리로 그는 덧붙였다.

"난, 나 자신의 사악함까지 먹어 버렸어."

"그래, 하지만 정말 어떻게 한 거야? 지금 자넨 뭘……?"

"방금은 씻어 내리는 중이었어."

하고 야만인이 말했다.

"겨자 조금 하고 더운물을 마셨어."

두 사람은 깜짝 놀라면서 그를 쳐다보았다.

"정말 그런 짓을 한 거야?" 버너드가 물었다.

"인디언은 항상 이렇게 해서 몸을 깨끗하게 씻는 거야."

하고, 그는 자리를 잡고 앉았다. 그러고는 한숨을 쉬고, 머리에 손을 얹었다.

"좀 쉬게 해주게."

라고 말했다.

"약간 피로한 모양이야."

"당연히 그렇겠지."

라고 헤름홀츠가 말했다. 잠시 후에,

"우린 작별 인사를 하러 온 거야."

라고 말투를 바꾸어서 그가 다시 말했다.

"우린 내일 아침에 출발할 거야."

"그래, 우린 내일 아침에 출발할 거야."

라고 버너드도 따라했다.

야만인은 결정적인 체념의 표정을 짓고 있었다.

"그런데, 존."

버너드는 의자 위에 앉은 채로 몸을 앞을 내밀면서, 야만인의 무릎 위에 손을 얹고 말을 이었다.

"어젠 정말 미안했어."

그는 얼굴이 붉어졌다.

"면목이 없어."

목소리가 떨렸으나, 그는 다시 한번 말했다.

"정말, 뭐라고 말을 해야 할지……."

야만인은 그의 말을 가로막으면서 그의 손을 잡고 부드럽게 어루만졌다.

"헬름홀츠가 무척 친절히 대해 주었어."

조금 쉬고 나서 그가 계속 말했다.

"만약 헬름홀츠가 없었더라면 난 도무지……."

"그만두게, 그만둬."

하고 헬름홀츠가 가로막았다.

침묵이 흘렀다. 그들은 슬펐으나―그들의 슬픔은 그들이 서로 사랑한다는 증거였으므로, 오히려 슬펐기 때문에―그들 세 사람은 행복해 보였다.

"난 오늘 아침에 총재를 만났어."

라고 야만인이 마침내 말을 뗐다.

"무슨 일로?"

"자네들과 함께 섬에 가도 좋은지 물어 보러 갔던 거야."

"그래, 뭐라고 하던가?"

헬름홀츠가 다그쳐 물었다.

야만인은 머리를 저었다.

"허가해 주지 않더군."

"왜?"

"그는, 실험을 계속하고 싶대. 난 저주받은 몸이야. 하지만 제기랄."

하고 그는 느닷없이 화를 내면서 덧붙였다.

"난 어떤 일이 생기더라도 절대로 실험 대상은 안 될 테야. 세계의 총재들이 모두 함께 부탁을 한다 해도 절대로 그렇게는 안 할 거야. 나도 내일 아침에 가버릴 거야."

"하지만, 어디로?"

두 사람이 동시에 물었다.

야만인은 어깨를 으쓱했다.

"어디라도. 알게 뭐야. 혼자만 살 수 있으면 그만이야, 어디라도."

내려가는 항공로는 길드포드에서 웨이 계곡을 따라 가댈밍으로 간 다음, 밀포드와 위틀레이를 지나 헬스메어로 가서 피터스필드를 지나 포츠머드로 향했다.

그 선과 거의 평행을 이루며 올라가는 항공로가 워플레스댄, 톤햄, 퍼튼햄 엘스티드, 그레이숏의 상공을 지나가고 있었다. 혹스백과 하인드햄 사이에는 2개의 항로가 6~7km 거리밖에 떨어져 있지 않은 그런 지점이 있었다.

부주의한 비행가들에겐 이 거리가 너무나 비좁았다—야간이나, 소마를 반 그램쯤 너무 많이 마셨을 때엔 유달리 더 비좁았다. 여러 차례 사고가 일어났다. 큰 사고도 많았다.

그래서 올라가는 항로는 2~3km 서쪽으로 돌리기로 결정되어 있었다. 그레이숏과 톤햄 사이에는 못 쓰게 된 항공용 등대가 4개나 남아 있어서, 포츠머드 – 런던간의 옛 항공로 흔적을 나타내고 있었다.

그 일대의 하늘은 고요하고 쓸쓸했다. 헬리콥터가 끊임없이 소리를 내며 지나가는 곳은, 이제 셀본과 보던과 팬햄 근처의 상공이었다.

야만인은 퍼튼햄과 엘스티드 사이에 있는 어떤 언덕의 꼭대기에 남아 있는 낡은 등대를 자기의 은신처로 정했다.

건물은 철근 콘크리트로 이루어져서 아주 근사했다. 지나치게 마음에 들 정도였다.

처음에 그곳을 조사해 보고 그렇게 느꼈던 것이다. 너무나 문명적이고 사치스럽다고 생각할 정도였다.

그는 그 장소에 대한 은혜를 갚기 위하여 한결 더 격심한 자기 훈련과 철저하고 완전한 자기 정화를 약속하면서, 자기의 양심을 진정시켰다.

은신처에서 맞이하는 첫날밤은, 깊이 생각한 결과 자지 않기로 결정했다.

그는 몇 시간이고 무릎을 꿇은 채로, 죄를 지은 클로디어스(옮긴이 주 – 햄릿의 숙부)가 용서를 빌었던 '하늘'을 향해 또는 주네 말로, 아오나윌로나를 향해 혹은 예수와 푸콩을 향해, 혹은 자기의 수호자인 독수리를 향해 기도를 올렸다.

때때로 그는 십자가에 매달린 것처럼 양팔을 펼치고 오랫동안 고통을 참으면서 그냥 버티고 있었다.

팔의 고통은 이윽고 이루 형언할 수 없는 지독한 고통을 가져왔으나, 그는 그래도 팔을 내리지 않았다. 그 의지적인 십자가 위에서 그는 이를 악물고. (얼굴에는 땀이 마구 쏟아져 내렸다.)

"아아, 용서해 주십시오! 아아, 저를 말끔히 씻어 주십시오! 아아, 저를 선(善)으로 이끌어 주십시오!"

리고 수없이 기도를 드렸다. 마침내 그는 고통 때문에 기절하고 말았다.

이튿날에야 겨우 그는, 그 등대에서 생활할 수 있는 권리를 얻었다고 생각했다. 그렇다, 대부분의 창은 아직도 유리가 그냥 남아 있었으며, 전망대에서 내려다보는 경치는 매우 아름답기도 했다.

사실은 그가 이 등대를 선택했기 때문에, 당장에 어디든지 떠나버리고 말겠다고 마음먹을 수가 있었던 것이다.

이곳은 경치가 매우 아름다웠고, 또한 신성의 구현물이 나타날지도 모른다는 기분이 들었다. 그래서 이 등대에서 살기로 결정했던 것이다. 아름다운 풍경을 하루종일 흠뻑 즐기고 있는 자기는 도대체 무엇일까? 신의 구현과 더불어 살겠다고 하는 자기는 도대체 무엇일까? 그에게 알맞는 모든 생활이란 더러운 돼지우리라든가, 창도 문도 없는 지하의 컴컴한 구멍이어야 할 것이다. 고통의 밤을 그냥 새워도 여전히 양심은 괴로웠지만, 살 수 있는 자격을 얻었다고 스스로 힘을 내면서 그는 탑의 전망대 위로 올라갔다.

그리고 거기서 살 수 있는 권리를 다시 얻은 그는 아침 해가 돋는 빛나는 장면을 쳐다보았다. 북녘의 조망은 혹스백의 긴 백토질의 산등성이로 둘러싸여 있었다. 그리고 그 너머 동쪽 끝에는 길드포드의 일곱 개의 고층 건물이 우뚝 솟아 있었다. 그것을 보자, 야만인은 얼굴을 찌푸렸다.

그러나 그는 앞으로 그러한 건물과 타협을 해야만 했다. 왜냐하면, 밤이 되면 그러한 건물들은 기하학적인 별자리를 즐겁게 반짝반짝 비춰 주었으며, 또한 모든 조명을 동원시켜서 그 번쩍이는 손가락 끝으로(영국에서는, 지금은 야만인 단 한 사람만이 이해할 수 있는 몸짓으로) 측량할 수 없는 하늘의 비밀을 엄숙하게 비춰 주었기 때문이다.

등대의 모래언덕과 혹스백의 경계선 계곡 사이에 있는 곡식 저장탑과 가금농장, 작은 비타민 D 공장을 포함해 10층 건물이 있는 자그마한 퍼튼햄 마을이 있었다.

등대의 반대쪽, 즉 남쪽으로 향하여 대지는 원만한 경사를 이루고 있었으며, 경사진 땅 위엔 온통 히스 덩굴이 우거져 있었고, 히스 덩굴을 넘어서면 호수가 몇 개 보였다.

호수 건너편에는 숲이 있고, 숲 건너편에 엘스티드의 15층 건물이 보였다. 안개가 심한 영국의 독특한 공기 속에 하인드헷과 셀본 등의 마을이 훨씬 먼 곳에서 로맨틱한 푸른빛을 띠고서 흐릿하게 보였다.

그러나 야만인이 그 등대에 매혹을 느낀 것은, 도시와 마을에서 그처럼 멀리 떨어져 있다는 것뿐만이 아니었다. 그 근처 일대도 그와 같이 고적한 것에 뒤지지 않을 만큼 유혹적이었다.

우거진 숲, 눈에 아득한 히스와 노란 가시금작화 덤불, 스코틀랜드 전나무의 숲, 반짝거리는 호수, 그리고 백양목과 수련과 밀생한 등심초, 그러한 것들이 모두 아름다웠다.

그 모든 것은 아메리카 사막의 황량한 모습에 익숙한 눈에는 정말 놀라지 않을 수 없는 풍경들이었다. 그리고 그 고독!

사람을 한 명도 보지 않은 채 하루를 보냈다.

그 등대는 체어링 T 타워로부터 겨우 15분의 비행이면 충분히 도달할 수 있는 거리였으나, 맬페이스의 언덕도 이 서레이의 황무지만큼 적막진 않았다.

날마다 런던을 떠나는 무리들은 오로지 전자 골프와 테니스를 치기 위해서였다. 그러나 퍼튼햄엔 경기장이 없었다. 가장 가까운 리만식 테니스 코트는 길드포드에 있었다.

이곳의 유일한 매력은 꽃과 풀과 경치뿐이었다. 그러므로 그들이 이곳에 와야 할 아무런 이유가 없었기 때문에 아무도 오지 않았다.

처음 며칠 동안 야만인은 혼자 아무의 방해도 받지 않고 지낼 수 있었다.

그가 처음에 영국에 도착했을 때, 용돈으로 쓰라고 받았던 돈을 대부분 이번 일을 준비하는 데 써버렸다.

런던을 떠날 때 그는 인조 모피 4장, 로프, 철사, 못, 아교, 두서너 가지의 도구, 성냥(틈을 내어 불을 붙이는 연습을 하려고는 했지만), 주전자와 냄비, 씨앗 12봉지, 밀가루 10kg을 샀다.

"안 돼, 종합전분과 무명 조각으로 만든 대용품 같은 걸 사면 안 돼."

라고 그는 고집했다.

"비록 그쪽이 영양가가 많다 하더라도."

그러나 비스킷과 비타민이 든 쇠고기 대용품에 이르러서는, 점원의 권유를 거절할 수가 없었다.

그는 자기의 약한 성격을 무척 안타깝게 여겼다.

"고약스러운 문명품 같으니라구!"

비록 굶어 죽을지언정 결단코 그것은 먹지 않겠다고 결심했다.

"그래야만 놈들도 곤란하겠지."

하고 집요하게 그는 고집을 세웠다.

그러나 그도 역시 곤란은 받게 될 것이다.

그는 돈을 계산해 보았다. 남아 있는 약간의 돈만으로도 겨울을 지낼 수 있겠지, 하고 그는 희망적 예측을 해보았다.

내년 봄에는 바깥 세계와는 완전히 분리된 채 살아갈 수 있을 만큼 밭에서 충분한 곡식을 얻을 수 있을 거야.

그동안에 짐승들을 얼마든지 잡아먹을 수 있으니까. 그는 많은 토끼에 대해 이미 눈독을 들이고 있었으며, 연못에는 물고기가 많이 있었다. 그는 곧 활과 화살을 만들기 시작했다.

등대 부근에는 물푸레나무가 서 있었다. 그리고 곧게 뻗은 멋진 어린 개암나무가 무성했다. 화살을 만들기에는 꼭 알맞은 나무였다.

그는 어린 물푸레나무를 베어서 가지를 쳐버리고, 둥치를 6피트 길이로 잘라서 껍질을 깎았다. 언젠가 미시마 노인이 가르쳐 준 대로 그 흰 나무 둥치를 끊고 끊어서, 드디어 한가운데를 두툼하게 하고 양쪽을 얇게 하여 탄력성이 있는 작대기 모양으로 만들었다.

그러한 작업은 그에게 둘도 없는 쾌감을 안겨 주었다. 런던에서 어떠한 일다운 일도 없이, 간혹 무슨 일이 있다고 해도 고작 스위치나 핸들을 움직이면 모든 게 다 해결되어 버리던 그 권태로운 몇 주일 동안을 겪은 그는, 이제야 숙련과 끈기를 필요로 하는 이런 일을 한다는 것이 정말 순수한 기쁨으로 다가왔다.

드디어 화살을 완성시킬 즈음, 그는 느닷없이 자기가 노래를 부르고 있는 것을 깨닫고 깜짝 놀랐다—노래를 부르고 있다!

그것은 갑자기 자기가 중대한 잘못을 저지르고 있는 현장을 들켜 버리고 만 것 같은 느낌이었다. 그는 죄를 지은 것 같아서 얼굴이 붉어졌다.

결국 그가 여기에 온 것은 노래하며 즐기려고 온 것이 아니었다.

혼탁한 문명생활에서 멀리 도피하기 위해서였다. 정화되어서 좋은 일을 하기 위해서 온 것이다.

실천적으로 지기 자신을 속죄하기 위해서였다. 그는 그러한 자기 자신을 깨닫고 깜짝 놀랐다. 화살을 만드는 데 정신이 팔려서 결코 잊어버리지 않으려고 작정했던 사실을 잊어버리고 만 것이었다.

가련한 린다를, 그녀를 죽게 한 자기의 부주의를, 그녀의 죽음의 신비로운 주변에 그처럼 우글거리며, 그의 슬픔과 원한뿐만 아니라 하느님조차 모욕하고 만 그 고약스러운 쌍둥이들을 잊어버리고 있는 것이었다.

그는 절대로 잊어버리지 않겠다고 맹세했다. 무한한 속죄를 하겠다고 맹세했던 것이다. 그런데도 불구하고 방금 화살을 깎으면서 노래를 불렀다는 것은 어떻게 된 일인가…….

그는 방으로 돌아가서 겨자통을 열어 놓고, 물을 끓이기 시작했다.

30분 후의 일이었다. 버튼햄의 포카놉스키 집단에 속하는 3명의 델타 마이너스의 토지 노동자가 엘스티드로 드라이브를 하는 도중에 산모퉁이를 지나가다가, 버려진 등대 밖에서 한 청년이 반나체가 된 채로, 마디가 맺힌 채찍으로 자기 몸을 치고 있는 것을 보고 깜짝 놀랐다.

그의 등줄기에는 붉은 줄이 겹겹이 서 있었으며 피가 맺혀서 흘러내리고 있었다. 자동차 운전수는 도로 옆에 차를 세우고 함께 탔던 친구들과 함께 멍하니 입을 벌린 채 그 괴상한 광경을 구경하고 있었다.

하나, 둘, 셋—하고 그들은 청년이 내리치는 채찍을 세었다. 여덟 번째 치고 나더니 청년은 채찍을 던져 버리고 숲속으로 뛰어 들어가서 연달아 고통스러운 신음 소리를 냈다.

신음이 그치자, 그는 또 채찍을 주워 들고 다시 내리치기 시작했다. 아홉, 열, 열하나, 열둘······.

"포드님 맙소사!"

하고 운전수가 엉겁결에 외쳤다. 다른 쌍둥이들도 같은 기분이었다.

"오, 포드님!"

하고 그들도 중얼거렸다.

사흘 후, 시체를 파먹으려고 모여드는 독수리처럼 탐방기자들이 모여들었다.

야만인은 생나무를 약한 불 위에다 건조하여 탄탄하게 만들어서 활을 만들고 있었다. 그는 옆을 돌아다볼 겨를도 없이 화살을 만들기에 바빴다.

30개비의 작대기를 깎고 말려서 날카로운 못을 끝에 꽂아 달고, 그 위에 조심스럽게 오늬를 달았다. 그는 어느 날 저녁, 퍼튼햄의 양계장에서 몰래 닭을 훔쳐왔으므로, 활꽂이에 붙여야 할 날개털은 충분했다.

첫 번째 탐방기자가 찾아왔을 때, 마침 화살에다 날개털을 붙이려던 참이었다. 공기신을 신고 있었으므로 소리도 없이 그 남자는 그의 등 뒤로 다가왔다.

"안녕하세요, 미스터 야만인."

하고 그는 말했다.

"저는 〈라디오 신보〉의 기자입니다."

뱀한테 물린 것처럼 야만인은 깜짝 놀라면서 벌떡 일어났다.

화살과 날개털과 아교 항아리와 솔이 사방으로 흩어졌다.

"미안합니다."

하고 기자는 진정으로 미안하다고 느끼면서 이렇게 말했다.

"고의로 그런 것은 아닙니다만⋯⋯."

그는 모자에 손을 올렸다. 알루미늄제의 실크 모자이며, 안에는 무선 수화기와 송화기가 감추어져 있었다.

"모자도 안 벗고서 미안합니다."

라고 말했다.

"좀 무거워서요. 사실은 아까도 말씀드린 바와 같이 〈라디오 신보〉의 기자입니다⋯⋯."

"무슨 일입니까?"

야만인은 얼굴을 찡그리면서 물었다.

탐방기자는 더할 나위 없는 아첨을 떨었다.

"그래서 저, 독자들이 무척 기뻐할 줄로 믿기 때문에⋯⋯."

그는 애교에 가까운 미소를 지으며 고개를 갸우뚱했다.

"몇 마디만 말씀해 주실 수 없겠습니까, 미스터 야만인."

항상 하는 대로 재빨리 그는 허리에 차고 있던 휴대용 전지에 달려 있는 전선을 풀어서 알루미늄 모자의 양쪽에 꽂았다.

모자 위의 스프링에 손을 얹자 안테나가 공중으로 솟아올랐다. 모자 테두리를 건드리자 뚜껑을 열면 튀어나오는 장난감처럼 마이크로폰이 튀어나와서 그의 코 밑 8인치의 허공에 덜렁거리며 걸려 있었다.

그러자 그는 한 묶음의 수화기를 귀에 걸고서 모자 왼쪽의 스위치를 눌렀다. 그러자 안에서 벌과 같은 가느다란 소리가 들렸다.

그는 손잡이를 오른쪽으로 돌렸다. 그러자 가느다란 소리는 청진기로 듣는 것 같은 짜르짜르 하는 소리 때문에 뭉개져 버리고,

딸꾹질과 같은 소리와 함께 갑자기 끼르끼르 하는 소리가 들려왔다.

"여보세요."

그는 마이크로폰에다 입을 대고 말했다.

"여보세요, 여보세요……."

모자 안에서 돌연 벨이 울리기 시작했다.

"에드셀인가? 난 프리모 멜론이야. 응, 그를 만났어. 미스터 야만인이 지금 마이크로폰을 통해 잠시 이야기해 주겠다고 한다. 그럼 미스터 야만인?"

의기양양한 미소를 띠면서 그는 야만인을 보았다.

"왜, 여길 오시게 되었는지를 독자 여러분께 잠깐 이야기해 주십시오. 무엇 때문에 당신이 런던을 떠나게 되었는지를, (끊지 마, 에드셀!) 그리고 물론 그 채찍에 대해서도."(야만인은 깜짝 놀라면서 펄쩍 뛰었다. 어떻게 채찍에 관해서도 알고 있을까?)

"우리들은 채찍에 관해서 무척 알고 싶어 합니다. 그리고 문명에 관하여 한 마디만 해주세요. '문명 세계의 여성을 어떻게 생각하는가?' 하는 식으로, 한 마디면 되니까요. 한 마디만……."

야만인은 청하는 대로 따랐다. 그러나 그는 겨우 5마디 밖에 말하지 않아서 그의 코를 납작하게 해주었다.

캔터베리 찬미합창단 원장에 관하여, 그가 버너드에게 말했던 것과 꼭 같은 5마디를,

"Háni! Sonséso tse-ná!"

그러고는 탐방기자의 어깻죽지를 움켜잡았다. (과연 갈겨 주고 싶은 욕망이 저절로 일어날 만큼 기자는 몸을 겨누고 있었다.) 존은 목표를 겨누어서 축구 선수와 같은 억센 힘과 정확성을 가지고 근사

하게 내질러 주었다.

8분 후에 〈라디오 신보〉의 신간은 런던의 거리거리에서 판매되고 있었다. 제1면의 톱기사는 '괴물 야만인, 〈라디오 신보〉 기자의 꽁무니뼈를 차다'였다.

'서레이에서의 센세이션.'

"런던에서도 대사건이지."

라고 돌아오는 길에 탐방기자는 그것을 읽으면서 중얼거렸다. 뿐만 아니라, 이만저만 아픈 게 아닌 대사건이었다.

그는 가까스로 점심 식탁의 의자에 자리를 잡았다.

동료의 꽁무니뼈 부상이 경고를 했음에도 불구하고, 다시 4명의 탐방기자가 〈뉴욕 타임스〉, 〈프랑크푸르트의 사차원 연속지〉, 〈포드 과학 감독〉, 〈델타 모니터〉를 대표해서 그 날 오후에 등대를 찾아갔다가, 점점 더 심해지는 폭행의 접대를 받았다.

안전거리에까지 달려 나와 아직도 엉덩이를 문지르면서,

"바보 같은 자식!"

하고 〈포드 과학 감독〉 지의 기자가 소리를 질렀다.

"왜 소마를 마시지 않나?"

"어서 꺼져 버려!"

야만인이 주먹을 휘두르며 소리쳤다.

상대는 2, 3걸음 뒤로 물러섰다.

"소마 2개만 마시면 악마는 사라진다."

"Kohakwa iyathtokyai!"

위협적이고 조롱하는 어조로 야만인이 말했다.

"고통은 꿈이다!"

"아아, 그런가?"

하고 야만인이 말했다. 그러고는 굵다란 개암나무를 집어 들고 앞으로 성큼성큼 나왔다.

〈포드 과학 감독〉지의 기자는 겨우 저승길에서 빠져나와 헬리콥터로 달려갔다.

그 후 얼마 동안 야만인은 평온한 나날을 보낼 수 있었다. 헬리콥터가 두서너 대 호기심에서 등대 부근을 빙빙 돌았을 뿐이었다.

그중에서도 가장 귀찮게 구는 녀석에게 그는 화살을 쏘았다. 화살이 헬리콥터의 알루미늄 바닥을 뚫었다. 날카로운 비명이 들렸다. 헬리콥터는 전속력을 다해 상승하여 사라졌다.

그 뒤부터는 다른 헬리콥터가 나타나도, 주의를 기울이며 먼 곳을 날아다닐 뿐이었다.

야만인은 그들의 짜증스러운 소음을 무시하면서 (그는 자기가 마사키 소녀의 구혼자 중 한 사람이며, 날개가 돋친 독충들 속에서도 참을성 있게 태연하게 버티고 있다고 공상하길 좋아했다.) 자기의 밭이 될 땅을 열심히 파헤치고 있었다.

잠시 후엔 독충들도 싫증이 나서 사라져 버렸다. 그의 머리 위의 하늘은 정적에 싸이게 되었다. 종달새의 노랫소리가 들릴 만큼 고요했다.

숨이 콱콱 막힐 만큼 더웠다. 멀리서 천둥소리가 들렸다. 그는 오전 중에는 계속 땅을 팠으므로, 마룻바닥 위에 큰 대자로 몸을 펼치고 누워서 쉬었다.

그러자 느닷없이 레니나의 생각이 머릿속에 떠올랐다.

'다정한 그대! 양팔로 절 꼭 껴안아 주세요!'라고 하면서 벌거벗고 그에게 접근하는 그녀…… 양말과 신만 신은 발로 향수를 풍기면서.

수치를 모르는 매음부! 그러나 아아, 아아, 그녀의 팔은 그의 목을 껴안고, 가슴은 뛰놀고, 그녀의 입은! 우리들의 입술과 눈에 영원이 깃드나니. (옮긴이 주 -《안토니와 클레오파트라》제1막 제3장)

레니나……. 아냐, 아냐, 아니야! 그는 벌떡 일어났다. 그리고 반나체인 몸을 그냥 드러내고 방을 뛰어나갔다.

히스가 우거진 곳에 노간주나무 숲이 있었다. 그는 노간주나무에 매달려서 자기가 원하던 부드러운 육체가 아닌, 한아름의 초록빛 가시투성이를 끌어안았다. 무수한 날카로운 침이 그의 몸을 찔렀다.

그는 가련한 린다를 떠올리려고 애를 썼다. 숨이 막히고, 입이 옴짝달싹도 하지 않고, 주먹을 움켜쥐고, 두 눈엔 이루 말할 수 없는 공포를 띠고 있던 린다를. 잊어버리지 않겠다고 맹세한 린다를.

그러나 여전히 그의 눈앞에 아른거리는 것은 레니나의 모습이었다. 잊어버리겠다고 맹세한 레니나였다.

노간주나무의 가시가 그의 몸을 찔렀지만, 그의 오므라드는 육체는 자포자기가 되어 역력하게 그녀만을 원하고 있었다.

"사랑스러운 달링, 다정한 그대……. 당신도 저를 좋아했으면서, 왜 당신은……."

채찍은 탐방기자의 도착에 대비해서, 문 옆의 못에 걸어 두었다. 그는 미치광이처럼 방에 뛰어 들어가서 채찍을 집어 들고 내리쳤다. 마디 진 매듭이 그의 살점을 파고들었다.

"매음부! 매음부!"

그는 채찍이 휘둘릴 때마다 소리를 질렀다. 마치, 채찍이 레니나인 것처럼. (그리고 채찍이 레니나였다면, 하고 그는 자기도 모르게 열광적으로 갈망하고 있었다!)

그가 그처럼 채찍을 치는 것은 희고, 따뜻하고, 더럽혀진 레니나인 것처럼. "매음부!" 그는 절망적으로 자포자기했다.

"아아, 린다, 용서해 주십시오. 하느님, 저는 악한 인간입니다. 저는 죄인입니다. 저는 ……. 아냐, 아냐, 수치를 모르는 자식, 수치를 모르는 자식!"

300m 떨어진 숲속의 비밀 장소에서 조심스럽게 대기하고 있던 촉감영화협회의 가장 뛰어난 촬영기사인 다윈 보나파르트가 야만인의 모든 행동을 감시하고 있었다. 인내와 숙련이 드디어 열매를 맺을 때가 되었다.

가시 금작화 수풀 속에다 마이크로폰을 숨겨 놓고, 전선줄은 연한 회색 모래로 덮어 놓고서, 그는 사흘 동안이나 인공적인 떡갈나무 구멍 속에 앉아서, 사흘 밤을 히스 사이에 엎드려서 세웠던 것이다.

72시간 동안의 말할 수 없는 고통. 그러나 바야흐로 때가 왔다. 최대의 걸작이 될 것이다. 기계 사이를 왔다 갔다하면서 다윈 보나파르트는 기대에 부풀었다.

지금 그에겐 그 유명한 〈고릴라의 결혼〉의 포성과 실체적 모습을 그대로 담은 촉감영화 이후로 최대의 시간이 찾아온 것이었다.

야만인이 그 놀라운 연출을 시작했을 때, "멋지다."라고, 그는 혼자 중얼거렸다. "멋지다!"

그는 왔다 갔다하며 움직이는 대상물에 대하여 망원 카메라의 초점을 정밀하게 맞추고는 정착시켰다.

광란하여 찡그리고 있는 얼굴을 클로즈업하기 위하여 렌즈를 최대한으로 확대시켰다. "정말 멋지군!" 그러고는 30초가량 느린 동작으로 돌려놓았다. (굉장한 희극적인 효과가 나타나길 기대하며 그는 용기를 내었다.)

그동안에도 채찍 소리가 필름의 가장자리 녹음부에 녹음되어 가는 거친 소리에 귀를 기울였다.

그러고는 음의 확대를 조금 시험해 보았다. (그래, 이것이 더욱 좋군.)

소리가 순간적으로 딸깍 그쳤을 땐, 종달새의 날카로운 울음소리에도 귀를 기울였다. 야만인이 제발 뒤로 돌아서 주면, 등줄기의 피도 클로즈업해서 찍을 수 있을 텐데.

그러나 바로 그때 (정말 뜻밖의 행운!) 친절하게도 상대편이 뒤로 홱 돌아서 주었으므로, 완전한 클로즈업을 찍을 수 있었나.

"정말 멋졌어!" 하고 다 찍은 후에 그는 혼자 중얼거렸다.

"아주 멋졌어!" 그는 매우 기뻐했다.

'이제 스튜디오에서 여기에다 촉감 효과만 가하면 그야말로 놀랄 만한 필름이 되는 거야.' 하고 다윈 보나파르트는 생각했다.

'이만하면, 향유고래의 연애생활에도 뒤지지 않을 만큼 멋진 물건이 될 거야. 포드의 이름으로 맹세하건대 아주 멋진 것이!'

12일 후엔 〈서레이의 야만인〉이 개봉되어서 유럽 일류 촉감영화관에서는 어디서든지 보고 들으며 느낄 수가 있었다.

다윈 보나파르트가 촬영한 필름 효과는 직접적이며 심각했다. 영화가 개봉되고 난 다음 날 오후, 존의 전원적인 고독한 생활은 무리를 이루어서 머리 위를 날아 모여드는 헬리콥터로 인해 순식간에 파괴되어 버리고 말았다.

그때 그는 땅을 갈고 있었다. 동시에 그는 자기가 생각하는 내용을 열심히 파헤치면서 자기의 마음속에 호미질을 하고 있었다.

죽음—하고, 그는 삽질을 했다. 한 번 두 번, 그리고 다시 한번. 우리들의 어제라는 날은 보잘것없는 인류에게 티끌로 돌아가는 죽음의 길을 암시한 것에 지나지 않는다. (옮긴이 주 - 《맥베스》 제5막 제5장) 그 말을 통하여 힘찬 천둥이 울렸다. 그는 다시 한번 삽질을 했다.

왜, 린다는 죽었는가? 왜, 그녀는 점점 인간 이하의 동물로 전락하여, 드디어는……. 그는 소름이 끼쳤다. 신의 입맞춤을 받은 썩은 살! (옮긴이 주 - 《햄릿》 제2막 제2장 '만약 햇빛이 개의 시체 위에 구더기를 끓게 한다면, 개는 신의 입맞춤을 받은 썩은 살이 되어.')

그는 삽에다 발을 얹고 이를 악물고 땅바닥을 팠다. 장난꾸러기 신은 우리들 인간을 아이들이 곤충을 취급하듯이 하여, 신은 장난삼아 우리들 인간을 죽이는 것이다. (옮긴이 주 - 《리어왕》 제4막 제1장)

다시 한번 천둥소리. 스스로 진실하며, 진실 이상의 진실이라고 주장하기 시작하는 말. 그러나 똑같은 글로스터는 신을 가리켜서, 영원히 자비심이 많은 신이라고 부르지 않았던가. (옮긴이 주 - 《리어왕》 제4막 제1장. 글로스터의 말 '자비심이 많으신 하늘의 신이시여, 이 숨을 거두게 하소서…….')

아직도 최선의 휴식은 잠자는 것이다. 그렇기 때문에 그대는 자주 스스로 자기를 원한다. 그러면서도 그대는 잠자는 것에 지나지 않는 죽음을 몹시 겁낸다. (옮긴이 주 - 《자에는 자로》 제13막 제1장)

잠자는 것이다. 죽음이란 오로지 잠자는 것에 지나지 않는다. 그는 삽이 돌에 부딪쳤으므로, 몸을 굽혀서 돌을 집었다. 죽음이라는 잠자리 속에는 어떤 꿈이 깃들어 있을까? (옮긴이 주 - 《햄릿》 제3막 제1장 '……죽음이란 잠자는 것에 지나지 않는다. 죽음이란 잠자는 것이다. 잠을 자면 아마 꿈을 꾸게 되겠지. 그렇다. 그게 탈이거든. 우리들이 이 육체의 인연을 단절하면, 죽음이라는 잠자리 속에선 과연 어떤

꿈을 꾸게 될까. 그것을 생각하면 저절로 마음이 둔해질 수밖에.')

머리 위에서 윙윙거리는 소리가 점점 크게 울려왔다. 그러자 갑자기 그가 선 자리에 그림자가 졌다. 태양과 그 사이에 이상한 것이 가로막은 것이다.

그는 깜짝 놀라서, 땅을 파던 것과 사색하던 것을 멈추고 고개를 들었다. 그의 정신은 그때까지도 여전히 진실보다도 훨씬 진실한 다른 세계에서 방황하고 있었으며, 무한한 죽음과 상제의 세계에 끌려가고 있었다.

고개를 들자, 그는 머리 위에 무수히 많은 헬리콥터가 떠 있는 것을 보았다. 메뚜기처럼 나타나 공중에서 멈추더니, 다음엔 그의 주위의 히스 위에 내리기 시작했다.

그러나 육중한 메뚜기의 뱃속에서 나타난 것은 흰 인조 플란넬을 입은 남자들과 (날씨가 더웠으므로) 인조견의 파자마와, 비로드 바지와 소매 없는 옷을 입은 여자들이 한 쌍씩 나오기 시작했다.

그러자 몇 분이 지나지도 않은 동안에, 수십 명이 등대 주위에 큰 원을 이루며 둘러섰다. 그들은 그를 쳐다보고 깔깔 웃으면서, 카메라 플래시를 터트리고 땅콩과 성호르몬 추잉껌과 버터의 부스러기들을 (원숭이에게처럼) 던져 주곤 했다.

혹스백을 넘어서 헬리콥터는 계속해서 날아왔다.

그들의 수는 점점 불어났다. 악몽처럼 수명이 수십 명으로, 수십 명이 수백 명으로 불어 갔다.

야만인은 집으로 달아났다. 이제야말로 추격당하는 동물처럼 등대의 벽에 등을 붙이고서 멀거니 서 있었다.

그러고는 정신을 잃은 사람처럼, 그 무수한 얼굴들을 말 없는 공포에 휩싸여 쳐다보고 있었다.

용하게 목표를 맞춘 추잉껌이 그의 한쪽 볼을 찰싹 때렸으므로, 그는 그제야 허탈 상태에서 현실로 돌아올 수가 있었다.

펄쩍 뛸 만큼 따끔한 충격—그는 정신을 차리자 맹렬히 화를 냈다.

"꺼져 버려!"

하고 고함을 질렀다.

원숭이가 말을 한다. 와 하고 웃음과 박수 소리가 일어났다.

"여어, 야만인! 만세, 만세!"

그러자 그 소동 속에서, "채찍이다, 채찍, 채찍이다!" 하는 고함 소리가 들려왔다.

그 말을 듣자, 그는 문득 정신을 가다듬고 등 뒤의 문에 걸어 두 었던 채찍을 집어 들어 적을 향해 휘둘렀다.

빈정거리는 듯한 갈채 소리.

심각한 표정을 지으면서 그는 그들 쪽으로 달려갔다. 한 여자가 놀란 나머지 소리를 질렀다. 둘러싸고 있던 무리 중에서 야만인에 게 가장 가까운 패들이 뒷걸음질을 쳤다.

그러나 다시 제자리로 모여들었다. 그러고는 아까보다도 더욱 견고하게 둘러쌌다.

뭐니 뭐니 해도 자기네 편이 절대 다수라는 의식이 구경꾼들 머 리에 제각기 새겨져 있었다.

야만인이 예기치 않은 용감성을 발휘하고 있지만, 그는 약간 떨 면서 그냥 멈춰 서서 주위를 돌아보았다.

"왜 나를 혼자 두지 않는 거야?"

그의 분노에는 슬픔에 가까운 것이 섞여 있었다.

"마그네슘 소금으로 절인 복숭아 좀 먹어 보지 않겠나!"

하고, 야만인이 앞으로 나서면 제일 먼저 쓰러뜨려 버릴 위치에서 있던 남자가 입을 떼었다.

그는 종이 봉지를 내밀었다.

"아주 맛있는 거야."

하고 억지로 어루만지는 듯한 웃음을 띠면서 덧붙였다.

"마그네슘 소금은 젊어지는 약이지."

야만인은 그의 제안을 무시했다.

"나한테 무슨 볼일이 있는 거야?"

히죽히죽 웃고 있는 얼굴들을 돌아다보면서 그가 물었다.

"도대체 나한테 무슨 볼일이 있느냐 말이다!"

"채찍이야."

하고 수백 명의 소리가 시끄럽게 떠들기 시작했다.

"채찍하는 묘기를 보여 주렴. 채찍질을."

그러자, 일제히 완만하고 둔중한 리듬으로,

"채찍질—이—보고 싶다."

고 한쪽에서 고함을 지르기 시작했다.

"채찍질—이—보고 싶다."

다른 사람들도 거기에 따랐다.

고함 소리는 앵무새처럼 자꾸만 되풀이되어서 점점 격심해졌다.

이윽고 7, 8번 되풀이될 즈음에는 다른 소리는 아무것도 들리지 않았다.

"채찍질—이—보고 싶다."

그들은 한 덩어리가 되어서 외치고 있었다. 고함 소리와 단결과 리듬 속에 완전히 열중해 있었으므로, 계속해서 몇 시간이라도, 거의 기약 없이라도 계속될 것만 같았다.

그러나 25번째에 이르러서 갑자기 뚝 그쳤다.

바로 그때, 헬리콥터 한 대가 혹스백을 넘어와 사람 무리 바로 위에 멈춰 서서 등대와 군중 사이의 공간, 야만인이 서 있던 몇 미터 앞에 내리기 시작했다.

스크루 소리가 낮아지고 비행기가 땅 위에 닿자 엔진이 멎었다. 그러자, '채찍질—이—보고 싶다'가 다시 크게 단조로운 되풀이로 시작되었다.

헬리콥터의 문이 열리자, 맨 처음에 붉은 얼굴빛을 한 훌륭한 청년이 나타났으며, 다음엔 초록색 비로드 바지와 흰 셔츠와 기수용 모자를 쓴 젊은 여인이 나타났다.

그 젊은 여인을 보자, 야만인은 깜짝 놀라며 뒤로 물러섰다. 그는 얼굴이 창백해졌다.

젊은 여자는 야만인에게 미소를 띠면서 서 있었다. 조심스럽게, 애원하는 듯, 거의 비굴에 가까운 미소를 띠면서 거기에 서 있었다.

잠시 동안 고요했다. 그녀의 입술이 움직였다. 무엇을 말하고 있었다. 그러나 그녀의 말소리는 구경꾼들의 떠들썩한 되풀이 속에 휘말려 들리지가 않았다.

"채찍질—이—보고 싶다! 채찍질—이—보고 싶다!"

젊은 여자는 양손으로 왼쪽 배를 눌렀다. 그리고 그녀의 복숭앗빛 인형 같은 얼굴에는, 기묘하게도 어울리지 않는 괴로운 애모의 표정이 떠올랐다.

그녀의 푸른 눈이 점점 커지며 빛을 더하고 있었다. 그러자 금방 눈물이 양볼 위로 흘러내렸다.

그녀는 다시 한번, 무슨 말인가를 했다. 그러고는 존을 향해 재빠르고 열정적인 몸짓을 하며 양팔을 뻗쳤다.

"채찍질—이 보고 싶다! 채찍질—이……."

그러자 전혀 뜻밖에 그들은 자기들이 원하던 것을 볼 수 있었다.

"매음부!"

미치광이처럼 야만인이 그녀에게 뛰어들었다.

"족제비야!"

미치광이처럼 그는 채찍을 들고 내리쳤다.

그녀는 공포에 질려서 뒤돌아서 달아났다. 그러나 발을 헛디뎌 히스 위에 쓰러져 버렸다.

"헨리, 헨리!"

그녀는 소리를 질렀다. 그러나 그녀의 동반자였던 붉은 얼굴은 이미 헬리콥터 뒤로 달아나 버렸다.

통쾌한 흥분이 일으킨 아우성과 더불어 사람의 무리가 흩어졌다. 자석과 같은 매력의 중심을 향하여 구경꾼들은 일제히 긴장하기 시작했다. 고통은 매혹적인 공포였다.

"죽어라, 썩은 살덩이, 죽어라!"

미친 듯이 야만인은 채찍을 내리쳤다.

사람들은 아귀 떼처럼 몰려들었다. 밥통에 몰려드는 돼지들처럼 엎치고 겹쳤다.

"아아, 이 살덩이!"

야만인은 이를 악물었다. 이번엔 그의 어깨 위에 채찍을 내리쳤다.

"죽여라, 죽여라!"

고통의 공포에 대한 매력에 이끌려서, 또 한편으로는 그들의 습성훈련이 그들에게 뿌리 깊게 박아 놓은 협동의 습성과 단결과 화합의 욕망에 이끌려서, 그들은 그의 미치광이와 같은 동작을 그냥 흉내 내기 시작했다.

그리하여 그가 자기 자신의 반항적인 육체와 그리고 그의 발아래에 쓰러져서 꾸물거리고 있는 사악의 화신을 채찍질할 때마다 그들도 서로 치기 시작했다.

"죽어라, 죽어라……."

야만인은 잇달아 소리를 지르고 있었다.

그러자 갑자기 누군가가 '오오오기 포오오기'를 부르기 시작했다.

순식간에 그들은 그 후렴구에 맞추어서 노래하며 춤을 추기 시작했다. '오오오기 포오오기' 하곤 빙빙빙, 서로 8분의 6박자로 치면서, "오오오기 포오오기……."

마지막 헬리콥터가 날아간 것은 한밤중이었다. 소마에 취하고, 오래 끌었던 육감적인 광기로 인해 녹초가 된 야만인은 히스 속에서 잠을 자고 있었다.

그가 눈을 떴을 땐, 벌써 해가 중천에 걸려 있었다. 올빼미처럼 멍하니 눈을 껌벅거리고 나서, 그는 잠시 동안 그대로 드러누운 채로 있었다. 그러자 갑자기 모든 것이 머리에 떠올랐다.

"아아, 하느님, 하느님!"

그는 양손으로 눈을 가렸다.

그날 저녁에 혹스백을 넘어서 몰려드는 헬리콥터의 수효는 $1km$에 걸친 검은 구름장처럼 뻗쳤다.

어제 저녁의 '오오오기 포오오기' 사건은 모든 신문지상에 보도되었다.

"야만인!"

비행기에서 내린, 첫 번째 한 쌍이 불렀다.

"미스터 야만인!"

대답이 없었다.

등대의 문은 열려 있었다. 둘은 문을 밀치고 커튼이 걸린 어둠침침한 방 안으로 발을 들이밀었다.

방 건너 구석의 활처럼 굽은 통로에는 위층으로 통하는 제일 밑 계단이 보였다. 굽은 통로의 꼭대기 바로 밑에 다리 두 개가 축 늘어져 있었다.

"미스터 야만인!"

천천히, 아주 천천히, 재촉하지 않는 나침반의 두 개의 바늘처럼 다리가 오른쪽으로 향했다. 북쪽으로, 북동으로, 동으로, 남동으로, 남으로, 남남동으로.

그리고 몇 초 후에는 다시 서서히 왼쪽으로 되돌아왔다. 남남서로, 남으로, 남동으로, 동으로……

〈끝〉

옮긴이 약력

서울대학교 대학원 영문과 수료
영남대학교 부교수
대구가톨릭대학교 강사 역임

역   서
리처드 라이트 《검둥이 소년》
리튼 스트레이치 《엘리자베스와 에섹스》

멋진 신세계

초판 발행 1972년 3월 5일
개정판 1쇄 2023년 11월 30일
글쓴이   올더스 헉슬리
옮긴이   권세호
발행인   최석로
발행처   서문당
주소   경기도 고양시 일산서구 덕산로 99번길 85(가좌동) (우 10204)
전화   031-923-8258
팩스   031-923-8259
창립일자 1968년 12월 24일
창업등록 1968년 12월 26일(No.가2367)
출판등록 제 406-313-2001-000005호
등록일자 2001년 1월 10일
ISBN 978-89-7243-819-9 03840
잘못된 책은 바꾸어 드립니다.